dtv
premium

Ausführliche Informationen über
unsere Autoren und Bücher
www.dtv.de

Ruth Ware

# Wie tief ist deine Schuld

Thriller

Deutsch von
Stefanie Ochel

dtv

Von Ruth Ware
sind bei dtv außerdem erschienen:
Im dunklen, dunklen Wald (21727)
Woman in Cabin 10 (26178)

MIX
Papier aus verantwortungsvollen Quellen
FSC® C083411

Deutsche Erstausgabe 2018
dtv Verlagsgesellschaft mbH & Co. KG, München

Titel der englischen Originalausgabe:
›The Lying Game‹ (Harvill Secker/Vintage Publishing/
Penguin Random House, London 2017)

Umschlaggestaltung: Lisa Höfner/dtv unter Verwendung
eines Fotos von Trevillion Images
Satz: C.H.Beck.Media.Solutions, Nördlingen
Gesetzt aus der Aldus 10/13˙
Druck und Bindung: CPI – Ebner & Spiegel, Ulm
Gedruckt auf säurefreiem, chlorfrei gebleichtem Papier
Printed in Germany · ISBN 978-3-423-26208-8

*Für Hel, mit (siebzigmal) Liebe*

Weit und ruhig ist der Reach an diesem Morgen, am zartblauen Himmel ziehen rosa Schäfchenwolken, die schwache Brise hinterlässt kaum ein Kräuseln auf dem Meer. Es ist so still, dass das plötzliche Bellen des Hundes wie ein Pistolenschuss durch die Luft hallt und einen Schwarm Möwen in die Flucht treibt, die nun schreiend am Himmel kreisen.

Regenpfeifer und Seeschwalben fliegen erschreckt auf, als der Hund ausgelassen die wellige Düne hinabspringt, über spitze Gräser bis zum schilfbewachsenen Schlickboden des Ufers, dort, wo sich Süß- und Meerwasser durchmischen.

In der Ferne ragt schwarz und marode die Gezeitenmühle in den kühlen Morgenhimmel, als einziges menschengemachtes Gebilde in einer bröckelnden Landschaft, die Stück für Stück wieder vom Meer verschlungen wird.

»Bob!«, schallt die Stimme der Frau durch das wilde Gebell, als sie keuchend zu ihm aufschließt. »Bob, du Rabauke! Aus! Aus! Lass los! Was hast du da?«

Der Hund zerrt wieder, und beim Näherkommen sieht sie einen Gegenstand im Schlamm stecken. Ungeduldig versucht der Hund, ihn herauszuziehen.

»Bob, du versifftes Viech, guck dich mal an. Lass los. Aus! O Gott, nicht schon wieder ein totes Schaf.«

Ein letzter entschiedener Ruck, dann taumelt der Hund ein paar Schritte zurück, er hat etwas im Maul. Triumphierend trägt er den Gegenstand das Ufer hinauf und legt ihn vor seiner Besitzerin ab.

Und als sie da steht, sprachlos, mit dem hechelnden Hund zu ihren Füßen, kehrt die Stille in die Bucht zurück, wie die einlaufende Flut.

# Regel Nr. 1

## *Verbreite eine Lüge*

Ein Standardton meldet den Eingang der Nachricht, ein leises Piep-Piep in der Nacht, das Owen nicht weckt und auch mich nicht geweckt hätte, wäre ich nicht längst wach, mit einem Baby an der Brust, das nicht so richtig saugen und nicht so richtig loslassen will.

Ich stutze einen Moment – was kann das sein? Wer schreibt mitten in der Nacht? Von meinen Freundinnen ist um diese Zeit keine wach ... es sei denn, Milly liegt schon in den Wehen ... Gott, hoffentlich ist es nicht Milly! Ich hatte ihr versprochen, mich um Noah zu kümmern, falls ihre Eltern es aus Devon nicht rechtzeitig hierher schaffen würden, um ihn zu nehmen, aber ich hatte nicht geglaubt ...

Aus meiner Sitzposition komme ich nicht ganz an das Telefon ran, also schiebe ich Freya einen Finger in den Mundwinkel, um sie von meiner Brust zu lösen. Sanft wiegend lege ich sie auf den Rücken, woraufhin sie milchsatt gluckst und die Augen nach hinten rollen lässt wie auf Droge. Ich betrachte sie noch einen Moment, lege meine Hand sachte auf ihren kleinen festen Körper, fühle ihr winziges Herz hinter den Rippen flattern wie ein Vogel im Käfig.

Allmählich dämmert sie weg. Ich greife zum Telefon, spüre, wie mein eigenes Herz schneller wird, ein schwaches Echo des ihren.

Ich tippe meine PIN ein, kneife die Augen zu gegen das grelle Leuchten des Bildschirms und mahne mich zur Ruhe – es sind noch vier Wochen bis zu Millys errechnetem Termin, und wahrscheinlich ist es nur Werbung. *Beantragen Sie noch heute Ihre exklusive GoldCard.*

Aber dann ist der Bildschirm entsperrt, und die Nachricht ist nicht von Milly. Und sie besteht aus nur drei Wörtern.

*Ich brauche euch.*

Es ist halb vier Uhr morgens, doch ich fühle mich mit einem Mal sehr, sehr wach, haste auf den kalten Küchenfliesen auf und ab und kaue an meinen Fingernägeln, um das plötzliche Verlangen nach einer Zigarette zu stillen. Fast zehn Jahre habe ich nicht mehr geraucht, aber in Stress- und Angstmomenten wie diesem fällt es mir immer noch schwer.

*Ich brauche euch.*

Ich frage mich nicht, was die Nachricht bedeuten soll – ich weiß es, ebenso wie ich weiß, von wem sie stammt, auch wenn ich die Nummer nicht kenne.

Kate.

Kate Atagon.

Schon der Name genügt, damit die Erinnerung mich einholt wie ein Sinnesrausch: der Duft ihres Shampoos, die Sommersprossen auf ihrer Nase, Zimtbraun auf Olivenhaut. Kate. Fatima. Thea. Und ich.

Mit geschlossenen Augen stehe ich da und stelle sie mir alle vor, während ich das Handy in der Tasche meiner Pyjamahose fest umschließe, auf ihre Antworten warte.

Fatima wird schlafen, sich an Alis Rücken gekuschelt haben. Ihre Antwort wird gegen sechs eintreffen, wenn sie aufsteht, um Nadia und Samir vor der Schule Frühstück zu machen.

Thea – Thea kann ich mir schwerer vorstellen. Falls sie Nachtschicht macht, wird sie im Casino sein, wo Handys für die Mitarbeiter verboten sind und in Schließfächern verstaut werden. Gegen acht wird sie Schluss machen. Und dann? Vielleicht geht sie mit den Kolleginnen noch etwas trinken, noch aufgeputscht von einer gelungenen Nacht unter Glücksspielern, in der sie Jetons austeilen und nach Profizockern und Betrügern Ausschau halten musste. Doch dann wird sie antworten.

Und Kate. Kate ist wach – sie hat die Nachricht schließlich geschickt. Sie wird am Arbeitstisch ihres Vaters sitzen, der inzwischen ihr eigener ist, vor dem Fenster mit Ausblick auf den Reach, der im Licht der frühen Dämmerung hellgrau schimmert und auf dem sich die Wolken und der dunkle Rumpf der Mühle spiegeln. Sie wird eine Zigarette rauchen. Sie wird die Gezeiten beobachten, die ständig wechselnden, strömenden Gezeiten auf diesem Landstrich, der sich nie ändert, und doch von einem Moment zum nächsten nie der Gleiche ist – genau wie Kate selbst.

Ihre langen Haare hat sie zurückgebunden, sodass sie den Blick freigeben auf ihre feinen Züge und die Fältchen, die zweiunddreißig Jahre Küstenwinde um ihre Augen gezeichnet haben. Ihre Finger sind mit Ölfarbe befleckt, die in die Nagelhaut und bis unter die Nägel gedrungen ist, und ihre Augen funkeln in einem dunklen Schieferblau, tief und unergründlich. Sie wartet auf unsere Antworten. Aber sie weiß bereits, was wir sagen werden – was wir immer gesagt haben, immer wenn diese Nachricht kam, diese drei Wörter.

Ich komme.

Ich komme.

Ich komme.

»Ich komme!« Meine Stimme hallt durchs Treppenhaus nach oben, wo Owen mir über Freyas müdes Quengeln hinweg etwas zuruft.

Als ich ins Schlafzimmer komme, läuft er mit ihr im Arm auf und ab, sein Gesicht noch gerötet und zerknautscht von den Kissen.

»Sorry«, sagt er mit einem unterdrückten Gähnen. »Ich wollte sie beruhigen, aber keine Chance. Du weißt, wie sie ist, wenn sie Hunger hat.«

Ich lasse mich aufs Bett sinken, rutsche rückwärts gegen die Kissen bis zum Kopfteil und nehme Owen Freya ab, die mir aus ihrem rot angelaufenen Gesicht einen beleidigten Blick zuwirft, bevor sie sich mit einem zufriedenen Grunzer an meiner Brust zu schaffen macht.

Bis auf ihr gieriges Schmatzen ist es still im Raum. Owen gähnt erneut, wuschelt sich durch die Haare und nach einem kurzen Blick auf die Uhr schlüpft er in seine Unterwäsche.

»Stehst du schon auf?«, frage ich verwundert.

»Macht keinen Unterschied mehr. Um sieben muss ich sowieso raus. Scheiß Montag.«

Ich sehe auf die Uhr. Schon sechs. Ich muss länger durch die Küche gewuselt sein als gedacht.

»Warum bist du überhaupt auf?«, fragt er. »Hat die Müllabfuhr dich geweckt?«

Ich schüttle den Kopf.

»Nein, ich konnte einfach nicht mehr schlafen.«

Eine Lüge. Fast hatte ich vergessen, wie sie sich auf der Zunge anfühlen, aalglatt und widerlich. In meiner Tasche spüre ich das harte Gehäuse meines Handys. Bald wird es vibrieren.

»Ach so.« Er unterdrückt ein weiteres Gähnen und knöpft sich das Hemd zu. »Ich mach Kaffee – möchtest du auch einen?«

»Ja, gern«, sage ich. Dann, gerade als er das Zimmer verlässt: »Owen …«

Aber da ist er schon außer Hörweite.

Zehn Minuten später kommt er mit dem Kaffee zurück, genug Zeit, um mir die Worte zurechtzulegen und darüber nachzudenken, wie ich sie möglichst lässig über die Lippen bringen kann. Trotzdem muss ich schlucken, mein Mund ist vor Anspannung staubtrocken.

»Owen, gestern hat Kate mir geschrieben.«

»Kate von der Arbeit?« Mit einem dumpfen Geräusch setzt er die Tasse vor mir ab, ein wenig Kaffee schwappt über, den ich mit dem Ärmel aufwische und so mein Buch schütze. Die Panne gibt mir Zeit, meine Antwort zu formulieren.

»Nein, Kate Atagon. Von meiner Schule, erinnerst du dich?«

»Ach, *die* Kate. Die ihren Hund mit zu dieser Hochzeit genommen hat?«

»Genau. Shadow war das.«

Ich sehe ihn vor mir. Shadow – der weiße deutsche Schäferhund mit der schwarzen Schnauze und dem rußgesprenkelten Rücken. Der in der Tür steht und jeden Fremden anknurrt, aber denen, die er mag, voller Begeisterung einen schneeweißen Bauch zum Kraulen entgegenstreckt.

»Also?«, hakt Owen nach, und ich merke, dass ich den Faden verloren habe.

»Ach ja. Sie hat mich eingeladen, sie zu besuchen, und eigentlich hätte ich Lust.«

»Klingt nach 'ner guten Idee. Wann würdest du denn hinfahren?«

»Also eigentlich sofort … sie hat mich spontan eingeladen.«

»Und Freya?«

»Die würde ich mitnehmen.«

*Was denn sonst,* würde ich am liebsten hinzufügen, aber halte mich zurück. Freya hat die Flasche noch nie angenommen, trotz unserer unermüdlichen Versuche. An einem Abend, als ich auf einer Party war, brüllte sie von 19 Uhr 30 bis Punkt 23 Uhr 58 unbeirrt durch, genau bis zu dem Moment, als ich zur Tür hereinstürmte und sie aus Owens schlaffen, erschöpften Armen an mich riss.

Wieder entsteht eine Pause. Freya lässt den Kopf zurückkippen und betrachtet mich einen Moment lang mit leicht gerunzelter Stirn, bevor sie einen kleinen Rülpser von sich gibt und sich wieder der ernsten Aufgabe des Gestilltwerdens zuwendet. Ich sehe Owen an, was ihm durch den Kopf geht … dass er uns vermissen wird, aber auch, dass er das Bett für sich allein haben wird, ausschlafen kann …

»Ich könnte dann mit dem Kinderzimmer weitermachen«, sagt er schließlich. Ich nicke, auch wenn wir schon seit Ewigkeiten über dieses Thema diskutieren – Owen hätte am liebsten das Schlafzimmer – und mich – wieder für sich und glaubt, dass Freya mit sechs Monaten so weit ist, in ihrem eigenen Zimmer zu schlafen. Ich glaube das nicht. Das ist ein Grund, warum ich bis jetzt noch nicht die Zeit gefunden habe, das Gästezimmer zu entrümpeln und in babyfreundlichen Farben zu streichen.

»Klar«, sage ich.

»Also, von meiner Seite aus steht deinem Trip nichts im Wege«, sagt Owen schließlich. Er dreht sich um und beginnt, seine Krawatten zu durchsuchen. »Willst du das Auto nehmen?«, fragt er über die Schulter.

»Nein, nicht nötig. Wir fahren mit dem Zug. Kate holt mich vom Bahnhof ab.«

»Sicher? Willst du wirklich Freyas ganzen Kram im Zug mitschleppen? Ist die gerade?«

»Was?« Ich stutze kurz, aber dann begreife ich – er meint die Krawatte. »Ach so, ja, kerzengerade. Und nein, das mit dem Zug ist kein Problem. Es ist sogar einfacher, so kann ich sie stillen, wenn sie wach wird. Ich stopfe einfach all ihre Sachen unten in den Kinderwagen.« Er antwortet gar nicht, wahrscheinlich geht er in Gedanken schon die Tagesplanung durch, hakt eine Aufgabe nach der anderen von der Liste ab, wie ich es selbst vor ein paar Monaten noch tat – heute fühlt es sich wie ein fremdes Leben an. »Dann würde ich also heute noch fahren, wenn das okay für dich ist.«

»Heute?« Er nimmt seine Münzen von der Kommode, steckt sie sich in die Hosentasche und kommt auf mich zu, um sich mit einem Kuss auf die Stirn zu verabschieden. »Warum die Eile?«

»Gar keine Eile«, sage ich. Ich spüre, wie ich rot anlaufe. Ich hasse Lügen. Einst war es ein Spaß – bis zu dem Moment, als ich keine Wahl mehr hatte. Ich denke kaum noch darüber nach, vielleicht, weil ich es schon so lange tue, aber im Hintergrund ist es immer irgendwie da, wie ein Zahnschmerz, an den man sich gewöhnt hat, der sich aber hin und wieder mit einem jähen, heftigen Stich in Erinnerung ruft.

Vor allem aber hasse ich es, Owen zu belügen. Irgendwie ist es mir bisher gelungen, ihn aus den Verstrickungen herauszuhalten, und jetzt wird er doch hineingezogen. Es ist, als ob das Gift aus Kates Nachricht heraussickert und ins Zimmer strömt – und alles zu zerstören droht.

»Für Kate passt es gerade gut, weil sie im Moment keinen Auftrag hat … und ich muss ja in ein paar Monaten schon wieder arbeiten, also ist der Zeitpunkt eigentlich ideal.«

»Okay«, sagt er und scheint zwar verwundert, aber nicht misstrauisch. »Dann gebe ich dir wohl besser einen richtigen Kuss.«

Und diesmal küsst er mich leidenschaftlich und führt mir wieder vor Augen, warum ich ihn liebe, warum ich es hasse, ihn zu belügen. Dann lässt er von mir ab und gibt Freya einen Kuss. Die hält irritiert inne und wirft ihm einen skeptischen Seitenblick zu, bevor sie mit jener unbeirrbaren Entschlossenheit weiternuckelt, die ich an ihr so liebe.

»Ich liebe dich auch, kleiner Vampir«, sagt Owen zärtlich. Und dann, zu mir: »Wie lang dauert die Fahrt?«

»Vier Stunden ungefähr. Kommt auf die Verbindung an.«

»Na, dann habt auf jeden Fall eine gute Zeit, und melde dich, wenn ihr angekommen seid. Was meinst du, wie lang du bleiben wirst?«

»Ein paar Tage«, werfe ich in den Raum. »Vor dem Wochenende bin ich zurück.« Noch eine Lüge. Ich weiß es einfach nicht. Habe nicht die geringste Ahnung. So lange eben, wie Kate mich braucht. »Mal sehen, heute Abend weiß ich mehr.«

»Okay«, sagt er noch einmal. »Lieb dich.«

»Ich dich auch.« Endlich etwas, das der Wahrheit entspricht.

Ich erinnere mich auf den Tag genau, fast auf die Stunde, die Minute genau, an meine erste Begegnung mit Kate. Es war im September. Mein Plan war, einen frühen Zug nach Salten zu erwischen, um rechtzeitig zum Mittagessen in der Schule zu sein.

»Entschuldigung!«, rief ich nervös und mit heiserer Stimme über den Bahnsteig. Das Mädchen vor mir drehte sich um. Sie war hochgewachsen und wunderschön, mit leicht hochmütigem Ausdruck, der an ein Modigliani-Porträt erinnerte. Ihr hüftlanges schwarzes Haar war an den Spitzen blondiert, der Übergang von Gold zu Schwarz fließend, und sie trug Jeans mit Rissen an den Oberschenkeln.

»Ja?«

»Entschuldigung, ist das der Zug nach Salten?«, rief ich keuchend.

Sie musterte mich abschätzig von oben bis unten, registrierte meine Salten-Uniform, den noch steifen Stoff des marineblauen Hemds und den funkelnagelneuen Blazer, den ich an diesem Morgen zum ersten Mal aus dem Schrank geholt hatte.

»Ich weiß nicht«, sagte sie schließlich, worauf sie sich ihrer Begleiterin zuwandte. »Kate, ist das der Zug nach Salten?«

»Sei kein Arsch, Thee«, antwortete das Mädchen. Ihre rauchige Stimme ließ sie älter klingen, als sie vermutlich war – sie konnte höchstens sechzehn oder siebzehn sein. Sie trug ihr hellbraunes Haar kurz geschnitten, sodass es ihr Gesicht einrahmte, und als sie mich anlächelte, verzogen sich die muskatbraunen Sommersprossen auf ihrer Nase. »Ja, der fährt nach Salten. Aber pass auf, dass du in der richtigen Hälfte einsteigst, der Zug wird nämlich in Hampton's Lee geteilt.«

Dann drehten sie sich um und waren schon fast am Ende des Gleises angekommen, bevor mir einfiel zu fragen, welche Hälfte die richtige war.

Ich blickte hoch zur Anzeigetafel.

*Vorderer Zugteil zur Weiterfahrt Richtung Salten,* stand dort, aber welcher war der vordere? Wie war die Fahrtrichtung?

Es war weit und breit kein Mitarbeiter zu sehen, den ich hätte fragen können, aber da mir nur noch eine Minute bis zur Abfahrt blieb, zerrte ich meinen schweren Koffer bis zum anderen Ende und stieg ein, wo die beiden Mädchen hineingegangen waren.

Kurz darauf fand ich mich in einem Abteil mit nur sechs Sitzen wieder. Kaum hatte ich die Tür zugezogen, war auch schon die Pfeife des Schaffners zu hören, und mit der furchtbaren Ahnung, doch im falschen Zugteil gelandet zu sein, ließ ich mich auf den Sitz sinken. Ich weiß noch, wie der Wollbezug an meinen Beinen kratzte.

Mit Scheppern und metallischem Quietschen setzte sich der Zug in Bewegung, und kaum hatten wir das Dunkel des Bahnhofsgewölbes verlassen, flutete grelles Sonnenlicht das Abteil. Ich legte den Kopf zurück, schloss die Augen gegen die gleißenden Strahlen und fragte mich, während der Zug Fahrt aufnahm, was wäre, wenn ich gar nicht in Salten einträfe, wo mich die Hausleiterin schon erwarten würde. Was, wenn ich in Brighton, Canterbury oder ganz woanders landen würde? Oder noch schlimmer – wenn ich bei der Zugteilung in zwei Hälften gerissen würde und fortan zwei halbe, in entgegengesetzter Richtung verlaufende Leben führen müsste, die sich immer weiter von dem Ich, das ich hätte sein sollen, entfernen würden.

»Hallo«, sagte plötzlich eine Stimme, und ich schlug die Augen auf. »Du hast den Zug also erwischt.«

Es war das große Mädchen, zu dem das andere Thee gesagt hatte. Sie stand lässig an den Türrahmen meines Abteils gelehnt und spielte mit einer noch nicht angezündeten Zigarette in ihren Fingern.

»Ja«, antwortete ich etwas mürrisch. Ich nahm es ihnen übel, dass sie mir nicht gesagt hatten, welche Zughälfte die richtige war. »Hoffe ich zumindest. Das hier ist das richtige Ende für Salten?«

»Ist es«, sagte das Mädchen knapp. Wieder musterte sie mich von oben bis unten, klopfte dabei mit der Zigarettenspitze gegen den Holzrahmen und sagte dann mit etwas gönnerhaftem Ausdruck: »Nimm's mir nicht übel, aber du solltest wissen, dass man die Uniform nicht im Zug trägt.«

»Was?«

»Man zieht sich in Hampton's Lee um. Es ist ... ich weiß nicht. Es ist halt so. Ich dachte, ich sag's dir besser. Nur die im ersten Jahr und die ganz Neuen tragen sie während der ganzen Fahrt. Damit fällst du einfach auf.«

»Das heißt ... du bist auch in Salten?«

»Jepp. Zu meiner Schande.«

»Thea sammelt Schulverweise«, sagte eine Stimme hinter ihr, und ich sah das andere, kurzhaarige Mädchen mit zwei Kaffeebechern in der Hand im Korridor stehen. »Von drei anderen Schulen ist sie geflogen. Salten ist ihre letzte Chance. Keiner wollte sie mehr aufnehmen.«

»Wenigstens bin ich keine Almosenempfängerin«, konterte Thea, aber die Art, wie sie es sagte, ließ keinen Zweifel daran, dass die beiden Freundinnen waren und dieses Geplänkel Teil ihrer Show. »Kates Vater ist der Kunstlehrer«, erklärte sie. »Da ist ein kostenloser Platz fürs Töchterchen inbegriffen.«

»Thea jedenfalls dürfte für Almosen nicht infrage kommen«, sagte Kate. Lautlos formte sie mit den Lippen die Worte *Goldener Löffel* und zwinkerte mir zu. Ich verkniff mir ein Lächeln.

Kate und Thea warfen sich einen Blick zu, und es kam mir vor, als würden sie stumm Frage und Antwort austauschen, bevor Thea wieder das Wort ergriff.

»Wie heißt du?«

»Isa«, sagte ich.

»Also, Isa.« Sie blickte mich herausfordernd an. »Warum setzt du dich nicht zu uns? Unser Abteil ist da hinten.«

Ich holte tief Luft und mit einem Gefühl wie vor dem Sprung vom Dreimeterbrett nickte ich wortlos. Als ich meinen Koffer nahm und Thea und Kate schweigend folgte, ahnte ich nicht, dass dieser kurze Moment mein Leben für immer verändern würde.

Wieder in der Victoria Station am Bahnsteig zu stehen, fühlt sich seltsam an. Der Zug nach Salten ist neu, mit offenen Abteilen und automatischen Türen, nichts erinnert mehr an das altmodische Teil mit Zuknall-Mechanik, das uns damals zur Schule brachte. Der Bahnhof allerdings hat sich kaum verändert, und mir wird plötzlich klar, dass ich diesen Ort in den letzten siebzehn Jahren unbewusst gemieden habe – dass ich alles gemieden habe, was an jene Zeit erinnerte.

Mit einem Kaffee in der Hand hieve ich Freyas Kinderwagen in einem gewagten Manöver in den Zug. Drinnen angekommen stelle ich den Becher auf einen freien Tisch und beginne den langen, immergleichen Kampf beim Versuch, den Babykorb vom Gestell zu lösen – ein umständliches Herumnesteln an Schnallen und Klippverschlüssen, die einfach nicht aufgehen wollen. Da fast nichts los ist im Waggon, bleibt mir zumindest die peinliche Situation erspart, dass vor und hinter mir Leute Schlange stehen müssen, und Drängler sind zum Glück auch keine zu befürchten. Endlich, gerade als der Schaffner pfeift und der Zug sich ächzend und wankend in Bewegung setzt, löst sich der letzte Klipp. Ich hebe den leichten Korb mit der immer noch schlafenden Freya heraus und lege ihn sicher auf einer Sitzbank ab.

Als ich zurückgehe, um mich um die Taschen zu kümmern, nehme ich den Becher mit. Ich habe Schreckensszenarien im Kopf – dass der Zug plötzlich ruckelt und sich der heiße Kaffee über Freya ergießt. Natürlich ist das irrational, sie liegt auf der gegenüberliegenden Seite des Ganges. Aber so bin ich, seit ich sie habe. All meine Ängste – die sich früher auf halbierte Züge, sich schließende Aufzugtüren, zwielichtige Taxifahrer und Unterhaltungen mit fremden Menschen verteilten –, all diese Ängste haben sich zu einer Angst um Freya gebündelt.

Endlich haben wir es beide bequem, ich mit meinem Buch und meinem Kaffee, Freya im Tiefschlaf, die Schmusedecke fest an ihre Wange gepresst. In der hellen Junisonne sieht sie aus wie ein Engel, ihre Haut ist so klar und zart – und plötzlich werde ich von einer Welle der Liebe erfasst, so glühend heiß, als hätte sich der brühende Kaffee über mein Herz ergossen. Hier im Zug, in diesem Moment, bin ich nichts als die Mutter dieses Babys, und auf der ganzen Welt gibt es niemanden außer uns beiden in dieser Blase aus Glück und Sonnenschein.

Und dann merke ich, dass mein Handy vibriert.

*Fatima Chaudhry* steht auf dem Bildschirm. Mein Herz macht einen kleinen Sprung.

Mit zitternden Fingern öffne ich die Nachricht.

*Ich komme,* steht da. *Fahre heute Abend los, sobald die Kinder im Bett sind. Bin zwischen neun und zehn bei euch.*

Es hat begonnen. Noch keine Nachricht von Thea, aber sie wird noch kommen. Der Zauber ist vorbei, die Illusion – Freya und ich allein auf dem Weg zu einem Urlaub an der Küste – ist zerstört. Ich erinnere mich an den wahren Grund meiner Reise. Ich erinnere mich an das, was wir getan haben.

*Habe den Zug 12.05 von Victoria genommen,* schreibe ich an alle. *Kate, holst du mich in Salten ab?*

Keine Antwort, aber ich weiß, sie wird mich nicht im Stich lassen.

Ich schließe die Augen und lege eine Hand auf Freyas Brust, damit ich weiß, dass sie da ist. Und dann versuche ich zu schlafen.

Ein schleifendes Geräusch und ein unsanfter Stoß lassen mich hochfahren, mit klopfendem Herzen greife ich instinktiv nach Freya. Es dauert einen Moment, bis ich den Lärm und die Bewegung einordnen kann: Der Zug wird geteilt, wir müssen in Hampton's Lee sein.

Freya windet sich missmutig in ihrem Korb, mit etwas Glück wird sie vielleicht wieder einschlafen – doch als es erneut knallt, heftiger als beim ersten Mal, schlägt sie erschrocken die Augen auf und schreit mit wut- und hungerverzerrtem Gesicht drauflos.

»Sch …«, säusle ich und hebe ihren warmen, strampelnden kleinen Körper aus dem Kokon aus Decken und Stofftieren. Ihre dunklen Augen funkeln empört. »Sch … ist doch gut, Mäuschen, alles in Ordnung, mein Spatz. Alles ist gut.«

Während ich mein Hemd aufknöpfe, drückt sie ihr kleines Motzgesicht forsch gegen meine Brust, und schon spüre ich die Milch einströmen, ein inzwischen bekanntes, doch immer noch fremdartiges Gefühl.

Sie beginnt zu trinken, und als es kurz darauf ein weiteres Mal rumst und quietscht und die Pfeife ertönt, setzen wir uns in Bewegung, hinaus aus dem Bahnhof, vorbei an den Nebengleisen, Häuserreihen, schließlich an Feldern mit Leitungsmasten.

Das alles kommt mir so erschütternd vertraut vor. London hat sich in den Jahren, seit ich dort lebe, ständig verändert. Die Stadt ist wie Freya, jeder Tag bringt etwas Neues. Hier eröffnet ein Laden, dort schließt ein Pub. Neue Gebäude wie das *Gherkin* oder *The Shard* sprießen aus dem Boden, aus Industriebrachen werden Supermärkte, und Bürotürme scheinen sich wie Pilze zu vermehren, schießen aus feuchter Erde und Betonschutt über Nacht in die Höhe.

Aber diese Zugfahrt, diese Strecke – nichts hat sich verändert.

Da steht die ausgebrannte Ulme.

Da hinten der alte Weltkriegsbunker.

Dieselbe klapprige Brücke, das hohle Geräusch der Räder, als der Zug sie überquert.

Ich schließe die Augen und bin zurück in jenem Abteil mit Kate und Thea, höre sie lachen, als sie sich die Röcke ihrer Uniform über die Jeans ziehen und sich die Hemden über ihren sommerlichen Trägertops zuknöpfen. Ich sehe Thea vor mir, wie sie Nylonstrümpfe über ihre sagenhaft schlanken Beine hochrollt und mit einem geübten Griff unter dem vorschriftskonformen Rock die Strapse befestigt. Ich weiß noch, wie ich rot wurde, als ich einen kurzen Blick auf ihren nackten Schenkel erhaschte, und wie ich den Blick abwandte, mit klopfendem Herzen aus dem Fenster auf die herbstlichen Weizenfelder blickte und dann hörte, wie sie über meine Verklemmtheit lachte.

»Du solltest dich beeilen«, raunte Kate Thea zu. Sie war schon umgezogen und hatte Jeans und Stiefel bereits in ihrem Koffer verstaut. »Gleich kommt Westridge, wo die Strandfanatiker zusteigen – du willst doch den Touris keinen Herzinfarkt bescheren.«

Thea streckte ihr die Zunge heraus, beeilte sich aber, die Strumpfbänder einzuhaken, und sie strich sich den Rock genau in dem Moment glatt, als wir in den Bahnhof Westridge einfuhren.

Wie Kate vorausgesagt hatte, hatte sich eine Gruppe Strandtouristen am Bahnsteig versammelt, und Thea stöhnte auf. Unser Abteil hielt auf gleicher Höhe mit einem Elternpaar und ihrem etwa sechsjährigen Sohn, der Schaufel und Eimer in der einen und ein tropfendes Schokoladeneis in der anderen Hand hielt.

»Noch Platz für drei?«, fragte der Vater kumpelhaft, bevor sie in unser Abteil einfielen und die Tür lautstark zuzogen. Das Abteil fühlte sich auf einmal heillos überfüllt an.

»Es tut mir sehr leid«, sagte Thea, und es klang, als täte es ihr wirklich leid. »Wir würden Sie gern zu uns bitten, aber meine Freundin hier«, sie deutete auf mich, »hat heute Freigang, allerdings mit der strikten Auflage, jeglichen Kontakt zu Minderjährigen unbedingt zu vermeiden. Das hat der Richter unmissverständlich klargemacht.«

Der Mann sah uns etwas irritiert an, seine Frau kicherte nervös. Der Junge hörte gar nicht zu, sondern war damit beschäftigt, Schokoladensplitter von seinem T-Shirt zu picken.

»Es geht mir nur um das Wohl Ihres Kindes«, sagte Thea mit ernster Miene. »Außerdem will Ariadne wirklich nicht zurück in die Jugendstrafanstalt.«

»Das Abteil nebenan ist frei«, sagte Kate, die sich sichtbar das Lachen verkneifen musste. Sie stand auf und zog die Abteiltür auf. »Es tut mir außerordentlich leid. Wir wollen Ihnen keine Umstände machen, aber ich glaube, es ist für die Sicherheit aller Beteiligten das Beste.«

Der Mann warf uns einen letzten misstrauischen Blick zu und trat dann mit seiner Frau und seinem Sohn hinaus auf den Korridor.

Kaum waren sie weg und die Tür noch nicht ganz zu, prustete Thea schon los, aber Kate schüttelte den Kopf.

»Dafür gibt's keinen Punkt«, sagte sie. Ihr Gesicht zuckte vor unterdrücktem Lachen. »Die haben dir nicht geglaubt.«

»Ach, komm!« Thea zog eine Zigarette aus der Schachtel in ihrer Manteltasche, zündete sie an und nahm dem Rauchverbotsschild auf dem Fenster zum Trotz einen tiefen Zug. »Sie sind doch gegangen, oder?«

»Ja, aber bloß, weil sie dachten, dass du wahnsinnig bist. Das zählt nicht!«

»Ist das … ein Spiel?«, fragte ich verunsichert.

Ein langes Schweigen folgte.

Thea und Kate sahen einander an, und wieder beobachtete ich ihr stummes Zwiegespräch, es war, als läge ein elektrisches Knistern in der Luft. Sie schienen sich auf eine Antwort zu einigen. Und dann lächelte Kate ein kleines, fast verstohlenes Lächeln, lehnte sich zu mir vor, so nah, dass ich die dunklen Streifen in ihren graublauen Augen sehen konnte.

»Es ist nicht *ein* Spiel«, antwortete sie. »Es ist *das* Spiel. Das Lügenspiel.«

Das Lügenspiel.

Die Erinnerung holt mich ein, so scharf und lebendig wie der Geruch des Meeres und die Schreie der Möwen über dem Reach, und ich begreife nicht, wie ich das alles fast vergessen konnte – die Strichliste über Kates Bett, übersät mit den kryptischen Zeichen ihres ausgefeilten Punktesystems. So viel für ein neues Opfer. So viel, wenn jemand dir die Geschichte wirklich abkauft. Bonuspunkte für besonders ausgeschmückte Details oder dafür, jemanden wieder an die Angel zu bekommen, der den Bluff eigentlich schon durchschaut hatte. Ich habe eine halbe Ewigkeit nicht mehr daran gedacht, doch auf eine Art habe ich es über all die Jahre weitergespielt.

Ich seufze, als ich Freyas friedliches Gesicht betrachte, während sie an meiner Brust liegt, voll und ganz in den Moment vertieft. Und ich weiß nicht, ob ich es kann. Ich weiß nicht, ob ich zurückgehen kann.

Was ist passiert, dass Kate uns alle mitten in der Nacht so plötzlich und so dringend ruft?

Mir fällt nur ein einziger Grund ein … und ich kann den Gedanken nicht ertragen.

Als mein Handy zum letzten Mal piept, fahren wir gerade in Salten ein. Ich rechne damit, dass es Kate ist, die bestätigt, dass sie zum Bahnhof kommt. Aber sie ist es nicht. Es ist Thea.

*Ich komme.*

Der Bahnsteig in Salten ist fast menschenleer. Als das Geräusch des wegfahrenden Zugs allmählich verebbt, hält die ländliche Ruhe wieder Einzug, und mit ihr die typischen Laute eines Sommertags in Salten – das Zirpen der Grillen, der Vogelgesang, von den Feldern her das Klappern eines Mähdreschers. Früher stand immer der dunkelblaue Minibus des Internats bereit, wenn ich hier ankam. Heute ist der Parkplatz eine einzige staubige Leere, und es ist weit und breit kein Mensch zu sehen, nicht einmal Kate.

Mit der schweren Tasche über der Schulter schiebe ich den Kinderwagen zum Ausgang und überlege, was ich tun könnte. Kate anrufen? Ich habe zwar nichts von ihr gehört, aber ich gehe davon aus, dass sie meine Nachricht bekommen hat. Vielleicht ist ja ihr Akku leer. Die Mühle hat kein Festnetz, eine andere Nummer habe ich nicht.

Ich stelle die Bremse am Kinderwagen fest und will gerade mein Telefon hervorkramen, als ich ein Motorengeräusch höre, das durch den schmalen Hohlweg weiter anschwillt. Ich drehe mich um und sehe ein Auto auf den Parkplatz einbiegen. Eigentlich habe ich mit dem riesigen verdreckten Landrover gerechnet, mit dem Kate vor sieben Jahren bei Fatimas Hochzeit aufgekreuzt war; ich habe noch die langen Sitzbänke vor Augen und Shadow, der hechelnd den Kopf aus dem Fenster steckte. Stattdessen fährt ein Taxi vor. Erst bin ich nicht sicher, ob sie es wirklich ist, doch dann sehe ich sie hektisch von innen an der Klinke hantieren, und mein Herz macht einen kleinen Sprung. Für einen kurzen Augenblick bin ich keine Verwaltungsjuristin und Mutter mehr, sondern einfach ein Mädchen, das am Bahnhof seiner Freundin in die Arme läuft.

»Kate!«

Sie hat sich nicht verändert. Dieselben schmalen, knochigen Handgelenke, ihr nussbraunes Haar und honigfarbenes Gesicht, die Stupsnase mit den Sommersprossen, genau wie früher. Die Haare trägt sie zwar länger, mit einem Gummi zusammengebunden, und in der feinen Haut um ihre Augen und ihren Mund sind kleine Fältchen zu sehen, aber ansonsten ist sie einfach Kate, meine Kate. Als wir uns umarmen, atme ich ihren Geruch ein, der immer noch der gleiche ist, die unverwechselbare Mischung aus Zigarettenrauch, Terpentin und Shampoo. Ich fasse sie an den Armen und merke, wie ich, den Umständen zum Trotz, über beide Ohren grinse.

»Kate«, wiederhole ich in meiner albernen Stimmung, und sie zieht mich wieder an sich, drückt ihr Gesicht in meine Haare und hält mich so fest, dass ich ihre Knochen spüren kann.

Und dann höre ich ein Wimmern aus dem Kinderwagen und erinnere mich daran, wer ich bin, die Person, die ich geworden bin – und an alles, was passiert ist, seit Kate und ich uns zum letzten Mal gesehen haben.

»Kate«, sage ich noch einmal, genieße den Klang ihres Namens auf meiner Zunge, »Kate, darf ich dir meine Tochter vorstellen?«

Ich schiebe den Sonnenschirm zurück, hebe das strampelnde, quengelnde Etwas aus dem Wagen und halte es Kate entgegen.

Kate nimmt sie an, etwas zögerlich zwar, doch kurz darauf legt sich ein Lächeln auf ihr schmales, bewegtes Gesicht.

»Du bist ja eine Schöne«, sagt sie zu Freya, ihre Stimme genau so sanft und rauchig, wie ich sie in Erinnerung habe. »Genau wie deine Mama. Sie ist wahnsinnig süß, Isa.«

»Ja, oder?« Ich blicke Freya an, wie sie verzückt in das neue Gesicht starrt, Kates blaue Augen mit ihren blauen Augen fixiert. Sie streckt eine pummelige Hand nach Kates Haaren aus, doch dann hält sie inne, schaut gebannt auf einen Lichtreflex. »Sie hat Owens Augen«, sage ich. Als Kind wollte ich immer blaue Augen haben.

»Na dann, komm«, sagt Kate schließlich, aber zu Freya, nicht zu mir. Sie nimmt Freyas Hand in ihre, streichelt über die zarten, rundlichen Babyfinger, die Grübchen auf den Fingerknöcheln. »Fahren wir los.«

»Was ist mit deinem Wagen?«, frage ich, als wir zusammen zum Taxi gehen, Kate mit Freya im Arm, ich mit dem Kinderwagen, in dem ich die Tasche abgelegt habe.

»Ach, der ist schon wieder kaputt. Ich will ihn noch in die Werkstatt bringen, bin aber wie immer pleite.«

»Ach, Kate.«

Ach Kate, wann suchst du dir endlich einen richtigen Job?, könnte ich fragen. Wann wirst du die Mühle verkaufen und irgendwohin ziehen, wo man deine Arbeit schätzt, anstatt dich auf den schwindenden Touristenstrom nach Salten zu verlassen? Doch ich kenne die Antwort. Niemals. Kate wird die Gezeitenmühle nie verlassen. Sie wird Salten nie verlassen.

»Zurück zur Mühle, meine Damen?«, ruft der Taxifahrer durchs Fenster, und Kate nickt.

»Danke, Rick.«

»Den Kinderwagen packe ich in den Kofferraum. Er lässt sich doch zusammenklappen?«

»Ja.« Wieder kämpfe ich mit den Schnallen, als es mir mit einem Schreck einfällt: »Verdammt. Ich hab die Autoschale vergessen. Ich habe nur den Babykorb mitgenommen, weil ich dachte, sie kann darin schlafen.«

»Ach, hier kommt sowieso keine Polizei vorbei«, will Rick mich beruhigen, während er den zusammengeklappten Wagen sicher im Kofferraum verstaut. »Außer Marys Junior, aber der wird keinen meiner Passagiere verhaften.«

Um die Polizei geht es mir gar nicht, will ich erwidern, doch der Name lässt mich aufhorchen.

»Marys Sohn?« Ich sehe Kate fragend an. »Doch nicht Mark Wren?«

»Genau der«, sagt Kate und verzieht den Mund zu einem trockenen Lächeln. »Sergeant Wren inzwischen.«

»Ist der nicht viel zu jung?«

»Er ist doch nur ein paar Jahre jünger als wir«, widerspricht Kate, und mir wird klar, dass sie recht hat. Dreißig ist mehr als alt genug, um Polizist zu sein. Aber ich kann mir Mark Wren einfach nicht als Dreißigjährigen vorstellen – für mich ist er ein vierzehnjähriger Junge mit Pickeln und Oberlippenflaum, der immer etwas gebückt ging, um seine fast eins neunzig große Statur zu verstecken. Ob er sich noch an uns erinnert? An das Spiel?

»Sorry«, sagt Kate, als wir uns anschnallen. »Du musst sie wohl auf den Schoß nehmen – es ist nicht ideal, ich weiß.«

»Ich fahr vorsichtig«, sagt Rick, und schon holpern wir über den zerfurchten Boden des Parkplatzes auf den Hohlweg zu. »Und es sind ja nur ein paar Kilometer.«

»Über die Marsch noch weniger«, sagt Kate. Sie drückt meine Hand und ich weiß, sie denkt an all die Tage, an denen sie und ich diesen Weg genommen haben, uns einen Weg über die Salzwiesen zur Schule und zurück bahnten. »Aber mit dem Kinderwagen ist das keine Option.«

»Ganz schön heiß für Juni, oder?«, fragt Rick, als wir um die Kurve biegen, wo sich die Baumkronen lichten und gleißende Sonnenstrahlen zwischen den Blättern flirren, die auf meinem Gesicht brennen. Ich muss blinzeln und frage mich, ob ich meine Sonnenbrille eingepackt habe.

»Brüllend«, sage ich. »In London war es nicht annähernd so heiß.«

»Und was bringt Sie wieder zurück?« Rick blickt mich im Rückspiegel fragend an. »Sie waren doch mit Kate auf der Schule, oder?«

»Genau«, sage ich und stocke. Was treibt mich eigentlich zurück? Eine SMS? Drei Wörter? Ich sehe Kate an. Als sich unsere Blicke treffen, ist klar, dass sie jetzt nichts sagen kann, nicht vor Rick.

»Isa ist für das Ehemaligentreffen hier«, sagt Kate unerwartet. »In Salten House.«

Wahrscheinlich gucke ich irritiert, denn sie drückt mahnend meine Hand, doch als wir über die Bahnschienen fahren und das Taxi ruckelt und holpert, muss ich meine Hand wegziehen, um Freya mit beiden Händen festzuhalten.

»Ganz schön nobel, diese Dinner in Salten House, wie man hört«, sagt Rick. »Meine Jüngste kellnert da manchmal für ein bisschen Extrataschengeld, die erzählt Sachen: Pavillons, Champagner, das volle Programm.«

»Ich war noch nie dabei«, sagt Kate. »Aber unsere Klasse hat vor fünfzehn Jahren den Abschluss gemacht, und da dachte ich, dieses Jahr sollten wir es versuchen.«

Fünfzehn? Kurz denke ich, sie hat sich verrechnet, aber dann fällt der Groschen. Für uns sind es zwar siebzehn Jahre, aber wir sind vorzeitig von der Schule abgegangen. Hätten wir die Oberstufe gemacht, würde es stimmen. Für den Rest der Klasse wird es das fünfzehnjährige Jubiläum.

Wir nehmen eine weitere Kurve, und ich denke mit klopfendem Herzen an den fehlender Kindersitz und drücke Freya noch fester an mich. Wie idiotisch von mir, ihn zu vergessen.

Rick blickt mich im Rückspiegel an. »Kommen Sie noch oft hierher?«

»Nein«, sage ich. »Ich … ich war schon lange nicht mehr hier. Wie es eben so ist.« Nervös rutsche ich auf dem Sitz herum und weiß, dass ich Freya zu fest halte, doch fühle mich nicht imstande, meinen Griff zu lösen. »Man findet einfach nicht die Zeit.«

»Ist 'ne wunderschöne Gegend«, erwidert Rick, ohne auf mich einzugehen. »Ich persönlich kann mir nicht vorstellen, irgendwoanders zu wohnen, aber vielleicht ist das anders, wenn man nicht hier aufgewachsen ist. Woher kommen Ihre Eltern?«

»Sie sind – waren …« Ich stocke plötzlich, doch dann spüre ich Kates Halt an meiner Seite und atme durch. »Mein Vater lebt heute in Schottland, aber ich bin in London aufgewachsen.«

Wir ruckeln über ein Viehgitter, die Reihen der Bäume lichten sich, und wir fahren hinaus auf die Marsch.

Und da ist er. *The Reach*. Weit und grau und schilfbewachsen erstreckt er sich vor uns, Wolkenschlieren spiegeln sich auf der vom Wind gekräuselten Wasseroberfläche. Das Licht, die Klarheit und die Weite dieses Anblicks schnüren mir die Kehle zu.

Kate beobachtet mich von der Seite, und aus dem Augenwinkel sehe ich, dass sie lächelt.

»Du hattest vergessen, wie es ist?«, fragt sie sanft. Ich schüttle den Kopf.

»Nie.« Es ist nicht wahr – ich hatte es vergessen. Ich hatte vergessen, wie es sich anfühlt, hier zu sein. Es gibt keinen anderen Ort wie den Reach. Ich habe viele Flüsse und Flussmündungen gesehen. Nirgendwo war es so atemberaubend schön wie in dieser Landschaft hier, wo Land und Himmel und Meer verschmelzen, ineinander sickern, sich durchmengen und vermischen, bis man kaum sagen kann, wo die Wolken enden und wo das Wasser beginnt.

Hier verengt sich die Straße auf eine einzige Fahrspur und wird schließlich zu einem Schotterweg mit Grasbüscheln zwischen den Spurrillen.

Und da steht sie – die Gezeitenmühle; schwarz zeichnet

sich ihre Silhouette vor dem wolkenbetupften Wasser ab, sie wirkt noch maroder und schiefer, als ich sie in Erinnerung habe. Sie scheint weniger ein Gebäude als vielmehr ein Haufen Treibholz, von den Winden zusammengepeitscht, in ständiger Gefahr, von ihnen wieder zerstört zu werden. Mein Herz zieht sich zusammen, längst verschüttete Erinnerungen strömen ungebeten auf mich ein, hämmern von innen gegen meine Schläfen.

Thea, wie sie nackt im Sonnenuntergang im Reach schwamm, ihre Haut, die im Abendrot golden schimmerte, die langen Schatten der sturmschiefen Bäume auf dem feuerroten Wasser des Reach, die an das Fell eines prächtigen Tigers erinnerten.

Kate, wie sie sich an einem Wintermorgen, als der klirrende Frost Eisblumen auf die Scheibe gemalt und sich wie Pelz über das Schilfrohr und die Strandsimse gelegt hatte, aus dem Fenster lehnte, ihre Arme weit ausbreitete und eine weiße Atemwolke in die Luft blies.

Fatima, wie sie sich in ihrem winzigen Badeanzug auf dem Holzsteg in der Sonne aalte, ihre Haut schon mahagonifarben wie immer im Sommer, und die riesige Sonnenbrille im Gesicht, die das flirrende Licht der Wellen reflektierte.

Und Luc – und hier verkrampft sich mein Herz, ich muss den Gedanken verdrängen.

Wir erreichen ein verriegeltes Gatter auf dem Fahrweg.

»Lass uns am besten hier raus«, bittet Kate Rick. »Gestern Nacht war Flut, der Boden ist immer noch sehr weich.«

»Ganz sicher?« Er dreht sich zu ihr um. »Ich kann auch einen Versuch wagen.«

»Nein, wir gehen zu Fuß.« Sie öffnet die Tür und hält ihm einen Zehner hin, doch er winkt ab.

»Behalt das Geld, Schätzchen.«

»Rick, bitte.«

»Nichts *Rick, bitte*. Dein Vater war ein anständiger Kerl,

ganz gleich, was die Leute hier sagen, und man muss dir hoch anrechnen, dass du trotz all dem Klatsch hier die Stellung gehalten hast. Bezahlen kannst du ein andermal.«

Kate schluckt, und ich sehe, dass sie nach Worten sucht, also springe ich ein.

»Vielen Dank, Rick«, sage ich. »Aber *ich* möchte gern bezahlen. Bitte.«

Und ich halte ihm meinen Zehnpfundschein hin.

Er zögert, doch ich lege den Schein in den Aschenbecher und steige mit Freya im Arm aus, während Kate meine Tasche und den Buggy aus dem Kofferraum holt. Endlich, gerade als ich Freya sicher verschnallt habe, nickt er.

»Na gut. Aber hört zu, falls die Damen irgendwohin müssen, ruft ihr mich bitte an, in Ordnung? Tag und Nacht. Die Vorstellung, dass ihr hier draußen ohne Auto seid, gefällt mir gar nicht. Dieses Teil …«, und er deutet mit dem Kopf auf die Mühle, »wird früher oder später zusammenbrechen, und wenn ihr irgendwo hingefahren werden wollt, meldet ihr euch, egal, ob ihr 'nen Zehner habt. Verstanden?«

»Verstanden«, antworte ich und nicke bekräftigend.

Der Gedanke hat durchaus etwas Beruhigendes.

Als Rick weg ist, stehen wir nur da, spüren die sengende Sonne auf unseren Köpfen und sehen einander wortlos an. Ich will Kate nach der Nachricht fragen, aber etwas hält mich zurück.

Bevor ich die Sprache wiedergefunden habe, dreht Kate sich um, öffnet das Tor und schließt es hinter uns wieder. Gemeinsam laufen wir den Rest des Weges bis zu dem kurzen Holzsteg, der die Gezeitenmühle mit dem Ufer verbindet.

Die Mühle selbst steht auf einer kleinen Sandfläche, die kaum breiter ist als das Gebäude selbst und einst Teil des Ufers war. Beim Bau der Mühle wurde ein schmaler Kanal gegraben, der die Mühle vom Land abschnitt und das steigende und fallende Wasser durch das Mühlrad leitete, das sich damals in diesem Graben befand. Das Rad gibt es schon lange nicht mehr, das Einzige, was daran erinnert, ist ein geschwärzter Holzpfahl, der im rechten Winkel aus der Wand ragt. An seiner Stelle führt nun der hölzerne Steg über den etwa drei Meter breiten Graben. Ich weiß noch, wie wir manchmal gleichzeitig zu viert darüber rannten, und kann heute kaum fassen, wie wir darauf vertrauen konnten, dass er uns halten würde.

Die kleine Brücke ist schmaler, als ich sie in Erinnerung habe, die Bretter vom Salzwasser gebleicht und an einigen Stellen morsch, und ein Geländer gibt es immer noch nicht, doch Kate schreitet trittsicher und unerschrocken mit meiner Reisetasche voran. Mit angehaltenem Atem und klopfendem

Herzen folge ich ihr, versuche, die Bilder von nachgebenden Planken und meinem ins Wasser stürzenden Kind in meinem Kopf zu ignorieren, und schiebe den Buggy ruckelnd über die heimtückischen Bretter. Erst als ich sicher auf der anderen Seite bin, atme ich wieder aus.

Wie immer ist die Tür nicht abgeschlossen, Kate drückt die Klinke und hält sie mir auf, damit ich Freya über die Holzstufe hineinschieben kann.

Sieben Jahre ist es her, dass ich Kate zum letzten Mal gesehen habe, aber in Salten war ich mehr als doppelt so lange nicht mehr. Im ersten Augenblick fühlt es sich an wie eine Zeitreise, ich bin wieder fünfzehn und lasse die baufällige Schönheit dieses Ortes zum ersten Mal auf mich wirken. Da sind sie wieder, die länglichen, asymmetrischen, kaputten Fenster mit Blick auf die Mündung, das hohe Deckengewölbe mit den schwarz gewordenen Balken, hinten die knarzende Treppe, die sich schwindelerregend von einem klapprigen Absatz zum nächsten windet, an den Schlafzimmern vorbei bis oben zum Dachboden. Ich sehe den rußigen Ofen mit dem geschwungenen Rohr, das niedrige Sofa mit den gesprungenen Federn, und vor allem sehe ich die Bilder, überall Bilder. Manche kenne ich nicht, die müssen von Kate sein, aber dazwischen hängen andere, die mir vertraut sind wie alte Freunde.

Dort, in dem Goldrahmen über der rostigen Spüle, ist Kate als Baby mit rundlichem Gesicht, hoch konzentriert auf den Versuch, an einen Gegenstand knapp außer Reichweite heranzukommen.

Da hinten zwischen den beiden langen Fenstern hängt die Leinwand mit dem unvollendeten Bild der trichterförmigen Mündung, frostklirrend an einem Wintermorgen, ein einsamer Reiher fliegt tief über dem Wasser.

Neben der Tür zur Außentoilette sehe ich ein Aquarell von Thea, deren Züge an den Rändern des rauen Papiers verschwimmen.

Und über dem Schreibtisch entdecke ich eine Bleistiftskizze von Fatima und mir, eng umschlungen in einer improvisierten Hängematte, und wir lachen, lachen, lachen, als könnte uns nichts und niemand auf der Welt etwas anhaben.

Tausend Erinnerungen strömen auf einmal auf mich ein, krallen sich an mir fest, wollen mich zurück in die Vergangenheit zerren – doch dann reißt mich ein lautes Bellen aus meinen Gedanken, und als ich hinunterblicke, sehe ich ein weißgraues Knäuel auf mich zuspringen. Shadow. Spielerisch wehre ich ihn ab und versuche, ihn zu beruhigen, indem ich ihm den Kopf tätschle, den er aufgeregt gegen mein Bein drückt. Shadow ist nicht Teil der Vergangenheit, der Bann ist gebrochen.

»Es ist alles wie früher«, sage ich und weiß sofort, dass es albern klingt. Kate zuckt mit den Schultern und macht sich daran, die Gurte von Freyas Buggy zu lösen. Dann nimmt sie sie in den Arm.

»Nicht ganz. Ich musste den Kühlschrank ersetzen.« Sie deutet mit dem Kopf auf ein Gerät in der Ecke, das, wenn überhaupt, älter und kaputter wirkt als sein Vorgänger. »Und natürlich musste ich viele von den besten Bildern meines Vater verkaufen. Einige Lücken hab ich mit meinen eigenen gefüllt, aber es ist nicht das Gleiche. Sogar ein paar meiner Lieblingsbilder musste ich weggeben – das Skelett des Regenpfeifers und den Windhund auf der Sanddüne … aber von einigen konnte ich mich wirklich nicht trennen.«

Über Freyas Kopf hinweg lässt sie den Blick zärtlich über die verbleibenden Bilder schweifen, mit einer Spur von Wehmut betrachtet sie jedes einzelne.

Ich nehme ihr Freya ab und lege sie über meine Schulter. Ich verschweige, was ich wirklich denke, nämlich, dass sich das Haus wie ein Museum anfühlt, wie eines dieser Häuser berühmter Männer, eingefroren in dem Moment, als sie es verließen. Prousts Schlafzimmer, originalgetreu rekonstruiert im Musée Carnavalet. Kiplings Arbeitszimmer, museal konserviert in seinem Alterswohnsitz Bateman's.

Nur trennen hier keine Seile den Besucher von den Objekten, und es gibt Kate, die an diesem Ort weiterlebt, in diesem Denkmal für ihren Vater.

Um den Gedanken zu verdrängen, stelle ich mich mit Freya ans Fenster, streichle über ihren warmen, festen Rücken, wohl mehr, um mich selbst zu beruhigen, und starre hinaus auf den Reach. Obwohl Ebbe ist, ragt der Anlegesteg nur ein kleines Stück aus dem plätschernden Wasser heraus, und ich drehe mich überrascht zu Kate um.

»Ist der Steg abgesunken?«

»Nicht nur der«, sagt Kate mit bedrückter Stimme. »Das ist das Problem. Das ganze Haus sinkt ab. Ich hatte schon einen Gutachter hier, der meinte, es gibt überhaupt kein richtiges Fundament, und würde ich heute eine Hypothek beantragen, könnte ich's vergessen.«

»Aber … Moment, was soll das heißen? Es sinkt? Kann man es nicht von unten stützen, unterfüttern? Kannst du das nicht machen?«

»Leider nicht. Unten drunter ist nur Sand. Die Unterfütterung hätte auch keinen Halt. Man könnte es vermutlich hinauszögern, aber früher oder später würde es einfach weggeschwemmt.«

»Ist das nicht gefährlich?«

»Eigentlich nicht. Also, natürlich wackelt es ab und zu in den oberen Stockwerken, wodurch der Boden etwas uneben ist, aber es wird nicht über Nacht zusammenkrachen, falls du dir da Sorgen machst. Problematisch ist es eher wegen der Elektrizität.«

»*Was?*« Erschrocken starre ich den Lichtschalter an, als könnte er jeden Moment Funken sprühen. Kate lacht.

»Keine Sorge, als es brenzlig wurde, habe ich einen riesigen Mega-Sicherungsautomaten installieren lassen. Wenn's irgendwo zischt, schaltet sich alles aus. Das bedeutet allerdings, dass bei Flut ab und an das Licht ausgeht.«

»Ist das Haus überhaupt versichert?«

»Versichert?« Sie blickt mich belustigt an, als wäre die Frage reichlich absurd. »Was soll ich denn mit einer Versicherung?«

Ich schüttle den Kopf. »Was machst du hier bloß? Kate, das ist doch wahnsinnig. So kannst du doch nicht leben.«

»Ich kann hier nicht weg, Isa«, erklärt sie geduldig. »Wie denn? Die Mühle ist komplett unverkäuflich.«

»Dann verkauf sie halt nicht – geh einfach. Gib der Bank die Schlüssel. Und zur Not meldest du Privatinsolvenz an.«

»Ich kann nicht weg«, beharrt sie und geht dann zum Herd, dreht den Hahn der Gasflasche auf und zündet den kleinen Brenner. Kurz darauf beginnt der Kessel auf dem Herd zu zischen, während Kate zwei Tassen und eine zerbeulte Teedose hervorholt. »Du weißt, warum.«

Und ich kann nichts erwidern, denn sie hat recht. Ich weiß sehr wohl, warum. Aus genau dem Grund, aus dem ich selbst zurückgekommen bin.

»Kate«, hebe ich an und spüre, wie sich etwas in mir zusammenzieht. »Kate – deine Nachricht …«

»Nicht jetzt«, sagt sie. Sie steht mit dem Rücken zu mir, sodass ich ihr Gesicht nicht sehen kann. »Es tut mir leid, Isa – es wäre nicht fair. Wir müssen warten, bis die anderen hier sind.«

»Okay«, sage ich leise. Aber plötzlich scheint nichts mehr okay.

Fatima trifft als Nächste ein.

Fast bricht schon die Abenddämmerung herein, ein warmes, träges Lüftchen weht durch die offenen Fenster und ich blättere in einem Roman, um mich von meinen düsteren Gedanken abzulenken. Ein Teil von mir will Kate schütteln, will endlich wissen, was los ist. Ein anderer, ebenso großer Teil aber fürchtet sich vor dem, was kommt.

Doch wenigstens für diesen einen Moment ist alles friedlich, hier bin ich mit meinem Buch und da ist Freya, die im Buggy döst, Kate am Herd mit der kleinen Bratpfanne, aus der herzhaft-würzige Düfte steigen. Etwas in mir möchte so lange wie möglich an diesem Augenblick festhalten. Vielleicht – wenn wir einfach nicht darüber reden – vielleicht können wir dann so tun, als wäre es das, was ich Owen erzählt habe: ein Treffen alter Freundinnen.

Als es plötzlich in der Pfanne zischt, zucke ich zusammen, und im selben Moment bellt Shadow in einem wilden Stakkato drauflos. Dann höre ich, wie ein Fahrzeug auf den Kiesweg zum Reach einbiegt.

Ich verlasse meinen Fensterplatz, öffne die Tür zur Uferseite der Mühle und sehe die Lichter eines großen schwarzen Geländewagens auf dem Marschland. Seine holprige Fahrt schreckt Schwärme von Sumpfvögeln auf. Schließlich kommt er mit einem Ratschen der Handbremse knirschend auf dem Schotter zum Stehen. Der Motor wird ausgeschaltet, und von einer Sekunde auf die andere ist die Stille zurück.

»Fatima?«, rufe ich, als sich die Fahrertür öffnet, und laufe ihr über den Holzsteg entgegen. Am Ufer fallen wir uns in die Arme und drücken uns so fest, dass wir fast keine Luft mehr bekommen.

»Isa!« Ihre Augen leuchten so schwarz wie die eines Rotkehlchens. »Wie lange ist das jetzt her?«

»Ich weiß es nicht!« Ich drücke ihr einen Kuss auf die Wange, die halb versteckt ist unter einem Seidenkopftuch und noch kühl von der Klimaanlage des Autos. Ich trete einen Schritt zurück, um sie richtig anzusehen. »Ich glaube, das war nach Nadias Geburt, da bin ich doch vorbeigekommen, das war vor … Himmel, vor sechs Jahren?«

Sie nickt und greift nach den Nadeln, die ihr Kopftuch zusammenhalten, und für einen kurzen Moment glaube ich, dass sie es abnehmen wird, so als wäre es ein Accessoire à la Audrey Hepburn. Aber nein, stattdessen steckt sie es ein wenig fester, und jetzt begreife ich: Es ist nicht einfach ein modisches Tuch – es ist ein Hidschab. Das ist neu. Also, neu, seit ich sie das letzte Mal gesehen habe, nicht nur neu seit der Schulzeit.

Als Fatima meinen Blick bemerkt, lächelt sie, während sie die letzte Nadel hineinschiebt.

»Etwas ungewohnt, oder? Ich hatte schon ewig mit dem Gedanken gespielt, und nach Sams Geburt dann … ich weiß nicht, es hat sich einfach richtig angefühlt.«

»Ist es wegen – hat Ali …«, fange ich an und ärgere mich sofort über mich selbst, als Fatima mir einen spöttischen Blick zuwirft.

»Isa-Schatz, habe ich je auf einen Kerl gehört?« Sie seufzt. Der Seufzer gilt mir, aber vielleicht auch all den anderen, die ihr diese Frage schon gestellt haben. »Ich weiß nicht«, fährt sie fort. »Vielleicht habe ich durch die Kinder ein paar Dinge neu hinterfragt. Oder vielleicht ist es eine Art Rückkehr, an der ich mein ganzes Leben lang gearbeitet habe. Ich kann es dir nicht sagen. Ich weiß nur, dass ich jetzt glücklicher bin, als ich es je war.«

»Ja, also, ich …« Ich zögere, während ich versuche, meine Gefühle zu ordnen. Beim Anblick ihres hochgeschlossenen Tops und präzise gebundenen Hidschabs muss ich unwillkürlich an ihr wunderschönes Haar denken, das sich wie ein Fluss über ihre Schultern hinabwellte, ihr Bikinitop vollständig bedeckte, sodass es aussah, als wäre sie in nichts anderes gehüllt. *Lady Godiva* hatte Ambrose sie einmal genannt, aber die Anspielung verstand ich erst später. Und jetzt … jetzt ist es weg. Versteckt. Aber ich verstehe auch, warum sie diesen Aspekt ihrer Vergangenheit hinter sich lassen will. »Ich bin irgendwie beeindruckt. Und Ali? Ist der auch – ich meine, macht der auch das volle Programm, mit Ramadan und allem drum und dran?«

»Ja, es scheint, als hätten wir uns beide dahin entwickelt.«

»Deine Eltern sind bestimmt froh.«

»Ich weiß nicht. Schwer zu sagen – auf eine Art schon.« Sie wirft sich die Tasche über die Schulter, und wir setzen uns in Bewegung, überqueren vorsichtig im letzten Schein des Sonnenuntergangs den Holzsteg. »Ich glaube schon, dass sie es gut finden; auch wenn meine Mutter immer klargemacht hat, dass sie es akzeptiert, wenn ich kein Kopftuch trage, freut sie sich insgeheim bestimmt. Und Alis Eltern … lustigerweise finden die es weniger gut. Seine Mutter meint immer, *aber Fatima, die Leute in diesem Land mögen keine Frauen mit Hidschab, du wirst am Arbeitsmarkt Probleme haben, in der Schule werden dich die anderen Eltern für eine Extremistin halten.* Ich habe versucht, ihr zu erklären, dass sie in der Praxis unendlich froh sind, eine weibliche, Urdu sprechende Ärztin zu haben, die auch noch Vollzeit arbeiten will, und dass die Freunde der Kinder zur Hälfte sowieso aus muslimischen Familien stammen, aber das beruhigt sie nicht.«

»Und wie geht es Ali?«

»Dem geht's super! Er ist seit kurzem Oberarzt. Er arbeitet zwar zu viel, aber das geht uns ja allen so.«

»Mir nicht.« Ich lache etwas zerknirscht. »Ich trödle im Mutterschutz vor mich hin.«

»Ja, klar.« Sie grinst mich von der Seite an. »Ich erinnere mich noch gut an dieses Herumtrödeln mit Schlafentzug und rissigen Brustwarzen. Da übernehme ich lieber die Fußsprechstunde, vielen Dank.« Dann sieht sie sich um. »Wo ist denn Freya? Kann ich sie sehen?«

»Die schläft gerade, ist völlig fertig von der Reise. Aber bestimmt wacht sie bald auf.«

»Isa …«, sagt sie gedehnt, und ich weiß, ohne dass sie es aussprechen muss, was sie denkt und was sie mich fragen wird. Ich schüttle den Kopf.

»Keine Ahnung. Ich hab Kate schon gefragt, aber sie wollte warten, bis wir alle hier sind. Sie meinte, es wäre sonst nicht fair.«

Sie lässt die Schultern hängen, und plötzlich erscheint alles so schal – das nichtssagende Geplänkel liegt staubtrocken auf meinen Lippen. Ich weiß, dass Fatima so nervös ist wie ich und dass wir beide nur diese Nachricht von Kate im Kopf haben und versuchen, nicht darüber nachzudenken, was wohl dahintersteckt.

»Bereit?«, frage ich. Aus gespitzten Lippen atmet sie tief aus und nickt.

»Vom Rumstehen wird es nicht besser. Scheiße, das wird bestimmt seltsam.«

Und dann macht sie die Tür auf, und ich sehe zu, wie die Vergangenheit sie überrollt, so wie kurz zuvor auch mich.

Als ich an jenem Tag mit Thea und Kate in Salten aus dem Zug stieg, war der Bahnsteig leer, bis auf ein zierliches, dunkelhaariges Mädchen von etwa elf oder zwölf Jahren, das am anderen Ende stand. Sie blickte sich unsicher um, bevor sie begann, auf uns zuzulaufen. Als sie näher kam, sah ich, dass sie eine Salten-Uniform trug, und aus nächster Nähe war offensichtlich, dass sie viel älter sein musste, als ich sie eingeschätzt hatte – fünfzehn mindestens –, nur eben sehr zierlich.

»Hi«, sagte sie. »Fahrt ihr nach Salten?«

»Nein, wir sind eine pädophile Gang und tragen die Uniformen, um Kinder anzulocken«, blaffte Thea und schüttelte gleich darauf den Kopf. »'tschuldigung, das war doof. Ja, wir fahren auch nach Salten. Bist du neu?«

»Ja«, sagte sie, und folgte uns in Richtung Parkplatz. »Ich heiße Fatima.« Sie hatte einen Londoner Akzent, mit dem ich mich sofort zu Hause fühlte. »Wo sind denn all die anderen? Ich dachte, der Zug wäre voller Salten-Mädels.«

Kate schüttelte den Kopf.

»Die meisten Eltern fahren ihre Kinder, besonders nach den Sommerferien. Und die Mädchen im Tages- und Wocheninternat fangen eh erst am Montag an.«

»Sind viele im Tagesinternat?«

»Etwa ein Drittel der Schülerinnen. Ich selbst mache eigentlich Wocheninternat, ich bin jetzt nur hier, weil ich ein paar Tage mit Thea in London war und wir zusammen zurückfahren wollten.«

»Woher kommst du?«, fragte Fatima.

»Von da drüben.« Kate deutete über das Marschland hinaus auf ein schimmerndes Gewässer in weiter Ferne. Ich blinzelte angestrengt. Ich konnte kein Haus erkennen, doch es war schon möglich, dass da eines war, versteckt hinter einer Düne oder einem der verkümmerten Bäume entlang der Bahnschienen.

»Und du?« Fatima wandte sich an mich. Sie hatte ein rundes, freundliches Gesicht und wunderschönes schwarzes Haar, das sie sich mit einem Clip aus dem Gesicht gebunden hatte. »Bist du schon lange hier? Welche Jahrgangsstufe?«

»Ich bin fünfzehn und komme in die Zehnte. Ich bin auch neu und werde ganz im Internat wohnen.« Auf die Einzelheiten wollte ich nicht eingehen – die Krankheit meiner Mutter, ihre langen Krankenhausaufenthalte, während derer mein dreizehnjähriger Bruder Will und ich allein zu Hause blieben, weil mein Vater bis spät in die Nacht in der Bank arbeitete … der Schock, als er aus heiterem Himmel entschied, uns beide wegzuschicken. Dabei hatte ich ihm doch nie Ärger gemacht! Ich hatte nicht rebelliert, keine Drogen genommen und nie gegen ihn aufbegehrt. Wenn überhaupt, hatte die Krankheit unserer Mutter mich nur noch gewissenhafter gemacht. Ich war fleißig und half viel im Haushalt mit. Ich kochte, kaufte ein und bezahlte die Putzhilfe, wenn mein Vater es vergessen hatte.

Und dann seine Ausreden! *Das Beste für euch … viel lustiger als alleine … stabile Umgebung … Schulleistungen dürfen nicht leiden … gerade jetzt vor den Prüfungen …*

Ich wusste nichts zu sagen. Ich war wie in Trance. Will hatte nur genickt, zeigte wie immer keine Regung, doch in der Nacht hörte ich ihn weinen. Ihn brachte unser Vater heute nach Charterhouse, weshalb ich allein gekommen war.

»Mein Vater hat heute zu tun«, hörte ich mich sagen. Die Worte klangen lässig, wie einstudiert. »Sonst hätte er mich auch gefahren.«

»Meine Eltern leben im Ausland«, sagte Fatima. »Sie sind Ärzte und machen gerade einen Freiwilligendienst bei einer Entwicklungsorganisation. Ein ganzes Jahr ohne Bezahlung.«

»Krass«, sagte Thea. Sie schien beeindruckt. »Mein Vater würde kein Wochenende für den guten Zweck opfern, von einem Jahr ganz zu schweigen. Bekommen sie überhaupt kein Geld?«

»Nicht wirklich, nur eine Art Stipendium als Aufwandsentschädigung. Das ist aber den Gehältern vor Ort angepasst, also nicht viel. Darum geht es ihnen aber nicht – sie tun es aus religiösen Gründen, es ist ihre Form von Sadaqa.«

Im nächsten Moment bogen wir um das kleine Bahnhofshäuschen herum, hinter dem schon ein blauer Minibus wartete. Daneben stand eine Frau in Rock und Jackett und mit einem Klemmbrett unter dem Arm.

»Hallo, Mädels«, begrüßte sie Thea und Kate. »Hattet ihr einen guten Sommer?«

»Ja, danke, Miss Rourke«, antwortete Kate. »Das hier sind Fatima und Isa. Wir haben uns im Zug getroffen.«

»Fatima …?« Miss Rourke ging mit dem Stift die Liste durch.

»Qureshy«, sagte Fatima. »Q, U, R …«

»Hab's«, sagte Miss Rourke knapp und hakte den Namen ab. »Und du musst Isa Wilde sein.«

Sie sprach es *»Iiisa«* aus, aber ich nickte.

»Habe ich es richtig ausgesprochen?«

»Eigentlich soll es sich auf ›leiser‹ reimen.«

Miss Rourke antwortete nicht, sondern machte sich nur eine Notiz auf ihrem Zettel, bevor sie sich unseren Koffern zuwandte, sie hinten in den Minibus verfrachtete und uns eine nach der anderen einsteigen ließ.

»Tür ordentlich zumachen«, rief Miss Rourke nach hinten, worauf Fatima den Griff packte und die Tür mit aller Kraft zuzog. Dann setzten wir uns auf dem unebenen Boden holpernd in Bewegung und fuhren auf einem tiefen Hohlweg in Richtung Meer.

Während Thea und Kate auf der Rückbank fröhlich drauflosplapperten, saßen Fatima und ich schweigend nebeneinander und versuchten, uns unsere Nervosität nicht anmerken zu lassen.

»Warst du schon mal in einem Internat?«, fragte ich leise. Sie schüttelte den Kopf.

»Nein, und ehrlich gesagt war ich nicht so sicher, dass ich hierher wollte. Ich hätte mir auch vorstellen können, mit meinen Eltern nach Pakistan zu gehen, aber meine Mutter wollte das nicht. Und bei dir?«

»Für mich ist es auch das erste Mal«, sagte ich. »Hast du Salten schon besucht?«

»Ja, letztes Jahr, als meine Eltern sich verschiedene Schulen angesehen haben. Wie fandest du es?«

»Ich … ich war noch nicht da. Dafür blieb keine Zeit.«

Als mein Vater es mir mitteilte, war die Sache bereits beschlossen, der Tag der offenen Tür oder ein Informationsbesuch kamen nicht mehr infrage. Falls Fatima das seltsam fand, ließ sie sich das zumindest nicht anmerken.

»Scheint ganz okay zu sein«, sagt sie. »Es sieht aus – das klingt jetzt schlimm, aber versteh mich nicht falsch –, es sieht aus wie ein sehr exklusives Gefängnis.«

Ich musste lächeln, denn ich wusste genau, was sie meinte. Ich hatte die Fotos in der Broschüre gesehen, und in der Tat erinnerte das Gebäude auf den ersten Blick an ein Gefängnis – die rechteckige weiße Front zum Meer hinaus, der kilometerlange Eisenzaun um das Gelände herum. Das Foto auf der Titelseite zeigte eine bedrückend karge Fassade, deren mathematisch präzise Proportionen nicht aufgelockert, sondern nur betont wurden durch die vier kleinen, etwas absurd anmutenden Mauertürmchen, eines in jeder Ecke. Es wirkte, als hätte der Architekt im letzten Moment Zweifel an seiner Vision bekommen und die Türme nachträglich draufgesetzt, in dem Versuch, der unerbittlichen Strenge seiner Schöpfung etwas entgegenzusetzen. Mit Efeu oder wenigstens irgendeiner Flechte wäre das kantige Gebäude sicher etwas weicher erschienen, aber vermutlich gab es kaum etwas, was an diesem windgepeitschten Ort überleben konnte.

»Meinst du, wir können uns aussuchen, mit wem wir zusammen sind? In den Zimmern, meine ich?«, wollte ich wissen. Diese Frage hatte mich schon seit der Abfahrt in London beschäftigt. Fatima hob die Schultern.

»Weiß nicht. Habe da meine Zweifel – kannst du dir vorstellen, was für ein Gezicke losbrechen würde, wenn alle herumlaufen und eine Freundin herauspicken müssten? Ich nehme an, wir bekommen jemanden zugeteilt.«

Ich nickte. Zu Hause an meine Privatsphäre gewöhnt, hatte ich diesen Abschnitt der Broschüre aufmerksam gelesen und war schockiert darüber, dass die Mädchen in Salten erst ab der elften Klasse ihr eigenes Zimmer bekamen. Die Mädchen in der Neunten und Zehnten mussten sich zu zweit ein Zimmer teilen. Aber wenigstens keine Schlafsäle wie bei den Jüngeren.

Danach schwiegen wir, und während die Winde vom Meer her unseren kleinen Bus durchschüttelten, vertiefte sich Fatima in einen Stephen-King-Roman und ich schaute durchs Fenster auf die vorbeirauschenden Salzwiesen, die schier endlose Weite der Mündung, die aufgeschütteten Deiche und gewundenen Gräben, die an die Küstenstraße angrenzenden Sanddünen.

Mit gedrosseltem Tempo näherten wir uns einer Kurve, und kaum hatte Miss Rourke den Blinker gesetzt, bogen wir scharf auf den mit weißem Kies bestreuten Zufahrtsweg zur Schule ein.

So tief ist Salten in mein Gedächtnis gebrannt, dass es sich heute seltsam anfühlt, an die Zeit zurückzudenken, als all das noch fremd war, ich stumm in diesem Minibus saß, der sich langsam hinter einem Mercedes und einem Bentley die Auffahrt hochschlängelte, und alles zum ersten Mal auf mich wirken ließ.

Da war die breite grellweiße Fassade ganz genau wie vorne auf der Broschüre, die sich so scharf vor dem blauen Himmel abzeichnete, dass es in den Augen wehtat, ihre strenge Form noch untermalt von den blanken, quadratischen Fensterscheiben, die in exakt gleichmäßigen Abständen über die Front verteilt waren, und den schwarzen Feuerleitern, die sich wie stählerner Efeu die Mauertürme emporrankten. Da waren die

Hockeyfelder und Tennisplätze und die ausgedehnten Pferdekoppeln, die sich meilenweit bis zu den Salzwiesen hinter dem Schulgelände erstreckten.

Beim Näherkommen erkannte ich, dass die schwarzen Eingangstüren weit offen standen und davor eine bunte Schar Mädchen aufgeregt herumschwirrte. Sie riefen wild durcheinander, begrüßten Lehrer, umarmten Eltern und klatschten jede Freundin einzeln ab.

Nachdem wir geparkt hatten, übergab Miss Rourke Fatima und mich einer anderen Lehrerin, die sie uns als Miss Farquharsonspot (oder, wie sich später herausstellte, als *Miss Farquharson, Sport*) vorstellte. Thea und Kate tauchten in der Menge unter, während Fatima und ich uns in einer Gruppe kreischender Mädchen wiederfanden, die aufgeregt vor dem Schwarzen Brett Listen absuchten, Zuteilungen und Unterbringungen kommentierten, und inmitten abgestellter Koffer und Taschen den Inhalt ihrer Naschkisten und ihre neuen Frisuren verglichen.

»Es kommt selten vor, dass wir gleich zwei Neue in der Zehnten haben«, erklärte Miss Farquharson gerade, deren Stimme sich mühelos über den Lärm erhob, während sie uns in einen hohen Korridor mit einer großen Wendeltreppe führte.

»Normalerweise versuchen wir, die Neuankömmlinge mit alten Häsinnen zusammenzutun, aber in diesem Fall haben wir beschlossen, euch beide gemeinsam unterzubringen.« Sie warf einen Blick auf ihre Liste. »Ihr seid in … Turm 2B. Connie?« Sie schnappte sich ein jüngeres Mädchen, das gerade einem anderem mit einem Badmintonschläger auf den Kopf haute. »Connie, würdest du Fatima und Isa zu Turm 2B bringen? Führ sie am Speisesaal vorbei, damit sie wissen, wo das Mittagessen stattfindet. Mädels, um Punkt eins gibt es Mittagessen. Eine Glocke wird läuten, gibt aber nur fünf Minuten Vorwarnung, deshalb macht ihr euch am besten sofort auf den Weg, sobald ihr sie hört, denn vom Turm ist es ein ganzes Stück. Connie zeigt euch, wohin ihr müsst.«

Wir beide nickten, etwas benommen von der Lautstärke des Stimmengewirrs um uns herum, und zogen unsere Koffer hinter Connie her, die schon fast wieder in der Menge verschwunden war.

»Den Haupteingang dürfen wir normalerweise nicht benutzen«, rief sie uns über die Schulter zu, während wir uns einen Weg durch die Trauben von Mädchen bahnten und Connie halb gebückt durch eine Passage am Ende des Korridors folgten. »Nur am ersten Tag des Schuljahrs, und wenn ihr Hons seid.«

»Hons?«

»Honours – wenn ihr auf der Ehrenliste steht. Das sind die Schülersprecherinnen, Teamleiterinnen, Aufsichtsschülerinnen und so weiter. Wenn ihr draufsteht, werdet ihr es wissen. Im Zweifel diese Tür nicht benutzen. Es nervt zwar, weil es der schnellste Weg zurück vom Strand und von den Hockeyfeldern ist, aber es lohnt den Ärger nicht.« Im nächsten Moment sauste sie ohne Vorwarnung unter einem niedrigen Durchgang hindurch und deutete einen langen Korridor hinunter. »Da hinten am Ende ist das Refektorium, also der Speisesaal. Sie machen die Tür zwar erst um eins auf, aber kommt trotzdem pünktlich, es gibt immer ein riesiges Gedrängel. Seid ihr echt in Turm 2?«

Ich wusste nicht, wie ich darauf antworten sollte, aber Fatima sprach für uns beide.

»Das hat die Frau gesagt.«

»Ihr Glücklichen«, seufzte Connie. »Die Turmzimmer sind die besten, das weiß hier jeder.« Eine Begründung lieferte sie nicht, stattdessen drückte sie nur gegen eine Tür in der Holzverkleidung und begann, mit strammen Schritten die schmale Treppe hochzustiefeln, die sich dahinter verbarg. Keuchend versuchte ich, mit ihr Schritt zu halten, während hinter mir

Fatimas Koffer gegen jede Stufe knallte. »Na los«, rief Connie ungeduldig. »Ich wollte mich vor dem Essen noch mit Letitia treffen, und wenn ihr so weitermacht, habe ich keine Zeit dafür.«

Ich nickte wieder, inzwischen etwas mürrisch, und zerrte meinen Koffer einen weiteren Treppenabsatz hoch.

Endlich erreichten wir eine Tür, auf der *Turm 2* zu lesen war, und Connie blieb stehen.

»Ist es okay, wenn ich euch hier allein lasse? Verlaufen könnt ihr euch nicht, wenn ihr hier hochgeht, sind nur zwei Zimmer zur Auswahl, A und B. Ihr seid in B.«

»Kein Problem«, sagte Fatima eher zaghaft, doch da war Connie schon abgedampft, und wir standen da, atemlos und ziemlich perplex.

»Das war verwirrend«, sagte Fatima zu mir. »Weiß der Geier, wie wir von hier wieder zum Perfektorium finden sollen.«

»Refektorium hieß das, glaube ich«, verbesserte ich, ohne zu überlegen, und biss mir sofort auf die Zunge, doch Fatima schien sich an der Belehrung nicht zu stören.

Sie öffnete die Tür zum Turm. »Also, bereit?«, fragte sie. Ich nickte bedächtig, woraufhin sie mit einer gespielten Verbeugung einen Schritt zurücktrat. »Nach Ihnen …«

Drinnen ging es weiter nach oben, diesmal über eine Wendeltreppe, deren Ende nicht zu erahnen war. Ich seufzte und umschloss den Griff meines Koffers noch fester. Zumindest würde ich hier ziemlich fit werden.

Hinter der ersten Tür, die wir passierten, befand sich das Badezimmer – zwei Waschbecken, zwei Toilettenzellen und etwas, was wie eine Duschkabine aussah. Wir gingen weiter. Auf dem zweiten Absatz befand sich noch eine Tür, die mit »B« beschriftet war. Ich drehte mich zu Fatima um, die hinter mir auf der Wendeltreppe stand, und sah sie fragend an.

»Was meinst du?«

»Na, mach schon«, rief Fatima gut gelaunt, also klopfte ich.

Als keine Antwort kam, drückte ich die Tür vorsichtig auf und trat ein.

Was uns dort erwartete, war ein überraschend hübsches Zimmer. Die runden Wände waren der Form des Turms angepasst, zwei Fenster eröffneten den Blick nach Norden auf die Marsch und nach Westen auf die weitläufigen Sportfelder und die Küstenstraße. Offenbar befanden wir uns in der linken Ecke der Rückseite des Gebäudes. Unten waren verstreut einige Nebengebäude zu sehen, von denen ich ein paar aus dem Prospekt wiedererkannte – den Naturwissenschaftstrakt und die Sporthalle. Unter jedem der beiden Fenster stand ein schmales Bett mit Metallrahmen, das mit weißen Laken bezogen war und an dessen Fußende eine rote Decke bereitlag. Ein hölzerner Nachttisch stand neben jedem Bett und zwischen den beiden Fenstern zwei Kleiderspinde, nicht breit genug, um sie als Schrank zu bezeichnen. *I. Wilde* informierte uns der Aufkleber auf dem einen, auf dem anderen stand *F. Qureshy*.

»Zumindest werden wir uns über die Bettenwahl nicht in die Haare kriegen«, sagte Fatima. Sie hievte ihren Koffer auf das Bett neben ihrem Spind. »Voll durchorganisiert.«

Ich war gerade dabei, den Stapel Papiere auf dem Schreibtisch neben der Tür durchzusehen, zuoberst der »Schulvertrag – von allen Schülerinnen unterzeichnet bei Miss Weatherby einzureichen«, als plötzlich ein schrilles, markerschütterndes Klingeln losging, das unerträglich laut die Treppe hinaufhallte.

Fatima zuckte zusammen, sichtlich genauso erschrocken wie ich, und drehte sich zu mir um.

»Was zur Hölle war das? Bitte sag nicht, dass wir das jetzt vor jeder Mahlzeit zu hören bekommen?«

»Ich fürchte schon.« Ich fühlte, wie mein Herz vom Schock des Lärms heftig pochte. »Ach du Scheiße, glaubst du, man gewöhnt sich dran?«

»Wahrscheinlich nicht, aber wir sollten uns wohl besser auf

den Weg machen, oder? Ich glaub nicht, dass wir in fünf Minuten zur Kantine zurückfinden.«

Ich nickte und öffnete die Tür. Von oben waren Schritte zu hören, vielleicht konnten wir ja den beiden Unbekannten zum Speisesaal folgen.

Doch die langen Beine, die ich dann die Wendeltreppe hinabschreiten sah, kamen mir sehr bekannt vor. Genau diese Beine hatte ich nur ein paar Stunden zuvor in mitnichten vorschriftsgemäßen Nylonstrümpfen gesehen.

»So, so, so«, sagte eine Stimme, und schon bog Thea, dicht gefolgt von Kate, um die Kurve. »Rate mal, wer in Turm 2B ist. Wenn das kein lustiges Jahr wird!«

Also trinkst du wirklich nicht mehr?«, fragt Kate Fatima, als sie mir und sich selbst nachschenkt. Auf ihrem Gesicht, angestrahlt vom Schein der Lampe, liegt ein fragender, leicht herausfordernder Ausdruck. »So überhaupt nicht mehr?«

Fatima nickt und schiebt den Teller weg.

»So überhaupt nicht mehr. Ist Teil der Abmachung.« Sie scheint sich an ihrer eigenen Wortwahl zu stören, denn sie verdreht dabei die Augen.

»Vermisst du es?«, frage ich. »Das Trinken, meine ich.«

Fatima nippt an der Limonade, die sie sich mitgebracht hat, und zuckt dann mit den Schultern.

»Ganz ehrlich? Eigentlich nicht. Klar hatte ich meinen Spaß damit, und Gin Tonic ist schon was Feines. Aber es ist ja nicht so, als …«

Sie zögert. Ich glaube, ich weiß, was sie sagen will. Es ist nicht so, als hätte Alkohol uns nur eitel Sonnenschein gebracht. Ohne ihn wären uns einige der Fehler, die wir begangen haben, vielleicht nicht unterlaufen.

»Ich bin glücklich so«, sagt sie schließlich. »Mir geht es gut, dort wo ich bin. Und vieles wird einfacher. Autofahren … schwanger sein. Aufhören war keine so große Sache.«

Ich nehme einen Schluck von dem Rotwein, beobachte die glänzende Oberfläche im Schein der tiefhängenden Lampe, denke an Freya, die über unseren Köpfen schlummert, und den Alkohol, der durch mein Blut in meine Milch gelangt.

»Ich versuche, es im Rahmen zu halten«, sage ich. »Für Freya. Ab und zu mal ein oder zwei Gläser, aber mehr nicht, solange ich noch stille. Aber ich kann es nicht schönreden, die ganzen neun Monate nichts zu trinken, war verdammt hart. Das Einzige, was mich durchhalten ließ, war die Aussicht auf die Flasche Pouilly-Fumé im Kühlschrank für hinterher.«

»Neun Monate.« Nachdenklich schwenkt Kate den Wein im Glas. »Es ist schon Jahre her, dass ich auch nur neun Tage keinen Alkohol getrunken habe. Aber du rauchst auch nicht mehr, Isa, stimmt's? Das ist 'ne ziemliche Leistung.«

Ich lächle.

»Ja, als ich Owen kennenlernte, habe ich aufgehört und seitdem ganz gut durchgehalten. Aber dabei bleibt es auch – mehr als ein Laster gleichzeitig kann ich mir nicht abgewöhnen. Gut, dass du gar nicht erst angefangen hast«, sage ich zu Fatima.

Sie lacht.

»Es ist echt gut, so kann ich meinen Patienten leichter Standpauken über die Gefahren des Rauchens halten. Wer will schon eine Hausärztin, die einen zum Aufhören drängt, während sie selbst nach Qualm stinkt. Ali raucht schon ab und zu noch mal. Er denkt, ich bekomme es nicht mit.«

»Und du sagst nichts?«, frage ich und denke an Owens Reaktion. Fatima zuckt die Schultern.

»Es ist sein Gewissen. Wenn er es vor den Kindern machen würde, würde ich mich aufregen, aber ansonsten muss er es mit sich und Allah ausmachen, wie er mit seinem Körper umgeht.«

»Das ist alles so …«, hebt Kate an und lacht. »Sorry, ich will mich nicht blöd anstellen. Ich komme einfach noch nicht drüber weg. Du bist dieselbe alte Fatima, und trotzdem …« Sie zeigt auf den Hidschab, den Fatima zwar abgenommen, sich aber wie zur Erinnerung, dass sich die Dinge geändert haben, um die Schultern gelegt hat. »Versteh mich nicht falsch, ich finde es ja toll. Es wird nur eine Weile dauern, bis ich … alles in Einklang gebracht hab. Genauso mit Isa und Freya eigentlich.« Sie lächelt mich an, und ich erkenne die kleinen Fältchen um ihre Mundwinkel. »Es war so komisch, als du am Bahnhof ankamst mit diesem kleinen Menschen, den du jetzt mit dir herumschleppst. Zu sehen, wie du ihr das Gesicht abwischst, ihr die Windeln wechselst, als hättest du nie etwas anderes getan … Aber wenn du hier so sitzt, im selben Stuhl wie immer, vergesse ich wieder, dass du Mutter bist. Du siehst noch genauso aus, es ist, als wäre alles wie früher, dabei …«

Dabei ist nichts mehr wie früher.

Es ist schon nach elf, als Fatima auf die Uhr blickt und ihren Stuhl vom Tisch abrückt. Wir haben über Gott und die Welt geredet, von Fatimas Patienten über den Dorfklatsch bis hin zu Owens Arbeit, nur die eine Frage blieb unausgesprochen – warum hat Kate uns so dringend herbeordert?

»Ich sollte langsam schlafen gehen«, sagt Fatima. »Kann ich schon ins Bad?«

»Ja, klar«, antwortet Kate, ohne aufzusehen. Sie ist gerade dabei, sich eine Zigarette zu drehen, mit routiniertem Geschick zupfen und rollen ihre schlanken Finger den Tabak in Form. Dann leckt sie am Papier und legt die fertig gedrehte Zigarette vor sich auf den Tisch.

»Und wo schlafe ich? Hinten?«

»Ach, sorry, kannst du ja gar nicht wissen.« Kate schüttelt entschuldigend den Kopf. »Nein, das Schlafzimmer hier unten bekommt Thea. Dich wollte ich in meinem alten Zimmer unterbringen. Ich schlafe jetzt ganz oben.«

Fatima nickt und macht sich auf den Weg ins Bad. Kate und ich bleiben allein zurück. Kate nimmt die Zigarette und klopft mit einem Ende auf den Tisch. Ich weiß, dass sie sich meinetwegen zurückhält. »Lass dich von mir nicht stören«, sage ich, doch sie schüttelt den Kopf.

»Nein, das ist ja unfair. Ich stell mich draußen auf den Steg.«

»Ich komm mit dir«, schlage ich vor. Sie öffnet die altersschwache Brettertür, die zum Steg auf der Flussseite der Mühle führt, und gemeinsam treten wir hinaus in die warme Nacht.

Es ist ziemlich dunkel, ein wunderschöner Mond strahlt über dem Reach. Als Kate sich an die linke, flussaufwärts und in Richtung Dorf gewandte Kante des Stegs stellt, stutze ich kurz, doch dann verstehe ich. Die andere, unbezäunte Seite, wo wir immer saßen und bei Hochwasser unsere Füße ins Wasser baumeln ließen, ist komplett versunken. Als Kate meinen Blick bemerkt, seufzt sie resigniert.

»Das passiert jetzt immer bei Flut.« Sie wirft einen Blick auf ihre Uhr. »Höher wird es aber nicht mehr – gleich beginnt die Ebbe.«

»Mensch, Kate, ich hatte keine Ahnung. Das also meintest du, als du sagtest, dass alles versinkt?«

Sie nickt, zündet sich die Zigarette an und nimmt einen tiefen Zug.

»Das ist ja echt ernst. Ich meine, es versinkt ja wirklich.«

»Ich weiß«, sagt sie knapp und bläst eine lange Rauchwolke in die Luft. Ich bekomme plötzlich große Lust auf eine Zigarette. Ich kann den Rauch fast schmecken. »Aber was will man machen?«, fragt sie matt, mit der Selbstgedrehten in einem Mundwinkel.

Auf einmal halte ich es nicht mehr aus. Das Warten.

»Lass mich mal ziehen.«

»Was?« Kate sieht mich an, ihr Gesicht ist vom Schatten des Mondes verdunkelt. »Nein, Isa. Komm, du hast doch aufgehört.«

»Aber du weißt selbst, Ex-Süchtige sind nur Süchtige, die länger keinen Schuss hatten«, erwidere ich, ohne nachzudenken, und als mir auf einmal in einem Anflug von Schwindel bewusst wird, was ich da gesagt habe, wessen Worte ich zitiert habe, ist es wie ein Stich ins Herz. Nach all den Jahren denke ich noch immer an ihn, wie viel schlimmer muss es für Kate sein?

»O Gott«, sage ich und lege meine Hand auf ihre. »Es tut mir leid, ich –«

»Schon in Ordnung«, sagt sie, aber sie lächelt nicht mehr, und die Fältchen um ihren Mund wirken mit einem Mal tiefer als noch ein paar Minuten zuvor. Sie nimmt einen weiteren tiefen Zug und steckt mir dann die Zigarette zwischen meine ausgestreckten Finger. »Ich denke sowieso die ganze Zeit an ihn. Es macht keinen Unterschied.«

Ich halte die federleichte Selbstgedrehte zwischen den Fingern, stecke die Spitze zwischen meine Lippen und ziehe den Rauch tief in meine Lunge. Es fühlt sich an, wie in ein heißes Bad zu steigen. Meine Güte, wie gut das tut.

Und dann passieren zwei Dinge. Von der Flussbrücke aus schwenken zwei Scheinwerfer über die Wellen, kurz darauf kommt am Ende des unbefestigten Zufahrtswegs der Mühle ein Wagen zum Stehen.

Und aus dem Babyfon in meiner Tasche dringt ein dünnes, jämmerliches Wimmern, das mich bis ins Mark trifft, und ich fahre ruckartig hoch, als zerrte jemand an einer unsichtbaren Schnur, die Freya und mich verbindet.

»Hier.« Kate hält mir die Hand hin, und eilig gebe ich ihr die Zigarette zurück. Ich kann nicht fassen, was ich gerade getan habe. Ein Glas Wein ist das eine, aber will ich wirklich nach Rauch stinken, wenn ich meine Tochter zurück in den Schlaf wiege? Was würde Owen dazu sagen? »Geh du zu Freya«, sagt sie. »Ich werde nachsehen, wer …«

Aber als ich wieder zurück ins Haus und die Treppe hoch zu meiner Tochter renne, weiß ich bereits, wer es ist.

Thea kommt, wie versprochen. Endlich sind wir komplett.

Auf dem Absatz stoße ich beinah mit Fatima zusammen, die gerade aus ihrem Zimmer, Kates altem Schlafzimmer, kommt.

»Sorry«, sage ich, etwas außer Atem. »Freya ist …«

Sie tritt zur Seite, um mich durchzulassen, und ich haste in das Zimmer am Ende des Flurs, in dem Kate die Bugholzwiege aufgestellt hat, in der sie selbst einst als Baby geschaukelt wurde.

Das Zimmer ist schön – vielleicht das schönste nach dem Dachgeschoss, wo Kate jetzt wohnt. Früher war der Dachboden das Reich ihres Vaters, Schlafzimmer und Atelier in einem.

Es ist sehr warm im Zimmer, und als ich Freya hochnehme, fühlt sie sich heiß und klebrig an. Ich befreie sie aus ihrem Schlafsack und lege sie zur Beruhigung an meine Schulter, als ich ein Geräusch höre. Es ist Fatima, die unschlüssig im Türrahmen steht, und erst jetzt fällt mir auf, was ich übersehen hatte, als ich an ihr vorbeirauschte: Sie ist noch angezogen.

»Ich dachte, du wolltest ins Bett gehen?«

Sie schüttelt den Kopf. »Ich hab noch gebetet.« Sie spricht mit gedämpfter Stimme, um Freya nicht zu erschrecken. »Es ist so komisch, Isa. Dich hier in *seinem* Zimmer zu sehen.«

»Ich weiß«, sage ich. Als ich mich auf den Korbsessel setze, tritt Fatima über die Schwelle, um das Zimmer näher in Augenschein zu nehmen: die offen stehenden schrägen Fenster, den gewienerten dunklen Holzboden, die Blattskelette, die von den Balken hängen und in der warmen Brise flattern. Das meiste, was Luc gehörte, hat Kate entsorgt, seine Poster sind weg, ebenso der Haufen Schmutzwäsche hinter der Tür, die Akustikgitarre an der Fensterbank, der uralte Plattenspieler neben dem Bett. Aber sein Geist erfüllt den Raum noch immer, und es wird nie etwas anderes sein als Lucs Zimmer, auch wenn Kate es bei meiner Ankunft Gästezimmer nannte.

»Seid ihr in Kontakt geblieben?«, fragt Fatima.

Ich schüttle den Kopf. »Nein, ihr?«

»Nein.« Sie setzt sich auf die Bettkante. »Aber du hast sicher viel an ihn gedacht, oder?«

Ich brauche einen Moment, bevor ich antworten kann, und tupfe Freya mit dem Mulltuch die Wange ab.

»Manchmal«, antworte ich schließlich. »Ab und zu.«

Aber das ist eine Lüge – schlimmer noch, ich belüge Fatima. Dabei lautete die wichtigste Regel im Lügenspiel: Wir lügen jeden an, aber uns gegenseitig – niemals.

Ich muss an all die Lügen denken, die ich über die Jahre immer wiederholt habe, bis sie sich so tief eingegraben hatten, dass sie sich wie die Wahrheit anfühlten: Ich ging, weil ich Veränderung brauchte. Ich weiß nicht, was mit ihm passiert ist, er verschwand einfach. Ich habe nichts falsch gemacht.

Fatima schweigt zwar, doch ihre funkelnden Augen fixieren mich aufmerksam, und ich lasse die Hand wieder sinken, die eben noch an meinen Haaren nestelte. Wenn man Menschen so oft beim Lügen beobachtet, wie wir es getan haben, lernt man die verräterischen Regungen der anderen zu deuten. Thea kaut auf den Nägeln, Fatima meidet Blickkontakt, Kate wird ruhig und distanziert. Und ich … ich friemle an meinem Haar herum, zwirble es zwischen meinen Fingern zusammen, bis es unentwirrbar ist wie unser Netz aus Lügen – ohne es selbst zu merken.

Damals arbeitete ich hart daran, es mir abzugewöhnen. Aber an Fatimas mitleidigem Lächeln erkenne ich, dass meine alte Macke mich wieder verraten hat.

»Das ist nicht wahr«, gebe ich zu. »Ich habe an ihn gedacht … oft. Und du?«

Sie nickt. »Natürlich.«

Wieder tritt Stille ein, und ich weiß, dass wir beide an ihn denken … an seine langen, schmalen Hände, die starken Finger, die an den Saiten seiner Gitarre zupften, erst langsam und zärtlich, dann schneller, als man gucken konnte. An seine Augen, unbeständig wie die eines Tigers, wie sie von kupferfarben im Sonnenschein zu goldbraun im Schatten wechselten. Sein Gesicht ist fest in mein Gedächtnis gebrannt, und ich sehe ihn jetzt so klar und deutlich vor mir, als würde er leibhaftig hier stehen – sehe die vorstehende römische Nase, die ihm ein so markantes Profil verlieh, den breiten, ausdrucksstarken Mund, den Schwung seiner Brauen, die an den Rändern ganz leicht nach oben zeigten, wodurch er immer aussah, als würde er jeden Moment die Stirn runzeln.

Ich seufze, und Freya windet sich in ihrem leichten Schlaf.

»Soll ich gehen?«, fragt Fatima leise. »Wenn ich sie unruhig mache …«

»Nein, bleib«, bitte ich sie. Freyas Augen fallen immer wieder zu und schlagen abrupt wieder auf, doch allmählich werden ihre Glieder locker und schwerer. Bald wird sie wieder eingeschlafen sein. Vorsichtig lege ich sie in die Wiege zurück.

Gerade im rechten Moment, denn plötzlich sind Schritte zu hören, eine Tür wird mit Schwung aufgestoßen, und dann erklingt Theas Stimme, die über Shadows Gebell hinweg nach oben hallt.

»Schätzchen, ich bin zu Hause!«

Freya zuckt bei dem Lärm kurz zusammen und streckt seesternartig ihre kleinen Hände aus, doch als ich ihr beruhigend eine Hand auf den Brustkorb lege, flattern ihre Augenlider wieder zu, und kurz darauf folge ich Fatima aus Lucs Zimmer hinaus nach unten, wo Thea uns schon erwartet.

Wenn ich an das Internat zurückdenke, erinnere ich mich vor allem an die Gegensätze. Das gleißende Licht auf dem Meer an einem sonnigen Wintermorgen und die pechschwarze nächtliche Landschaft – eine Dunkelheit, wie London sie nie erreicht. Die stille Konzentration in den Kunsträumen gegen die schrille Kakophonie von dreihundert hungrigen Mädchen im Speisesaal. Und vor allem die Innigkeit der Freundschaften, die nach nur wenigen Wochen in diesem Treibhausklima gediehen waren … und die Feindschaften, die sie zwangsläufig nach sich zogen.

In jener ersten Nacht jedoch war es der Lärm, der mir am meisten unter die Haut ging. Fatima und ich packten gerade in bereits einträchtiger Stille unsere Koffer aus, als die Glocke zum Abendessen ertönte. Auf das erste schrille Läuten hin stürzten wir in den Flur, wo der Lärm ohrenbetäubend war. In meiner früheren Schule hatte es nichts dergleichen gegeben. Er verstärkte sich noch, je näher wir dem Speisesaal kamen. War es schon zum Mittagessen hektisch gewesen, war der Saal jetzt, da alle Mädchen im Internat eingetroffen waren, zum Bersten voll, und das Gejuchze von dreihundert hochfrequenten Stimmen ließ einem fast das Trommelfell platzen.

Während sich auf allen Seiten Mädchen an uns vorbeidrängelten und zielstrebig auf ihre jeweiligen Freundinnen zuliefen, standen Fatima und ich unschlüssig herum und hielten Ausschau nach einem Sitzplatz. Ich entdeckte Thea und Kate am Ende eines der langen polierten Holztische. Sie saßen einander gegenüber, und neben den beiden war jeweils noch ein Platz frei. Ich nickte Fatima zu, doch kaum hatten wir uns in Bewegung gesetzt, wurden wir von einem anderen Mädchen überholt, das offenbar dasselbe Ziel hatte. Jetzt würde nicht mehr genug Platz für uns beide sein.

»Nimm du ihn«, schlug ich Fatima vor und versuchte, gleichmütig zu klingen. »Ich kann mich woanders hinsetzen.«

»Sei doch nicht albern.« Fatima gab mir einen freundlichen Schubs. »Ich lass dich nicht alleine stehen. Irgendwo muss es doch zwei Stühle nebeneinander geben.«

Doch sie rührte sich nicht vom Fleck. Irgendwas stimmte nicht an der Art, mit der das Mädchen auf Thea und Kate zuging – da war eine Feindseligkeit zu spüren, die ich nicht festmachen konnte.

»Suchst du einen Platz?«, fragte Thea mit säuselnder Stimme, als das Mädchen vor ihnen stand. Später lernte ich sie als Helen Fitzpatrick kennen, die eigentlich fröhlich und klatschhaft war, doch in diesem Moment nur ein ungläubiges, bitteres Lachen von sich gab.

»Danke, aber da sitze ich lieber bei den Toiletten. Warum zur Hölle hast du mir erzählt, dass Miss Weatherby schwanger ist? Ich habe ihr eine Glückwunschkarte geschrieben, und sie ist total ausgerastet. Ich hab sechs Wochen Hausarrest bekommen!«

Thea sagte nichts, aber ich sah, dass sie sich nur mühsam ein Lachen verkniff und dass Kate, die mit dem Rücken zu Helen saß, mit den Lippen die Worte *Zehn Punkte* formte und grinsend zehn Finger in die Luft hielt.

»Also?«, bohrte Helen nach.

»Mein Fehler. Ich muss mich verhört haben.«

»Verarschen kann ich mich selbst. Du schmierige Lügnerin.«

»War doch nur ein Witz«, sagte Thea. »Ich habe nie behauptet, dass ich es definitiv weiß – ich habe ja selbst nur Gerüchte gehört. Nächstes Mal machst du halt besser 'nen Faktencheck.«

»Hier sind ein paar *Fakten*. Von deiner letzten Schule, Thea. Im Tennislager habe ich eine frühere Mitschülerin von dir kennengelernt. Die meinte, dass du nicht sauber tickst und man dich von der Schule werfen musste. Das scheint mir eine echt gute Idee zu sein. Je schneller du hier fliegst, umso besser.«

Da stand Kate auf und fuhr herum, sodass sie Helen direkt konfrontierte. Von dem freundlichen Ausdruck, den sie im Zug gehabt hatte, war nichts mehr zu sehen. Die kalte Wut, die jetzt aus ihrem Gesicht sprach, machte mir ein bisschen Angst.

»Weißt du, was dein Problem ist?« Sie lehnte sich vor, woraufhin Helen unwillkürlich einen Schritt zurücktrat. »Du verbringst einfach viel zu viel Zeit in der Gerüchteküche. Wenn du nicht immer jeden fiesen Tratsch, der irgendwo kursiert, sofort glauben würdest, hättest du keinen Arrest bekommen.«

»Fick dich doch«, fauchte Helen, und plötzlich fuhren alle Mädchen zusammen, als die Stimme von Miss Farquharson, der Sportlehrerin, ertönte.

»Gibt es hier irgendwelche Probleme?«

Helen warf Thea einen finsteren Blick zu, biss sich aber auf die Zunge. »Nein, Miss Farquharson«, sagte sie schmollend.

»Thea? Kate?«

»Nein, Miss Farquharson«, sagte Kate.

»Gut. So, wir haben hier zwei neue Mädchen stehen, die einen Platz suchen, und bis jetzt hat niemand ihnen einen angeboten. Fatima, Isa, setzt euch da auf die Bänke. Helen, brauchst du noch einen Sitzplatz?«

»Nein, Miss Farquharson. Jess hält mir einen frei.«

»Dann würde ich vorschlagen, du gehst jetzt dahin.« Miss Farquharson wandte sich zum Gehen, doch dann hielt sie inne und ihr Gesichtsausdruck veränderte sich. Sie beugte sich vor und roch mit etwas Abstand an Theas Haaren. »Thea, was rieche ich da? Du hast doch wohl nicht auf dem Schulgelände geraucht? Miss Weatherby hat letztes Jahr unmissverständlich klargemacht, dass wir bei einem erneuten Vorfall deinen Vater einschalten und eine Suspendierung erwägen müssen.«

Eine lange Pause folgte. Ich konnte sehen, dass Theas Finger die Tischkante umklammerten. Sie warf Kate einen Blick zu und setzte zu einer Antwort an – aber zu meiner eigenen Überraschung war ich es, die als Erste das Wort ergriff.

»Wir saßen im Raucherabteil fest, Miss Farquharson. Im Zug. Da war ein Mann mit Zigarre – und die arme Thea musste neben ihm sitzen.«

»Echt eklig«, bekräftigte Fatima. »Das hat so fies gestunken. Mir wurde schlecht, dabei saß ich neben dem Fenster.«

Miss Farquharson drehte sich zu uns um, musterte uns eindringlich – mich mit meinem mädchenhaften Gesicht und offenen Lächeln, Fatima mit ihren dunklen, arglosen Unschuldsaugen. Als ich spürte, wie meine nervösen Finger automatisch zu meinen Haaren wandern wollten, verschränkte ich sie fest hinter dem Rücken. Miss Farquharson nickte bedächtig.

»Wie unangenehm. Na, dann verlieren wir kein Wort mehr darüber, Thea. Dieses eine Mal. Jetzt setzt euch, Mädchen. Die Vertrauensschülerinnen werden jeden Moment auftischen.«

Wir setzten uns, und Miss Farquharson zog davon.

»Puh«, flüsterte Thea. Sie lehnte sich über den Tisch zu mir vor und drückte meine Hand. Ihre Finger waren kalt und zitterten noch vor Aufregung. »Und … Gott, ich weiß nicht, was ich sagen soll. Danke!«

»Im Ernst«, sagte Kate. Sie schüttelte den Kopf, in einer Mischung aus Erleichterung und Respekt. Die eiserne Wut von eben war verschwunden, als wäre sie nie da gewesen. »Ihr habt das durchgezogen wie echte Profis.«

»Willkommen beim Lügenspiel«, sagte Thea und warf Kate einen fragenden Blick zu. »Stimmt's?«

Und Kate nickte. »Willkommen beim Lügenspiel. Oh, und –« ein schelmisches Grinsen trat auf ihr Gesicht – »und zehn Punkte.«

Fatima und ich brauchten nicht lange, um herauszufinden, warum die Zimmer im Turm als die besten galten – genau genommen kamen wir schon am ersten Abend dahinter. Ich war ins Zimmer zurückgekehrt, nachdem ich im Gemeinschaftsraum noch einen Film gesehen hatte. Fatima lag auf dem Bett und war anscheinend damit beschäftigt, auf dünnem Luftpostpapier einen Brief zu verfassen. Ihre mahagonifarbenen Haare fielen wie dunkle Seidenvorhänge um ihr Gesicht.

Als sie mich reinkommen hörte, blickte sie auf und gähnte, und ich sah, dass sie schon im Pyjama war – ein knappes Trägerhemd und rosa Flanellshorts. Als sie sich streckte, rutschte das Top ein Stück hoch und entblößte einen sehr flachen Bauch.

Sie setzte sich auf. »Schlafenszeit?«

»Definitiv.« Ich setzte mich auf die Matratze, begleitet von einem Quietschen der Federn, und zog meine Schuhe aus. »Gott, bin ich kaputt. So viele neue Gesichter …«

»Ich weiß.« Fatima schüttelte ihre Haare zurück und legte den Brief gefaltet in ihre Nachttischschublade. »Nach dem Essen wollte ich nicht noch mehr neue Leute kennenlernen, also habe ich mich hierher verzogen. War das schlimm?«

»Sei nicht albern. Ich hätte das Gleiche tun sollen. Wirklich geredet habe ich sowieso mit niemandem – es schienen hauptsächlich jüngere Mädchen zu sein.«

»Was für einen Film habt ihr gesehen?«

»*Clueless*«, antwortete ich und unterdrückte selbst ein

Gähnen, bevor ich mich abwandte, um mein Hemd aufzuknöpfen. Ich hatte mir eine Art Kabine vorgestellt, wie man sie aus manchen Internatsgeschichten kennt, einen Vorhang, den man um das Bett ziehen kann, aber den schien es hier nur in den Schlafsälen zu geben. In den Doppelzimmern wurde von den Mädchen erwartet, dass sie ihre Privatsphäre gegenseitig achteten, wenn erforderlich.

Ich war schon im Schlafanzug und suchte in meinem Spind nach meinem Kulturbeutel, als ein Geräusch mich plötzlich aufhorchen ließ. Es klang wie ein Klopfen, aber es kam nicht von der Tür.

»Warst du das?«, fragte ich Fatima.

Sie verneinte.

»Wollte ich auch gerade fragen. Es schien vom Fenster zu kommen.«

So standen wir beide angespannt lauschend vor den geschlossenen Vorhängen und kamen uns etwas albern dabei vor. Mit einem Lachen und einem Witz über Rapunzel wollte ich das Ganze gerade abtun, als es wieder klopfte, diesmal so laut, dass wir beide vor Schreck aufquietschten und dann in nervöses Gekicher ausbrachen.

Es war, diesmal ganz bestimmt, vom Fenster in meiner Zimmerhälfte gekommen, und mit entschlossenem Schritt lief ich darauf zu und zog den Vorhang zurück.

Ich weiß nicht, was ich hinter der Scheibe erwartet hatte – auf jeden Fall nicht das: ein fahles Gesicht, umgeben von Dunkelheit. Einen Moment lang war ich sprachlos, doch dann fielen mir die stählernen schwarzen Feuertreppen ein, die sich in jeder Ecke des Gebäudes die Türme emporrankten. Ich blickte genauer hin: Es war Kate.

Sie grinste und bedeutete mir mit einer drehenden Handbewegung, das Fenster zu öffnen.

Einen Moment lang mühte ich mich mit dem rostigen Griff ab, bevor er schließlich quietschend nachgab.

»Na dann«, sagte Kate. Sie machte eine Handbewegung in Richtung der wackeligen Stahlkonstruktion, auf der sie stand und deren Konturen sich vor dem fahlen nächtlichen Meer klar abzeichneten. »Worauf wartet ihr?«

Ich warf Fatima einen fragenden Blick zu, und als sie mit den Schultern zuckte und nickte, zog ich die Decke vom Fuß meines Bettes und kletterte über die Fensterbank in die kühle herbstliche Nacht.

Die nächtliche Luft war still und klar, und während Fatima und ich Kate über die wackeligen Metallstufen leise nach oben folgten, war aus der Ferne das Krachen der Wellen gegen den Kiesstrand zu hören, und kreisende Möwen schrien zum Meer hinaus. Am Ende der Feuertreppe wartete Thea schon auf uns. Sie trug ein T-Shirt, das kaum bis zu ihren langen, schlanken Oberschenkeln reichte.

»Breite die Decke mal aus«, forderte sie mich auf, und ich warf sie über das Eisengitter des Absatzes, wo wir uns nebeneinandersetzten.

»Jetzt wisst ihr's also«, sagte Kate und lächelte verschwörerisch. »Unser Geheimnis liegt in eurer Hand.«

»Und alles, was wir euch als Lohn für euer Schweigen anbieten können«, sagte Thea, »ist das hier« – sie hielt eine Flasche Jack Daniels in die Höhe – »und das.« Hierzu präsentierte sie eine Packung Silk Cut. »Raucht ihr?« Sie hielt uns die Packung hin und klopfte darauf, sodass eine einzige Zigarette hervorragte.

Fatima schüttelte den Kopf.

»Nein. Aber davon hätte ich gern was.« Sie deutete mit dem Kinn auf den Bourbon, und Kate reichte ihr die Flasche. Fatima nahm einen großen Schluck, schüttelte sich, und wischte sich dann grinsend den Mund ab.

»Isa?«, fragte Thea, die mir immer noch die Zigarette hinhielt.

Ich rauchte damals nicht. Zwar hatte ich es in meiner Schule in London ein oder zweimal probiert, aber gefallen hatte es mir nicht. Mehr noch, ich wusste, wie sehr meine Eltern dagegen waren, ganz besonders mein Vater, der als junger Mann selbst geraucht hatte und der in unregelmäßigen Abständen in einem Anfall von Selbsthass wieder zur Zigarre griff.

Aber hier ... hier war ich jemand anderes ... jemand Neues.

Hier war ich nicht das pflichtbewusste Schulmädchen, das stets alle Hausaufgaben pünktlich ablieferte und das Staubsaugen erledigte, bevor sie sich mit ihren Freundinnen traf.

Hier konnte ich sein, wer immer ich wollte. Jemand völlig anderes.

»Danke«, sagte ich. Ich nahm die Zigarette aus der Packung und lehnte mich vor, um mir von Kate Feuer geben zu lassen, wobei meine Haare auf ihre goldbraunen Arme fielen, nahm einen vorsichtigen Zug, blinzelte gegen den stechenden Rauch in meinen Augen und hoffte inständig, mich nicht zu verschlucken.

»Danke wegen vorhin«, sagte Thea. »Wegen dem Rauchen, meine ich. Du hast mir ... du hast mir echt den Arsch gerettet. Keine Ahnung, was passieren würde, wenn ich schon wieder fliege. Ich rechne ernsthaft damit, dass Dad mich einweisen lassen würde.«

»Kein Problem.« Ich atmete aus und sah dem Rauch nach, der an den Dachspitzen der Schule vorbeizog, auf den prachtvollen weißen, fast vollen Mond zu. »Aber sagt mal, was meintet ihr vorhin beim Abendessen? Von wegen Punkte?«

»So führen wir Buch«, erklärte Kate. »Zehn Punkte gibt's für vollständige Täuschung, fünf für Einfallsreichtum oder wenn eine von uns aus der Rolle fällt und losprusten muss. Fünfzehn, wenn man jemanden extrem Arrogantes reinlegt. Die Punkte bedeuten eigentlich nichts ... Es gibt keinen Preis am Ende. Sie machen es einfach witziger.«

»Das ist die Variante eines Spiel, das an einer meiner früheren Schulen gespielt wurde«, sagte Thea. Lässig zog sie an ihrer Zigarette. »Zielscheibe waren immer die neuen Mädchen. Man musste sie dazu bringen, etwas Idiotisches zu tun – zum Beispiel wurde ihnen weisgemacht, es sei Tradition, zur Hausaufgabenstunde am Abend sein Handtuch mitzunehmen, damit das Duschen später schneller ging, oder man überzeugte sie davon, dass sie im ersten Jahr nur im Uhrzeigersinn um den Schulhof laufen dürfen. Ziemlich gemein. Als ich dann hierherkam und schon wieder die Neue war, dachte ich mir, ihr könnt mich kreuzweise. Diesmal bin ich es, die lügt. Und diesmal geht es um etwas. Ich hacke nicht auf den Neuen herum, die sich eh nicht verteidigen können. Ich knöpfe mir die Mächtigen vor – die Lehrerinnen, die beliebten Mädchen. Die glauben, dass sie über allem stehen.« Sie pustete eine Rauchwolke in die Luft. »Aber als ich Kate zum ersten Mal angelogen hab, ist sie weder ausgeflippt, noch hat sie gedroht, mich auszugrenzen, sondern hat nur gelacht. Da wusste ich, dass sie nicht zu denen gehört.«

»Und ihr auch nicht«, sagte Kate mit verschwörerischem Blick. »Stimmt's?«

»Stimmt«, sagte Fatima. Sie nahm noch einen Schluck aus der Flasche und grinste.

Ich nickte stumm, zog erneut an der Zigarette, tiefer diesmal, und spürte den Rauch meine Lungen füllen und das Nikotin durch meine Adern strömen. Mir wurde schwindelig, und als ich die Zigarette auf dem Eisengitter des Treppenabsatzes ablegte, zitterte meine Hand. Ich sagte nichts und hoffte, dass den anderen mein kleiner Schwächeanfall entgangen war.

Ich fühlte Theas Blick auf mir und hatte plötzlich die seltsame Gewissheit, dass sie sich von meiner Selbstbeherrschung nicht täuschen ließ und ganz genau wusste, was mir durch den Kopf ging. Dass ihr klar war, welche Anstrengung es mich kostete, so zu tun, als wäre es das Normalste von der

Welt für mich. Doch anstatt mich aufzuziehen, hielt sie mir nur die Flasche hin.

»Trink«, befahl sie, doch als sie ihren herrischen Tonfall bemerkte, fügte sie lächelnd hinzu: »Gegen den Stress des ersten Tages.«

Ich dachte an meine Mutter in ihrem Krankenhausbett, an das Gift, das über den Tropf in ihre Venen drang, an meinen Bruder, allein in seinem neuen Zimmer in Charterhouse, meinen Vater auf der nächtlichen Rückfahrt nach London in ein leeres Haus ... Thea hatte recht ... ich konnte etwas gegen die Anspannung gebrauchen, also nahm ich ihr die Flasche ab.

Der Whisky brannte wie Feuer an meinem Gaumen, und ich musste mich anstrengen, nicht zu husten oder zu würgen, doch ich schluckte und fühlte das Brennen erst in meiner Speiseröhre, dann in meinem Magen, und ich spürte, wie sich mein Körper allmählich entspannte. Dann hielt ich Kate die Flasche hin.

Kate nahm kein vorsichtiges Schlückchen, so wie Fatima und ich, sondern zwei, drei gierige Schlucke, ohne Pause und ohne mit der Wimper zu zucken – sie hätte genauso gut Milch trinken können.

Anschließend wischte sie sich über den Mund, und als sie aufblickte, lag ein Funkeln in ihren Augen.

»Auf uns«, sagte sie und hob die Flasche in die Höhe, deren Glas das Mondlicht reflektierte. »Auf dass wir nie alt werden.«

Von allen dreien habe ich Thea am längsten nicht gesehen, und so habe ich, als ich die Treppe hinuntergehe, die Siebzehnjährige vor Augen, ihr wunderschönes Gesicht, gerahmt von der tiefdunklen, im Licht der Sonne glänzenden Haarpracht.

Als ich um die letzte Kurve der klapprigen Treppe biege, ist es nicht Thea, die ich als Erstes sehe, sondern das Aquarell in der Ecke, das Ambrose von ihr beim Schwimmen im Reach gemalt hatte. Eindrucksvoll hat Ambrose den Glanz der Sonne auf ihrer Haut und das vom Wasser gebrochene Licht eingefangen, und die langen Haare, die sich nass um ihren Kopf schmiegen, lassen sie noch atemberaubender aussehen.

Mit diesem Bild im Kopf biege ich also um die Ecke, neugierig auf das, was mich erwartet.

Da steht Thea, und sie ist – ich hätte es nicht für möglich gehalten – schöner als je zuvor. Ihr Gesicht ist schmaler geworden, die Züge ausgeprägter, und das dunkle Haar trägt sie raspelkurz. So geschoren, ohne den schwarz-blonden Wasserfall ihrer seidigen Haare, ohne Make-up und Schmuck, scheint ihre Schönheit auf Haut und Knochen reduziert, ihr Kern herausgeschält.

Älter ist sie geworden, umwerfender und noch dünner – zu dünn vielleicht. Und doch ist sie genau wie früher.

Ich muss an Kates Toast denken in jener Nacht, als wir einander kaum kannten. *Auf dass wir nie alt werden …*

»Thee«, flüstere ich.

Und dann halte ich sie fest, fühle ihren knochigen Körper, Fatima stürmt dazu und umarmt sie lachend, bis Thee protestiert: »Himmel, ihr zwei, ihr zerquetscht mich ja! Und Vorsicht mit meinen Stiefeln, der Idiot von Taxifahrer hat mich quasi mitten auf der Marsch rausgeworfen. Ich musste also hierher waten.«

Sie riecht nach Zigaretten … und nach Alkohol, ihr Atem süß wie überreife Früchte, als sie in meine Haare lacht, bevor sie uns loslässt und auf den Tisch am Fenster zuläuft.

»Ich kann nicht glauben, dass ihr beiden Mütter seid.« Ihr Lächeln ist noch wie immer, geschwungen, leicht schief, geheimnisvoll. Sie zieht den Stuhl zurück, der immer ihrer war, wenn wir hier zusammensaßen und bis in die frühen Morgenstunden rauchten und tranken, setzt sich hin und steckt sich eine Sobranie-Zigarette, schwarz mit Goldspitze, zwischen die Lippen. »Wie konnte man verkommenen Subjekten wie euch die Fortpflanzung erlauben?«

»Krass, oder?« Fatima nimmt ihr gegenüber Platz, mit dem Rücken zum Ofen. »In etwa das habe ich auch zu Ali gesagt, als sie mir Nadia im Krankenhaus in die Arme legten, damit wir sie mit nach Hause nahmen: Und was zum Teufel machen wir jetzt?«

Kate nimmt einen Teller und hält ihn Thea hin.

»Möchtest du was? Hast du schon gegessen? Es ist noch reichlich Couscous da.«

Thea schüttelt den Kopf, zündet sich die Zigarette an und pustet eine schmale Rauchwolke aus.

»Alles gut. Ich will nur was zu trinken. Und herausfinden, warum zur Hölle wir alle hier sind.«

»Wir haben Wein … und Wein …«, sagt Kate. Sie sucht die schief stehende Anrichte ab. »Und … Wein. Sonst nichts.«

»Mensch, du hast nachgelassen. Keinen Schnaps? Na gut, dann nehm ich wohl Wein.«

Kate füllt eines der riesigen gesprungenen grünblauen Gläser bis zum Rand und schiebt es Thea hin, die es vor sich hält und durch die rubinrote Flüssigkeit das Flackern der Kerze auf dem Tisch beobachtet.

»Auf uns«, sagt sie schließlich. »Auf dass wir nie alt werden.«

Doch darauf will ich gar nicht anstoßen. Ich *will* alt werden, Freya aufwachsen sehen, Fältchen in meinem Gesicht fühlen.

Einen Kommentar spare ich mir, denn auf einmal hält Thea inne, das Glas schon an den Lippen, und zeigt mit dem Finger auf Fatimas Getränk.

»Moo-ment, Moment, was ist denn das für ein Scheiß? Limonade? Mit Limonade kann man nicht anstoßen. Du bist doch nicht schon wieder schwanger, oder?«

Fatima schüttelt lächelnd den Kopf und deutet dann auf das Tuch, das lose um ihre Schultern liegt.

»Die Zeiten haben sich geändert, Thea. Das ist mehr als ein Modeaccessoire.«

»Ach, Schätzchen, komm schon. Ein Hidschab macht dich nicht gleich zur Nonne! Zu uns ins Casino kommen immer wieder Muslime, und eine Frau hat mir erzählt, dass zum Beispiel Gin Tonic wegen des Chinin-Gehalts nicht als Alkohol gilt, sondern als Medizin.«

»Also, erstens ist das genau die Art von Ratschlag, die man in Fachkreisen als ›Bullshit‹ bezeichnet …«, erwidert Fatima. Sie lächelt zwar noch, aber es liegt eine Härte in ihrer hellen Stimme. »Und zweitens muss man über die Dissoziationsbegabung einer Person staunen, die im Casino einen Hidschab trägt, wenn man sich anguckt, was der Koran zum Glücksspiel zu sagen hat.«

Kurz ist es still im Raum. Kate und ich tauschen einen Blick und ich will etwas sagen, doch mir fällt nichts ein, außer Thea zu raten, verdammt noch mal die Klappe zu halten.

Thea schlürft an ihrem Wein und seufzt: »Früher warst du nicht so prüde.« Bei der Bemerkung wird Kate, die neben mir sitzt, ganz steif vor Schreck, doch Thea hat einen Mundwinkel zu einem schiefen Lächeln verzogen. »Vielleicht täusche ich mich auch, aber ich meine sogar, mich an ein gewisses Spiel namens Strip Poker zu erinnern …? Oder war das eine andere Miss Qureshy?«

»Früher warst du nicht so scheiße«, entgegnet Fatima, aber ohne Groll in der Stimme, auch sie lächelt. Sie lehnt sich über den Tisch und haut Thea im Spaß auf den Arm, woraufhin diese lacht und ihr echtes, ehrliches Lächeln – das breite, großherzige, selbstironische Lächeln – fast gegen ihren Willen zum Vorschein kommt.

»Lügnerin«, sagt sie, immer noch grinsend, und endlich ist die Anspannung verschwunden, hat sich wie statische Elektrizität mit einem harmlosen Knistern in den Boden entladen.

Ich weiß nicht, wie spät es ist, als ich irgendwann zur Toilette gehe. Es muss weit nach Mitternacht sein. Auf dem Weg zurück sehe ich kurz nach Freya, die still in der Wiege schläft, Arme und Beine in völliger Entspannung von sich gestreckt.

Am Fuß der geschwungenen Treppe, auf dem Weg zurück zu dem Tisch, an dem meine alten Freundinnen sitzen, überkommt mich ein heftiges Déjà-vu. Fatima, Thea, Kate, sie alle an ihren angestammten Plätzen, und wie sie dort so im Schein der Kerze versammelt sitzen, sind sie auf einmal wieder fünfzehn Jahre alt. Ein seltsames Gefühl macht sich breit, als wäre eine Schallplatte zurückgesprungen und spielte uns nun das Echo unserer früheren Leben vor, in das Ambrose und Luc, die Geister der Vergangenheit, mit einstimmten. Mein Herz zieht sich zusammen, es ist ein fast körperlicher Schmerz, und plötzlich, nur für den Bruchteil einer Sekunde, blitzt grell ein Bild vor mir auf, eine Szene, die ich so dringend vergessen wollte.

Ich schließe die Augen und lege mir die Hände vors Gesicht, um das Bild zu verdrängen – und als ich sie wieder öffne, sind da nur Thea, Fatima und Kate. Doch die Erinnerung bleibt – ein toter Körper auf dem Teppich, vier tränenüberströmte, vor Schock kreideweiße Gesichter …

Plötzlich fühle ich etwas Kaltes an meiner Hand, erschrocken fahre ich herum und inspiziere mit klopfendem Herzen die sich ins Dunkel nach oben windende Treppe.

Keine Ahnung, was ich dachte – schließlich sind nur wir hier –, jedenfalls ist da niemand, allein die Schatten der Möbel, und unsere Gesichter von früher, die uns von den Wänden entgegenstarren.

Erst als ich Kates leises Lachen höre, begreife ich. Es war tatsächlich ein Schatten, allerdings ein lebender: Shadow, Kates Hund, der seine kalte Schnauze an meine Hand gedrückt hat und jetzt etwas anklagend und verwirrt zu mir aufsieht.

»Er denkt, es ist Schlafenszeit«, sagt Kate. »Er hofft, dass irgendwer noch mal mit ihm vor die Tür geht.«

»Geht?«, sagt Thea und steckt sich die Goldspitze einer weiteren Zigarette in den Mund. »Gehen ist out. Es wird geschwommen.«

»Ich habe keinen Badeanzug dabei«, wehre ich reflexhaft ab, doch dann verstehe ich, was ihre gehobene Augenbraue und ihr herausfordernder Ausdruck mir sagen wollen, und muss gegen meinen Willen lachen. »Auf keinen Fall, außerdem schläft Freya oben. Die kann ich nicht allein lassen.«

»Dann schwimm halt nicht weit raus!«, sagt Thea. »Kate. Handtücher!«

Kate steht auf, nimmt einen großen Schluck Wein und macht sich am Schrank neben dem Herd zu schaffen. Darin liegen lauter abgewetzte Handtücher, allesamt zu gräulichen Pastelltönen verblasst. Eins wirft sie Thea zu, das nächste mir. Fatima wehrt ab.

»Danke, aber …«

»Ach komm«, sagt Thea genervt. »Hier sind doch nur Frauen!«

»Das stimmt so lange, bis auf einmal irgendein Besoffener auf dem Weg zurück vom Pub vorbeikommt. Ich verzichte, danke.«

»Wie du meinst«, sagt Thea. »Kommt schon, Isa, Kate, lasst mich nicht hängen, ihr Schnarchnasen.«

Sie steht auf und fängt an, sich das Hemd aufzuknöpfen. Ich sehe, dass sie keinen BH trägt.

Ich will mich nicht ausziehen. Thea wird sich bestimmt über meine Schamhaftigkeit lustig machen, aber ich fühle mich nach der Schwangerschaft in meinem Körper immer noch nicht wohl, mag die blaugeäderten Milchbrüste und die Dehnungsstreifen auf meinem schlaffen Bauch nicht. Wenn Fatima mitkäme, wäre es vielleicht anders – aber so wären es nur Thea, Kate und ich, die beiden so rank und schlank wie vor siebzehn Jahren. Aber ich weiß, dass ich aus der Nummer nicht rauskommen werde, nicht ohne mich von Thea aufziehen zu lassen. Und außerdem ist da ein Teil von mir, der Lust hat. Nicht nur, weil mir in der schwülen Nacht die Haare im Nacken kleben und das Kleid an meinem verschwitzten Rücken pappt. Es ist noch etwas anderes: Wir sind alle zusammen, an diesem Ort. Ein Teil von mir möchte diese Zeit noch einmal durchleben.

So klemme ich mir das Handtuch unter den Arm und trete hinaus in die Dunkelheit. Als Teenager habe ich mich nie als Erste ins Wasser getraut. Ich weiß gar nicht warum, vielleicht eine Art Aberglaube, eine unbestimmte Angst vor dem, was im Wasser lauern könnte. Waren die anderen erst einmal drinnen, fühlte ich mich sicher. Es waren immer Kate oder Thea, die vorpreschten, den Steg hinabrannten und sich kreischend mit einer Arschbombe in die Mitte des Reach stürzten, wo die Strömung am stärksten war. Heute aber bin ich zu feige, um *nicht* als Erste reinzugehen.

In einer einzigen geschmeidigen Bewegung schäle ich mich aus meinem weichen Stretchkleid und lasse es zu Boden fallen, hake meinen BH auf und ziehe meine Unterhose aus. Ich atme einmal tief durch und tauche ein – schnell, bevor die anderen Zeit haben, aufzuholen und meine ausgeleierte Nacktheit zu Gesicht bekommen.

»Wow, Isa ist schon drin!«, schallt es aus dem Haus, als ich fröstelnd wieder auftauche. Die Luft hier draußen ist zwar heiß, fast drückend, doch es herrscht Flut, und das Wasser im Reach ist Salzwasser, frisch und kalt aus dem Ärmelkanal.

Nach Luft japsend trete ich auf der Stelle, während mein Körper sich langsam an die Temperatur gewöhnt. Thea kommt, sie ist nackt, und zum ersten Mal stelle ich fest, dass auch ihr Körper sich verändert hat, und zwar fast so radikal wie mein eigener. Obwohl sie immer dünn war, wirkt sie jetzt fast magersüchtig, mit ihrer tiefen Bauchkuhle, den platten Brüsten und herausstechenden Rippen. Eins jedoch hat sich nicht verändert – die völlige Unbefangenheit, mit der sie auch jetzt über den Steg schlendert, bis zur äußersten Kante, wo die Außenlampe ihren langen, dürren Schatten auf das Wasser wirft. Thea hatte noch nie ein Problem mit Nacktheit.

»Aus dem Weg«, ruft sie und taucht kopfüber ins Wasser. Ein vollendeter Kopfsprung mit mustergültiger Eintauchphase. Allerdings auch sagenhaft dumm und lebensmüde. Der Reach ist nicht besonders tief, dafür voller Hindernisse – spitze Erhebungen im Flussbett, Überreste alter Landestege und Poller, Hummerfallen, von der Strömung angespülter Müll, die sich mit der Zeit und den Gezeiten ständig verschiebenden Sandbänke. Wie leicht hätte sie sich das Genick brechen können; auch Kate auf dem Steg zuckt zusammen und schlägt erschrocken die Hand vor den Mund – doch dann taucht Thea auf, schüttelt sich das Wasser aus den kurzen Haaren wie ein Hund.

»Worauf wartest du?«, ruft sie Kate zu, die erleichtert aufatmet.

»Du *dumme Kuh*!«, ruft sie, und in ihrer Stimme schwingt

Wut mit. »Genau in der Mitte ist eine Sandbank, du hättest dich umbringen können.«

»Hab ich aber nicht«, sagt Thea mit leuchtenden Augen. Sie bibbert vor Kälte, und als sie Kate herbeiwinkt, ist ihr Arm mit Gänsehaut überzogen. »Komm schon, Lady, ab ins Wasser!«

Kate zögert ... und für einen kurzen Moment glaube ich zu wissen, was ihr durch den Kopf geht. Ein Bild blitzt vor meinem geistigen Auge auf ... eine flache Grube, die sich langsam mit Wasser füllt, die rutschenden Sandhänge ... Dann streckt sie ihren Rücken durch und stellt sich aufrecht hin, wie eine unbewusste Trotzreaktion in jedem Knochen.

»Also gut.« Sie zieht sich Top, Jeans und BH aus, und nimmt dann, kurz bevor sie ins Wasser steigt, einen tiefen, gierigen Schluck aus der Flasche Wein, die sie mit auf den Steg gebracht hat. Etwas an der Neigung ihres Halses lässt sie auf einmal schmerzhaft jung und schutzlos aussehen, und für einen kurzen Moment scheinen die Jahre zu verschwinden und die Kate von früher zum Vorschein zu bringen, wie sie an jenem ersten Abend auf der Feuertreppe im Salten House den Kopf zurückwirft, um die Whiskyflasche zu leeren.

Sie stellt die Flasche neben den Kleiderhaufen und springt. Ich spüre die Wellen des Aufschlags, als sie ein paar Meter von mir entfernt eintaucht und dann unter der schimmernden Wasseroberfläche verschwindet.

Ich warte, rechne damit, dass sie irgendwo in der Nähe wieder auftaucht ... aber das tut sie nicht. Es sind keine Blasen zu sehen, und auch sonst ist nichts zu erkennen, denn das Glitzern des Mondes auf dem Wasser macht es fast unmöglich, darunter etwas auszumachen.

»Kate«, rufe ich und trete nervös auf der Stelle, während die Sekunden vorbeiticken und von Kate immer noch weit und breit nichts zu sehen ist. »Thea, wo zur Hölle ist Kate?«

Und dann packt mich etwas am Knöchel, ein kalter, starker

Griff, der mich mit einem Ruck hinunterzieht, tief hinab in den Reach. Ich schnappe noch nach Luft, bevor ich untertauche, aber schreien kann ich nicht mehr, da bin ich schon tief unten und versuche mich schlagend und tretend loszukämpfen.

Einen Augenblick später bin ich wieder frei, tauche keuchend auf und reibe mir die vom Salzwasser brennenden Augen. Neben mir das grinsende Gesicht von Kate, die mich mit beiden Armen festhält.

»Du bescheuerte Kuh!«, japse ich, unschlüssig, ob ich sie umarmen oder ertränken soll. »Du hättest mich vorwarnen können!«

»Das war irgendwie nicht Sinn der Sache«, lacht Kate, noch außer Atem. Ihre Augen strahlen.

Weiter draußen, wo das Wasser tief ist und die Strömung am stärksten, lässt Thea sich rücklings auf dem Wasser treiben, wobei sie leichte Schwimmbewegungen macht, um auf der Stelle zu bleiben. Es sieht aus, als würde sie unter dem Sternenhimmel schweben.

»Kommt her«, ruft sie. »Es ist so schön.«

Während Fatima vom Steg aus zusieht, schwimmen Kate und ich auf Thea zu, und als wir bei ihr sind, drehen wir uns auch auf den Rücken, und dann halten wir uns bei den Händen, werden ein Floß, eine Konstellation blasser Körper im Mondschein, verschränkte Glieder und Finger, die sich umklammern, auseinandergleiten, zusammenstoßen, dann wieder festklammern.

»Komm, Fati«, ruft Thea. »Es ist großartig hier.«

Das ist es wirklich. Jetzt, da der Kälteschock nachgelassen hat, fühlt sich das Wasser erstaunlich angenehm an, und der Mond über uns ist fast voll. Ich tauche den Kopf unter die Oberfläche und sehe die Kugel des Mondes in tausend Fragmente zersplittert, die das trübe, schlickige Wasser des Reach durchbrechen.

Als ich wieder auftauche, hat sich Fatima ganz an den Rand des Stegs gesetzt, fast sehnsuchtsvoll gleiten ihre Finger durchs Wasser.

»Ohne dich ist es nicht das Gleiche«, bettelt Kate. »Komm schon … du willst es doch auch …«

Als Fatima kopfschüttelnd aufsteht, erwarte ich, dass sie reingeht. Aber ich habe mich geirrt. Auf der Stelle tretend sehe ich zu, wie sie Luft holt, Anlauf nimmt, und – komplett angezogen – ins Wasser springt. Ihre Kleider und Tücher flattern wie Flügel durch die Nacht, bevor sie mit einem Klatsch im Fluss landet.

»Ist nicht wahr!«, kräht Thea. »Sie hat's gemacht!«

Und dann schwimmen wir ihr entgegen und lachen und zittern in einer Art Hysterie, und auch Fatima lacht, als sie ihre Tücher auswringt und sich an uns festhalten muss, weil das Wasser an ihren Kleidern zieht.

Wir sind wieder vereint.

Und für diesen kurzen Augenblick ist das alles, was zählt.

Es ist spät. Unter Gelächter und Flüchen haben wir es schließlich geschafft, uns aus dem Wasser zu hieven, uns dabei die Schienbeine an den splittrigen morschen Holzplanken aufgekratzt. Fatima hat sich aus den nassen Sachen geschält und den Kopf geschüttelt über ihre Albernheit. Jetzt, nachdem wir Haare und Gänsehäute trockengerubbelt haben und in unsere Pyjamas und Morgenmäntel geschlüpft sind, liegen wir alle schläfrig, die müden Glieder ineinander verschränkt, unter weichen Decken auf Kates abgewetztem Sofa, schwelgen in Erinnerungen, erzählen uns die alten Geschichten. *Wisst ihr noch …*

Fatimas Haare sind noch feucht und fallen ihr locker ins Gesicht, was sie jünger aussehen lässt, viel mehr wie das Mädchen von früher. Kaum zu glauben, dass sie einen Mann und zwei kleine Kinder hat. Gerade lacht sie über etwas, das Kate gesagt hat, als die Standuhr an der hinteren Wand zweimal dumpf schlägt. Sie dreht sich um.

»Oh je. Ist es echt schon zwei? Ich muss unbedingt schlafen.«

»Du Leichtgewicht«, sagt Thea, die nicht im Geringsten müde zu sein scheint, sondern im Gegenteil aussieht, als könnte sie noch Stunden so weitermachen – da ist ein waches Funkeln in ihren Augen, als sie ihr Weinglas mit einem Zug leert. »Meine Schicht letzte Nacht hat erst um Mitternacht *angefangen*!«

»Ja, eben. Für dich ist das kein Problem«, sagt Fatima. »Aber manche von uns haben Jahre gebraucht, um den Körper auf geregelte Arbeitszeiten und die Aufzucht von Vorschulkindern einzustellen. Aus so einem Rhythmus kommt man nicht so schnell raus. Guck, Isa gähnt auch schon!«

Alle sehen mich an, als ich vergeblich versuche, das schon begonnene Gähnen zu unterdrücken. Ich zucke mit den Schultern und lächle entschuldigend.

»Tja, was soll ich sagen? Ich habe nicht nur keine Taille mehr, sondern auch keine Kondition. Und Fatima hat recht … Freya wird um sieben aufwachen. Ich muss vorher wenigstens ein paar Stunden schlafen.«

Fatima steht auf und streckt sich. »Also komm«, sagt sie. »Ab ins Bett.«

»Wartet«, sagt Kate mit leiser Stimme, und erst jetzt fällt mir auf, wie schweigsam sie im letzten Teil des Abends gewesen ist. Fatima, Thea und ich haben einander aufgezogen, Erinnerungen hervorgekramt und Anekdoten zum Besten gegeben, doch Kate war ganz still, behielt ihre Gedanken für sich. Als sie jetzt das Wort ergreift, blicken wir sie überrascht an. Sie sitzt zusammengerollt auf dem Sessel, die offenen Haare hängen ihr wie ein Schatten im Gesicht, und ihr Ausdruck ist ernst. Mir wird flau im Magen.

»Was denn?«, fragt Fatima mit Unbehagen in der Stimme. Sie setzt sich wieder, aber diesmal auf den Rand des Sofas und nestelt an ihrem Hidschab, den sie zum Trocknen auf den Hitzeschild des Ofens gehängt hat. »Was ist los?«

»Ich …« Kate stockt und senkt den Blick. »O Gott«, sagt sie, mehr zu sich selbst als zu uns. »Ich hätte nicht gedacht, dass es so schwierig ist.«

Und ich ahne, was sie uns sagen will, aber ich bin mir nicht mehr sicher, ob ich es ertragen kann.

»Spuck's aus«, fordert Thea mit Härte in der Stimme. »Sag es, Kate. Wir haben jetzt lang genug um den heißen Brei herumgeredet, es ist Zeit, dass du uns sagst, warum.«

*Warum was?*, könnte Kate erwidern. Aber das wäre albern. Schließlich wissen wir alle, was Thea meint. Warum wir hier sind. Was die Nachricht bedeuten sollte. Diese drei kleinen Wörter: *Ich brauche euch.*

Kate blickt seufzend zu uns auf, Mondlicht fällt auf ihr Gesicht.

Anstatt zu antworten, steht sie auf und geht zu dem Stapel Zeitungen, die zum Anzünden der Holzscheite neben dem Ofen liegen. Ganz oben liegt der *Salten Observer*, den sie uns wortlos entgegenhält. Aus ihrem Gesicht spricht all die Angst, die sie während dieses langen, weinseligen Abends verborgen gehalten hat.

Es ist die Ausgabe von gestern, und die Schlagzeile auf dem Titel ist klar und simpel:

MENSCHLICHER KNOCHENFUND AM REACH.

# Regel Nr. 2

## *Bleib bei deiner Geschichte*

»Scheiße.« Es ist Fatimas Stimme, die schließlich die Stille durchbricht, und eine ganz untypische Härte schwingt darin mit. »*Scheiße.*«

Ich nehme Kate die Zeitung ab und überfliege hastig den Artikel. *Die offizielle Identifizierung der bei Salten am Nordufer des Reach gefundenen menschlichen Überreste steht noch aus.*

Meine Hände zittern so stark, dass ich die Zeitung kaum gerade halten kann, und die Satzfetzen wirbeln vor meinen Augen durcheinander. *Polizeisprecher bestätigte … menschliche Skelettteile … Zeugin … schlechter Erhaltungszustand … forensische Untersuchung … Bereich abgesperrt …*

»Haben sie …« Thea stockt, auch ihr hat es die Sprache verschlagen. »Wissen sie schon …« Wieder verstummt sie.

»Wissen sie schon, wer es ist?«, beende ich die Frage für sie, meine Stimme klingt heiser. Ich blicke Kate an, die am Tisch sitzt, vornübergebeugt wie unter der Last unserer Fragen. Die Zeitung in meinen zitternden Händen raschelt wie fallende Blätter. »Die Leiche?«

Kate schüttelt den Kopf, sie braucht nicht auszusprechen, was uns allen durch den Kopf geht: *Noch nicht …*

»Es ist nur ein Knochen. Es muss keinen Zusammenhang geben«, sagt Thea, doch dann verzieht sie das Gesicht. »Ach verdammt, machen wir uns nichts vor. *Scheiße!*« Beim letzten Wort schlägt sie mit der Hand, in der sie das Glas hält, auf den Tisch, und Scherben fliegen in alle Richtungen.

»Hey, Thee«, sagt Kate sehr leise.

»Jetzt spiel nicht die Drama Queen, Thee«, sagt Fatima mit Wut in der Stimme. Sie steht auf, um Lappen und Feger zu holen. »Hast du dich geschnitten?«.

Thea ist aschfahl geworden. Sie schüttelt erst den Kopf, lässt Fatima aber ihre Hand untersuchen und die Weinreste mit einem Küchenhandtuch abtupfen. Als sie Theas Ärmel zurückschiebt und offenlegt, was im Mondlicht verborgen geblieben ist – die weißen Narben auf ihrem Unterarm, längst verheilt und doch für immer sichtbar –, zucke ich innerlich zusammen und wende den Blick ab, zu schmerzhaft ist die Erinnerung an die Zeit, als diese Wunden noch frisch waren.

»Du Vollidiot«, schimpft Fatima, doch in ihrer Stimme schwingt Sorge mit, als sie vorsichtig die winzigen Scherben aus Theas Handfläche wischt.

Thea schüttelt den Kopf. »Ich kann das nicht.« Zum ersten Mal fällt mir auf, wie betrunken sie ist. »Nicht schon wieder, nicht jetzt. Schon ein Gerücht reicht – Casinos sind da verdammt streng, ist euch das eigentlich klar? Und wenn die Polizei eingeschaltet wird ...« Ihre Stimme bricht, ein Schluchzen bahnt sich seinen Weg heraus. »Scheiße, ich würde meine Croupier-Lizenz verlieren. Ich könnte nie wieder arbeiten.«

»Ach komm, wir sitzen doch alle im selben Boot«, sagt Fatima. »Glaubst du, die Leute finden es gut, wenn über ihre Hausärztin solche Gerüchte kursieren? Oder eine Juristin?« Sie nickt mir zu. »Isa und ich haben genauso viel zu verlieren wie du.«

Kate erwähnt sie nicht. Das muss sie auch nicht.

»Also, was machen wir jetzt?«, fragt Thea schließlich. Sie blickt uns der Reihe nach an. »Scheiße. Warum zur Hölle hast du uns alle hergeholt?«

»Weil ihr Bescheid wissen solltet«, sagt Kate. Ihre Stimme bebt. »Und weil ich keinen anderen sicheren Weg wusste, es euch mitzuteilen.«

»Wir müssen jetzt tun, was wir schon vor Jahren hätten tun sollen«, sagt Fatima mit Nachdruck. »Unsere Geschichte auf die Reihe kriegen, *bevor* sie uns befragen.«

»Die Geschichte hat sich nicht geändert«, sagt Kate. Sie nimmt mir die Zeitung aus der Hand, faltet sie so, dass die Überschrift verdeckt ist, und fährt mit ihren Fingernägeln über das Papier. »Die Geschichte lautet: Wir wissen nichts. Wir haben nichts gesehen. Uns bleibt nichts übrig, als dabei zu bleiben – wir können jetzt nicht davon abrücken.«

»Ich meine, was machen wir jetzt, in diesem Moment?«, drängt Thea. Sie klingt ungehalten. »Bleiben wir? Fatima hat ein Auto, also hält uns hier eigentlich nichts.«

»Ihr bleibt«, sagt Kate mit jener absoluten Bestimmtheit, die ich noch gut in Erinnerung habe. »Ihr bleibt, schließlich glauben alle, ihr seid für das Festessen morgen Abend gekommen.«

»Was?« Thea runzelt die Stirn, und mir wird schlagartig klar, dass die anderen noch nichts davon wissen konnten. »Welches Festessen?«

»Für die Salten-Alumnae.«

»Wir sind doch gar nicht eingeladen«, sagt Fatima. »Die würden uns niemals reinlassen. Nach allem, was passiert ist.«

Kate zuckt mit den Schultern, geht wortlos zur Pinnwand neben der Spüle, zieht eine Reißzwecke heraus, mit der vier blütenweiße Einladungskarten befestigt sind, und kehrt mit den Karten zurück.

»Offenbar doch«, sagt sie, indem sie sie uns entgegenhält.

Die Vereinigung der Alumnae von Salten House
gibt sich die Ehre,

..............................................................................

zum Sommerfest der Alumnae
einzuladen.

Über der gepunkteten Linie ist auf jeder Karte, handgeschrieben mit blauer Tinte, jeweils unser Name zu lesen.

*Kate Atagon*
*Fatima Chaudhry (geb. Qureshy)*
*Thea West*
*Isa Wilde*

Kate hält sie wie einen Fächer Spielkarten vor sich, als wolle sie, dass wir jede eine ziehen, ihre Wette annehmen.

Aber ich achte weder auf die Namen auf den Karten noch den goldgestanzten Einladungstext, sondern starre wie gebannt auf das winzige Loch, das die Reißzwecke durch jede der Karten gestochen hat. Was mich daran erinnert, dass, ganz gleich, wie sehr wir uns freikämpfen, alles immer auf dasselbe hinausläuft: Die alten Wunden halten uns untrennbar zusammen.

Für die meisten von uns war Kunst eine freiwillige Zusatzveranstaltung, ein Wahlfach zur »Persönlichkeitsbildung«, wie die Schule es nannte – es sei denn, man hatte es als Prüfungsfach, was bei mir nicht der Fall war. So lernte ich erst nach einigen Wochen in Salten, als der Schulalltag zur Routine geworden war, die Kunstwerkstatt – und Ambrose Atagon – kennen.

Wie an den meisten Internaten des Landes wurden die Schülerinnen in Salten verschiedenen Häusern zugeteilt, die die Namen griechischer Göttinnen trugen. Da Fatima und ich zum Haus Artemis gehörten, benannt nach der griechischen Göttin der Jagd, fand das Wahlfach für uns beide zur selben Zeit statt, und so machten wir uns eines eisigen Oktobermorgens nach dem Frühstück gemeinsam auf die Suche nach den Werkräumen, wobei wir mehrmals auf dem Gelände auf- und abliefen, in der Hoffnung, jemanden nach dem Weg fragen zu können.

»Wo zur Hölle sollen die sein?«, fragte Fatima zum x-ten Mal, und zum x-ten Mal antwortete ich: »Ich weiß es nicht, aber wir werden sie finden. Hör auf, Panik zu schieben.«

Genau in dem Moment schoss eine der jüngeren Schülerinnen mit einem riesigen Aquarellblock unter dem Arm an uns vorbei in Richtung des Mathetrakts, und ich rief ihr zu: »Hallo, du! Gehst du zum Kunstunterricht?«

Sie fuhr herum, die Wangen rot vor Anstrengung.

»Ja, ich bin zu spät dran. Was ist denn?«

»Wir müssen auch dahin, aber kennen uns nicht aus. Können wir mitkommen?«

»Ja, aber beeilt euch.«

Und sie sauste davon durch einen von weißen Schneebeeren umrankten Torbogen und eine im Gebüsch versteckte Holztür, die wir bis dahin noch nie gesehen hatten.

Dahinter erwartete uns die unvermeidliche hohe Treppe – so fit wie zu Internatszeiten war ich später nie wieder –, und wir stapften dem Mädchen nach weiter und weiter nach oben, zwei Stockwerke oder drei, bis ich mich irgendwann fragte, ob sie uns reinlegen wollte.

Schließlich erreichten wir einen schmalen Absatz mit einer Maschendrahttür, die das Mädchen schwungvoll aufriss.

Drinnen betraten wir eine längliche Galerie mit niedrigen Wänden und spitz zulaufendem Dach. Der Raum oberhalb unserer Köpfe war kreuz und quer von Stützbalken und Streben durchzogen, an denen Bilder zum Trocknen sowie allerhand seltsame Objekte hingen, die vermutlich bei Stillleben zum Einsatz kamen – darunter ein leerer Vogelkäfig, eine zerbrochene Laute und ein ausgestopftes Seidenäffchen mit traurigen, weisen Augen.

Fenster gab es keine in den niedrigen Wänden, dafür Oberlichter im Dach, und ich kam zu dem Schluss, dass wir uns im Dachgeschoss über den Matheräumen befinden mussten. Durchflutet vom Licht der Herbstsonne und vollgestellt mit Kunstwerken aller Art, war dieser Raum das komplette Gegenteil der anderen Klassenzimmer – die alle weiß gestrichen, steril und penibelst sauber waren –, und so staunte ich erst mal, geblendet vor diesem Anblick.

»Tut mir leid, Ambrose«, rief die Schülerin atemlos. Ambrose? Auch das war anders. Die anderen Lehrkräfte in Salten waren für gewöhnlich weiblich und wurden alle, unabhängig von ihrem Familienstand, mit Miss Sowieso angeredet.

Aber niemals, wirklich niemals, mit ihrem Vornamen.

Ich drehte mich um, in Richtung der Person, die das Mädchen so informell angesprochen hatte.

Und zum ersten Mal sah ich Ambrose Atagon.

Einem Ex-Freund wollte ich Ambrose einmal beschreiben, was sich als schier unmöglich herausstellte. Fotos habe ich zwar, aber auf denen ist bloß ein mittelgroßer Mann mit drahtigem dunklem Haar und krummen Schultern zu sehen, die daher rührten, dass er stets über irgendeine Zeichnung gebeugt dasaß.

Er hatte das gleiche schmale, bewegliche Gesicht wie Kate, und die Jahre des Zeichnens im Freien und des In-die-Sonne-Blinzelns hatten Furchen in seine Haut gegraben, die ihn paradoxerweise nicht älter, sondern jünger als seine fünfundvierzig Jahre wirken ließen. Und er hatte Kates schieferblaue Augen, das einzig auffällige Merkmal, das er besaß, und selbst die konnte ein Foto nicht in der Weise zum Leben erwecken, wie es meine Erinnerung konnte – denn Ambrose strotzte nur so vor Leben, immer sah man ihn bei der Arbeit, voller Lachen, voller Liebe … Seine Hände blieben niemals still; wenn sie nicht zeichneten, rollten sie eine Zigarette oder führten ein Glas von dem billigen Rotwein an seine Lippen, den er in Zwei-Liter-Flaschen unter dem Waschbecken in der Mühle aufbewahrte – viel zu sauer, als dass jemand anderes ihn hätte trinken wollen.

Nur ein Künstler seines Formats hätte es vermocht, dieses volle Leben einzufangen, den vermeintlichen Widerspruch zwischen absoluter Konzentration und rastloser Energie, und die geheimnisvolle, magnetische Faszination eines so gewöhnlich aussehenden Mannes wiederzugeben.

Doch ein Selbstporträt hat er nie gemalt, jedenfalls nicht, dass ich wüsste. Merkwürdig eigentlich, wo er doch stets alles und jeden um sich herum zeichnete – die Vögel auf dem Fluss und uns Mädchen in Salten, zarte, in einer Sommerbrise erzitternde Marschblümchen, den Wind, der über den Reach fegt …

Kate malte er wie besessen, das ganze Haus war übersät mit Bildern von ihr – beim Essen, Schwimmen, Schlafen, Spielen … und später malte er auch Thea, Fatima und mich, wobei er uns stets um Erlaubnis bat. Ich habe sie noch im Ohr, seine stockende, leicht raue Stimme, die der von Kate so ähnlich war. »Wäre es euch … ähm, recht, wenn ich euch zeichnen würde?«

Es war uns recht. Vielleicht war das dumm.

Eines langen, sonnigen Nachmittags malte er mich. Ich saß am Küchentisch, das Kinn in die Hände gestützt, die Augen auf ihn gerichtet, der Träger meines Kleids war mir von der Schulter gerutscht. Und noch heute erinnere ich mich an die Sonnenstrahlen auf meiner Wange, an seinen konzentrierten Ausdruck, an das feine elektrische Knistern, jedes Mal, wenn er von der Skizze zu mir aufsah und unsere Blicke sich trafen.

Die Zeichnung schenkte er mir, aber ich weiß nicht, wo sie heute ist. Ich hatte sie Kate gegeben, weil ich in der Schule kein passendes Versteck fand und es sich komisch angefühlt hätte, sie meinen Eltern zu zeigen oder den anderen Mädchen in der Schule. Sie hätten es nicht verstanden. Niemand hätte es verstanden.

Nachdem Ambrose verschwunden war, ging das Gerede los – Gerüchte über seine Vergangenheit, Drogendelikte und fehlende Lehrqualifikationen machten die Runde. An diesem ersten Tag jedoch wusste ich von all dem nichts. Ich hatte keine Ahnung, welche Rolle er in unserem Leben und wir in seinem spielen würden, wie unsere Bekanntschaft sich noch so viele Jahre später auswirken würde. Noch außer Atem blieb ich, meine Schultasche fest umschlossen, am Eingang stehen und beobachtete den Mann, der konzentriert über die Staffelei einer Schülerin gebeugt stand. Als er uns bemerkte, richtete er sich auf, blickte mir aus seinen blauen Augen direkt ins Gesicht und lächelte ein freundliches Lächeln, das die Haut über seinem Bart und um seine Augenwinkel in Falten legte.

»Hallo«, grüßte er, gab der Schülerin ihren Pinsel zurück und wischte sich die Hände an seiner Malerschürze ab. »Ich glaube, wir kennen uns noch nicht. Ich bin Ambrose.«

Ich machte den Mund auf, brachte aber keinen Ton heraus. Es war die Eindringlichkeit seines Blicks, die mir die Sprache verschlug. Sein Blick konnte einen glauben machen, dass man ihm wirklich am Herzen lag. Dass es in diesem einen Moment niemand anderen im Universum gab, der ihm so viel bedeutete. Dass es in diesem Augenblick nur dich und ihn gab, in einem voll besetzten Raum.

»Ich … ich heiße Isa«, stammelte ich schließlich. »Isa Wilde.«

»Ich bin Fatima«, sagte Fatima. Sie ließ ihre Tasche auf den Boden plumpsen und nahm, genau wie ich sichtlich beeindruckt, diese Schatzkammer in Augenschein, die so anders war als der Rest der Schule.

»Fatima und Isa«, sagte Ambrose, »ich freue mich sehr, euch kennenzulernen.«

Er nahm meine Hand, doch anders als erwartet schüttelte er sie nicht. Stattdessen drückte er meine Finger so fest, als würden wir einander ein Versprechen geben. Er hatte warme und starke Hände, in deren Rillen sich die Farbreste so tief abgesetzt hatten, dass ich mir nicht vorstellen konnte, wie er sie jemals wieder abwaschen würde.

»Also dann«, sagte er und machte eine einladende Handbewegung. »Hereinspaziert. Nehmt euch eine Staffelei. Und vor allem: Fühlt euch wie zu Hause.«

Das taten wir.

Der Unterricht bei Ambrose war anders, das lernten wir schnell. Manches war gleich offensichtlich: Dass Ambrose sich mit Vornamen ansprechen ließ zum Beispiel und dass keines der Mädchen ihre Krawatte oder ihr Jackett trug.

»Es gibt nichts Schlimmeres, als wenn die Krawatte einem das Aquarell verschmiert«, sagte er an jenem ersten Tag, als er uns bat, sie abzulegen. Aber es steckte mehr dahinter als praktische Erwägungen – eine Lockerung der Formalität. Sie gab uns den Freiraum, den wir dringend benötigten, gab uns Luft zum Atmen inmitten des steifen Ambientes in Salten House.

Im Unterricht war er hochprofessionell – und das trotz all der Mädchen, die für ihn schwärmten und mit fast bis zum BH aufgeknöpften Blusen an ihrer Leinwand arbeiteten. Er hielt Abstand – physisch ebenso wie im übertragenen Sinne. Als er sah, wie ich mich am ersten Tag mit meinem Bild abmühte, stellte er sich hinter mich. Ich hatte noch lebhaft in Erinnerung, wie sich meine alte Kunstlehrerin, Miss Driver, während sie ungefragt Änderungen an unseren Bildern vornahm, direkt über unsere Schultern beugte und man ihre Körperwärme am Rücken spürte und ihren Schweißgeruch einatmen musste.

Ambrose dagegen blieb auf Distanz, stand schweigend und nachdenklich bestimmt einen halben Meter hinter mir und blickte abwechselnd von meinem Papier zu dem Spiegel, den ich auf dem Tisch vor der Staffelei aufgestellt hatte. Wir sollten Selbstporträts zeichnen.

»Es ist scheiße, stimmt's?«, sagte ich missmutig und biss mir wegen meiner Wortwahl sofort auf die Lippe. Ambrose schien sie nicht aufgefallen zu sein. Er hatte die Augen zu Schlitzen verengt und schien mich gar nicht richtig wahrzunehmen, seine ganze Aufmerksamkeit war auf das Blatt gerichtet. Ich reichte ihm den Bleistift, im Glauben, er würde jetzt wie Miss Driver Verbesserungen vornehmen, doch er rührte das Bild nicht an. Stattdessen stellte er sich neben mich und sah mich an.

»Es ist gar nicht scheiße«, sagte er ernst. »Aber du guckst nicht richtig hin, du zeichnest das, was du zu sehen glaubst. Sieh hin. Sieh dich selbst einmal wirklich im Spiegel an.«

Also drehte ich den Kopf und gab mir alle Mühe, nicht mehr auf Amroses freundliches, wettergegerbtes Gesicht, sondern auf mein eigenes im Spiegel zu blicken. Dort sah ich nur Makel – das pickelige Kinn, den Babyspeck auf den Wangen, die einzelnen wirren Härchen, die sich oben aus dem Haarband kräuselten.

»Der Grund, warum es noch nicht rund wirkt, ist, dass du die Merkmale zeichnest und nicht die Person. Du bist mehr als eine Ansammlung von Stirnrunzeln und Zweifeln. Die Person, die ich sehe, wenn ich dich ansehe ...« Hier hielt er inne und musterte mich eindringlich, und ich versuchte angestrengt, mich von seinem Blick nicht aus der Fassung bringen zu lassen. »Ich sehe eine tapfere Person«, sagte er schließlich. »Ich sehe eine Person, die sich viel Mühe gibt. Die nervös ist, aber viel stärker, als sie denkt. Ich sehe eine Person, die sich Sorgen macht, es aber gar nicht müsste.«

Ich spürte, wie ich rot anlief. So abgeschmackt die Worte aus dem Mund eines anderen geklungen hätten – mit Ambroses rauer Stimme vorgetragen wirkten sie ganz sachlich.

»Zeichne das«, sagte er. Er gab mir den Bleistift zurück und verzog sein Gesicht zu einem Lächeln, bei dem sich tausend kleine Fältchen um Mund und Augenwinkel bildeten, so plötzlich, als hätte jemand sie in diesem Moment hineingezeichnet. »Zeichne die Person, die ich sehe.«

Ich wusste nichts zu entgegnen und nickte bloß.

In meinem Kopf kann ich seine Stimme hören, etwas nuschelnd und rauchig, genau wie Kates. *Zeichne die Person, die ich sehe.*

Die Zeichnung habe ich noch, sie zeigt ein Mädchen, das mit offenem Blick und ohne Angst in die Welt sieht, das nichts zu fürchten hat als die eigenen Zweifel. Doch diese Person, die Ambrose einst sah und an die er glaubte, existiert nicht mehr.

Vielleicht tat sie das nie.

Als ich mich auf Zehenspitzen in Lucs Zimmer schleiche (für mich wird es nie etwas anderes sein), wird Freya wach, und nachdem all meine Bemühungen, sie wieder in den Schlaf zu wiegen, nichts nützen, nehme ich sie mit zu mir ins Bett – Lucs Bett –, um sie im Liegen zu stillen. Ich stütze mich auf einem Arm ab, damit ich nicht mit meinem ganzen Gewicht auf ihren kompakten kleinen Körper falle, wenn ich einschlafe.

Während ich hier liege, meine Tochter beobachte und darauf warte, vom Schlaf übermannt zu werden, denke ich an Ambrose ... Luc ... und an Kate, die jetzt ganz allein in diesem wunderschönen, langsam verrottenden Haus lebt, das ihr wie der sprichwörtliche Mühlstein am Hals hängt. Unaufhaltsam versinkt es im Treibsand des Reach und wird sie, wenn sie nicht loslässt, mit sich in den Abgrund ziehen.

Das Haus bebt und knarzt im Wind, und ich drehe mich mit einem Seufzer auf die kühle Seite des Kissens.

Ich sollte wohl an Owen und an zu Hause denken, doch das tue ich nicht. Ich denke an früher, an die langen, faulen Sommertage, die wir hier verbrachten, wir tranken und schwammen und lachten, während Ambrose zeichnete und Luc uns alle aus seinen verschlafenen Mandelaugen beobachtete.

Vielleicht liegt es an diesem Zimmer, aber Luc ist mir auf einmal so gegenwärtig wie seit siebzehn Jahren nicht mehr, und hier in seinem Bett, in seinen Laken, wenn ich die Augen geschlossen halte, kommt es mir vor, als liege er neben mir –

ich spüre förmlich die Wärme seines schmalen Körpers, der mir doch fremd blieb, sehe seine sonnenbraunen Arme, das zerzauste Haar vor mir.

So real ist die Empfindung, dass ich mich zwingen muss, die Augen aufzumachen, um das Bild zu vertreiben. Natürlich sind nur Freya und ich in diesem Bett. Was ist nur los mit mir? Ich bin schon fast so schlimm wie Kate, die immerzu von den Geistern der Vergangenheit verfolgt wird.

Doch ich erinnere mich an eine Nacht vor langer Zeit, als ich auch hier lag, und wieder habe ich das Gefühl, als würde die Plattennadel in die alte Rille zurückspringen und immer wieder dieselben Stimmen und Episoden abspielen.

Sie sind wieder da: Luc, Ambrose, und nicht nur sie, sondern wir alle geistern in diesen Szenen herum, die zierlichen, fröhlichen Mädchen, die wir waren, bevor der Sommer in jener Katastrophe endete, die bei uns allen, bei jeder auf ihre eigene Art, Narben hinterließ. Doch wir machten weiter, logen weiter, nicht mehr zum Spaß, sondern, um zu überleben.

Hier in diesem Haus sind die Geister der Mädchen von früher lebendig, genauso lebendig wie die Frauen, die in diesem Moment in den anderen Zimmern schlafen. Ich spüre ihre Anwesenheit hier so leibhaftig, dass ich verstehe, warum Kate nicht gehen kann.

Meine Augen fallen langsam zu, und ich greife noch ein letztes Mal zum Telefon, um zu sehen, wie spät es ist, bevor ich mich dem Schlaf hingebe. Ich will es gerade weglegen, als mir im Schein des Bildschirms zwischen den unebenen Dielen etwas ins Auge springt. Die Ecke eines Stücks Papier ragt dazwischen hervor. Irgendetwas steht dort geschrieben. Ist es ein Brief? Etwas, das Luc geschrieben und verloren oder dort versteckt hatte?

Mein Herz klopft, denn es fühlt sich seltsam an, als würde ich in seine Privatsphäre eindringen, doch schließlich ziehe ich vorsichtig an der Ecke, und der staubige Zettel voller Spinnweben kommt zum Vorschein.

Das Papier ist mit Strichen übersät, es scheint eine Zeichnung zu sein, aber genau kann ich es nicht erkennen. Die Lampe muss ich ausgeschaltet lassen, um Freya nicht zu wecken, also nehme ich den Zettel mit ans offene Fenster, wo die Vorhänge im Wind flattern, und halte ihn hoch, sodass der Mond ihn erhellt.

Es ist ein Aquarell von einem Mädchen, wahrscheinlich Kate, und es sieht aus wie eines von Ambroses Bildern, aber ich kann es nicht mit Sicherheit sagen. Der Grund dafür ist: Das Bild ist kreuz und quer mit dicken schwarzen Linien durchgestrichen, die das Gesicht des Mädchens völlig entstellen, so blindwütig, dass das Papier an einigen Stellen gerissen ist. An der Stelle ihrer Augen, die sicher von dem Strichewirrwarr schon unkenntlich gemacht wurden, befinden sich Bleistiftlöcher. Jemand hat Kate durchgestrichen, weggekratzt, ausgelöscht.

Einen Moment lang stehe ich wie angewurzelt da, halte den flatternden Zettel in meiner Hand und versuche zu verstehen. Hatte Luc das getan? Er würde doch so etwas nicht tun, er hat Kate schließlich geliebt. War es etwa Kate selbst? So schmerzhaft es ist, das kann ich schon eher glauben.

Ich stehe noch immer da und versuche, hinter das Rätsel dieses hasserfüllten Etwas zu kommen, als plötzlich ein heftiger Windstoß den Zettel erfasst und ihn mir aus den Händen reißt. Ich greife nach ihm, doch da flattert er schon durch die Luft, hinaus und zum Reach hinab, bis er im trüben, schlammigen Gewässer versinkt.

Was auch immer es war, was auch immer es zu bedeuten hatte, jetzt ist es weg. Und als ich mich mit noch weichen Knien zurück zum Bett begebe, drängt sich der Gedanke auf: Vielleicht ist es das Beste.

So müde, wie ich bin, sollte ich schlafen wie ein Stein, doch daraus wird nichts. Mit dem ausgekratzten Gesicht vor Augen schlafe ich zwar ein, aber dann träume ich von Salten House, den langen, schmalen Fluren und sich windenden Treppen, der endlosen Suche nach versteckten Zimmern, Orten, die nicht existieren. In meinen Träumen folge ich den anderen durch die düsteren, nicht enden wollenden Korridore, und von ganz vorne schallt Kates Stimme zurück: *Hier lang … gleich sind wir da!* Und Fatimas Klageruf direkt dahinter: *Du lügst schon wieder …*

Irgendwann höre ich Shadow bellen, dann ein *Schsch …*, gefolgt von leisen Schritten, eine Tür fällt ins Schloss – Kate hat ihn rausgelassen.

Und dann ist es still. Oder so still, wie es in diesem alten, spukenden Haus, das sich unablässig knarzend gegen die Winde und Gezeiten zur Wehr setzt, jemals werden kann.

Beim zweiten Mal sind es Stimmen, die mich aus dem Schlaf reißen, aufgeregtes Zischeln von unten, und ich fahre hoch, schläfrig und verwirrt. Es ist Morgen, Sonnenstrahlen fallen durch die dünnen Vorhänge auf Freyas Bettchen. Sie reckt sich verschlafen und fängt an zu wimmern, ich will sie stillen, doch die Stimmen draußen lenken uns beide ab. Immer wieder hebt sie den Kopf und sieht sich um, bestimmt wundert sie sich über den fremden Raum und die seltsamen Lichteffekte – so ganz anders als die staubig-gelbe Nachmittagssonne, die im Sommer in unsere Londoner Wohnung strahlt. Das hier ist ein klares, helles Licht, das in den Augen wehtut, sich mit den Bewegungen des Flusses verändert und kleine tanzende Flecken an die Decke und Wände wirft.

Und die Stimmen die ganze Zeit ... gedämpfte, beunruhigte Stimmen, im Hintergrund Shadows leises Winseln, wie ein musikalischer Kontrapunkt.

Schließlich gebe ich auf, wickle Freya in ihre Babydecke, schlüpfe in den Morgenmantel und tapse barfuß über die alten Dielen hinaus und nach unten. Die uferseitige Tür der Mühle steht offen, und Sonnenlicht strömt herein, doch noch bevor ich unten angekommen bin, weiß ich, dass etwas nicht stimmt. Auf dem Steinboden ist Blut.

Auf der vorletzten Stufe bleibe ich stehen, drücke Freya an mein Herz, als könnte sie das schmerzhafte Pochen lindern. Erst fällt mir gar nicht auf, wie fest ich sie drücke, bis sie plötzlich quiekt und ich merke, dass meine Finger sich tief in ihre weichen, knubbeligen Beinchen gegraben haben. Mit bewusster Anstrengung schaffe ich es, meinen Griff zu lockern, und folge der Treppe bis zu den Bodenfliesen, wo die Blutflecken sind.

Beim Nähertreten erkenne ich, dass es sich nicht um zufällig verspritzte Tropfen handelt, wie es auf den ersten Blick schien, sondern um Pfotenabdrücke. Von Shadow. Sie kommen von der Eingangstür und kehren dann um, als hätte jemand den Hund hinausgescheucht.

Die Stimmen kommen von der Landseite der Mühle, und so schiebe ich meine Füße in meine Sandalen und laufe blinzelnd dem Sonnenlicht entgegen.

Draußen stehen Kate und Fatima mit dem Rücken zu mir. Shadow sitzt neben Kate, immer noch erbärmlich winselnd. Zum ersten Mal seit meiner Ankunft ist er angeleint, und zwar sehr kurz. Kate hält die Leine fest in ihrer schmalen Hand.

»Was ist passiert?«, frage ich nervös, und als sie sich zu mir umdrehen und Kate einen Schritt zur Seite geht, sehe ich es.

Ich schnappe vor Schreck nach Luft und halte mir die Hand vor den Mund. Erst bringe ich kein Wort heraus, doch schließlich frage ich mit zitternder Stimme:

»O mein Gott. Ist es tot?«

Der Anblick allein ist es nicht – den Tod habe ich schon einmal gesehen –, es ist der Schock, das Unerwartete, der Gegensatz zwischen dem blutverschmierten Ding vor uns und der blau-golden glitzernden Pracht dieses Sommermorgens. Die Wolle ist durchnässt, die Flut muss das Tier mitgezogen haben, und das Blut tropft langsam durch die schwarzen Planken des Stegs in das Brackwasser darunter.

Fatima nickt mit finsterem Blick. Sie hat ihr Kopftuch wieder umgebunden und sieht aus wie die Ärztin Anfang dreißig, die sie ist, und nicht wie das Schulmädchen von gestern Abend.

»Ziemlich tot.«

»Ist es – war es …« Ich bringe den Satz nicht zu Ende, weiß nicht, wie ich es sagen soll, doch mein Blick wandert zu Shadow. Er hat Blut an der Schnauze, und als eine Fliege sich daraufsetzt, winselt er wieder und schüttelt sie ab, bevor er sich mit seiner langen roten Zunge über die klebrige Schicht leckt.

Kate zuckt die Schultern. Sie sieht böse aus.

»Ich weiß es nicht. Eigentlich kann ich es nicht glauben – er tut keiner Fliege was zuleide, aber … es könnte sein. Stark genug ist er.«

»Aber wie …?«, hebe ich fassungslos an, doch im gleichen Moment sehe ich, dass das Tor in der Umzäunung des Uferbereichs, der zur Mühle gehört, offen steht. »Scheiße.«

»Allerdings. Ich hätte ihn nie rausgelassen, wenn ich das gewusst hätte.«

»Meine Güte, Kate, wie schlimm. Es tut mir so leid. Thea muss beim …«

»Was muss Thea?«, ertönt eine schläfrige Stimme hinter mir, und als ich mich umdrehe, sehe ich Thea, in die Sonne blinzelnd, die Haare zerzaust, die sich eine Zigarette anzünden will.

Mist.

»Thea, ich meinte nicht …« Ich stocke, es ist mir unangenehm, dabei ist es doch wahr – ganz gleich, wie es rüberkam, ich wollte ihr keine Schuld geben, nur dahinterkommen, was passiert ist. Dann fällt ihr Blick auf das blutige Wirrwarr aus Innereien und Wolle vor uns.

»Fuck. Was ist denn hier passiert? Was hat das mit mir zu tun?«

»Jemand hat das Tor offen gelassen«, sage ich zerknirscht, »aber ich meinte nicht …«

»Es spielt keine Rolle, wer das Tor aufgelassen hat«, fällt Kate mir ins Wort. »Es war meine Schuld, es nicht kontrolliert zu haben, bevor ich Shadow rausgelassen habe.«

»Dein *Hund* hat das gemacht?« Thea ist ganz bleich geworden und tritt unwillkürlich einen Schritt zurück, weg von Shadow und seiner blutigen Schnauze. »O nein.«

»Wir wissen es nicht«, sagt Kate knapp. Doch Fatima sieht besorgt aus, und ich weiß, dass in ihr das Gleiche vorgeht wie in mir: Wenn nicht Shadow, wer dann?

»Kommt schon«, sagt Kate schließlich, und als sie sich umdreht, steigt ein Schwarm Fliegen von den über den Steg verstreuten Gedärmen des Schafs auf, um sich gleich darauf erneut niederzulassen und das Festmahl fortzusetzen. »Lasst uns reingehen. Ich muss bei den Bauern rumtelefonieren, um herauszufinden, wer eine Aue verloren hat. *Scheiße.* Das hat uns noch gefehlt.«

Ich weiß genau, was sie meint. Es ist nicht nur dieses Schaf, ausgerechnet in unserem verkaterten und übernächtigten Zustand, es ist all das hier. Es ist die Luft. Das Wasser, das zu unseren Füßen plätschert und nicht länger ein Freund ist, sondern blutverschmutzt. Die Ahnung, dass der Tod näherkommt.

Vier oder fünf Anrufe später hat Kate den Besitzer des Schafs ermittelt, und während wir auf ihn warten, trinken wir Kaffee und versuchen, das Summen der Fliegen vor der Tür zu ignorieren.

Thea ist wieder ins Bett gegangen, und Fatima und ich lenken uns ab, indem wir Freya mit abgeschnittenen Stückchen Toast bei Laune halten, die sie aber nicht wirklich isst, sondern nur einspeichelt.

Kate läuft auf und ab wie ein Tiger im Käfig, vom Fenster zum Fuß der Treppe und wieder zurück, wieder und wieder. Sie hat eine Zigarette in der Hand, und nur an der zuckenden Rauchwolke ist zu erkennen, dass ihre Finger leicht zittern.

Plötzlich wirft sie den Kopf hoch, ganz wie ein wachsamer Hund, und einen Augenblick später höre auch ich, was sie bereits gehört hat: Das Knirschen von Reifen auf dem Schotter. Kate rennt hinaus und zieht die Tür hinter sich zu. Durch die Tür höre ich Stimmen, eine tiefe, leicht aufgebrachte, und die andere ist Kates, leise und reumütig.

»Es tut mir leid«, höre ich, und dann, »… die Polizei?«

»Meinst du, wir sollten auch rausgehen?«, fragt Fatima beunruhigt.

»Ich weiß es nicht.« Ich merke, wie ich nervös am Saum meines Morgenmantels herumnestle. »Er scheint ja nicht wirklich wütend zu sein … Meinst du nicht, wir sollten das Kate überlassen?«

Fatima hat Freya auf dem Arm, also stehe ich auf und gehe ans uferseitige Fenster. Kate und der Bauer stehen dicht beisammen, die Köpfe über das tote Schaf gebeugt. Er wirkt mehr traurig als wütend, und für einen kurzen Augenblick legt Kate ihm die Hand auf die Schulter und drückt sie, eine Trostgeste, nicht ganz eine Umarmung, aber fast.

Gerade sagt der Bauer etwas, das ich nicht verstehen kann, daraufhin nickt Kate, und im nächsten Moment packen sie die Aue an den Vorder- und Hinterbeinen, tragen sie über den klapprigen Steg und befördern sie schließlich mit Schwung auf die Ladefläche des Pick-ups.

»Ich hol mein Portemonnaie«, ruft Kate und läuft zum Haus, während der Bauer die Heckklappe schließt. In ihrer Hand sehe ich etwas Kleines und Blutverschmiertes, das sie sich kurz vor dem Reingehen in die Jackentasche steckt.

Als die Tür aufgeht, trete ich hastig vom Fenster zurück, und dann kommt Kate herein. Sie schüttelt heftig den Kopf, wie um eine unliebsame Erinnerung loszuwerden.

»Ist es geklärt?«, frage ich.

»Ich weiß nicht«, sagt Kate. »Ich glaube schon.« Sie wäscht ihre blutigen Hände in der Spüle und nimmt dann ihr Portemonnaie von der Anrichte, doch als sie hineinsieht, verzieht sie das Gesicht. »Mist.«

»Brauchst du Geld?«, fragt Fatima sofort. Sie steht auf und legt Freya in meine Arme. »Mein Portemonnaie ist oben.«

»Ich hab auch was«, sage ich in der Hoffnung, endlich etwas Sinnvolles tun zu können. »Wie viel brauchst du denn?«

»Zweihundert, glaub ich«, sagt Kate nüchtern. »So viel ist das Schaf zwar nicht wert, aber er könnte genauso gut die Polizei einschalten, und das will ich auf keinen Fall.«

Ich nicke, und als ich mich umdrehe, kommt Fatima gerade mit ihrer Handtasche die Treppe herunter.

»Ich habe hundertfünfzig«, sagt sie. »Ich hatte noch daran gedacht, dass Salten ja nie einen Bankautomaten hatte, also hab ich an der Tankstelle in Hampton's Lee noch was gezogen.«

»Lass uns zusammenlegen.« Mit der strampelnden Freya an meiner Schulter stehe ich auf und grabe in meiner Tasche, die ich am Treppenpfosten aufgehängt hatte. Darin steckt mein mit Geldscheinen proppenvolles Portemonnaie. »Ich habe auf jeden Fall genug, Sekunde ….« Ich will nachzählen, werde dabei von Freya behindert, die mir fröhlich glucksend jeden der fünf frischen Zwanziger wegschnappen will. Fatima gibt hundert Pfund dazu. Kate lächelt beschämt.

»Danke, echt lieb von euch. Ich zahl's zurück, sobald wir nach Salten reinfahren, wir haben inzwischen einen Automaten in der Post.«

»Brauchst du nicht«, antwortet Fatima noch, aber da hat Kate die Tür schon hinter sich zugezogen und übergibt dem Bauern die Geldscheine. Kurz darauf knirschen die Reifen auf dem Kies, und er fährt mit dem toten Schaf davon.

Als sie zurückkommt, ist Kate blass, aber sie wirkt trotzdem erleichtert.

»Gott sei Dank – ich glaube, er wird die Polizei nicht rufen.«

»Du glaubst also nicht, dass es Shadow war?«, fragt Fatima, aber Kate antwortet nicht. Stattdessen geht sie zurück zur Spüle und wäscht sich erneut die Hände.

»Da ist Blut an deinem Ärmel«, sage ich, und sie sieht nach.

»O je, stimmt. Wer hätte gedacht, dass das alte Schaf so viel Blut in sich hatte?« Sie lächelt etwas schief, und ich weiß, dass sie an Miss Winchelseas Theatergruppe und die *Macbeth*-Aufführung am Ende des Schuljahres denkt, in der sie nicht mehr mitspielen konnte. Sie zieht ihre Jacke aus und wirft sie auf den Boden, bevor sie am Wasserhahn einen Eimer befüllt.

»Kann ich helfen?«, fragt Fatima.

Kate schüttelt den Kopf. »Nein, ist schon gut, ich werde den Steg einmal abspülen und dann ein Bad nehmen. Ich fühle mich widerlich.«

Ich weiß, was sie meint. Mir geht es genauso – ich fühle mich widerlich, von dem Anblick beschmutzt, und dabei habe ich nicht einmal dem Bauern helfen müssen, das tote Schaf auf die Ladefläche zu heben. Ich zittere leicht, als sie die Haustür hinter sich zuzieht, und höre das Wasser platschen, gefolgt vom Scharren eines Besens. Ich stehe auf und lege Freya in ihren Korb.

»Glaubst du, es war Shadow?«, fragt Fatima leise, als ich Freya zudecke. Ich blicke achselzuckend hinunter auf Shadow, der jämmerlich zusammengekauert auf einem Läufer vor dem nicht brennenden Ofen liegt. Er wirkt zerknirscht, seine Augen betrübt, und als könnte er unsere Blicke spüren, sieht er plötzlich zu uns auf und leckt sich wieder leise winselnd über die Schnauze. Er weiß, dass etwas nicht stimmt.

»Ich weiß es nicht«, antworte ich. Aber ich weiß jetzt, dass ich Freya niemals mit Shadow allein lassen werde. Als ich Kates achtlos hingeworfene Jacke neben der Spüle sehe, überkommt mich ein Tatendrang – ich muss etwas tun, und sei es noch so belanglos. »Hat Kate eine Waschmaschine?«

»Ich glaube nicht.« Fatima blickt sich um. »Sie hat doch früher ihre Sachen in der Schule waschen lassen. Weißt du noch, wie Ambrose seine Malerklamotten in der Spüle gewaschen hat? Wieso fragst du?«

»Ich wollte die Jacke in die Waschmaschine tun, aber ich kann sie ja wenigstens mal einseifen.«

»Kaltes Wasser ist bei Blut sowieso besser.«

Da ich tatsächlich nirgendwo eine Waschmaschine entdecken kann, setze ich den Stöpsel ein und hebe dann Kates Jacke auf. Bevor ich sie in die Spüle lege, kontrolliere ich alle Taschen, um nicht aus Versehen etwas Wertvolles unter Wasser zu setzen. Erst als ich etwas Weiches und unangenehm Glitschiges ertaste, fällt mir wieder ein, dass Kate vom Steg etwas aufgehoben und verstohlen in ihre Tasche gesteckt hatte.

Zum Vorschein kommt ein unidentifizierbarer weiß-roter Klumpen. Mit einem Aufschrei des Ekels lasse ich ihn los und tauche meine Finger in das kalte Wasser. Während der Klumpen langsam zum Boden der Spüle sinkt, entfaltet er sich wie eine Blüte. Mit spitzen Fingern fische ich ihn wieder heraus.

Ich weiß nicht, was ich erwartet hatte, jedenfalls nicht das.

Es ist ein Zettel, ein blutgetränktes, an den Rändern zerfranstes Stück Papier, der Kugelschreiber verwaschen, aber noch lesbar.

*Warum werft ihr das hier nicht auch gleich in den Reach?*, steht darauf.

Das Gefühl, das mich jetzt wie eine Welle überrollt, ist anders als alles, was ich je gefühlt habe.

Es ist reine, ungefilterte Panik.

Einen Moment lang bewege ich mich nicht, sage nichts, atme nicht einmal. Mein Herz flattert unregelmäßig, und meine Wangen glühen in einer scharlachroten Welle aus Schuld und Angst, während ich zusehe, wie das blutige Wasser durch meine Finger rinnt.

Sie wissen Bescheid. Jemand *weiß Bescheid.*

Ich werfe Fatima einen Blick zu, die mich gar nicht beachtet, die nicht ahnt, was gerade geschehen ist. Ihr Kopf ist über das Telefon gebeugt, vielleicht schreibt sie Ali gerade eine Nachricht. Ich öffne den Mund, um etwas zu sagen – doch dann schaltet sich mein Instinkt ein, und ich klappe ihn wieder zu.

Stattdessen schließe ich die Faust fest um den Papierklumpen und zermalme ihn zu einer Art Brei, spüre, wie meine Nägel sich in meine Handfläche bohren, zupfe und reibe und reiße die weißen und roten Fetzen, bis sie weg sind, ausgelöscht sind, bis kein Wort mehr übrig ist.

Dann ziehe ich den Stöpsel heraus, lasse das blutige Wasser abfließen, die krümelige Pampe aus meinen Fingern in den Strudel gleiten. Ich drehe den kalten Hahn auf, wasche die Jacke aus und spüle jede Faser dieser Nachricht, jede Spur von Schuldzuweisung in den Abfluss, als hätte sie nie existiert.

Ich muss hier raus.

Es ist zehn Uhr, Kate ist im Bad, Thea hat sich wieder schlafen gelegt, und Fatima arbeitet an ihrem Laptop, mit konzentriertem Blick geht sie der Reihe nach ihre E-Mails durch.

Freya sitzt mit ihrem plumpen kleinen Hintern auf dem Boden, und ich versuche, sie zu beschäftigen, ohne Fatima zu stören. Ich lese ihr aus dem Klappbuch vor, das sie so gerne hat, dem mit den Babys beim Guck-guck-Spielen, aber ich vergesse dauernd, die Seiten umzublättern, und so haut sie immer wieder ungeduldig gegen das Buch und fiept dabei so vorwurfsvoll, als wollte sie sagen: Los! Schneller!

»Wo ist das Baby?«, frage ich mit leiser Stimme, doch ich bin abgelenkt und kann mich nicht voll auf das Spiel einlassen. Shadow kauert immer noch traurig in der Ecke und leckt sich über die Schnauze, und am liebsten würde ich Freya packen, sie fest an mich drücken und hier rausschleppen.

Draußen höre ich Insekten summen und muss wieder an die Eingeweide des Schafs denken, die über den Steg verstreut lagen. Gerade hebe ich die Klappe, um das überraschte Gesicht des nächsten Babys zu zeigen, als mir direkt neben Freyas knubbeligem Beinchen ein langer Splitter auffällt, der aus der Holzdiele emporragt.

Dieser Ort, an dem ich so viele schöne Stunden verbracht habe, ist plötzlich zum Ort der Bedrohung geworden.

Reflexartig stehe ich auf und hebe Freya hoch, die erschrocken quiekt und das Buch fallen lässt.

»Ich geh mal spazieren«, sage ich zu Fatima, die kaum vom Bildschirm aufsieht.

»Guter Plan. Wo gehst du hin?«

»Weiß noch nicht. Ins Dorf wahrscheinlich.«

»Wirklich? Das sind bestimmt fünf oder sechs Kilometer.«

Ich muss mir ein Stirnrunzeln verkneifen. Ich kenne die Strecke genauso gut wie sie, schließlich bin ich sie oft genug gegangen.

»Ja, wirklich«, antworte ich so gelassen wie möglich. »Zurück können wir ja ein Taxi nehmen, wenn wir müde sind.«

»In Ordnung. Dann viel Spaß!«

»Danke, Mama.« Mein genervter Tonfall kann ihr nicht entgangen sein, denn jetzt sieht sie auf und grinst.

»Upps, kam das echt so rüber? Sorry, ich werde dir nicht sagen, dass du einen Mantel anziehen und vorher nochmal Pipi machen sollst, versprochen.«

Ich grinse und schnalle Freya im Buggy fest. Fatima kann einen immer zum Lachen bringen, und wenn man einmal grinst, ist es schwer, weiter sauer zu sein.

»Das mit dem Pipi ist gar kein so schlechter Rat«, sage ich, während ich in meine Wandersandalen schlüpfe. »Mein Becken ist auch nicht mehr das, was es mal war.«

»Erzähl mir was«, sagt Fatima, doch sie scheint in Gedanken woanders. »Ich sage nur: Kegel-Training. Immer schön kneifen, halten und loslassen!«

Lachend blicke ich aus dem Fenster. Die Sonne knallt auf die glasige, glitzernde Wasseroberfläche, die Dünen flirren in der Hitze. Ich muss Freya noch eincremen. Wo habe ich die Sonnencreme?

»Ich hab in deinem Kulturbeutel eine gesehen«, sagt Fatima plötzlich, und ich fahre zusammen.

»Was sagst du?«

»Sonnencreme hast du gemurmelt, während du die Babytasche durchwühltest. Ich hab sie oben im Bad gesehen.«

Gott, hab ich das wirklich laut gesagt? Anscheinend ticke ich schon nicht mehr ganz richtig. Vielleicht bin ich seit dem Mutterschutz schon so daran gewöhnt, mit Freya allein in der stillen Wohnung zu sein, dass ich begonnen habe, Selbstgespräche zu führen.

Eine unheimliche Vorstellung. Was hab ich wohl sonst noch gesagt?

»Danke«, sage ich knapp. »Kannst du kurz ein Auge auf sie haben?«

Sie nickt, und ich renne in meinen Wanderschuhen geräuschvoll die Holztreppe hoch.

Als ich ins Bad will, ist die Tür zu und von drinnen ein Platschen zu hören. Da fällt mir wieder ein, dass Kate baden wollte.

»Wer ist da?« Durch die Tür klingt ihre Stimme undeutlich und hohl.

»Sorry«, rufe ich zurück. »Ich hatte vergessen, dass du hier drin bist. Ich brauche Freyas Sonnencreme – kannst du mir die geben?«

»Moment.« Ein kurzes Wasserplätschern, dann geht das Türschloss auf, und dann wieder ein Platschen, als Kate zurück in die Wanne steigt. »Komm rein.«

Ich öffne vorsichtig die Tür, doch da ist Kate schon komplett eingetaucht und von einem Schaumteppich bedeckt. Die Haare hat sie in einem zotteligen Knoten auf dem Kopf zusammengebunden, wodurch ihr langer, schlanker Hals freiliegt.

»Sorry«, wiederhole ich. »Ich beeil mich.«

»Kein Problem.« Kate streckt ein Bein aus der Wanne heraus und fängt an, es zu rasieren. »Ich weiß auch gar nicht, warum ich überhaupt abgeschlossen habe. Es ist ja nicht so, als wäre euch der Anblick irgendwie neu. Gehst du raus?«

»Ja, ich gehe mit Freya spazieren. Vielleicht nach Salten rein, ich weiß noch nicht.«

»Ach, pass auf, wenn ich dir meine Karte mitgebe, kannst du dann zweihundert Pfund für mich abheben, damit ich euch das Geld zurückzahlen kann?«

Die Sonnencreme habe ich jetzt gefunden und wende mich wieder Kate zu, während ich am Verschluss der Tube drehe.

»Kate, hör mal – Fatima und ich … wir wollen nicht …«

Gott, ist das unangenehm – wie soll man es ausdrücken? Kate hat ihren Stolz, und ich will ihr nicht zu nahe treten. Wie kann ich sagen, was ich wirklich denke, dass nämlich Kate, mit ihrem zerfallenden Haus und ihrem kaputten Auto, sich einfach keine zweihundert Pfund leisten kann, während Fatima und ich es sehr wohl können?

Während ich nach den richtigen Worten suche, blitzt plötzlich gestochen scharf ein Bild vor meinem inneren Auge auf, das mich aus meinen Gedanken reißt, wie der plötzliche Stich einer verirrten Sicherheitsnadel, wenn man gerade in der Handtasche herumkramt.

Ich sehe die Nachricht vor mir, blutgetränkt. *Warum werft ihr das hier nicht gleich auch in den Reach?*

Mir wird plötzlich ganz schlecht.

»Kate«, platzt es aus mir heraus, »was ist da draußen wirklich passiert? Mit Shadow?«

Ihr Ausdruck wird mit einem Mal leer und starr, undurchdringlich. Als wären plötzlich die Vorhänge zugegangen.

»Ich hätte das Tor schließen sollen«, sagt sie tonlos, »das ist alles.« Auf einmal wirkt Kate gefühllos wie eine Statue. Und ich weiß, weiß genau, dass sie lügt.

Wir hatten uns geschworen, einander nie zu belügen.

Ich starre sie an, halb untergetaucht in der trüben, seifigen Lauge, starre auf die unnachgiebigen Züge ihrer Mundpartie: die dünnen, trockenen Lippen zusammengepresst, um die Wahrheit zurückzuhalten. Ich muss an die Nachricht denken, die ich zerstört habe. Wir beide wissen, dass Kate lügt, und fast will ich es ihr an den Kopf werfen – aber ich traue mich nicht. Wenn sie lügt, muss es einen Grund geben, und ich fürchte mich davor, diesen Grund zu erfahren.

»Na gut«, sage ich schließlich. Ich komme mir wie ein Feigling vor, als ich mich zum Gehen wende.

»Die Karte ist in meinem Portemonnaie«, ruft Kate, als ich die Tür zuziehe. »Die PIN ist 8431.«

Doch als ich die Stufen zu Fatima und meiner schlafenden Tochter hinunterlaufe, versuche ich gar nicht, sie mir zu merken. Ich habe nicht vor, Kates Karte oder ihr Geld zu nehmen.

Als ich draußen bin, Freya in ihrem Buggy über den Sandpfad schiebe und wir uns von der Mühle entfernen, löst sich meine Beklemmung allmählich.

Es ist ein milder, ruhiger Tag, Möwen streichen entspannt über das ansteigende Wasser, Watvögel stelzen hochkonzentriert durch das Watt, immer wieder schießen ihre Köpfe ohne Vorwarnung nach unten, wo sie arglose Würmer und Käfer aus dem Boden picken.

Die Sonne brennt mir im Nacken, und um Freya zu schützen, verstelle ich das Sonnendach des Buggys, bevor ich einen überschüssigen Klecks Sonnencreme von ihrem Ärmchen abwische und mir auf den Nacken reibe.

Der Blutgeruch steckt mir immer noch in der Nase, und ich hoffe auf ordentlich frischen Wind, um ihn zu verscheuchen. War es wirklich Shadow? Schwer zu sagen. Ich denke zurück an die herausgequollenen Eingeweide und den winselnden Hund – stammten die Risse nun von einem starken Kiefer oder waren es Messerschnitte? Ich weiß es einfach nicht.

Eins aber ist sicher – Shadow hat die Nachricht nicht geschrieben. Wer also dann? Der Gedanke an die Niedertracht dieses Akts versetzt mir einen jähen, schmerzhaften Stich, und trotz des strahlenden Sonnenscheins überkommt mich plötzlich eine Gänsehaut. Ich verspüre den heftigen Wunsch, meine Tochter fest an mich zu drücken, würde sie am liebsten in meinen Körper zurückpressen, als könnte ich sie so aus diesem Geflecht aus Lügen und Geheimnissen befreien, das sich immer enger um mich zusammenzieht, mich zurückzerren will zu einem längst vergangenen Fehler, von dem ich glaubte, wir wären ihm entkommen. Ich begreife allmählich, dass wir nicht entkommen sind, keine von uns. Siebzehn Jahre lang sind wir davongerannt und haben uns versteckt, doch es war vergeblich. Das weiß ich jetzt. Vielleicht habe ich es immer gewusst.

Der Pfad endet an einer Landstraße, die in der einen Richtung zum Bahnhof zurückführt und in der anderen über eine Brücke nach Salten hinein. Auf der Brücke bleibe ich stehen, wippe Freya im Buggy sanft vor und zurück, während ich die vertraute Landschaft in mich aufnehme. Weil das Land hier so platt ist, hat man von der niedrigen Brücke einen weiten Blick. Die Mühle in der Mitte, die sich schwarz vor dem hellen Wasser des Reach abzeichnet, wirkt aus der Ferne ganz klein. Links von ihr, auf der anderen Flussseite, kann ich gerade eben die Häuser und schmalen Gässchen von Salten Village ausmachen.

Und rechts, ganz weit draußen, blitzt etwas Weißes hinter den Baumwipfeln hervor, kaum auszumachen vor dem sonnenbleichen Horizont. Salten House. Der Weg über die Marsch, den wir immer nahmen, wenn wir uns unerlaubt entfernten, ist von hier aus nicht zu erkennen. Vielleicht ist er inzwischen zugewachsen. Ich denke an jenen kühlen Oktoberabend, als wir nach Einsetzen der Dämmerung zum ersten Mal aus dem Fenster kletterten, bewaffnet mit Taschenlampen zwischen den Zähnen und in Strümpfen, um die Lehrer beim Hinabsteigen der klapprigen Feuertreppe nicht zu wecken, und ich staune über unsere Dummheit damals.

Kaum waren wir unten, stiegen wir in unsere Gummistiefel (»Bloß keine Schuhe«, hatte Kate uns gewarnt, »sogar nach einem so heißen Sommer ist es oft matschig«), und dann zogen wir los, liefen entspannt über die Hockeyfelder, unterdrückten das Lachen, bis wir so weit weg waren, dass uns niemand mehr hören konnte.

Dieser erste Teil war immer der gefährlichste, vor allem,

wenn die Tage wieder länger wurden und es noch lange nach der Sperrstunde hell blieb. Ab Ostern hätte uns jeder Lehrer, der zufällig am Fenster stand, über den gestutzten Rasen flüchten sehen können, Theas lange Beine, die lässig jede Distanz überwanden, Kate in der Mitte, Fatima und ich keuchend hinterher.

Aber bei jenem ersten Mal war es schon fast stockdunkel, und wir konnten uns unbemerkt über die Felder davonstehlen, bis wir den Schutz der windschiefen Büsche und Bäume am Rand der Marsch erreichten und endlich losprusten und die Taschenlampen einschalten konnten.

Kate ging voran, wir anderen folgten durch das dunkle Labyrinth aus Rinnen und Gräben voller Brackwasser, das im Schein unserer Lampen glitzerte.

Wir stiegen über Zäune und Zauntritte, sprangen über Gräben und befolgten Kates über die Schulter gerufene Anweisungen genau: »Bleibt hier in der Mitte, der Boden links ist tiefster Morast … Nehmt unbedingt den Zauntritt hier, das Tor lässt sich nämlich nicht mehr schließen, und dann hauen die Schafe ab … Wenn ihr auf das Büschel hier steigt, könnt ihr über den Graben springen – seht ihr, wo ich jetzt stehe? Hier ist der Boden noch fest.«

Seit sie ein kleines Mädchen war, hatte sie auf der Marsch herumgetobt, und auch wenn sie nicht eine einzige Blume und nur die wenigsten der Vögel, die wir auf unseren Wanderungen aufschreckten, beim Namen nennen konnte, kannte sie jedes Grasbüschel, jedes heimtückische Sumpfloch, jeden Bachlauf, Graben und jedes Hügelchen in- und auswendig und führte uns selbst im Dunkeln furchtlos durch das Labyrinth aus Schafspfaden, Schlammtümpeln und Abflussgräben, bis wir schließlich einen letzten Zaun erreichten – und da war er: der Reach. Die sanften Wellen glitzerten im Mondschein, auf einer Sandbank in der Ferne ragte die Mühle empor, in einem Fenster brannte Licht.

»Ist dein Vater zu Hause?«, fragte Thea.

Kate schüttelte den Kopf. »Nein, der ist unterwegs, irgendwo im Dorf, glaube ich. Es muss Luc sein.«

Luc? Von einem Luc hörte ich zum ersten Mal. War er ein Onkel? Ein Bruder? Ich war mir fast sicher, dass Kate mir gesagt hatte, sie wäre ein Einzelkind.

Doch für mehr als einen fragenden Blickwechsel mit Fatima reichte die Zeit nicht, denn Kate hatte sich schon wieder in Bewegung gesetzt und stiefelte nun, da wir wieder festen, sandigen Boden unter den Füßen hatten, davon, ohne sich nach uns umzusehen, und ich musste rennen, um ihr zu folgen.

Vor der Mühle wartete sie kurz, bis auch Fatima, die das Schlusslicht bildete, aufgeschlossen hatte, und öffnete dann die Tür.

»Willkommen zu Hause, meine Damen.«

Und ich betrat die Mühle zum ersten Mal.

Wenn ich jetzt zurückdenke, ist es bemerkenswert, wie wenig sie sich verändert hat seit dem ersten Besuch – die Bilder an den Wänden waren andere, das ganze Gebäude ein bisschen weniger schief und heruntergekommen, aber die hölzerne Wendeltreppe, die schrägen Fenster, die abends ihren goldenen Schein auf den Reach werfen, all das ist gleich geblieben. Da es kalt war in jener Oktobernacht, brannte im Holzofen ein Feuer, und als Kate die Tür aufmachte, schlug uns warmer Holzrauch entgegen, der sich mit dem Geruch von Terpentin, Ölfarbe und Meerwasser vermengte.

Vor dem Feuer saß jemand in einem Schaukelstuhl und las in einem Buch. Als wir das Zimmer betraten, sprang er überrascht auf.

Der Junge war etwa in unserem Alter – um genau zu sein, war er fünf Monate jünger als ich, wie ich später herausfand. Damit war er nur ein Jahr älter als mein kleiner Bruder, aber es lagen Welten zwischen dem kindlichen, rosahäutigen Will und dem schlaksigen, braungebrannten Jungen hier, dessen dunkle, zottelig kurze Haare vermuten ließen, dass er selbst Hand angelegt hatte, und sein Kopf hatte die leichte Schiefneigung jener Menschen, die sich um niedrige Türrahmen sorgen mussten.

»Kate, was machst du hier?« In seiner tiefen und leicht heiseren Stimme schwang etwas mit, das ich nicht zuordnen konnte, ein Akzent vielleicht, der sich von Kates Art zu sprechen unterschied. »Dad ist unterwegs.«

»Hi, Luc«, sagte Kate. Sie stellte sich auf Zehenspitzen und drückte ihm einen festen, schwesterlichen Kuss auf die Wange. »Tut mir leid, dass ich dich nicht vorgewarnt habe. Ich musste einfach da raus und konnte die anderen hier ja schlecht in der Schule versauern lassen. Thea kennst du schon. Und das hier ist Fatima Qureshy.«

»Hi«, grüßte Fatima schüchtern und streckte die Hand aus, die Luc etwas unbeholfen schüttelte.

»Und das ist Isa Wilde.«

»Hi«, sagte ich. Als er sich mir zuwandte und lächelte, sah ich, dass seine Augen fast goldfarben waren, wie die einer Katze.

»Und das hier ist Luc Rochefort, mein …« Sie stockte, dann wechselten sie und Luc einen Blick, und Luc verzog den Mund zu einem Lächeln, das die gebräunte Haut seiner Wange in Falten legte. »Mein Stiefbruder, könnte man sagen? Na ja, egal. Jetzt sind wir also alle hier. Steh doch nicht so blöd rum, Luc.«

Luc lächelte wieder und senkte dann unbeholfen den Kopf, wobei er rückwärtsging, um für uns Platz zu machen.

»Möchtet ihr etwas trinken?«, fragte er, aber Fatima und ich waren einen Moment lang sprachlos von dem Schock, hier unerwartet einen Fremden anzutreffen, und dann noch einen fremden Jungen, nachdem wir schon so viele Wochen lang nur mit Mädchen eingesperrt gewesen waren.

»Was habt ihr denn da?«, fragte ich schließlich.

»Wein«, antwortete er achselzuckend, »Côtes du Rhône«, und plötzlich begriff ich, was das für ein Akzent war, ich hätte ihn schon aus seinem Namen schließen können. Luc war Franzose.

»Wein ist gut«, antwortete ich. »Danke.« Ich nahm ihm das Glas ab und stürzte es, ohne nachzudenken, hinunter.

Es war schon spät, und wir lachten und tanzten betrunken zu den Platten, die Kate aufgelegt hatte, als die Türklinke heruntergedrückt wurde und Ambrose mit einem Mal in der Tür stand, seinen Hut in der Hand.

Fatima und ich erstarrten, doch Kate torkelte sofort auf ihn zu, stolperte dabei über die Teppichkante und lachte, als ihr Vater sie auffing und mit einem Kuss auf beide Wangen begrüßte.

»Daddy, du wirst nichts verraten, oder?«

»Bringt mir einen Drink«, sagte er, warf seinen Hut auf den Tisch und wuschelte Luc, der sich auf dem Sofa fläzte, durchs Haar. »Und ich habe euch nie gesehen.«

Doch das hatte er natürlich. Und es ist seine eigene Zeichnung, die ihn der Lüge überführt, die dahingekritzelte Bleistiftskizze, die oben vor Kates Zimmer in einer Ecke hängt. Sie zeigt das Sofa in jener ersten Nacht, darauf Luc, Thea und ich zusammengeknäuelt wie ein Wurf Welpen, die Arme umeinander geschlungen, die Beine verschränkt, sodass kaum zu erkennen ist, wo mein Körper endet und wo Theas oder Lucs beginnt. Auf der Armlehne sitzt Fatima, deren nackte Beine Thea als Rückenstütze dienen. Und zu unseren Füßen Kate, mit dem Rücken gegen die abgewetzte Couch, die Knie ans Kinn gezogen, den Blick aufs Feuer gerichtet. In der Hand hält sie ein Weinglas, und meine Hand ist in ihrem Haar vergraben.

Dies war die erste Nacht, in der wir so zusammen tranken und lachten, einander in den Armen lagen, unsere Wangen von Feuer und Wein erwärmen ließen – aber es war nicht die letzte. Wieder und wieder kamen wir zurück, überquerten im Winter frostklirrende Felder, im Frühling Wiesen voller neugeborener Lämmer, wurden angezogen wie die Motten vom Licht, das durch das schwarze Marschland strahlte und uns den Weg wies. Und in der fahlen Morgendämmerung machten wir uns lachend auf den Weg zurück durch die Marsch, im Sommer mit salzverkrusteten Haaren, um hundemüde einer Französischstunde zu folgen.

Doch oft mussten wir gar nicht ausbüchsen. Nach den ersten beiden Wochen jedes Trimesters waren die Wochenenden »offen«, was bedeutete, dass wir mit Zustimmung der Eltern nach Hause oder zu Freunden fahren durften. Ersteres war für Fatima und mich keine Option, da mein Vater die ganze Zeit bei meiner Mutter im Krankenhaus verbrachte und Fatimas Eltern in Pakistan waren. Und Thea … bei Thea habe ich nie nachgefragt, aber es gab ganz offensichtlich Probleme – die bedeuteten, dass sie nicht zu ihren Eltern fahren konnte oder wollte.

Aber keine Vorschrift besagte, dass wir Kate nicht begleiten durften, und so taten wir es. Meistens packten wir freitags unsere Taschen, wanderten gemeinsam mit Kate nach den Hausaufgaben über die Marsch zur Mühle und kehrten Sonntagabend rechtzeitig zur Registrierung zurück.

Erst waren unsere Besuche sporadisch, doch mit der Zeit häuften sie sich, und am Ende verbrachten wir fast jedes Wochenende in der Mühle, bis Ambroses Werkstatt geradezu übersät war mit Skizzen von uns, mir die Mühle fast vertrauter war als unser Zimmer im Internat und meine Füße die Pfade über die Marsch verinnerlicht hatten, ich sie fast so gut kannte wie Kate.

»Mr Atagon muss ja ein wahrer Engel sein«, bemerkte meine Hausleiterin Miss Weatherby einmal mit leicht schiefem Lächeln, als ich mich wieder einmal mit Kate zusammen abmeldete. »Erst unterrichtet er euch die ganze Woche und dann bringt er euch am Wochenende noch kostenlos bei sich unter. Bist du sicher, dass ihm das alles recht ist, Kate?«

»Na klar«, antwortete Kate mit fester Stimme. »Er freut sich, wenn ich meine Freundinnen mitbringe.«

»Und mein Vater hat seine Einwilligung gegeben«, ergänzte ich. Und das mit größtem Eifer – er war so erleichtert, dass es mir in Salten gefiel und ich ihm nicht noch mehr Sorgen bereitete, indem ich darauf bestand, am Wochenende nach Hause zu kommen, dass er auch einen Pakt mit dem Teufel persönlich unterzeichnet hätte. Ein Stapel vorunterschriebener Formulare zur Ausgangserlaubnis war da gar nichts.

Später, bei einem gemeinsamen Tee in ihrem Büro, sagte die Hausleiterin einmal zu mir: »Ich habe wirklich nichts dagegen, dass du mit Kate Zeit verbringst.« Aus ihrem Blick sprach Besorgnis. »Ich bin sehr froh, dass du so schnell Freundinnen gefunden hast. Aber denk daran, dass es zur persönlichen Entwicklung einer jungen Frau dazugehört, eine möglichst große *Vielfalt* an Freundinnen zu haben. Warum fährst du am Wochenende nicht einmal mit zu einem der anderen Mädchen? Oder du bleibst einfach hier – die Schule steht ja schließlich an den Wochenenden nicht leer.«

»Also …« Ich nahm einen Schluck Tee. »… steht denn irgendwo in den Vorschriften, dass ich nur für eine begrenzte Zahl von Wochenenden Ausgang bekommen kann?«

»Nun, nicht direkt in den Vorschriften …«

Ich nickte lächelnd, trank ihren Tee und meldete mich am folgenden Freitag – wie immer – bei ihr ab, um das Wochenende bei Kate zu verbringen.

Und die Schule konnte nichts dagegen tun.

Bis sie es eines Tages doch tat.

Als ich endlich, erschöpft und verschwitzt, die Straße zum Dorf erreiche, bleibe ich im Schatten einer Gruppe Eichen stehen, um eine Pause zu machen. Schweiß rinnt mir den Hals hinab, sammelt sich in den Körbchen meines BHs.

Ich beuge mich zu Freya hinunter, die mit halb geöffnetem Mund schläft, und gebe ihr ganz vorsichtig einen Kuss, bevor ich mich wieder in Bewegung setze und mit jetzt schmerzenden Füßen weiter in Richtung Dorf marschiere.

Ich drehe mich nicht um, als sich von hinten ein Auto nähert, doch als es mit gedrosseltem Tempo an mir vorbeifährt und der Fahrer dabei den Kopf aus dem Fenster hält, erkenne ich ihn – Jerry Allen, Besitzer des Salten Arms, des einzigen Pubs im Dorf, in seinem alten Pritschenwagen, mit dem er schon früher immer die Getränke vom Großhändler transportierte. Nur dass der Wagen älter und klappriger denn je aussieht, mehr Rost als Karosserie. Warum fährt Jerry dieses dreißig Jahre alte Schrottteil noch? Eine Goldmine war das Pub zwar nie, aber er muss wirklich harte Zeiten durchgemacht haben.

Mit unverhohlener Neugier streckt Jerry nun den Kopf aus dem Fenster, bestimmt fragt er sich, was diese wahnsinnige Touristin hier in der Mittagshitze allein auf der Hauptstraße verloren hat.

Er will schon fast weiterfahren, als sich plötzlich sein Ausdruck verändert. Unvermittelt haut er auf die Hupe, und ich zucke erschrocken zusammen. Als er kurz darauf am Straßenrand vor mir zum Stehen kommt, wirbelt er eine riesige Staubwolke auf, die mich husten und keuchen lässt.

»Ich kenne Sie doch«, ruft er, als ich zum Wagen aufschließe, dessen Motor noch immer läuft. In seiner Stimme schwingt ein triumphierender Unterton mit, als hätte er mich bei etwas ertappt. Ich verkneife mir, laut auszusprechen, dass ich es ja auch nie geleugnet hätte. »Sie waren doch eine Freundin von Kate Atagon – eins von den Mädchen, die ihr Vater –«

Zu spät fällt ihm auf, wohin der Satz führt, woraufhin er sich räuspert und die Hand vor den Mund schlägt, um seine Betretenheit hinter einem Anfall von Raucherhusten zu verbergen.

»Ja«, sage ich und bemühe mich um einen neutralen Ton, damit er mir nichts anmerkt. »Ich bin Isa Wilde. Hallo, Jerry.«

»Groß geworden«, staunt er, und seine Augen werden ein bisschen glasig, als er sie über meinen Körper schweifen lässt. »Und sogar ein Baby!«

»Ein Mädchen«, sage ich. »Freya.«

»Sieh an, sieh an«, sagt er und setzt ein Zahnfleischlächeln auf, das seine Zahnlücken sowie den Goldzahn entblößt, der mir früher immer ein leichtes Schaudern bereitet hat, ohne dass ich hätte sagen können, warum. Ein paar Sekunden lang mustert er mich schweigend von oben bis unten, von meinen staubigen Sandalen zu den Schweißflecken auf meinem Sommerkleid, dann kippt er seinen Kopf zur Seite, um auf den Reach zu deuten. »Schlimme Neuigkeiten, was? Die haben das halbe Ufer abgesperrt, hat Mick White gesagt, wobei man das von hier nicht sehen kann. Polizei, Spürhunde, so weiße Zelte … aber was das jetzt noch bringen soll, weiß der Henker. Was immer da unten auch begraben war, hat lang genug Regen und Wind abbekommen, meinte der Alte von Judy Wallace. Die hat das Teil ja gefunden, und laut Mick hat ihr Hund den Knochen am Ellbogen einfach durchgebissen, geknickt ist der wie ein Streichholz. Wenn man dann noch das Salzwasser mit einberechnet, bleibt da nicht mehr viel übrig.«

Ich weiß darauf nichts zu antworten. Ein Schwindel macht sich breit, mir wird flau im Magen, und so nicke ich nur, doch er scheint eine Idee zu haben.

»Wollt ihr ins Dorf? Ich nehm euch mit.«

Ich sehe ihn an mit seinem roten Gesicht, sehe den klapprigen alten Truck mit Sitzbank und ohne Anschnallgurt, geschweige denn Kindersitz, und erinnere mich daran, wie er früher immer, schon zur Mittagszeit, nach Whisky roch.

»Vielen Dank«, sage ich, und ringe mir ein Lächeln ab. »Aber ehrlich gesagt habe ich Lust auf den Spaziergang.«

»Zieren Sie sich doch nicht.« Er zeigt mit dem Daumen auf die Ladefläche. »Da ist auf jeden Fall Platz für den Kinderwagen, und bis zum Dorf sind es noch fast zwei Kilometer. Bis dahin sind Sie doch durchgebraten.«

Whisky rieche ich zwar nicht, dafür stehe ich zu weit entfernt, trotzdem lehne ich höflich lächelnd ab.

»Ich weiß es wirklich zu schätzen, vielen Dank. Aber es geht mir gut, ich laufe lieber.«

»Wie Sie wollen.« Er grinst, wieder blitzt sein Goldzahn auf, dann legt er den Gang wieder ein. »Kommen Sie im Pub vorbei, wenn Sie mit Ihren Einkäufen fertig sind. Da gibt's ein Bier aufs Haus.«

»Danke«, antworte ich, aber das Quietschen der Reifen auf dem Schotter und eine weitere Staubwolke lassen das Wort verpuffen, und als er weg ist, streiche ich mir die Haare aus dem Gesicht und setze meinen Weg ins Dorf fort.

Salten Village fand ich schon immer etwas gruselig, auch wenn ich es mir selbst nicht ganz erklären kann. Wahrscheinlich hat es mit den Netzen zu tun. Salten ist, beziehungsweise war, ein Fischerdorf. Heute wird der Hafen, von einer Handvoll kommerzieller Fischereiboote abgesehen, nur von Ausflugsschiffen genutzt. Als eine Art Tribut sind die Häuser mit Netzen behangen, wohl um an die historische Bedeutung des Fischfangs zu erinnern. Manche sagen, sie bringen Glück, und vielleicht war es ursprünglich tatsächlich so, aber längst hängen sie wohl vor allem für die Touristen dort.

Die Tagestouristen, die auf ihrem Weg zu den Sandstränden hier Halt machten, waren früher immer ganz verrückt danach, machten Fotos von den kleinen, in Fischernetze gewickelten Stein- und Fachwerkhäuschen, während die Kinder Eis und knallbunte Plastikeimer kauften. Manche der Netze sehen so unberührt aus, als kämen sie frisch aus der Fabrik, ohne je das Meer gesehen zu haben, andere wiederum sind ganz sicher in Gebrauch gewesen, die Risse, die sie außer Betrieb setzten, deutlich sichtbar, ebenso wie die Algenbüschel und Bojen, die sich in ihnen verhakt hatten.

Ich habe sie von Anfang an nicht gemocht. Sie wirken traurig und räuberisch zugleich, wie riesige Spinnennetze, in denen die kleinen Häuser wie Beutetiere gefangen sind. Sie verleihen dem ganzen Ort eine bedrückend melancholische Atmosphäre, wie in einer dieser schwülen Kleinstädte im amerikanischen Süden, in denen das Louisianamoos dicht von den Bäumen hängt und sich langsam im Wind wiegt.

Während an manchen Häusern nur zwischen den Stockwerken ein paar Maschenreihen die Fassade zieren, sind andere über und über behangen, die Netze nur über dem Türrahmen notdürftig hochgeklemmt; wie langsam dahinrottende Girlanden bedecken sie das ganze Haus, verdunkeln Fenster, verfangen sich in Scharnieren und Fensterläden und baumeln in Pflanzentöpfen.

Mich schaudert bei der Vorstellung, dass man in der Nacht sein Fenster aufmachen will und gegen eines dieser widerlichen Netze stößt, wobei sich die Finger in den Maschen verheddern, wenn man versucht, mit Gewalt dagegenzudrücken.

Wenn es nach mir ginge, würde ich diese traurigen Relikte

bis auf den letzten Rest wegfegen, wie wenn man bei einem Frühjahrsputz alle Spinnen vertreibt.

Vielleicht stören sie mich vor allem als Symbol: Wofür sind Netze schließlich gut, außer zum Einfangen?

Jetzt, beim Gang durch die schmale Hauptstraße, kommt es mir vor, als wären sie gewachsen und hätten sich weiter ausgebreitet, während der Ort selbst kleiner und schäbiger geworden ist. War früher nur die Hälfte der Häuser behangen, sind es jetzt alle, und es scheint fast, als wären die Netze mit Absicht so drapiert worden, damit man nicht sieht, dass Salten dahinter langsam verkommt – sie bedecken den blätternden Anstrich und das verrottende Holz. Auch leerstehende Läden sind zu sehen, verblichene, im Wind leicht schwingende »Zu verkaufen«-Schilder, und über allem hängt eine Ahnung des Verfalls, die mir die Kehle zuschnürt. Schick war Salten nie, der Kontrast zwischen Internat und Bevölkerung stets unübersehbar. Jetzt aber, da offenbar viele Touristen von früher nach Frankreich oder Spanien verschwunden sind, ist Salten wirklich ein trister Ort geworden, und es bestürzt mich zu sehen, dass der kleine Laden, der früher immer Eis und buntes Plastikspielzeug verkaufte, nicht mehr existiert, das leere Schaufenster nun staubig und mit Spinnennetzen übersät ist.

Die kleine Post ist noch da, aber das Fischernetz über dem Eingang ist neu: eine breite, orangefarbene Girlande, komplett mit ausgebessertem Riss.

Den Blick aufmerksam nach oben gerichtet, drücke ich die Tür mit dem Rücken auf, um den Buggy rückwärts in den winzigen Laden zu ziehen. *Fall mir bloß nicht auf den Kopf*, flehe ich. In Gedanken sehe ich schon vor mir, wie die feinen Maschen des Netzes Freya und mich einwickeln und sich immer fester um uns zusammenziehen.

Eine schrille Klingel ertönt, als ich eintrete, doch hinter der Ladentheke ist niemand zu sehen, und es kommt auch niemand. In der Ecke, wo früher die Süßigkeiten zum Selbermischen auslagen, steht jetzt ein Geldautomat. Kates Geld will ich nicht annehmen, aber nach den hundert Pfund ist fast nichts mehr übrig, und ich möchte auf jeden Fall genug im Portemonnaie haben, um …

Ich stocke. Um was? Vielleicht will ich es mir nicht eingestehen. Um Essen einzukaufen? Um Kate das Geld für die Eintrittskarte zum Sommerfest zurückzugeben? Beides, bestimmt, aber es sind nicht die wahren Gründe. Genug, um schnell hier wegzukommen, wenn ich muss.

Gerade tippe ich meine Geheimzahl ein, als ich hinter mir plötzlich eine tiefe, krächzige Stimme höre, die fast klingt wie eine Männerstimme, obwohl ich, noch bevor ich mich umdrehe, weiß, dass es keine ist.

»Sieh an, sieh an. Wen haben wir denn da?«

Ich ziehe die Scheine heraus, stecke die Karte ein, und als ich mich umdrehe, sehe ich hinter der Theke Mary Wren – die alte Matriarchin, so etwas wie die Dorfvorsteherin von Salten, wenn es diese Rolle gäbe. Sie hat schon in der Post gearbeitet, als ich noch zur Schule ging, aber aus irgendeinem Grund fühle ich mich jetzt davon überrumpelt, sie hier zu sehen. Vielleicht hatte ich angenommen, sie wäre inzwischen in Rente gegangen oder würde irgendwas anderes machen. Anscheinend nicht.

»Mrs Wren«, grüße ich mit gezwungenem Lächeln und stecke mein Portemonnaie zurück in die Tasche. »Sie haben sich gar nicht verändert!«

Es ist gleichzeitig wahr und unwahr – es ist immer noch dasselbe platte, verwitterte Gesicht, dieselben kleinen, dunklen Augen, derselbe stechende Blick. Ihre Haare jedoch, einst ein hüftlanger, dunkler Fluss, sind stahlgrau geworden. Sie hat sie zu einem Zopf geflochten, oben ein dickes graues Seil, das sich unten zu einem kümmerlichen, welligen Strang ausdünnt, der kaum das Haargummi hält.

»Isa Wilde.« Sie tritt hinter der Theke hervor und baut sich, die Hände in die Hüften gestemmt, vor mir auf, immer noch so kolossal und unverrückbar wie eh und je, ein Monolith von einer Frau. »Ich traue meinen Augen nicht. Was bringt dich … Sie hierher zurück?«

Ich zögere einen Moment, während mein Blick über einen Stapel Wochenzeitungen schweift, auf deren Titelseiten die Schlagzeile MENSCHLICHER KNOCHENFUND AM REACH prangt.

Da fällt mir ein, was Kate dem Taxifahrer erzählt hatte.

»Wir … ich … das Ehemaligentreffen«, stammele ich. »Am Salten House.«

»Na.« Sie mustert mich von oben bis unten, registriert mein schweißverklebtes Sommerkleid, die schlummernde Freya in ihrem Buggy. »Ich muss sagen, ich bin erstaunt. Es hat ja schon viele Festessen und Bälle gegeben, aber von Ihnen und Ihrer kleinen Clique hat man nichts mehr gesehen.«

Erst bin ich verdutzt über die Wortwahl, aber dann wird mir klar, dass sie recht hat. *Clique.* Eigentlich mag ich den Ausdruck nicht, aber es lässt sich wohl nicht leugnen. Wir waren tatsächlich cliquenhaft, Kate, Thea, Fatima und ich. Wir waren selbstzufrieden und hatten niemand anderen nötig, höchstens als Zielscheibe für unsere Streiche und Spiele. Wir glaubten, es mit jedem aufnehmen zu können, solange wir einander hatten. Wir waren arrogant und gedankenlos, keine Frage. Auf mein Verhalten damals bin ich nicht besonders stolz, und auch wenn mir Mary Wrens spitze Wortwahl nicht gefällt, hat sie definitiv ins Schwarze getroffen.

»Kate sehen Sie aber schon ab und zu, oder?«, frage ich im Plauderton.

Sie nickt. »Na klar. Wir haben schließlich den einzigen Geldautomaten im Dorf, also kommt sie ziemlich regelmäßig vorbei. Dass sie hiergeblieben ist, das hätten viele nicht gedacht. Das rechnen die Leute ihr hoch an, trotz ihrer Eigenarten.«

»*Eigenarten?*«, wiederhole ich und kann mir eine gewisse Schärfe nicht verkneifen. Da entfährt Mary ein Lachen, bei dem ihr ganzer Körper bebt, doch es ist ein seltsam freudloses Lachen.

»Tja, Kate«, sagt sie schließlich. »Die sondert sich gern ab, so abgeschieden, wie sie lebt. Ambrose war nie so ein Eigenbrötler, der war immer im Dorf, kam ins Pub und spielte in der Band mit. Der war einer von uns, obwohl er da draußen auf dem Reach wohnte. Aber Kate …« Sie beäugt mich von oben bis unten und wiederholt dann: »Die sondert sich ab.«

Ich schlucke und überlege, wie ich das Thema wechseln kann.

»Ich habe gehört, Mark ist jetzt Polizist, stimmt das?«

»Ja«, sagt Mary. »Das ist praktisch für uns, jemanden aus dem Ort zu haben. Seine Station ist zwar in Hampton's Lee, aber weil hier sein Heimatrevier ist, kommt er öfter vorbei, als einer von außerhalb das vielleicht tun würde.«

»Lebt er noch bei Ihnen?«

»O ja, Sie können sich ja denken, wie die Hauspreise hier in die Höhe schießen, weil so viele als Ferienhäuser verkauft werden. Da ist es für die jungen Leute sehr schwer, sich was Eigenes zu leisten, wenn die Reichen aus London ihnen die Häuser wegschnappen.«

Wieder mustert sie mich, und diesmal spüre ich ihren Blick über meine teure Lederhandtasche und meine riesige Umhängetasche von Marni schweifen, die ein Geschenk von Owen war und sicher über fünfhundert Pfund gekostet hat.

»Das muss schwierig sein«, sage ich etwas betreten. »Aber ich hoffe mal, dass sie zumindest Geld reinbringen?«

Mary schnaubt verächtlich.

»Die doch nicht. Die bringen ihr Essen aus London gleich im Auto mit, in den Geschäften sieht man die gar nicht. Baldock der Metzger musste zumachen, haben Sie's schon gesehen?«

Ich nicke stumm, erfasst von einem diffusen Schuldgefühl, und Mary schüttelt den Kopf.

»Und Croft & Sons, der Bäcker, auch. Fast nichts mehr da, außer der Post und dem Pub. Und auch das wird es nicht mehr lange geben, wenn es nach der Großbrauerei geht. Bringt halt nicht genug Geld ein. Nächstes Jahr um diese Zeit sollen da Ferienwohnungen rein. Weiß Gott, was Jerry dann macht. Keine Rente, kein Erspartes …«

Sie tritt einen Schritt näher und kippt den Sonnenschutz von Freyas Buggy zurück.

»Sie haben jetzt also eine Tochter?«

»Genau.« Ich sehe zu, wie sie meinem schlafenden Baby mit ihren dicken, kräftigen Fingern über das Bäckchen streicht. Ihre Fingernägel und Nagelhaut sind dunkelrot verfärbt, vermutlich ist es Tinte, von den Stempelkissen der Post, aber ich muss unweigerlich an Blut denken. Ich versuche, mir nichts anmerken zu lassen. »Freya.«

»Sie heißen nicht mehr Wilde?«

»Doch, immer noch Wilde. Ich bin nicht verheiratet.«

»Na, das ist wirklich eine Hübsche.« Mary richtet sich wieder auf. »Die wird in ein paar Jahren selbst den Jungs den Kopf verdrehen, das sage ich Ihnen.«

Ich verziehe leicht irritiert den Mund und schließe meine Finger unwillkürlich fester um den Schaumstoffgriff des Buggys. Dann zwinge ich mich, durchzuatmen und die bissige Bemerkung, die mir auf der Zunge liegt, runterzuschlucken. Mary Wren ist eine einflussreiche Person im Dorf – schon vor siebzehn Jahren durfte man sich nicht mit ihr anlegen, und daran hat sich bestimmt nichts geändert – vor allem jetzt, da ihr Sohn hier Polizist ist.

Eigentlich dachte ich, ich hätte all das hinter mir gelassen, als ich Salten verließ, die komplizierten Verstrickungen und Loyalitäten im Ort, die Spannungen zwischen Dorf und Schule, die Ambrose, anders als wir, stets elegant zu umschiffen verstand. Am liebsten würde ich den Kinderwagen von Mary wegziehen und ihr raten, sich um ihre eigenen Angelegenheiten zu kümmern. Aber ich kann es mir nicht leisten, sie gegen mich aufzubringen. Nicht nur Kate zuliebe, die hier schließlich leben muss, sondern uns allen zuliebe. Die Schule hat uns schon vor Jahren fallen lassen – und wenn man es sich dann auch noch mit dem Dorf verscherzt, kann Salten ein feindlicher Ort sein.

Trotz der Hitze bekomme ich plötzlich eine Gänsehaut, und Mary grinst.

»Hier drin zieht es ein bisschen, oder?«

Ich schüttle den Kopf und bemühe mich zu lächeln, und da lacht sie auf und entblößt ihre gelben Zähne.

»Na, hat mich jedenfalls gefreut, Sie zu sehen«, sagt sie munter und klopft gegen Freyas Sonnendach. »Mir kommt es wie gestern vor, dass ihr hier eure Süßigkeiten und all das andere Zeugs gekauft habt. Erinnern Sie sich noch an die Geschichten, die Ihre Freundin sich immer ausgedacht hat? Wie hieß sie noch gleich … Cleo?«

»Thea«, antworte ich mit leiser Stimme. Ja, ich erinnere mich.

»Hatte mir weisgemacht, dass ihr Vater wegen Mordes an ihrer Mutter gesucht wurde, und fast hätte ich's ihr abgekauft.« Mary lacht wieder mit ihrem ganzen Körper los, und Freyas Buggy erzittert in Solidarität. »Da wusste ich natürlich noch nicht, was für fiese kleine Lügnerinnen ihr wart, ihr alle.«

Lügnerinnen. Dieses harte Wort, so nachlässig in die Konversation gestreut … bilde ich es mir ein, oder höre ich Feindseligkeit in Marys Stimme?

Ich ziehe ihr vorsichtig den Stoff des Sonnendachs aus der Hand und mache Anstalten zu gehen. »Also dann … ich sollte mich langsam auf den Weg machen … Freya wird gleich Hunger bekommen …«

»Lassen Sie sich von mir nicht aufhalten«, sagt Mary

freundlich. In einer Art unterwürfiger, entschuldigender Geste ducke ich den Kopf, worauf Mary einen Schritt zurücktritt und ich mich daran mache, den Buggy an ihr vorbei und aus dem Laden hinauszuschieben.

Als ich gerade umständlich versuche, im schmalen Gang zwischen den Regalen eine Wendung in drei Zügen zu vollziehen und zu spät einsehe, dass rückwärts wie beim Reinkommen besser gewesen wäre, schellt plötzlich die Türglocke.

Ich werfe einen Blick über die Schulter. Ich brauche einen Augenblick, um die Gestalt, die da im Türrahmen steht, zu erkennen, doch dann macht mein Herz hinter meinen Rippen einen riesigen Satz, wie ein zu großer Vogel in einem Käfig.

Seine Klamotten sehen aus, als hätte er darin geschlafen, schmutzig und zerknittert, auf der Wange hat er einen blauen Fleck, und die Haut an den Handknöcheln ist aufgeplatzt. Doch was mir am meisten auffällt, was mich trifft wie ein Schlag vor die Brust, ist, wie sehr er sich verändert hat – und wie sehr nicht. Groß war er immer gewesen, nur die Schlaksigkeit ist verschwunden, und der Mann, der jetzt vor mir steht, füllt mit seiner Statur den Eingang und strahlt, wohl fast unbewusst, eine mühsam gebändigte Stärke aus.

Sein Gesicht aber, die markanten Wangenknochen, die schmalen Lippen und, o Gott, seine Augen …

Vor Schreck stehe ich wie angewurzelt da und ringe nach Atem, aber er hat mich noch nicht erkannt und nickt Mary zu, während er höflich zur Seite tritt, um mich rauszulassen. Erst als ich mit heiserer, brüchiger Stimme seinen Namen sage, schießt sein Kopf in die Höhe, und er sieht mich an, sieht mich richtig, und sein Ausdruck verändert sich.

»Isa?« Etwas fällt zu Boden, es sind die Schlüssel, die er in der Hand hielt. Seine Stimme ist genau, wie ich sie in Erinnerung habe, tief und bedächtig, mit jener winzigen Klang-Anomalie, der einzigen Spur seiner Muttersprache. »Isa, ist das – bist du's wirklich?«

»Ja.« Ich habe einen Kloß im Hals, will lächeln, aber meine Gesichtsmuskeln sind wie gelähmt. »Ich – ich dachte, du bist – warst du nicht nach Frankreich zurückgegangen?«

»Ich bin zurückgekommen.« Auf einmal ist sein Ausdruck starr, teilnahmslos, seine goldenen Augen undurchdringlich, und seine Stimme klingt ein wenig steif, so als müsste er sich zusammenreißen.

»Aber wieso – ich verstehe nicht, warum hat Kate mir nichts …?«

»Das musst du sie schon selbst fragen.«

In seiner Stimme, das bilde ich mir nicht ein, schwingt Härte mit.

Ich verstehe nichts. Was ist passiert? Ich fühle mich, als würde ich mich blind durch einen Raum voller zerbrechlicher, wertvoller Gegenstände tasten, die mit jedem meiner Schritte heftiger wackeln und klappern. Warum hat Kate uns nicht erzählt, dass Luc zurück ist? Und warum ist er so … Doch hier stocke ich, kann die Emotion, die in der Luft liegt, nicht benennen. Was ist es? Der Schock unseres Zusammentreffens kann es nicht sein – oder zumindest nicht nur, inzwischen muss die Überraschung abgeklungen sein. Etwas scheint sich angestaut zu haben, ganz offenkundig versucht er, ein Gefühl in Schach zu halten. Ein Gefühl wie …

In dem Moment, als er einen Schritt nach vorn tritt und mir damit den Weg versperrt, fällt mir das Wort ein.

Hass.

Ich schlucke.

»Bist du … geht es dir gut, Luc?«

»Gut?« Er lacht auf, aber in seiner Stimme liegt keine Spur von Fröhlichkeit. »*Gut?*«

»Ich meine –«

»Wie zur Hölle kannst du mich das fragen?«

»Wie bitte?« Ich will zurücktreten, aber da ist kein Platz – Mary Wren steht direkt hinter mir. Luc blockiert die Tür, der

Buggy ist zwischen uns. Wenn er mich jetzt angreift, wird er Freya treffen, denke ich in Panik. Was ist passiert, was hat ihn so verändert?

»Luc, beruhig dich«, sagt Mary mahnend.

»Kate wusste Bescheid.« Lucs Stimme bebt. »*Ihr alle* wusstet, was mich erwarten würde.«

»Luc. Ich habe nicht – ich konnte nicht …« Meine Finger krallen sich um den Griff des Buggys, die Handknöchel sind schon ganz weiß. Ich muss dringend hier raus. Ich habe ein lautes Summen im Ohr, eine Schmeißfliege, die stupide immer wieder gegen die Scheibe klatscht, und plötzlich blitzt die Szene wieder auf, das abgeschlachtete Schaf, die Fliegen, die seine Eingeweide umschwirren …

Jetzt sagt er etwas auf Französisch, das ich nicht verstehe, aber es klingt vulgär, hasserfüllt.

»Luc«, wiederholt Mary mit erhobener Stimme, »jetzt mach schon Platz und reiß dich zusammen, oder soll ich Mark rufen?«

Es folgt eine angespannte Stille des Wartens, begleitet vom Summen der Fliege, und ich spüre, wie meine Finger sich noch fester um den Griff zusammenpressen. Dann macht Luc einen langsamen, theatralischen Schritt rückwärts und deutet mit der Hand auf den Ausgang.

»*Je t'en prie*«, sagt er sarkastisch.

Forsch schiebe ich den Buggy voran und knalle mit der Vorderseite gegen den Rahmen, woraufhin Freya aufwacht und vor Schreck losheult, aber ich bleibe nicht stehen, um sie zu trösten. Stattdessen laufe ich weiter und höre noch, wie die Tür hinter mir mit einem erneuten Klingeln zufällt. Und ich stürme die Straße entlang, will so schnell wie möglich von diesem Laden weg, und erst als die Häuser des Dorfs nur noch kleine Klötze in der Ferne hinter einem Hitzeschleier sind, halte ich an, hebe mein weinendes Baby hoch und drücke es an mich.

»Alles ist gut«, murmle ich mit zittriger Stimme in ihr Ohr, während ich sie mit einer Hand an meine Schulter presse und mit der anderen den Kinderwagen weiter über die staubige Straße schiebe. »Ist schon gut, der böse Mann hat uns doch gar nichts getan, oder? Und Hunde, die bellen, beißen nicht. Schsch … sch … mein Schatz. Oh, oh, schsch, kleine Freya. Nicht weinen, Maus. Bitte nicht weinen.«

Aber sie lässt sich nicht beruhigen. Ihr Weinen ist das gellende Sirenengeheul eines untröstlichen Kindes, das mit einem Schlag aus einem seligen Schlaf gerissen wurde. Und erst, als die Tropfen auf Freyas Kopf fallen, merke ich, dass ich selbst weine, dabei weiß ich nicht einmal, warum. Aus Schock? Oder Wut? Erleichterung, endlich da raus zu sein?

»Ruhig, ganz ruhig …«, wiederhole ich stumpfsinnig wieder und wieder im Rhythmus meiner Schritte, und bald weiß ich nicht mehr, ob ich es zu Freya sage oder zu mir selbst. »Es wird wieder gut, versprochen. Alles wird gut.«

Aber noch während ich beschwörend auf sie einrede und dabei den Geruch ihrer weichen, verschwitzten Haare, den warmen Duft des gehegten und gepflegten Babys einsauge, kommen mir Marys Worte wieder in den Sinn, das Echo ihrer Anklage hallt in meinen Ohren.

*Fiese kleine Lügnerin.*

# Regel Nr. 3

## *Lass dich nicht erwischen*

Kleine Lügnerin.
*Kleine Lügnerin.*

Unterlegt von Freyas schrillem Geschrei hallen die Worte mit jedem Schritt nach, während ich Salten halb gehend, halb laufend hinter mir lasse.

Nach etwa einem Kilometer halte ich es nicht mehr aus – vom Tragen brennt mein Rücken vor Schmerz, die Schreie bohren sich wie Nägel in meinen Schädel. *Kleine Lügnerin. Kleine Lügnerin.*

Am staubigen Straßenrand bleibe ich stehen, stelle die Bremse am Buggy fest und setze mich auf einen Baumstumpf, wo ich den Still-BH öffne und Freya anlege. Mit einem Freudenquieken wirft sie wie im Triumph die knubbeligen Hände in die Luft, doch bevor sie zu saugen beginnt, hält sie einen Moment inne, blickt mich aus hellblauen Augen an und lächelt: *Also echt! Hast du den Wink endlich verstanden?*, scheint sie zu sagen, und ich kann nicht anders, als zurückzulächeln, obwohl mir der Rücken so wehtut und Wut und Angst nach der Begegnung mit Luc mir immer noch den Hals zuschnüren.

*Kleine Lügnerin.*

Es ist, als würden mich die Worte durch die Jahre zurücktragen, und während Freya trinkt, schließe ich die Augen und lasse die Erinnerungen kommen. Daran, wie es begann.

An einem tristen, kalten Januartag kehrte ich zurück, ein paar traurige Tage mit meinem Vater und meinem Bruder lagen hinter mir – bedrückendes Schweigen über zähem, trockenem

Weihnachtsbraten, Geschenke, die meine Mutter nicht ausgesucht hatte und die dennoch, in der Handschrift meines Vater, mit ihrem Namen versehen waren.

Thea und ich waren gemeinsam aus London gekommen, aber wir hatten unseren Zug verpasst und dementsprechend auch den Anschluss mit dem Minibus, der uns vom Bahnhof zur Schule bringen sollte. Ich stand rauchend unter dem Vordach des Wartebereichs, während Thea in der Schule anrief, um zu fragen, was wir machen sollten.

»Sie können um halb sechs hier sein«, erklärte sie, nachdem sie aufgelegt hatte, und wir beide blickten auf die große Bahnhofsuhr. »Es ist erst vier. Mist.«

»Sollen wir laufen?«, fragte ich unschlüssig.

Thea schüttelte den Kopf und fröstelte, als ein Windstoß über den Bahnsteig fegte. »Nicht mit den Koffern.«

Wir überlegten noch, was wir tun könnten, als der nächste Zug einfuhr, diesmal die Regionalbahn von Hampton's Lee, mit der die Schüler fuhren, die dort die örtliche Schule besuchten. Automatisch hielt ich Ausschau nach Luc, aber er war nicht unter ihnen. Vielleicht war er noch für eine AG geblieben, oder er hatte geschwänzt. Beides war gut möglich.

Mark Wren allerdings war da, in seiner typisch krummen Haltung schlurfte er den Bahnsteig entlang. Durch den nach vorn gebeugten Kopf fiel die schmerzhaft aussehende Akne in seinem Nacken besonders auf.

»Hey«, rief Thea ihm zu. »Hey, du bist Mark, oder? Wie kommst du nach Salten? Wirst du abgeholt?«

Er schüttelte den Kopf. »Bus. Lässt die Salten-Schüler am Pub raus und fährt dann weiter nach Riding.«

Thea und ich sahen einander an.

»Hält der auch an der Brücke?«, fragte Thea.

»Eigentlich nicht. Aber fragt mal den Fahrer, vielleicht hält der ja für euch.«

Thea zog fragend eine Augenbraue hoch, und ich nickte. So würden wir mindestens drei Kilometer sparen und könnten den Rest der Strecke laufen.

Also stiegen wir in den Bus. Während ich am Gepäckhalter bei unseren Koffern blieb, folgte Thea Mark durch den Gang zu einem Zweiersitz, wo er sich seine Schultasche wie einen Schutzschild vor die Brust hielt, während sein Adamsapfel nervös auf und ab hüpfte. Im Vorbeigehen zwinkerte sie mir zu.

»Nächstes Wochenende zu Kate?«, rief Thea, als sie an diesem Abend im Gemeinschaftsraum auf ihrem Weg zur Studierzeit an mir vorbeilief. Ich nickte, und wieder zwinkerte sie mir zu. Lola Ronaldo wechselte gerade den Fernsehsender und rollte mit den Augen.

»Schon wieder Kate? Warum verbringt ihr da so viel Zeit? Jess Hamilton und ich wollen in Hampton's Lee ins Kino gehen und vorher im Fat Fryer was essen. Fatima meinte schon, dass sie nicht mitkann, weil sie mit euch zu Kate geht. Warum schimmelt ihr jedes Wochenende im blöden Salten vor euch hin? Habt ihr ein Auge auf jemanden geworfen?«

Ich musste an Kates Bruder denken und wurde rot bei der Erinnerung an das letzte Mal, als wir alle zusammen schwimmen waren. Es war an einem ungewöhnlich heißen Herbsttag, der Schein der Abendsonne leuchtete wie Flammen auf dem Wasser, mehrfach reflektiert durch die Fenster der Mühle, bis es aussah, als brenne der ganze Ort lichterloh. Wir hatten den ganzen Nachmittag faul herumgelegen, die letzten Sonnenstrahlen des Jahres getankt, als Kate sich plötzlich auf eine Wette von Thea hin auszog und nackt in den Reach sprang. Ich weiß nicht, wo Luc war, als Kate ins Wasser ging, doch als sie von der Mitte aus zurückschwamm, tauchte er plötzlich auf.

»Hast du was vergessen?« Mit spöttischem Lächeln hielt er ihren Bikini hoch. Kate stieß darauf ein Kreischen aus, das einen Schwarm Möwen aufschreckte und davonflattern ließ, wodurch die rot-goldenen Wogen zu tanzen begannen.

»Du Arsch! Gib das zurück!«

Doch Luc schüttelte bloß den Kopf, und während sie auf ihn zuschwamm, begann er, sie mit Algen zu bewerfen. Kate rächte sich mit Wasserspritzern, und sobald sie nah genug war, packte sie ihn am Knöchel und zerrte ihn ins Wasser, sodass sie beide untertauchten, Arme und Beine ineinander verschränkt, und nur die aufsteigenden Luftbläschen ihre Bahn verrieten.

Im nächsten Moment tauchte Kate wieder auf und stürzte auf den Steg zu, und noch während sie hochkraxelte, sah ich, dass sie mit einem Ausdruck des Triumphs Lucs Schwimmshorts in der Hand hielt, während er weiter draußen Wasser trat, lachte und fluchte und fürchterliche Rache versprach.

Ich hatte versucht wegzusehen, versucht, mein Buch zu lesen, Fatimas und Theas Klatsch zuzuhören, mich auf alles Mögliche zu konzentrieren, nur nicht auf Lucs nackten Körper im Wasser, doch mein Blick war immer wieder zurückgewandert, zu seinem goldbraunen Teint, seinem sehnigen Körper im gebrochenen Schein der Herbstsonne, und als ich jetzt daran zurückdachte, hatte ich den Anblick wieder vor Augen und wurde erfasst von einer Welle aus Sehnsucht und Scham.

»Es ist wegen Thea«, sagte ich, ohne zu überlegen, und spürte, wie ich unter Lolas Blick rot wurde. »Sie ist in jemanden aus dem Dorf verknallt und will so oft wie möglich hin, weil sie hofft, ihm über den Weg zu laufen.«

Diese Lüge diente ausschließlich mir selbst. Noch während ich sprach, wusste ich, dass ich eine rote Linie überschritten hatte. Aber zurücknehmen konnte ich es nicht mehr.

Lola sah Thea hinterher und warf mir dann einen skeptischen Blick zu. Wir hatten inzwischen einen gewissen Ruf, und ich sah ihr an, dass sie nicht wusste, was sie von meiner Behauptung zu halten hatte – aber wenn es um Thea ging, war vielleicht etwas dran? »Ach ja?«, sagte sie nach kurzer Pause. »Ich glaube dir kein Wort.«

»Aber es stimmt«, beteuerte ich, erleichtert, dass sie angebissen hatte. Und dann zwang mich irgendein dummer Impuls dazu, ein verhängnisvolles Detail zu ergänzen. »Pass auf, sag bloß nicht, dass ich es gesagt habe, aber … es ist Mark Wren. Sie haben im Bus vorhin nebeneinandergesessen.« Ich beugte mich vielsagend zu ihr vor und sprach mit gesenkter Stimme weiter: »Er hat ihr die Hand auf den Oberschenkel gelegt … den Rest kannst du dir denken.«

»*Mark Wren?* Der pickelige Typ, der über der Post wohnt?«

»Was soll ich sagen?«, meinte ich achselzuckend. »Thea macht sich nichts aus Äußerlichkeiten.«

Lola schnaubte ungläubig und verzog sich wieder.

In der darauffolgenden Woche verschwendete ich keinen Gedanken daran. Ich kam noch nicht einmal auf die Idee, es Kate zu erzählen, damit sie meine Punkte notieren konnte. Zu diesem Zeitpunkt war das Spiel schon fast kein Wettbewerb mehr, sondern eher ein Selbstzweck geworden. Das Ziel war nicht mehr, Fatima, Thea oder Kate zu schlagen, sondern alle anderen zu überlisten – es war »wir« gegen »die«.

Den Samstagabend verbrachten wir in der Mühle, und am Sonntagnachmittag spazierten wir vier ins Dorf, um im Laden Süßigkeiten zu kaufen und eine heiße Schokolade im Pub zu trinken, das außerhalb der Saison in Doppelfunktion auch als Dorfcafé diente, wenn man bereit war, Jerrys anzügliche Witze auszuhalten.

Fatima und Kate setzten sich an einen Tisch am Fenster, während Thea und ich an der Theke die Bestellung aufgaben.

»Entschuldigung, ich hatte gesagt, eine *ohne* Sahne«, beschwerte sich Thea, als der Barkeeper die letzte Tasse vor uns abstellte. Er seufzte und fing an, die Sahnehaube abzukratzen, aber Thea winkte ab: »Nein, danke. Ich nehme eine frische Tasse.«

Ihr hochmütiger Tonfall ließ mich zusammenzucken, immer wieder staunte ich darüber, wie ihr piekfeiner Akzent eine gewöhnliche Bemerkung in einen Befehl verwandeln konnte.

Der Mann nuschelte einen Fluch in seinen Bart, bevor er sich umdrehte, um das Getränk in den Ausguss zu spülen, und ich sah eine der Frauen an der Theke die Augen verdrehen und ihrer Freundin etwas zuflüstern. Verstehen konnte ich es nicht, doch ich sah den verächtlichen Blick, den sie mir und Thea zuwarf. Ich verschränkte die Arme vor der Brust, als wollte ich mich kleiner und unsichtbarer machen, und wünschte dabei inständig, ich hätte nicht das kurze Kleid mit den Knöpfen angezogen, von denen oben einer fehlte. Das ließ den Ausschnitt größer wirken, und mir war nur allzu bewusst, dass mein BH-Träger unter dem Kragen hervorblitzte und dass die Frauen uns beide ungeniert musterten – meinen Ausschnitt, die Risse in Theas Jeans, durch die am Po ein hellrotes Seidenhöschen durchschien.

Als ich hinter Thea stand und darauf wartete, dass sie mir zwei Tassen reichte, schlängelte sich von hinten Jerry mit einem Tablett schmutziger Gläser, das er auf Schulterhöhe hochhielt, durch den Pulk. Geschockt spürte ich plötzlich seinen Unterleib an meinem Hintern. Er presste sich regelrecht an mich. Die Bar war zwar voll, aber nicht voll genug, um diesen mutwilligen Übergriff zu rechtfertigen.

»Verzeihung« kicherte er und atmete dabei schwer. »Lassen Sie sich von mir nicht stören, junge Dame.«

Ich fühlte, wie ich rot wurde vor Scham, und ich sagte zu Thea: »Ich muss mal aufs Klo. Kannst du das alleine tragen?«

»Klar.« Sie zählte gerade das Geld ab und blickte gar nicht auf. So schnell ich konnte, flüchtete ich in die Damentoilette.

Während ich mir in der Kabine mit einem Stück Toilettenpapier die Nase putzte, sah ich das Gekritzel an der Tür. Es war mit Eyeliner geschrieben, schon etwas verschmiert und undeutlich.

*Mark Wren ist ein perverses Schwein,* stand dort zu lesen. Ich wusste nicht, was ich von einer so abwegigen Anschuldigung halten sollte. Mark Wren? Der schüchterne, sanftmütige Mark Wren?

Neben dem Waschbecken stand noch etwas, diesmal in einer anderen Farbe. *Mark Wren fingert Salten-Schülerinnen im Bus.*

Und schließlich auf der Tür zum Pub, mit Edding: *Mark Wren ist ein Sextäter!!!!*

Mit glühend heißen Wangen kehrte ich zu den anderen zurück. »Können wir gehen?«, fragte ich Kate, Fatima und Thea ohne Erklärung.

Thea sah mich verwirrt an. »Was soll das denn? Du hast deine Schokolade nicht mal angerührt!«

»Ich muss euch etwas erzählen«, sagte ich, »aber nicht hier.«

»In Ordnung«, sagte Kate. Sie löffelte den letzten Marshmallow aus ihrer Tasse, und Fatima packte ihre Sachen zusammen. Doch bevor wir den Laden verlassen konnten, schwang die Eingangstür des Pubs mit einem Knall auf, und Mary Wren kam herein.

Ich rechnete nicht damit, dass sie zu unserem Tisch kommen würde – Kate kannte sie natürlich, da sie mit Ambrose gut befreundet war, aber für Kates Freundinnen hatte sie sich nie interessiert.

Doch sie kam. Sie schritt geradewegs auf unseren Tisch zu und sah erst mich, dann Thea, dann Fatima an, wobei ihre Oberlippe leicht zuckte.

»Wer von euch ist Isa Wilde?«, fragte sie in ihrer tiefen, krächzigen Stimme.

Mir wurde flau im Magen. »I-ich.«

»Aha.« Mit in die Hüften gestemmten Händen baute sie sich vor uns auf. Die Gespräche im Pub schienen zu verstummen, die Leute reckten die Hälse, alle Blicke richteten sich auf Marys breiten, muskulösen Rücken. »Hör mal zu, Mädel. Ich weiß nicht, was dort, wo du herkommst, üblich ist, aber hier im Dorf ist es den Leuten nicht egal, was man über sie sagt. Wenn du weiter Lügen über meinen Sohn verbreitest, werde ich dir alle Knochen brechen. Hast du mich verstanden? Ich werde jeden einzelnen nacheinander entzweibrechen.«

Ich machte den Mund auf, brachte aber keinen Ton heraus. Ein heftiges, wucherndes Schuldgefühl stieg in mir auf und lähmte meine Zunge.

Kate neben mir machte ein erschrockenes Gesicht, und da erst begriff ich, dass sie keine Ahnung hatte, was hier vor sich ging. »Mary«, sagte sie, »wieso …«

»Halt du dich da raus«, fuhr Mary sie an. »Obwohl ihr sowieso mit drinsteckt, ihr alle, da bin ich mir sicher.« Wie sie so die Arme verschränkte und uns der Reihe nach anblickte, beschlich mich das Gefühl, dass ihr diese Konfrontation einen perversen Genuss bereitete – sie genoss es, uns so in Angst und Schrecken zu sehen. »Fiese kleine Lügnerinnen seid ihr, und wenn ihr meine wärt, würdet ihr eine Tracht Prügel bekommen.«

Kate starrte sie entgeistert an und machte schon Anstalten aufzustehen, um mich zu verteidigen, doch Mary legte ihr eine Hand auf die Schulter und drückte sie wieder auf die Bank.

»Lass gut sein. Eure feine Schule ist wohl zu modern für so was, und dein Vater ist immer viel zu nett. Ich aber nicht, und wenn ihr meinem Sohn noch einmal etwas tut, dann …« Sie wandte sich wieder mir zu und starrte mich aus schwarzen Augen scharf an. »… dann wird es euch leid tun, dass ihr je geboren wurdet.«

Sie richtete sich wieder auf, machte auf dem Absatz kehrt und verließ wutschäumend das Pub.

Das Knallen der Tür beendete die plötzliche Stille, die Marys Auftritt hinterlassen hatte, und nach einem kurzen Gelächter kehrten die normalen Geräusche zurück – das Klirren der Gläser, das Geraune der Männer an der Theke. Doch ich spürte weiter die Blicke der Dorfbewohner auf uns, die sicher über das spekulierten, was Mary gesagt hatte, und wäre am liebsten im Erdboden versunken.

»Hilfe!«, rief Kate. Sie war ganz fahl geworden, bis auf ein paar rote Flecken, die ihr die Wut auf die Wangen trieb. »Was ist denn mit der los? Dad wird so wütend sein, wenn …«

»Nein.« Ich zog sie am Mantel. »Nein, Kate, lass das. Erzähl Ambrose nichts.«

Es durfte nicht sein. Es durfte auf keinen Fall ans Licht kommen, was für eine dumme, unwürdige Lüge ich verzapft hatte. Die Vorstellung, dass Ambrose davon erfuhr, die Enttäuschung auf seinem Gesicht ….

»Sag ihm nichts«, bettelte ich. Ich spürte, wie mir die Tränen in die Augen schossen, doch es war keine Tränen der Trauer – es war Scham. »Es ist meine eigene Schuld. Ich habe verdient, was sie zu mir gesagt hat.«

Es war ein Fehler, das wollte ich Mary gern sagen, als ich sprachlos ihre Tirade über mich ergehen ließ. Es war ein Fehler, und es tut mir leid.

Aber ich sagte nichts. Das nächste Mal, als ich sie in der Post traf, bediente sie mich wie immer, und wir verloren kein Wort mehr über den Vorfall. Doch als ich jetzt, siebzehn Jahre später, mein pausbäckiges, fröhlich glucksendes Baby stille und es anlächeln will, hallen Marys Worte noch in mir nach, und ich glaube, es stimmt. Wir haben uns die Bezeichnung verdient.

Fiese kleine Lügnerinnen.

Kate, Thea und Fatima sitzen an dem alten Küchentisch, als ich überhitzt, mit staubtrockenem Hals und wundgelaufenen Füßen in die Mühle platze.

Die Tür prallt mit Schwung gegen die Wand, sodass die Bilderrahmen wackeln und die Tassen auf der Anrichte klirren. Shadow bellt zur Warnung kurz auf.

Fatima blickt als Erste von ihrem Teller auf. »Isa!«, ruft sie überrascht. »Du siehst aus, als hättest du einen Geist gesehen!«

»Habe ich auch. Warum hast du nichts gesagt, Kate?«

In meinem Kopf war es eine Frage, aber ausgesprochen kommt es als Vorwurf rüber.

»Was gesagt?« Kate steht auf, macht ein bestürztes Gesicht. »Isa, bist du gerade drei Stunden lang den ganzen Weg nach Salten und zurück zu Fuß gegangen? Du musst kaputt sein. Hattest du Wasser dabei?«

»Scheiß auf Wasser«, fauche ich. Auch als sie mir ein Glas Leitungswasser bringt und es vor mir auf dem Tisch abstellt, muss ich erst meinen Ärger herunterschlucken, bevor ich etwas trinken kann.

Ich nippe, nehme dann aber einen riesigen Schluck und lasse mich rückwärts aufs Sofa fallen. Fatima hat Salat für mich auf einen Teller gehäuft, den sie mir jetzt bringt.

»Was ist passiert?« Mit dem Teller in der Hand setzt sie sich neben mich, sie sieht besorgt aus. »Du hast also einen *Geist* gesehen?«

»In der Tat, ich habe einen Geist gesehen.« Ich werfe Kate über Fatimas Kopf hinweg einen scharfen Blick zu. »Ich habe Luc Rochefort im Dorf getroffen.«

Kates Gesicht verfinstert sich, noch bevor ich den Satz zu Ende gesprochen habe, und plötzlich lässt sie sich auf die Sofalehne sinken, so als würde sie ihren Beinen nicht mehr ganz über den Weg trauen.

»Scheiße.«

»Luc?« Fatima blickt von mir zu Kate. »Aber ich dachte, er wäre nach Frankreich zurückgegangen, nachdem …«

Kate macht eine traurige Kopfbewegung, von der nicht klar ist, ob es ein Schütteln oder ein Nicken sein soll oder eine Mischung aus beidem.

»Was ist mit ihm passiert, Kate?« Ich kuschle Freya fester an mich, als ich wieder an unsere Begegnung denke, an seinen harten, unbewegten Ausdruck, an die Wut, die er ausstrahlte, die beklemmende Atmosphäre in der kleinen Poststelle. »Er wirkte so …«

»Bitter?«, vollendet sie meinen Satz. Sie ist zwar blass im Gesicht, doch ihre Hände zittern nicht, als sie ihren Tabak aus der Hosentasche hervorholt. »Stimmt's?«

»Das ist noch untertrieben. Was ist passiert?«

Langsam und bedächtig beginnt sie, sich eine Zigarette zu drehen. Schon zu Schulzeiten hat Kate sich immer Zeit zum Nachdenken genommen, sich nie zu einer Antwort drängen lassen. Je schwieriger die Frage, desto länger ihr Schweigen, bevor sie antwortet.

Thea legt ihre Gabel ab, nimmt ihr Weinglas und ihr Zigarettenetui in die Hand und kommt zu uns.

»Na los, Kate.« Sie setzt sich auf die nackten Dielen vor dem Sofa, und plötzlich holt mich schmerzhaft die Erinnerung an all die Nächte ein, die wir auf diese Weise zusammengekauert verbrachten, dabei dem Fluss und den Flammen zusahen, rauchten, lachten, redeten …

Jetzt ist kein Lachen zu hören, bloß das Rascheln des Papiers, als Kate mit konzentriertem Blick die Zigarette zwischen ihren Fingern dreht. Als sie fertig ist, leckt sie über den Papierrand und antwortet: »Er ist nach Frankreich gegangen. Aber nicht … freiwillig.«

»Was soll das heißen?«, fragt Thea. Sie klopft ungeduldig mit ihrem Zigarettenetui auf die Holzdiele, ihr Blick fällt auf Freya, und ich weiß genau, wie gern sie jetzt rauchen würde, aber nicht, solange Freya mit im Zimmer ist.

Kate seufzt, legt ihre nackten Beine aufs Sofa neben Fatima und streicht sich eine Haarsträhne aus dem Gesicht.

»Ich weiß nicht, wie viel ihr über Luc wusstet … vielleicht, dass mein Vater und Lucs Mutter Mireille hier zusammen gewohnt haben?«

Ich nicke, das wussten wir alle. Luc und Kate waren noch ganz klein – fast zu jung, um sich daran zu erinnern, obwohl Kate ein paar vage Erinnerungen an Partys am See hatte und daran, dass Luc einmal ins Wasser fiel, als er noch nicht schwimmen konnte.

»Als die beiden sich trennten, nahm Mireille Luc mit nach Frankreich, und die nächsten Jahre hörten wir nichts mehr von ihm, bis Dad irgendwann einen Anruf erhielt: Mireille wurde nicht fertig mit Luc, er sei völlig verwildert, das Jugendamt sei schon eingeschaltet. Ob Luc den Sommer bei uns verbringen könnte, damit sie mal zum Durchatmen käme? Na, und als Luc dann hierherkam, stellte sich heraus, dass Mireille nicht die ganze Wahrheit gesagt hatte. Zwar war Luc wirklich krass drauf, allerdings … hatte das auch einen Grund. Mireille hatte ihre eigenen Sorgen … sie nahm wieder Drogen und war deshalb … vielleicht war sie nicht gerade die beste Mutter für Luc.«

»Und was war mit Lucs leiblichem Vater?«, fragt Fatima. »Hatte der keine Meinung dazu?«

Kate zuckt mit den Schultern.

»Ich weiß gar nicht, ob es einen Vater gab. Nach Lucs Aussage war seine Mutter ziemlich kaputt, als sie mit ihm schwanger wurde. Keine Ahnung, ob sie selbst …«

Sie spricht den Satz nicht zu Ende, sondern holt Luft und setzt erneut an.

»Egal, jedenfalls kam er dann zu uns, als wir so dreizehn, vierzehn waren. Und aus den Sommerferien wurde ein halbes Jahr, dann ein ganzes, und dann noch eins … Irgendwann war Luc dann auch am Gymnasium in Hampton's Lee eingeschrieben und wohnte einfach bei uns. Und es lief gut. Er war glücklich, glaube ich.«

Auch das wissen wir bereits, doch niemand von uns unterbricht Kate.

»Doch nachdem Dad …« Kate schluckt und ich weiß, jetzt kommt der schlimme Teil, die Zeit, an die keine von uns denken will. »Nachdem Dad … verschwunden war, musste Luc … konnte er nicht mehr lange hierbleiben. Ich wurde ja in dem Sommer sechzehn, aber Luc war erst fünfzehn. Die Schule informierte das Jugendamt, und …« Sie schluckt wieder, und ich sehe die Gefühle über ihr Gesicht huschen wie Wolkenschatten über ein Tal.

»Er wurde zurückgeschickt«, sagt sie dumpf. »Er wollte hier bei mir bleiben, aber ich hatte keine Wahl.« Sie streckt die Hände aus, scheint uns anzuflehen. »Das versteht ihr doch, oder? Man hätte ihn doch niemals hier bei mir gelassen – ein heimatloser französischer Junge, dessen Eltern nicht im Land lebten. Ich hatte keine Wahl!«, wiederholt sie verzweifelt.

»Kate.« Fatima legt Kate eine Hand auf den Arm und redet liebevoll auf sie ein. »Wir sind's doch, du musst dich vor uns nicht rechtfertigen. Natürlich hattest du keine andere Wahl. Ambrose war schließlich nicht Lucs Vater – was hättest du denn tun sollen?«

»Sie haben ihn also zurückgeschickt«, sagt Kate, als hätte

sie gar nicht zugehört. Ihr Blick ist leer, während sie sich erinnert. »Und er schrieb, wieder und wieder, flehte mich an, sagte, Dad hätte versprochen, sich um ihn zu kümmern, warf mir vor, ihn verraten zu haben, warf mir vor …«

Auf einmal wirkt sie hilflos und zerbrechlich, und ihre Augen füllen sich mit Tränen, die sie versucht wegzublinzeln. Shadow, der ihre Traurigkeit spürt, ohne sie zu verstehen, tapst heran, winselt kurz und legt sich zu ihren Füßen. Kate wuschelt ihm mit der Hand durchs weiße Fell.

»Vor ein paar Jahren kam er zurück und nahm einen Job als Gärtner in Salten House an. Ich hatte gedacht, dass er die Dinge durch den zeitlichen Abstand besser verstehen und einsehen würde, dass ich keine andere Wahl gehabt hatte, als Dads Verschwinden zu melden. Ich konnte mich ja selbst nur mit Mühe vor dem Heim bewahren, geschweige denn ihn. Aber ich hatte mich getäuscht. Er hatte mir nicht verziehen. Eines Nachts fing er mich auf dem Rückweg am Fluss ab, und, o Gott …« Sie vergräbt das Gesicht in den Händen. »Fatima, diese schrecklichen Geschichten! Du musst sie als Hausärztin die ganze Zeit hören, aber ich hätte nie – die Prügel, der Missbrauch, Gott, was er …« Ihre Stimme bricht ab. »… was er mitmachen musste – ich konnte es nicht ertragen, zuzuhören, aber er hörte nicht auf damit, er hat mir alles erzählt, so als wollte er mich bestrafen – was die Freunde seiner Mutter mit ihm angestellt hatten, als er klein war, und später, als er nach Frankreich zurückging und dann ins Heim kam, wo dieser Mann war, der ihm immer … der immer …«

Sie kann nicht weitersprechen. Ihre Worte lösen sich in Tränen auf, und sie hält sich die Hände vors Gesicht.

Ich blicke in Fatimas und Theas erschrockene Gesichter und dann wieder zu Kate. Ich will etwas sagen, will sie trösten, doch ich kann immer nur daran denken, wie sie einmal waren, die beiden, ihre lachenden Gesichter, als sie im Reach herumplantschten, ihre einmütige Stille, wenn sie über ein Brettspiel gebeugt zusammensaßen … Es war eine solche Nähe zwischen ihnen – viel stärker, als es zwischen mir und meinem Bruder je der Fall gewesen war. Und jetzt das.

Am Ende ist es Fatima, die ihren Teller sehr vorsichtig abstellt, Kate als Erste in den Arm nimmt und sie stumm vor und zurück wiegt, vor und zurück.

Sie flüstert ihr etwas ins Ohr, leise, kaum hörbar, doch ich glaube, ich kann verstehen, was sie sagt.

»Es ist nicht deine Schuld«, sagt sie, wieder und wieder. »Es ist nicht deine Schuld.«

Ich hätte es wissen müssen. Das ist der Gedanke, der mich quält, als ich an Freyas Wiege sitze und versuche, sie in den Schlaf zu wiegen, während der schmerzhafte Druck ungeweinter Tränen mir den Hals zuschnürt.

Ich hätte es wissen *müssen.*

Denn das alles lag wie ein offenes Buch vor mir. Die Narben auf Lucs Rücken, als ich ihn im Reach schwimmen sah, die Male auf seiner Schulter, die ich für Narben verpfuschter Impfungen hielt und die er, als ich ihn danach fragte, mit einem Kopfschütteln abtat.

Heute bin ich älter, weniger naiv. Ich weiß, was diese kleinen runden Brandmale wirklich bedeuteten, und mir wird übel, wenn ich daran denke, wie blind ich gewesen bin.

Was so vieles erklärt, was mir früher Rätsel aufgab – Lucs Schweigsamkeit und die absolute Verehrung, die er Ambrose entgegenbrachte. Sein Unwille, über Frankreich zu sprechen, ganz gleich, wie sehr wir ihn drängten, und die Art, wie Kate dann seine Hand drückte und für ihn das Thema wechselte.

Sogar eine Sache wird klar, die sich mir nie erschlossen hat – dass er sich so lange von den Dorfjungen ärgern ließ, den Spott und die Demütigungen ohne Gegenwehr ertrug … bis er irgendwann ausflippte. Ich erinnere mich an den Abend im Pub, als sie ihn wieder einmal, harmlos zwar, aber hartnäckig, damit aufzogen, dass er mit den »versnobten« Salten-Mädels herumhing. Lucs Zwitterstellung – er war weder Teil des Dorfs noch des Internats – hatte immer für Spannungen gesorgt. Kate hingegen gehörte fest zu Salten House, und Ambrose schaffte mühelos den Spagat zwischen beiden Welten. Luc aber sah sich jeden Tag mit der sozialen Kluft konfrontiert, die sich zwischen der staatlichen Schule in Hampton's Lee und der familiären Verbindung zur Privatschule oben auf dem Hügel auftat.

Doch er arrangierte sich mit der Situation. Er ertrug die Hänseleien, die spitzen Bemerkungen à la »Unsere Mädchen sind dir wohl nicht gut genug, was?«, und die kaum versteckten Andeutungen, dass die reichen Mädchen es angeblich gern mal »etwas härter« mochten. An diesem Abend im Pub hatte er nur lächelnd den Kopf geschüttelt. Aber ganz zum Schluss, als die letzte Runde schon eingeläutet war, beugte sich einer der Jungen im Vorbeigehen zu Luc und flüsterte ihm etwas ins Ohr.

Ich konnte nicht hören, was er sagte, aber ich sah, dass Kates Ausdruck sich verfinsterte. Und plötzlich sprang Luc auf, so schnell, dass sein Stuhl umkippte, und boxte den Jungen mit aller Kraft direkt auf die Nase, als wäre bei ihm eine Sicherung durchgebrannt. Der Junge fiel zu Boden, japste und stöhnte vor Schmerz. Und Luc stand über ihm, sah zu, wie er blutete und heulte, mit ausdruckslosem Gesicht, als wäre überhaupt nichts passiert.

Jemand aus dem Pub muss dann Ambrose Bescheid gesagt haben. Bei unserer Rückkehr saß er in seinem Schaukelstuhl, er hatte auf uns gewartet, sein sonst so freundliches Gesicht diesmal ohne die Spur eines Lächelns. Er stand auf, als wir reinkamen.

»Dad«, brach Kate los, noch bevor Luc etwas sagen konnte. »Es war nicht Lucs …«

Doch Ambrose schüttelte den Kopf und ließ sie nicht ausreden.

»Kate, das ist eine Sache zwischen mir und Luc. Luc, können wir unter vier Augen sprechen?«

Weil sie die Tür zu Lucs Zimmer zugemacht hatten, hörten wir von dem Streitgespräch nur die lauter werdenden Stimmen; die von Ambrose klang enttäuscht und vorwurfsvoll, Lucs erst flehentlich, dann wütend. Währenddessen kauerten wir uns im Wohnzimmer vor einem Feuer zusammen, das eigentlich an dem warmen Abend nicht nötig war, doch Kate fröstelte immer stärker, während die Stimmen über uns lauter wurden.

»Du verstehst gar nichts!«, schallte es plötzlich von oben. Luc gab ein wütendes Schluchzen von sich. Ambroses Antwort konnte ich nicht ausmachen, aber sein Tonfall war beherrscht und geduldig. Plötzlich ein Krachen. Luc hatte etwas gegen die Wand geworfen.

Als Ambrose zurückkam, war er allein. Seufzend holte er eine der nicht etikettierten Weinflaschen unter dem Waschbecken hervor und schenkte sich ein Glas ein, das er in einem Zug leerte.

Er ließ sich in den Sessel fallen, und als Kate aufstand, schüttelte Ambrose den Kopf, er wusste, wohin sie wollte.

»Lass es lieber. Er ist sehr aufgeregt.«

»Ich gehe hoch«, sagte Kate trotzig. Doch als sie an ihm vorbeiwollte, hielt Ambrose sie mit seiner freien Hand am Handgelenk fest. Sie blieb stehen und blickte ihn herausfordernd an. »Was ist?«

Mit klopfendem Herzen wartete ich darauf, dass Ambrose in die Luft gehen würde, wie mein Vater es getan hätte. Ich konnte sogar seine Stimme hören, die sich wutentbrannt über Will ergoss, wenn der es gewagt hatte, ihm Widerworte zu geben: *Mein Vater hätte mich windelweich geprügelt, wenn ich mir solche Frechheiten erlaubt hätte, du Hosenscheißer,* und: *Du wirst tun, was ich dir sage, kapiert?*

Ambrose aber … Ambrose schrie nicht. Er sagte nicht einmal etwas. Er hielt Kate nur am Handgelenk fest, ganz leicht – das war es nicht, was sie hielt.

Kate blickte weiter auf ihren Vater hinab, als suchte sie in seinem Gesicht nach Hinweisen. Eine Weile rührte sich keiner von beiden, doch dann plötzlich veränderte sich ihr Gesichtsausdruck, als hätte sie in seinen Augen etwas gelesen, das keine von uns verstehen konnte, woraufhin sie seufzte und ihren Arm sinken ließ.

»Okay«, sagte sie. Was immer Ambrose ihr hatte sagen wollen, Kate hatte es verstanden, ohne Worte.

Ein weiteres Krachen von oben brach die Stille, und wir alle fuhren zusammen.

»Der zerlegt sein ganzes Zimmer«, flüsterte Kate angespannt, aber diesmal machte sie keine weiteren Anstalten, nach oben zu gehen, sondern ließ sich zurück aufs Sofa sinken. »O Dad, ich halte es nicht aus.«

»Willst du nicht – kannst du ihn nicht aufhalten?«, fragte Fatima Ambrose und sah ihn ungläubig an. Ambrose zuckte zusammen, als von oben das Klirren von Glas zu hören war, und schüttelte dann den Kopf.

»Ich würde ja, wenn ich könnte, aber manche Arten von Schmerz hören erst auf, wenn man sie rauslässt. Vielleicht muss er das jetzt tun. Ich wünschte nur …« Er rieb sich über das Gesicht und sah plötzlich genauso alt aus, wie er war. »Ich wünschte nur, er würde nicht all seine Sachen kaputtmachen. Er hat ja weiß Gott nicht viel. Er tut sich selbst damit am meisten weh. Was ist in dem Pub bloß passiert?«

»Er hat alles hingenommen, Dad«, sagte Kate. Sie war kreidebleich vor lauter Sorge. »Das hat er wirklich. Du weißt, wie die drauf sind, besonders dieser Ryan oder Roland, oder wie immer er heißt. Der große Dicke mit den dunklen Haaren. Der hatte ihn schon immer auf dem Kieker, aber normalerweise reagiert Luc gar nicht, oder er lacht einfach darüber. Aber heute hat dieser Ryan irgendwas gesagt, woraufhin Luc einfach ausgetickt ist.«

»Was hat er denn gesagt?«, fragte Ambrose und beugte sich

im Sessel vor, und zum ersten Mal beobachtete ich, wie zwischen Kate und ihrem Vater die Vorhänge zugingen. Auf einmal saß sie wie eine Statue da, ihr Gesicht war zu einer Maske erstarrt.

»Ich weiß es nicht«, sagte sie bloß, ihre Stimme plötzlich seltsam distanziert. »Ich habe es nicht gehört.«

Ambrose bestrafte Luc nicht, worüber Fatima auf unserem Weg zurück ins Internat den Kopf schüttelte, denn wir alle wussten, dass er bei Kate, obwohl er normalerweise so entspannt war, ein solches Verhalten nie geduldet hätte. Es hätte Schuldzuweisungen und Vorwürfe gegeben, und die Reparaturen hätte sie vom Taschengeld zahlen müssen.

Bei Luc jedoch schien seine Geduld nie zu versiegen. Und heute verstehe ich, warum.

Freya ist eingeschlafen, ihr Atem geht gleichmäßig und federleicht. Ich stehe auf, strecke mich, und als ich aus dem Fenster über die Mündung in Richtung Salten blicke, erinnere ich mich an den Luc, den ich kannte, bevor wir weggingen, und versuche zu verstehen, warum sein Wutanfall in der Post mich so erschüttert hat.

Schließlich wusste ich, dass er diese Wut in sich trägt. Ich hatte sie erlebt, gegen andere gerichtet, manchmal sogar gegen ihn selbst. Und dann erkenne ich: Es ist nicht einfach seine Wut, die mir solche Angst gemacht hat. Es ist seine Wut auf *uns*.

Denn früher behandelte er uns vier, ganz egal, wie wütend er war, wie feines, kostbares Porzellan, das bei der kleinsten Berührung zerbrechen konnte. Und wie sehr ich sie wollte, die Berührung. Ich weiß noch, wie ich einmal neben ihm auf dem Steg lag und uns die Sonne auf dem Rücken brannte. Ich drehte den Kopf und sah ihn an, doch er hatte die Augen geschlossen, und ich erinnere mich an die Sehnsucht, die mich bei seinem Anblick erfüllte, so übermächtig, dass ich glaubte, sie würde mich verzehren. Ich sehnte mich danach, dass er seine Augen öffnete und mich berührte.

Doch als er das nicht tat und mein Herz weiter so heftig in meiner Brust schlug, dass er es bestimmt hören musste, beugte ich mich vor und drückte meine Lippen auf seine.

Was auch immer ich mir davon versprochen hatte, es kam anders.

Unvermittelt öffnete er die Augen, schubste mich weg, und als hätte ich ihn aus dem Hinterhalt überfallen, schrie er: *Ne me touche pas!* Dabei sprang er so überstürzt auf, dass er fast ins Wasser fiel.

Mit glühendem Gesicht stand ich ebenfalls auf und trat einen Schritt zurück, um seiner wütenden Verständnislosigkeit auszuweichen. »Es tut mir leid«, stammelte ich. »Luc?«

Er sagte nichts mehr, blickte nur verwirrt um sich, als hätte er vergessen, wo er sich befand und was gerade passiert war. In dem Moment schien er mich gar nicht zu erkennen, denn er betrachtete mich wie eine Fremde. Doch dann flackerte in seinen Augen etwas auf, ein Wiedererkennen – und mit ihm eine diffuse Scham. Er machte auf dem Absatz kehrt und rannte davon. Ich rief ihm noch hinterher »Luc! Luc, es tut mir leid!« Doch er hörte nicht.

Damals verstand ich nicht. Ich verstand nicht, was ich falsch gemacht hatte und weshalb er so heftig auf diesen harmlosen Kuss reagierte.

Heute jedoch … wenn ich jetzt daran denke, welche Erfahrungen dahintersteckten, bricht es mir fast das Herz. Aber ich muss auch auf der Hut sein, das ist mir klar, nach dem, was ich heute in der Post erlebt habe.

Ich weiß, was es heißt, Lucs Feind zu sein. Ich habe ihn ausrasten sehen.

Unwillkürlich muss ich an das tote Schaf denken, an den Zorn und den Schmerz hinter diesem brutalen Akt.

Und ich habe Angst.

Was willst du machen?«, fragt Fatima leise, als sie mir eine angeschlagene Porzellantasse reicht.

Das Mittagessen ist vorbei. Fatima und ich machen den Abwasch, beziehungsweise Fatima spült, und ich trockne ab. Freya spielt auf dem Kaminvorleger.

Kate und Thea sind rausgegangen, um eine zu rauchen und Shadow spazierenzuführen, durch das Fenster kann ich sehen, wie sie langsam und in ein Gespräch vertieft am Ufer des Reach entlanggehen. Über ihren Köpfen vermischt sich der Rauch mit der flimmernden Sommerluft. Seltsam, dass sie nach Norden laufen, zur Hauptstraße ins Dorf, anstatt nach Süden zum Strand. Die Strecke ist bei weitem nicht so schön.

»Ich weiß es nicht.« Ich wische die Tasse ab und stelle sie auf den Tisch. »Und du?«

»Ich … keine Ahnung. Mein Bauchgefühl sagt mir, fahr nach Hause, wir können hier sowieso nichts ausrichten, und in London ist zumindest die Gefahr etwas geringer, dass die Polizei an die Tür klopft.«

Bei ihren Worten überläuft mich ein leichtes Frösteln, und ich blicke reflexartig zur Tür, stelle mir vor, wie Mark Wren plötzlich davorsteht und auf das altersschwarze Holz klopft … Was würde ich sagen? Ich muss an Kates strikte Order von gestern Abend denken – *Wir wissen nichts. Wir haben nichts gesehen.* So lautete das Drehbuch der letzten siebzehn Jahre. Wenn wir uns alle daran halten, wie wollen sie uns dann etwas anderes nachweisen?

»Ich meine, natürlich will ich Kate zur Seite stehen«, fährt Fatima fort. Sie legt den Schwamm weg und schiebt ihr Kopftuch zurück, wobei sie einen kleinen Schaumklecks auf der Wange zurücklässt. »Aber jetzt ein Schultreffen, wo wir doch noch nie an einem teilgenommen haben? Ist das wirklich eine gute Idee?«

»Ja, eben.« Ich stelle eine weitere Tasse ab. »Ich will auch nicht hin. Aber wenn wir in letzter Minute einen Rückzieher machen, fällt es noch mehr auf.«

»Ja, das ist mir auch klar. Regel zwei – bleib bei deiner Geschichte. So oder so hat sie jetzt nun mal die verdammten Karten gekauft und allen erzählt, dass wir deshalb hier sind, also sehe ich ein, dass wir es besser durchziehen sollten. Aber die Sache mit dem Schaf …«

Sie schüttelt angewidert den Kopf und wendet sich wieder dem Abwasch zu. Ich werfe einen Blick auf ihr Gesicht, während sie schrubbt.

»Ja, was war das überhaupt? Du hast das Schaf besser gesehen als ich. Kann das wirklich Shadow gewesen sein?«

Sie schüttelt wieder den Kopf.

»Ich weiß es nicht«, sagt sie nachdenklich. »Bei der Arbeit habe ich ein paar Hundebisse gesehen, und vielleicht sieht es anders aus, wenn sie Menschen angreifen, aber es wirkte nicht …«

Mein Magen zieht sich zusammen, ich bin unschlüssig, ob ich mit der Wahrheit herausrücken soll. Wenn die Polizei sich einschaltet, ist es vielleicht besser, wenn Fatima nichts weiß, nichts zu verbergen hat – aber hatten wir uns nicht geschworen, einander nie anzulügen? Und Verschweigen ist eine Form von Lügen.

»Da war ein Zettel«, sage ich schließlich. »Kate hatte ihn gesehen, aber in ihrer Tasche versteckt. Als ich ihre Jacke gewaschen habe, war er drin.«

»Was für ein Zettel?« Fatima blickt erschrocken auf und dreht sich zu mir um. »Warum hast du nichts gesagt?«

»Weil ich euch nicht beunruhigen wollte. Und ich wollte nicht …«

»Was stand drauf?«

»Da stand …« Ich schlucke. Die Worte sind so schmerzhaft, dass ich sie kaum über die Lippen bringe. »Da stand: *Warum werft ihr das hier nicht auch gleich in den Reach?*«

Fatima lässt scheppernd die Tasse fallen, und von einer Sekunde zur anderen schwinden Farbe und Ausdruck aus ihrem Gesicht. Übrig bleibt eine fahle, schaurige Maske mit Kopftuch.

»Was?« Ihre Stimme ist nur ein Krächzen.

Doch ich bringe es nicht fertig, die Worte zu wiederholen, und ich weiß genau, dass sie mich gehört hat, dass sie sich nur nicht eingestehen will, was ich längst begriffen habe – irgendjemand weiß Bescheid und ist entschlossen, uns zu bestrafen.

»Nein.« Sie schüttelt den Kopf. »*Nein.* Es ist unmöglich.«

Ich lege das Geschirrhandtuch weg und gehe zum Sofa, wo Freya immer noch spielt, lasse mich auf das Polster sinken und vergrabe das Gesicht in den Händen.

»Das ändert alles«, sagt Fatima. »Wir müssen weg, Isa. Wir müssen sofort weg.«

Von draußen sind Geräusche zu hören, erst das Tapsen von Pfoten, dann Fußschritte auf dem Steg, und als ich den Kopf hebe, sehe ich Kate und Thea durch die Tür kommen und sich Sand und Matsch von den Schuhen abtreten. Kate lacht, ein Teil der Anspannung der letzten vierundzwanzig Stunden scheint von ihr abgefallen, doch als ihr Blick von Fatima zu mir und wieder zurück wandert, wird sie misstrauisch.

»Was ist los?«, fragt sie. »Ist alles in Ordnung?«

»Ich haue ab.« Fatima hebt die Scherben der Tasse vom Boden auf, wirft sie in den Mülleimer und trocknet sich die Hände, bevor sie sich zu mir stellt. »Ich muss zurück nach London. Isa auch.«

»Nein«, widerspricht Kate mit Bestimmtheit. »Das geht nicht.«

»Komm doch mit!«, ruft Fatima. Sie klingt verzweifelt. »Hier bist du nicht sicher, das weißt du selbst genau. Isa – erzähl von dem Zettel!«

»Welcher Zettel?« Theas Miene verfinstert sich. »Kann mir das jemand erklären?«

»Kate hat einen Zettel bekommen«, sprudelt es aus Fatima heraus, »auf dem stand, *Warum werft ihr das hier nicht auch gleich in den Reach?* Jemand weiß Bescheid, Kate! Ist es Luc? Hast du es ihm gesagt? Ist es das?« Kate antwortet nicht, schüttelt stattdessen gequält den Kopf, aber ich weiß nicht, wozu sie nein sagt – zu der Unterstellung, dass sie es Luc gesagt oder dass er es getan haben könnte? Oder reagiert sie gar nicht auf Fatima?

»*Jemand weiß Bescheid*«, wiederholt Fatima, und ihre Stimme wird lauter. »Du musst hier weg!«

Kate macht die Augen zu, presst ihre Finger dagegen und schüttelt wieder und wieder den Kopf. Doch als Fatima sie fragt: »Kate, hörst du mir überhaupt zu?«, blickt sie schließlich auf.

»Ich kann hier nicht weg, Fati. Du weißt, warum.«

»Warum denn? Du könntest einfach deine Sachen packen und abhauen.«

»Weil sich nichts geändert hat – wer auch immer diese Nachricht geschrieben hat, ist nicht zur Polizei gegangen, was entweder bedeutet, dass die Person nur herumspekuliert, oder, dass sie selbst mehr zu verlieren hat als wir. Noch sind wir sicher. Aber wenn ich abhaue, werden die Leute wissen, dass ich etwas zu verbergen habe.«

»Na, dann bleib halt, wenn du willst.« Fatima dreht sich um, nimmt ihre Tasche und hebt ihre Sonnenbrille vom Tisch auf. »Aber ich nicht. Für mich gibt es keinen Grund, hierzubleiben.«

»Doch.« Kates Tonfall verhärtet sich. »Wenigstens für eine Nacht. Bitte sei vernünftig, Fatima. Bleib zum Ehemaligentreffen – wenn nicht, wird das alle möglichen Fragen über den Grund eures Besuchs aufwerfen. Wenn ihr nicht zum Fest kommt, warum solltet ihr sonst nach so langer Zeit plötzlich hier aufgetaucht sein?«

Sie braucht es nicht auszusprechen. Uns allen steht die Schlagzeile der Lokalzeitung vor Augen.

»Scheiße«, platzt es aus Fatima heraus, laut und böse. Sie lässt ihre Tasche zu Boden fallen und geht zum Fenster, wo sie ihre Stirn müde gegen die Scheibe lehnt. »*Scheiße.*«

Als sie sich wieder umdreht, ist ihr Blick anklagend.

»Warum verdammt noch mal hast du uns hergeholt, Kate? Damit wir garantiert mit reingezogen werden?«

»Was?« Kate guckt sie an, als hätte sie ihr eine Ohrfeige gegeben, und tritt einen Schritt zurück. »Nein! Himmel, Fatima, natürlich nicht. Wie kannst du so etwas sagen?«

»Warum dann?«, schreit Fatima sie an.

»Weil ich nicht wusste, wie ich es euch sonst hätte erzählen können!«, brüllt Kate zurück. Die olivbraune Haut an ihren Wangen ist gerötet, ob aus Schuldgefühlen oder vor Wut, kann ich nicht sagen. Als sie weiterspricht, beugt sie sich über Shadow, als könnte sie uns nicht in die Augen sehen. »Was war denn die Alternative? Eine E-Mail schreiben? Ich weiß ja nicht, wie es euch geht, aber ich will solche Daten nicht auf meinem Computer haben. Euch anrufen und alles ausplaudern, wenn im Hintergrund eure Männer mithören? Ich habe euch hergerufen, weil ich fand, dass ihr ein Recht darauf habt, es persönlich zu erfahren, weil es mir die sicherste Option zu sein schien, und ja, wenn ich ehrlich bin, weil ich eine egoistische Kuh bin und euch *gebraucht habe.*«

Ihr Brustkorb hebt und senkt sich schwer, und einen Moment wirkt es, als wäre sie kurz davor, in Tränen ausbrechen. Fatima geht zu ihr, um sie in den Arm zu nehmen.

»Es tut mir leid«, sagt sie zerknirscht. »Ich wollte nicht – es tut mir so leid.«

»Mir tut es auch leid«, sagt Kate, ihre Stimme gedämpft von Fatimas Tuch. »Das ist alles meine Schuld.«

»Stopp«, fährt Thea dazwischen. Sie geht auf die beiden zu und umarmt sie. »Kate, das ist unser aller Angelegenheit, nicht nur deine. Hätten wir nicht getan, was wir getan haben …«

Sie braucht den Satz nicht zu beenden. Wir alle wissen, was wir getan haben, wissen nur zu gut, wie in jenem heißen Sommer alles aus den Fugen geriet und Ambrose mit sich riss.

»Ich bleibe heute Nacht«, sagt Fatima schließlich. »Aber ich will trotzdem nicht zum Sommerfest. Nach allem, was passiert ist – wie kannst du dahin zurückwollen, Kate? Nach dem, was sie mit uns gemacht haben?«

»Wir haben doch die Einladungen …«, sagt Thea nachdenklich. »Reicht das nicht? Können wir nicht sagen, wir haben uns in letzter Minute dagegen entschieden, oder Fatis Wagen ist nicht angesprungen, oder sonst irgendwas? Isa? Was meinst du?«

Sie drehen sich zu mir um, alle drei – drei Gesichter mit so unterschiedlichen Zügen, und doch ist der Ausdruck darauf ein und derselbe: eine Mischung aus Sorge, Angst, Erwartung.

»Wir sollten hingehen«, antworte ich. Dabei will ich gar nicht, möchte lieber hierbleiben, in der Ruhe und Geborgenheit der Mühle. Salten House ist der letzte Ort, an den ich zurückgehen will. Aber sie hat nun einmal in unserem Namen Karten gekauft, und das lässt sich nicht mehr rückgängig machen. Wenn wir nicht auftauchen, werden vier Plätze frei bleiben, vier Namensschildchen am Eingang nicht abgeholt. Die Leute wissen bereits, dass wir hier sind – in einem so kleinen Ort bleibt nichts lange ein Geheimnis. Wenn wir nicht hingehen, werden sie fragen, warum. Warum wir es uns anders überlegt haben. Und noch schlimmer, warum wir dann überhaupt angereist sind, wenn wir nicht zum Fest kommen wollten. Und solche Nachfragen sind das Letzte, was wir brauchen.

»Aber was ist mit Freya?«, fragt Fatima, und mir wird schlagartig klar, dass ich daran noch gar nicht gedacht habe. Wir blicken sie an, zufrieden liegt sie da und kaut auf irgendeinem Plastikteil herum.

Als sie merkt, dass wir sie beobachten, dreht sie uns den Kopf zu und lacht, ein gurgelndes, fröhliches Lachen, und in diesem Moment will ich sie nur noch in den Arm nehmen und fest an mich drücken.

»Kann ich sie mitnehmen?«, frage ich skeptisch. Kate guckt ratlos.

»Mist, an Freya hab ich gar nicht gedacht. Moment.« Sie holt ihr Smartphone hervor, und ich blicke ihr über die Schulter, als sie die Website der Schule aufruft und auf den Button »Alumnae« klickt.

»Sommerfest … Dinner … hier. Häufig gestellte Fragen … Karten für Gäste … Mist.«

Ich blicke ihr über die Schulter und lese vor. »Partner und ältere Kinder sind willkommen, doch wir bedauern, dass dieser formelle Anlass nicht für Babys und Kinder unter zehn Jahren geeignet ist. Unter diesem Link haben wir Ihnen eine Liste von Babysittern vor Ort und von Gasthäusern mit Kinderbetreuung zusammengestellt.«

»Großartig.«

»Tut mir leid, Isa. Aber im Dorf gibt es ein halbes Dutzend Mädchen, die hier rauskommen könnten.«

Ich verkneife mir die Bemerkung, dass es nicht so einfach ist. Freya hat die Flasche noch nie angenommen, und selbst wenn sie es täte – ich habe die Ausrüstung gar nicht dabei.

Zwar könnte ich es auf die Fläschchen schieben, aber es wäre eine Art Lüge, denn der größere, wahre Grund ist, dass ich sie gar nicht allein lassen *will*.

»Ich müsste versuchen, sie zum Schlafen zu kriegen, bevor

der Babysitter kommt«, antworte ich zögerlich. »Keine Chance, dass sie sich von jemand anderem ins Bett bringen lässt, noch nicht einmal Owen schafft das und schon gar nicht irgendeine fremde Person. Um wie viel Uhr geht es los?«

»Um acht«, antwortet Kate.

*Verdammt.* Höchst riskant. Mal schläft Freya um sieben tief und fest, mal ist sie um neun Uhr noch quietschfidel. Aber es führt kein Weg dran vorbei.

»Gib mir die Nummern«, bitte ich Kate. »Ich rufe an. So kann ich herausfinden, ob sie sich wenigstens ein bisschen mit Babys auskennen.«

Kate nickt und kritzelt die Nummern auf einen Zettel.

»Sorry, Isa.«

»Mach dir keine Sorgen wegen Freya«, sagt Fatima, sie legt mir mitfühlend eine Hand auf die Schulter und drückt sie sanft. »Das erste Mal ist immer am schwersten.«

Etwas an ihren Worten geht mir gegen den Strich. Bestimmt ist es keine Absicht, dass sie sich hier als ach so erfahrene Mutter aufspielt. Dabei hat sie natürlich recht, mit ihren zwei Kindern hat sie das alles schon durchgemacht und weiß, wie es sich anfühlt. Aber sie kennt Freya nicht, und auch wenn sie sich daran erinnert, wie es war, als sie ihr Baby zum ersten Mal in fremder Obhut ließ, kann sie nicht wirklich nachempfinden, was ich jetzt spüre, nicht diese körperliche Angst.

Mit Owen habe ich Freya schon ein paarmal allein gelassen. Aber noch nie so – nicht mit einem völlig unbekannten Menschen.

Und wenn etwas passiert?

»Gib mir die Nummern«, sage ich zu Kate, ohne auf Fatima einzugehen. Ich schüttle ihre Hand von meiner Schulter, nehme Freya hoch und steige mit ihr nach oben, die Liste mit den Nummern in meiner feuchtwarmen Hand, während ich mit den Tränen kämpfe.

Es ist spät. Die Sonne steht tief, die Schatten über dem Reach sind länger geworden, und Freya ist an meiner Brust eingedöst, doch ihre kleine Hand umklammert immer noch fest das dünne Silberkettchen an meinem Hals, das ich nur noch selten trage, aus Angst, dass sie es zerreißt.

Ich höre, wie die anderen sich unten unterhalten. Sie sind schon seit Ewigkeiten abmarschbereit, während ich hier oben vergeblich versuche, Freya ins Bett zu bringen. Der ist meine Anspannung natürlich nicht entgangen. Als sie den ungewohnten Duft von Parfüm hinter meinen Ohren bemerkte, verzog sie angewidert das Gesicht und trommelte wütend mit ihren Händen gegen die glatte schwarze Seide des zu engen Etuikleids, das ich mir von Kate geliehen habe. Für sie ist hier alles falsch – das fremde Zimmer, das fremde Bettchen, der Lichteinfall durch die zu dünnen Vorhänge.

Jedes Mal, wenn ich sie zurück in die Wiege legen will, schreckt sie auf, strampelt los und greift nach mir, und ihr wütendes Geschrei erhebt sich sirenenartig über die leisen Stimmen und das Rauschen des Flusses.

Doch jetzt ... jetzt scheint sie wirklich richtig eingeschlafen zu sein – mit offenem Mund, aus dem ein Tropfen Milch herausrinnt.

Ich fange ihn mit dem Babytuch auf, bevor er mein geliehenes Kleid bekleckern kann, stehe dann so ruhig wie möglich auf und gehe vorsichtig zur Wiege in der Ecke.

Tiefer ... tiefer ... ich ignoriere das Ziepen und Stechen in meinem Rücken und beuge mich langsam vor, bis sie endlich auf der Matratze liegt. Dann lege ich meine Hand auf ihren Bauch, und wenn das Kunststück glückt, wird der Moment, in dem ich noch da bin, mit dem Moment, in dem ich *nicht mehr* da bin, so nahtlos verschmelzen, dass sie den Übergang nicht bemerkt.

Schließlich richte ich mich langsam auf und halte den Atem an.

»Isa!«, zischt eine Stimme von unten, und ich presse die Zähne zusammen, um das »Halt die Klappe!«, das mir auf der Zunge liegt, nicht herauszulassen.

Als Freya ungerührt weiterschlummert, schleiche ich endlich auf Zehenspitzen hinaus in den Flur und die knarzenden Stufen hinunter. Von unten höre ich schon verhaltenen Jubel, der jedoch beim Anblick meines an die Lippen gelegten Fingers schlagartig verstummt.

Am Fuß der Treppe stehen sie alle versammelt, die Augen auf mich gerichtet. Fatima trägt einen wunderschönen Salwar Kamiz aus rubinroter Seide, den sie am Nachmittag in Hampton's Lee in einem Laden für Festbekleidung aufgetan hat. Thea will sich offenbar dem Dresscode nicht beugen und trägt eine enge Jeans und ein unten goldbesetztes, oben nachtschwarzes Spaghettiträger-Top, das mich so sehr an ihre Haare von früher erinnert, dass mir der Atem stockt. Kates rosafarbenes Flatterkleid sieht aus, als hätte es entweder ein paar Pennys oder mehrere Hundert Pfund gekostet. Die vom Duschen noch feuchten Haare hängen ihr locker um die Schultern.

Ich habe einen Kloß im Hals und weiß gar nicht, warum. Vielleicht ist es die jähe Erkenntnis, wie lieb ich sie alle drei noch habe, vielleicht ist es aber die Tatsache, dass aus den Mädchen in praktisch null Komma nichts erwachsene Frauen geworden sind. Oder es ist die Art, wie das Licht der Abendsonne das Andenken an die Mädchen von früher auf ihre Gesichter zaubert, die zarte Haut und die Zuversicht in ihrem

Blick, als wären sie Jungvögel vor dem Aufbruch in eine ungewisse Zukunft. Heute Abend sind sie aufgetakelt, etwas nervös vielleicht, ein wenig müde um die Augen, doch auf eine Art sind sie schöner, als die Mädchen es in meiner Erinnerung je waren.

Ich muss an die Szene mit Luc denken, seinen hasserfüllten Blick, die versteckten Drohungen, und ich spüre eine jähe, unbändige Wut in mir aufsteigen – ich könnte es nicht ertragen, wenn er ihnen etwas antut. Keiner von ihnen darf er etwas tun.

»Fertig?«, fragt Kate mit einem Lächeln. Ich nicke und halte Ausschau nach Liz, dem Mädchen aus dem Dorf, das sich um Freya kümmern wird. Sie steht neben der Anrichte.

Sie ist erschreckend jung – das war mein erster Gedanke, als sie nach einem zaghaften Klopfen zur Tür reinkam. Am Telefon hatte sie zwar behauptet, sie sei sechzehn, aber ich weiß nicht, ob ich ihr glaube. Sie hat aschbraune Haare und ein breites Gesicht mit leerem Ausdruck, der sich nicht deuten lässt. Aber sie scheint nervös zu sein.

Thea blickt auf ihr Handy. »Wir müssen los.«

»Warte«, sage ich und beginne denselben Vortrag, den ich bereits zweimal zuvor gehalten habe – die Tasse mit abgepumpter Milch im Kühlschrank, den Schnuller, den Freya nicht mag, aber hoffentlich irgendwann annimmt, wo die Windeln sind, was zu tun ist, wenn sie sich nicht beruhigt.

»Meine Nummer hast du«, wiederhole ich zum wohl zwanzigsten Mal, woraufhin Fatima ungeduldig von einem Fuß auf den anderen wippt und Thea demonstrativ seufzt. »Stimmt's?«

»Hier ist sie.« Liz klopft auf die Anrichte, neben dem Stapel Zehner, ihrer Bezahlung für den Abend.

»Und die Milch ist im Kühlschrank – ich weiß nicht, ob sie sie nimmt, sie ist noch nicht richtig an die Schnabeltasse gewöhnt, aber probier es mal, falls sie aufwacht.«

»Keine Sorge, Miss.« Ihre kleinen Augen sind von einem

arglosen Blau. »Meine Mutter sagt immer, keiner kann so gut mit meinem kleinen Bruder wie ich. Ich passe die ganze Zeit auf ihn auf.«

So wirklich beruhigt mich das zwar nicht, doch ich nicke.

»Komm schon«, drängt Thea, die schon an der Tür steht, die Hand auf der Klinke. »Wir müssen wirklich.«

»Okay.« Ich fühle mich schlecht, als ich zur Tür gehe, aber was bleibt mir übrig? Wie immer spüre ich die Distanz zwischen Freya und mir größer werden, als wäre sie ein Seil, das sich enger um meinen Hals schnürt, je weiter ich mich von ihr entferne. »Ich werde versuchen, früher rauszukommen, aber meld dich auf jeden Fall, ja?«, rufe ich Liz noch zu, worauf sie nickt und ich mich endlich losreiße und sich das Loch in meinem Herzen mit jedem Schritt weiter ausdehnt.

Doch als ich über den wackeligen Steg zum Ufer gelaufen bin und die Abendsonne mich im Nacken kitzelt, lässt die Leere ein wenig nach.

»Ich schätze mal, ich fahre?«, sagt Fatima und kramt ihren Autoschlüssel hervor. Kate sieht auf die Uhr.

»Weiß nicht. Auf der Straße sind es über fünfzehn Kilometer, und um die Zeit sind bestimmt Traktoren unterwegs. Bei diesem Wetter arbeiten die Bauern immer spät auf den Feldern, und sie können nur diese eine Straße nehmen. Wenn wir einen vor uns haben, brauchen wir ewig.«

»Ja, und?« Fatimas entsetztes Gesicht ist zum Totlachen. »Willst du etwa sagen, wir sollen laufen?«

»Es wäre wahrscheinlich schneller. Über die Marsch sind es es nur drei Kilometer.«

»Aber ich hab Abendschuhe an!«

»Dann nimm doch die Birkenstocks«, sagt Kate und deutet mit dem Kopf auf Fatimas Schuhe, die vor der Tür stehen. »Es wird ein leichter Spaziergang, im Moment ist es trocken.«

»Na los«, stimmt Thea überraschend zu. »Wie in alten Zeiten. Und man kann sich ja denken, wie es auf dem Parkplatz da oben zugehen wird. Wir werden zugeparkt und kommen nicht mehr raus, bis alle anderen weggefahren sind.«

Dieses Argument überzeugt schließlich auch Fatima. Ich kann ihr ansehen, dass ihr wie uns allen nicht der Sinn danach steht, in der Schule festzusitzen, ohne jede Fluchtmöglichkeit. Sie verdreht zwar die Augen, aber dann schlüpft sie aus den schicken Schuhen und in die Birkenstocks. Auch ich tausche die Absatzschuhe gegen die Wandersandalen, die ich auf dem Weg ins Dorf anhatte, und zucke kurz zusammen, weil sie an derselben, immer noch wunden Stelle reiben. Kate hat bereits praktische, flache Schuhe an, ebenso wie Thea – die sowieso keine zusätzlichen Zentimeter nötig hat.

Nach einem letzten, wehmütigen Blick auf das Fenster, hinter dem Freya schläft, drehe ich mich um und wende den Blick nach vorne, auf den Pfad vor uns, der nach Süden in Richtung Küste führt, und hole tief Luft.

Dann machen wir uns auf.

Es ist wie in alten Zeiten, denke ich, als wir über denselben Pfad wie früher nach Salten House laufen. Der Sommerabend ist klar und schön, am Himmel reflektieren rosa Wölkchen das Licht der untergehenden Sonne, und der Sand zu unseren Füßen ist noch warm von der Hitze des Tages.

Doch plötzlich, nach einer nur kurzen Strecke auf dem Uferpfad, bleibt Kate abrupt stehen und sagt: »Lass uns hier abbiegen.«

Kurz weiß ich nicht einmal, was sie meint, doch dann sehe ich es – eine Lücke in der dichten, dornigen Hecke, wo ein kaputter Zauntritt zwischen den Nesseln und Brombeersträuchern hervorlugt.

»Wie bitte?« Thea lacht auf. »Soll das ein Witz sein?«

»Ich –« Kate sieht beunruhigt aus. »Ich dachte nur … hier lang ist schneller.«

»Stimmt doch gar nicht.« Fatimas Ausdruck hinter der riesigen schwarzen Sonnenbrille ist verdutzt. »Das weißt du selbst – es ist eher ein Umweg, und ich komme da sowieso nicht durch, ohne mir das Kleid zu zerfetzen. Warum nehmen wir nicht den Zauntritt weiter hinten? Den wir immer genommen haben auf dem Weg zurück zur Schule?«

Kate holt tief Luft, und erst scheint es, als wollte sie darauf beharren, doch dann dreht sie sich um und marschiert weiter auf dem Pfad voran.

»Na gut.« Sie murmelt so leise, dass ich nicht sicher bin, ob ich richtig gehört habe.

»Das war schräg«, flüstere ich Fatima zu, und sie nickt.

»Total. Was ist los mit ihr? Aber ich hab ja wohl nicht übertrieben, oder? Guck dir das an …« Sie zeigt auf die flatternde, feine Seide mit Strassbesatz. »Im Ernst, oder? Ich wäre niemals durch die Dornen gekommen.«

»Natürlich nicht«, pflichte ich ihr bei. Wir beschleunigen das Tempo, um mit Kate mitzuhalten. »Weiß nicht, was sie sich dabei dachte.«

Aber dann weiß ich es doch. Kaum haben wir die Stelle erreicht, an der wir früher immer abgebogen sind, weiß ich es sofort und kann nicht fassen, wie ich es vergessen konnte. Und jetzt verstehe ich auch, warum Kate Thea heute Nachmittag beim Spaziergang am Reach nach Norden geführt hat und nicht nach Süden zum Meer.

Denn dort, wo unser Weg nach rechts führt, über den Zauntritt hinaus auf die Marsch, verläuft der Küstenpfad weiter zum Meer, und dort in der Ferne, fast im Windschatten einer Düne versteckt, ragt etwas Weißes hervor, abgesperrt mit flatterndem blau-weißem Polizeiband.

Ein Zelt. Ein Zelt zum Schutz einer Stelle, an der forensische Spuren gesammelt werden.

Meine Knie werden weich, und mir wird flau. Wie konnte ich das vergessen?

Thea und Fatima bemerken es im gleichen Moment. Wir

werfen uns einen einzigen erschrockenen Blick zu, bevor wir weiter hinter Kate herlaufen, die schon am Zauntritt angekommen ist. Vor uns erstreckt sich wie immer die karge Schönheit der Küste, die glitzernde Weite des Meeres, so weit das Auge reicht, doch ein schlichtes, kleines Zelt in der Mitte verändert auf einmal alles.

»Tut mir leid«, sage ich, als Kate ihr Bein über den Zaun schwingt, wobei ihr rosa Seidenkleid im Wind flattert. »Kate, wir hatten nicht …«

»Schon gut«, unterbricht sie mich, doch ihre Stimme klingt hart, und es scheint gar nichts gut zu sein. Wieso hatten wir nicht daran gedacht? Schließlich ist das der Grund, warum wir hier sind.

»Kate …«, sagt Fatima in flehendem Ton, aber Kate ist schon über den Zaun und marschiert weiter. Wir drei sehen einander an, niedergeschlagen, beschämt. Dann beeilen wir uns, zu Kate aufzuholen.

»Kate, es tut mir leid«, wiederhole ich und will sie am Arm fassen, doch sie entzieht sich meinem Griff.

»Vergiss es doch einfach«, sagt sie, was sich anfühlt wie ein Schlag in die Magengrube, denn darin schwingt ein Vorwurf mit, den ich nicht zurückweisen kann. Denn genau das habe ich ja getan – es vergessen.

»Stopp«, sagt Thea auf einmal in ihrem Befehlston. Früher ging er ihr leicht über die Lippen, ließ sie ihre Worte wie Peitschenhiebe knallen, sodass man zuhören musste, selbst wenn man nicht gehorchte. *Stopp. Trink das. Gib mir das. Komm her.*

Irgendwann hörte sie damit auf – hörte auf, andere herumzukommandieren, denn sie schien sich vor ihrer eigenen Autorität zu fürchten. Aber hier ist er wieder, ein kurzes Aufflackern nur, doch es genügt, dass Kate auf dem kurzen, abgeweideten Gras innehält und sich zu uns umdreht, mit einem Ausdruck der Resignation in den Augen.

»Was?«

»Kate, pass auf …« Der Befehlston ist verschwunden, Theas Stimme klingt versöhnlich. Und verunsichert. Thea drückt aus, was wir alle fühlen: Wir sind unsicher. Wir wissen nicht, was wir sagen sollen, wie wir das Unerträgliche erträglich machen können, wenn wir doch genau wissen, dass es nicht geht. »Kate, wir wussten nicht …«

»Es tut uns leid«, sagt Fatima. »Wirklich. Wir hätten es gleich kapieren müssen. Aber bitte sei nicht so – wir sind deinetwegen hier, das weißt du, oder?«

»Und ich soll dankbar sein?« Kate verzieht das Gesicht, sie bemüht sich zu lächeln. »Ich weiß, ich …«

Doch Fatima fällt ihr ins Wort.

»Nein, das meine ich nicht – Herrgott, Kate, was haben wir mit *Dankbarkeit* am Hut?« Sie spricht dieses Wort wie ein Schimpfwort aus. »Dankbarkeit? Kennst du mich überhaupt? Da stehen wir doch drüber – zumindest war es früher so. Alles, was ich sagen will, ist: Du denkst, du bist allein, denkst, du bist die Einzige, die sich Sorgen macht, aber das bist du *nicht*. Und du solltest das hier – uns alle hier …« Sie weist mit der Hand auf unsere kleine Gruppe, auf unsere langen schwarzen Schatten, die die Abendsonne auf die Marsch geworfen hat. »… als Beweis nehmen. Wir haben dich lieb, Kate. Guck dich doch um – Isa reist mit kleinem Baby an, Thea sagt in letzter Minute die Arbeit ab, und ich lasse Ali, Nadia und Sam allein zu Hause, und zwar für dich. Daran siehst du, wie viel du mir, uns bedeutest. Dass wir dich nie im Stich lassen. Ist dir das klar?«

Kate schließt die Augen, und kurz glaube ich, dass sie jeden Moment weinen oder losschimpfen wird, doch stattdessen streckt sie nur blind die Hände aus, tastet nach unseren und zieht uns an sich, und ich spüre den kräftigen Griff ihrer Finger um mein Handgelenk.

»Ach ihr …«, sagt sie, dann bricht ihre Stimme ab, und wir fallen uns in die Arme, Stirn an Stirn, Körper an Körper, kauern uns zusammen wie vier Bäume, die sich vor den Küstenwinden schützen, indem sie eins werden, und ich kann sie spüren, diese Frauen, deren Vergangenheit so sehr mit meiner verflochten ist, dass es keinen Weg gibt, uns zu trennen.

»Ich habe euch so lieb«, sagt Kate, und ich wiederhole den Satz oder zumindest glaube ich das, ja, ganz bestimmt bin ich Teil dieses kleinen Chors aus erstickten Stimmen, doch es ist schwer zu sagen, wem welche Stimme gehört.

»Wir gehen da zusammen rein«, sagt Fatima entschlossen. »Verstanden? Sie haben uns einmal kleingekriegt, aber das werden sie nicht noch mal schaffen.«

Kate nickt und richtet sich wieder auf, wobei sie sich die Augen reibt, aber vorsichtig, damit die Wimperntusche nicht verschmiert.

»Gut.«

»Also abgemacht? Wir halten zusammen?«

»*United we stand*«, sage ich und möchte mir sofort auf die Zunge beißen, denn nun hängt die zweite Hälfte des Sprichworts wie eine stumme Drohung unausgesprochen in der Luft.

Wisst ihr noch …

So geht der Refrain unserer Unterhaltung auf dem letzten Kilometer unserer Wanderung über die Marsch.

Wisst ihr noch, wie Thea beim Hockey-Auswärtsspiel mit Wodka in ihrer Sportflasche erwischt wurde?

Wisst ihr noch, wie Fatima Miss Rourke weismachen wollte, dass *Fukkit* auf Urdu »Stift« bedeutet?

Wisst ihr noch, wie Kate einmal beim Mitternachtsschwimmen von der Strömung gepackt wurde und fast ertrunken wäre?

Wisst ihr noch – wisst ihr noch – *wisst ihr noch …*

Eigentlich glaubte ich, alles noch zu wissen, aber jetzt, da die Erinnerungen wie Flutwellen über mir zusammenschlagen, wird mir bewusst, dass das nicht stimmt, nicht ganz. Die Erinnerungen waren nicht so klar, nicht so lebhaft wie jetzt, nicht so, dass ich die See in jener Nacht wieder riechen oder Kates zitternden, im Mondschein fahlen Körper wieder sehen konnte, während wir sie den Strand hinaufzogen. Vergessen hatte ich das alles zwar nicht, doch ich erinnerte mich nicht an die Details, die Farben, den kurzen Rasen des Spielfelds unter meinen Füßen, den Wind auf meinem Gesicht.

Aber erst, als wir das letzte Feld durchqueren, den letzten Zaun überwinden und Salten House in Sicht kommt, macht es richtig Klick. Wir sind *zurück.* Wir sind wirklich wieder zurück. Ich bekomme ein mulmiges Gefühl, und auch die anderen sind still geworden, bestimmt erinnern auch sie sich an einige der anderen Ereignisse, an die, die wir vergessen wollten. Ich erinnere mich an den Ausdruck auf Mark Wrens Gesicht, als ein paar ältere Schüler ihn eines Tages auf der Küstenstraße abpassten, an das Gekicher und die Hänseleien, an die Art, wie er seinen hochroten Kopf hängen ließ und Thea kläglich ansah wie ein geprügelter Hund. Ich erinnere mich an den eingeschüchterten Blick eines jüngeren Mädchens, als sie Fatima und mir im Flur über den Weg lief und ich begriff, dass sie Gerüchte über uns gehört hatten – über unsere spitzen Zungen, unsere Boshaftigkeit. Und ich erinnere mich an den Ausdruck auf Miss Weatherbys Gesicht an unserem letzten Tag …

Plötzlich bin ich froh darüber, dass Salten House sich verändert hat, viel mehr als Salten Village, das sich präsentiert, als sei es für immer in Stein oder besser in Salz gemeißelt. Ganz im Gegensatz zur Gezeitenmühle, die mit den Jahren nur noch maroder geworden ist, umgibt die Schule heute eine fast elegante Atmosphäre, die in meiner Erinnerung nicht vorkommt. Ganz gleich, welchen Eindruck man damals vermitteln wollte, zu unseren Zeiten war Salten nie eine Spitzenschule. Sie war vielmehr, wie Kate es formuliert hatte, in vielerlei Hinsicht eine »Schule der letzten Chance« – wo auch ganz kurzfristig noch ein Platz frei war, wenn eine Schülerin wegen häuslicher Schwierigkeiten dringend aufgenommen werden musste, wo keine Fragen gestellt wurden, wenn ein Mädchen schon von drei anderen Schulen geflogen war. Ich weiß noch, wie mir an meinem allerersten Tag die abblätternde Farbe, die Salzränder im Mauerputz und das nach dem heißen Sommer vertrocknete Gras ins Auge fielen. Büschelweise spross das Unkraut aus dem Schotter auf der Einfahrt, und unter den paar Bentleys und Mercedes waren auch so einige Eltern mit Fiats, Citroëns und zerbeulten Volvos unterwegs.

Jetzt aber sieht es hier nach Geld aus. Anders lässt es sich nicht ausdrücken.

Die Silhouette des hohen Gebäudes, das seinen langen Schatten auf den Croquetrasen und die Tennisplätze wirft, ist noch dieselbe, doch das sterile, grelle Weiß ist einem satten, teuer aussehenden Cremeton gewichen, der die Kanten weicher wirken lässt, ein Effekt, der noch verstärkt wird durch die Blumenkästen, die man in den Fenstern platziert hat, und durch die Kletterpflanzen, die sich jetzt von den Ecken aus an der Fassade emporranken.

Die Rasenflächen wirken grüner und saftiger, und während wir darüberlaufen, ist ab und zu ein leises Klicken zu hören, woraufhin sich kleine Sprinklerköpfe aus dem Gras erheben und einen feinen Sprühnebel abgeben, ein Luxus, wie er zu unseren Zeiten unvorstellbar gewesen wäre. Nebengebäude und überdachte Passagen sind hinzugekommen, sodass die Schülerinnen nicht mehr durch strömenden Regen von Stunde zu Stunde hetzen müssen. Und als wir die Allwettertennisplätze passieren, stelle ich fest, dass der gnadenlos harte, die Knie zerschürfende Asphalt durch einen grünen Kunststoffbelag ersetzt worden ist.

Was sich nicht verändert hat, sind die vier Wachtürme in jeder Ecke des Hauptgebäudes und die schwarzen Feuertreppen, die efeuartig an ihnen emporklettern.

Ich frage mich, ob die Turmfenster immer noch breit genug sind, dass eine schlanke Fünzehnjährige durchpasst, und ob die Mädchen von heute immer noch ausbüchsen, wie wir es früher taten … Irgendwie habe ich meine Zweifel.

Es sind natürlich Ferien, und es herrscht eine unheimliche Stille. Doch als wir uns über die Sportplätze der Schule nähern, fahren Autos an uns vorbei über die Zufahrt, und vom Eingang dringt leises Stimmengewirr herüber.

Kurz zucke ich zusammen und denke *Eltern!*, als witterte ich eine Gefahr, wie ein Kaninchen *Habicht!* denken würde. Aber dann beruhige ich mich – dies sind keine Eltern, es sind Schülerinnen. Schülerinnen von früher. Wie wir.

Nur, dass sie eben nicht wie wir waren. Denn aus irgendeinem Grund hat es immer *wir* und *sie* gegeben. Das ist das Problem, wenn man eine Clique ist, wie Mary Wren uns nannte. Wenn man sich über Grenzen definiert: Wer ist auf der einen, wer auf der anderen Seite. Die Leute auf der anderen Seite werden irgendwann *die anderen.* Außenseiter. Gegner. Feinde.

Dies ist etwas, was ich am Anfang nicht verstand, als ich noch neu in Salten war. Weil ich so dankbar war, Freundinnen gefunden zu haben, so glücklich, meine kleine Nische zu haben, begriff ich erst gar nicht, dass ich mich jedes Mal, wenn ich mich auf Kates, Theas und Fatimas Seite schlug, damit gleichzeitig *gegen* die anderen stellte. Und dass die sich bald gegen mich stellen würden.

Eine Mauer dient schließlich nicht nur dazu, andere draußen zu halten. Sie kann einen auch einsperren.

»Oh. Mein. Gott.« Durch die Abendluft schwebt die Stimme zu uns herüber, und wir vier drehen uns, als wären wir ein und dieselbe Person, im selben Moment um.

Eine Frau kommt auf uns zugestakst, ihre Absätze knirschen auf dem Kiesboden.

»Thea? Thea West? Und du – Gott, du musst Isa Wilde sein?«

Kurz stehe ich auf dem Schlauch, aber dann fällt mir ihr Name ein. Jess Hamilton. Sie war Hockey-Kapitänin in der Zehnten und galt als heiße Favoritin für die Rolle der Schulsprecherin in der Elften. Ob sie es wohl geschafft hat? Ich öffne den Mund, um sie zu begrüßen, aber da plappert sie schon weiter.

»Fatima! Dich hätte ich ja fast nicht erkannt mit dem Kopftuch! Und Kate, du auch! Ich kann nicht glauben, dass ihr hier seid!«

»Tja …« Thea zieht eine Augenbraue hoch und macht eine leicht abwertende Geste in die Runde. »Glaub es mal besser. Ist es so unwahrscheinlich, dass wir es im Leben bis hierhin geschafft haben? Dass ich im Schlafsaal früher ein *Live Fast, Die Young*-Poster an der Wand hatte, war nicht ganz wörtlich gemeint.«

»Nein!« Jess stößt ein schrilles Lachen aus und schubst Thea liebevoll gegen die Schulter. »Das mein ich doch nicht. Es ist nur …« Sie stockt kurz, und wir alle wissen genau, was in ihr vorgeht, aber dann fängt sie sich und fährt fort: »Es ist nur, ihr wart halt noch nie bei einer dieser Feiern dabei, keine von euch, noch nicht einmal Kate, und die wohnt nur fünf Minuten entfernt. Wir hatten schon die Hoffnung aufgegeben!«

»Wie schön zu wissen, dass man uns vermisst hat«, antwortet Thea mit leicht schiefem Lächeln. Es folgt ein kurzes, peinliches Schweigen, und Kate beginnt, weiterzulaufen. Unser Grüppchen setzt sich in Bewegung.

»Ja, Mensch«, sagt Jess, als wir alle um die Ecke zum Haupteingang biegen. »Was macht ihr alle so? Von Kate weiß ich es schon. Keine Überraschung, dass du Künstlerin geworden bist. Und du, Isa? Lass mich raten – du machst was mit Bildung?«

»Nein«, sage ich und ringe mir ein Lächeln ab. »Was mit Beamten. Nichts mit Bildung, es sei denn, man zählt die juristischen Schulungen für Regierungsbeauftragte mit. Und du?«

»Oh, ich hab ziemliches Glück gehabt. Alex – mein Mann – hat damals vom Dotcom-Boom profitiert, er ist genau zur richtigen Zeit ein- und wieder ausgestiegen. Also sind wir quasi Vollzeiteltern.«

Theas Augenbrauen verschwinden fast in ihrem Haaransatz.

»Hast du Kinder?«, will Jess wissen. Ich reagiere gar nicht, bis ich merke, dass sie mich meint, und nicke dann hastig.

»O ja. Ein kleines Mädchen namens Freya. Fast sechs Monate.«

»Zu Hause bei der Nanny?«

»Nein.« Ich lächle wieder. »Wir haben gar keine Nanny, um genau zu sein. Sie ist gerade bei Kate, mit einem Babysitter.«

»Und du, Fatima?«, fährt Jess fort. »Ich muss sagen, ich hatte keine Ahnung, dass du …«, sie nickt auf das Kopftuch, »seit wann bist du denn *Muslimin?*« Das letzte Wort flüstert sie fast, wie jemand, der ein Tabuthema anspricht.

Fatimas Lächeln sieht noch dünner aus, als meines sich anfühlt, aber es verrutscht nicht.

»Ich war schon immer Muslimin«, erklärt sie ruhig. »Ich war nur zu Schulzeiten nicht besonders religiös.«

»Und wie kommt es … was hat deine Meinung geändert?«

Fatima zuckt mit den Schultern. »Kinder. Der Lauf der Zeit. Erwachsensein. Wer weiß es schon?«

Ich sehe ihr an, dass sie nicht darüber reden will, oder zumindest nicht mit Jess, nicht jetzt.

»Du bist also verheiratet?«, fragt Jess.

Fatima nickt. »Er ist auch Arzt. Verrückt, oder? Fast schon ein Klischee. Zwei reizende Kinder, ein Junge und ein Mädchen. Sie sind mit Ali zu Hause. Und deine?«

»Genau wie du – ein Mädchen und ein Junge, Alexa, schon fast fünf – die Zeit verfliegt so schnell! Und Joe, zwei Jahre – die sind gerade mit dem Au-pair zu Hause. Alex und ich gönnen uns mal ein paar Tage allein. Pärchenzeit muss ja auch sein, stimmt's?«

Fatima und ich werfen uns einen flüchtigen Blick zu. Ich weiß darauf nichts zu sagen – Owen und ich hatten seit Freyas Geburt sicher noch keine »Pärchenzeit«, aber glücklicherweise kann ich mir eine Antwort sparen, da sich jetzt eine große blonde Frau über den Pfad nähert, die sich ungläubig die Hand vor die Brust hält und tut, als würde sie vor Schreck in Ohnmacht fallen.

»Nicht Jess Hamilton! Das ist nicht möglich! Du siehst nicht alt genug aus!«

»Doch, höchstpersönlich«, sagt Jess mit einer kleinen Verbeugung, bevor sie mit einer Handbewegung auf uns deutet. »Und du erinnerst dich bestimmt an …«

Plötzlich wird es still, und die Mimik der Frau verändert sich schlagartig, als sie den Blick durch die Runde schweifen lässt. Ihr höfliches Lächeln verfliegt. Sie erinnert sich. Sie erinnert sich ganz genau.

»Natürlich«, sagt sie mit einer kühlen Distanziertheit, bei der mir schwer ums Herz wird. Dann wendet sie sich an Jess, hakt sich bei ihr unter und kehrt uns den Rücken zu. »Jess, Darling, du musst unbedingt meinen Mann kennenlernen«, sagt sie mit verschwörerischer Miene.

Und schwupp ist sie mit Jess davon, und wir vier sind wieder allein. Zusammen allein.

Doch nicht lange. Denn jetzt erreichen wir den Eingang, wo durch die offene Flügeltür helles Licht in die Dämmerung hinaus-, und ein Pulk von Menschen hineinströmt.

Jemand fasst nach meiner Hand, und als ich aufblicke, ist es Kate, sie will, dass wir einander stärken, ihr Griff ist so fest, dass es schmerzt.

»Alles okay?«, flüstere ich, worauf sie kurz und entschlossen nickt, und ich bin mir nicht sicher, ob sie mich oder sich selbst damit überzeugen will.

»Alle gerüstet zum Kampf?«, fragt Thea mit einem Blick auf die Schuhe in meiner Hand, und erst da fällt mir auf, dass ich noch meine völlig eingestaubten Sandalen trage. Ich streife sie ab und schlüpfe in die Absatzschuhe. Fatima tut es mir gleich. Kates Kleid flattert im Wind wie eine Fahne – wie ein Seenotsignal, kommt mir plötzlich in den Sinn, doch sofort verdränge ich den ungebetenen Gedanken.

Wir sehen einander an und lesen in den Augen der anderen unsere eigenen Gefühle – Beklommenheit, Nervosität, Angst.

»Bereit?«, fragt Kate, und wir nicken. Und dann steigen wir die Stufen hinauf zurück in die Schule, die uns vor so langer Zeit, auf so schmerzhafte Weise hinausgeworfen hat.

Nicht einmal eine Stunde ist vergangen, und ich weiß nicht, wie lange ich das hier noch aushalte.

Ich sitze auf der Toilette, den Kopf in den Händen, und versuche, mich wieder zu fangen. Ich habe zu viel getrunken, habe vor Nervosität mein Glas immer wieder auffüllen lassen und gar nicht mitgezählt. Und jetzt fühle ich mich wie in einem dieser Träume, in denen man wieder in der Schule ist, aber alles auf subtile Art fremd wirkt, farbenprächtiger, verstärkt. Die Mauer aus Körpern und Stimmen in der Eingangshalle hatte etwas Albtraumhaftes, eine seltsame Mischung aus fremden und halbvertrauten, gealterten Gesichtern, manche Züge waren markanter, andere aufgedunsen oder platter, die Haut ein wenig lockerer, wie eine leicht verrutschte Latexmaske.

Und das Schlimmste ist, dass uns *jeder* kennt, selbst die Mädchen, die auf die Schule kamen, nachdem wir schon weg waren. Darauf war ich nicht vorbereitet. Eigentlich sollte unser Abgang, der unangekündigt zwischen zwei Trimestern stattfand, nicht an die große Glocke gehängt werden. So hatte sich die Direktorin auch meinem Vater gegenüber geäußert: »Wenn Isa die Schule freiwillig verlässt, können wir die Sache diskret behandeln.«

Doch ich hatte das Vakuum vergessen, das nach unserem Abgang mit immer neuen Gerüchten und Spekulationen angefüllt worden sein musste, sodass auf dem Fundament von Halbwahrheiten und den dürftigen Fakten um Ambroses Verschwinden mit der Zeit ein Lügengebäude entstehen konnte.

Und jetzt – einige der ehemaligen Schülerinnen leben noch in der Gegend und haben wahrscheinlich den *Salten Observer* gesehen. Sie werden die Schlagzeile gelesen haben. Und sie sind nicht dumm – sie werden zwei und zwei zusammengezählt haben. Und manche werden daraus fünf gemacht haben.

Das Schlimmste ist die Neugier in ihren Augen. Im direkten Kontakt sind die Leute einigermaßen freundlich zu uns, auch wenn ich glaube, hinter ihrem Lächeln einen gewissen Argwohn zu erkennen. Doch sobald wir ihnen den Rücken zukehren, geht das Getuschel los: *Ist es wahr? Waren die nicht von der Schule geflogen? Hast du schon gehört …?*

Die Erinnerungen kommen nicht länger als kleine zarte Schubser à la *Weißt du noch …* zurück, inzwischen dreschen sie auf mich ein, jede einzelne ein schmerzhafter Schlag ins Gesicht. Selbst jetzt, weg von dem Gewühl, bestürmen sie mich weiter. Ich erinnere mich, wie ich einmal weinend in genau dieser Kabine saß, weil ein Mädchen, eigentlich eine harmlose Sechstklässlerin, mich und Fatima nach einer Nacht in der Mühle hatte zurückkommen sehen, worauf ich total überreagierte. Ich drohte ihr und sagte ihr voraus, dass sie bis zu ihrem letzten Tag an der gesamten Schule unten durch sein würde, würde sie auch nur ein Wort darüber verlieren. Dafür würde ich sorgen, erzählte ich ihr. Ich würde ihr das Leben zur Hölle machen.

Natürlich war das eine Lüge. Ich hätte sie nicht zur Außenseiterin machen können, selbst wenn ich es gewollt hätte. Wir waren ja selbst zu dem Zeitpunkt schon die totalen Außenseiter. Immer, wenn wir im Speisesaal einen Platz suchten, waren alle Sitze auf mysteriöse Weise schon reserviert. Schlug eine von uns im Gemeinschaftsraum einen Film für den Abend vor, wurde irgendwie immer dagegen gestimmt. Und von all dem abgesehen hätte ich es auch nie getan – ich wollte ihr nur ein bisschen Angst machen.

Ich weiß nicht, was sie danach gesagt oder getan hat, aber an diesem Abend rief Miss Weatherby mich in ihr Büro und hielt mir eine Standpauke zum Thema Gemeinsinn und Verantwortung den jüngeren Schülerinnen gegenüber.

»Allmählich frage ich mich«, sagte sie in einem Tonfall, der keinen Zweifel an ihrer Enttäuschung ließ, »ob du überhaupt das Zeug dazu hast, eine Salten-Absolventin zu sein, Isa. Ich bin mir bewusst, dass es für dich familiär im Moment schwierig ist, doch das ist keine Entschuldigung dafür, andere Schülerinnen derart anzugehen, schon gar nicht die jüngeren. Bitte zwing mich nicht, deinen Vater hinzuzuziehen, der hat sicher im Moment schon genug Sorgen.«

Ich hatte einen Kloß im Hals, war hin- und hergerissen zwischen Scham und Wut. Wut auf sie, Miss Weatherby, ja. Aber vor allem auf mich selbst und über das, was ich getan hatte, wozu ich inzwischen fähig war. Ich dachte an Thea und daran, wie das Lügenspiel begonnen hatte, an ihren Kodex. *Ich hacke nicht auf den Neuen herum, die sich eh nicht verteidigen können. Ich knöpfe mir die Mächtigen vor – die Lehrerinnen, die beliebten Mädchen. Die glauben, dass sie über allem stehen.*

Was war aus mir geworden, dass ich auf einmal Elfjährige bedrohte?

Ich stellte mir vor, was mein Vater sagen würde, sollte Miss Weatherby ihn anrufen. Ich stellte mir vor, wie sich sein bereits verhärmtes Gesicht vor Enttäuschung noch weiter verdüstern würde.

»Es tut mir leid.« Ich musste die Worte mit Gewalt hervorpressen, nicht, weil ich sie nicht sagen wollte, sondern wegen der Enge in meinem Hals. »Wirklich. Bitte verzeihen Sie mir – es war ein Fehler. Ich werde mich entschuldigen. Und mich in Zukunft zusammenreißen.«

»Tu das«, sagte Miss Weatherby mit besorgtem Blick. »Und Isa, ich habe es ja schon einmal gesagt, bitte denke darüber nach, auch auf andere Schülerinnen zuzugehen. Enge Freundschaften sind etwas Wunderbares, aber sie können uns auch abschotten. Manchmal zahlt man einen zu hohen Preis dafür.«

Ein leises, aber entschlossenes Klopfen an der Kabinentür reißt mich aus meinen Gedanken. »Isa? Bist du da?«

Ich stehe auf, drücke die Spülung und verlasse den Schutz der Toilettenkabine, um mir die Hände zu waschen. Neben dem Handtrockner steht Thea, die Arme verschränkt.

»Wir haben uns Sorgen gemacht«, sagt sie trocken. Ich verziehe das Gesicht. Wie lange bin ich da drinnen gewesen? Zehn Minuten? Zwanzig?

»Es tut mir leid, es war ... es war nur alles zu viel, irgendwie.«

Das Wasser läuft mir angenehm kalt über die Hände und Handgelenke, und ich unterdrücke den Drang, es mir auch ins Gesicht zu spritzen.

»Verstehe ich doch«, sagt Thea. Ihr hageres Gesicht sieht im harschen Licht der Schultoilette fast ausgemergelt aus – zwar sind die Gästetoiletten inzwischen renoviert und mit weichen Handtüchern und duftender Handcreme ausgestattet worden, doch die gnadenlos grelle Neonbeleuchtung ist gleich geblieben. »Ich würde ja auch am liebsten abhauen. Aber du kannst dich nicht den ganzen Abend verstecken, gleich beginnt das Abendessen, und es wird auffallen, wenn du fehlst. Lass uns das Essen durchstehen, danach machen wir uns vom Acker.«

»Okay«, sage ich, doch ich kann mich nicht aufraffen. Stattdessen kralle ich mich am Waschbecken fest, spüre das kühle Porzellan auf meiner Haut. *Scheiße.* Ich denke an Freya, hoffentlich ist mit ihr alles in Ordnung. Am liebsten würde ich mich hier rausstehlen und zurück zu meinem weichen, warmen, nach Zuhause duftenden Baby rennen. »Warum hat Kate uns diesen Scheiß eingebrockt?«

»Pass auf.« Thea wirft einen Blick auf die anderen Kabinen, und obwohl sie leer sind, senkt sie ihre Stimme. »Wir haben das doch alles besprochen. Und du warst es schließlich, die dafür gestimmt hat.«

Ich nicke wortlos. Sie hat recht. Und ich verstehe auch Kates Panikreaktion, sie brauchte ja dringend einen Grund dafür, dass ihre alten Freundinnen nach Jahren der Abwesenheit so plötzlich wieder aufkreuzen, und zwar zufällig unmittelbar nachdem im Reach ein menschlicher Knochen gefunden wurde. Das Ehemaligentreffen muss ihr wie ein Geschenk des Himmels vorgekommen sein. Aber trotzdem wünschte ich inständig, dass sie es nicht getan hätte.

*Scheiße*, denke ich noch einmal und fühle die Schimpfwörter nur so in mir hochkochen, wie ein Gift, das ausgespuckt werden muss. Ich habe plötzlich die Vision, wie ich mich an den weißgedeckten Tisch im Speisesaal setze und sie einfach rauslasse: *Haltet eure verdammten Drecksfressen, ihr gerüchtegeilen Miststücke. Ihr wisst nichts. Gar nichts!*

Langsam und ruhig hole ich Luft und versuche, mich zu fangen.

»Okay?«, fragt Thea, ihr Tonfall ist milder geworden. Ich nicke.

»Okay. Ich zieh das durch.« Sofort verbessere ich mich: »Wir ziehen das durch. Mein Gott, wenn Kate es schafft, dann schaff ich das auch. Kommt sie klar da draußen?«

»Gerade so«, sagt Thea. Sie hält die Tür auf, und ich gehe an ihr vorbei in den hallenden Eingangsbereich, der inzwischen leer ist, bis auf ein paar Lehrer und eine große Staffelei an der Seite, die die Sitzordnung präsentiert.

»Beeilen Sie sich!«, ruft eine Lehrerin, die uns rauskommen sieht. Sie ist jung, zu jung, um uns zu kennen. »Gleich beginnen die Reden. An welchem Tisch sitzen Sie denn?«

»›Pankhurst‹, laut der Dame, die hier vorhin stand«, sagt Thea, und die Lehrerin wirft einen Blick auf die Liste, geht mit dem Finger die Namen durch. »Thea West«, ergänzt Thea.

»Ja, stimmt, da hab ich Sie. Und Sie sind …?« Sie blickt mich an. »Entschuldigen Sie, wie Sie bestimmt merken, bin ich noch nicht lange dabei, also sind alle Gesichter neu für mich!«

»Isa Wilde«, antworte ich leise, und zu meiner Erleichterung scheint mein Name ihr nichts zu sagen, denn sie sucht mit unverändert konzentrierter Miene die Liste ab.

»Oh, ja, ebenfalls ›Pankhurst‹, mit einigen anderen aus demselben Jahrgang, wie es scheint. Das ist ein Zehnertisch ganz am Ende des Speisesaals, direkt bei der Durchreiche. Am besten gehen Sie hier rein und dann entlang der Bildergalerie einmal herum.«

*Weiß ich,* denke ich. Schließlich kenne ich diesen Ort wie meine Westentasche. Doch Thea und ich nicken bloß und folgen ihrer Wegbeschreibung, schlüpfen im Schutz des gerade aufkommenden Beifalls durch die halboffene Tür hinein. Die Reden haben schon begonnen, am Podium steht eine Frau und lächelt, während sie höflich darauf wartet, dass der Applaus verebbt.

Ich hatte mich darauf eingestellt, dort oben die frühere Schuldirektorin Miss Armitage zu sehen, doch sie ist es nicht, was mich eigentlich nicht überrascht – sie war schon Mitte Fünfzig, als ich auf die Schule kam. Wahrscheinlich ist sie längst in Pension gegangen.

Stattdessen steht Miss Weatherby auf dem Podium, unsere frühere Hausleiterin.

»Shit«, flüstert Thea mir zu, als wir uns an den Tischen mit all den wohlhabenden früheren Schülerinnen und ihren Ehemännern vorbeistehlen. Sie ist genauso erschrocken wie ich.

Während wir uns auf Zehenspitzen einen Weg durch das Labyrinth aus Stühlen und Handtaschen suchen, an vergoldeten Gedenktafeln für im Krieg gefallene Ehemalige, einstige

Hockey-Kapitäninnen und wenig schmeichelhaften Ölporträts früherer Direktorinnen vorbeischleichen, hallt Miss Weatherbys geschultes Organ durch den getäfelten Speisesaal, doch ich höre nicht, was sie sagt. Alles, was ich höre, ist ihre Stimme an jenem letzten Tag: »Isa, es ist für alle Beteiligten das Beste. Ich bedauere sehr, dass deine Zeit in Salten vorzeitig zu Ende ist, aber wir alle – dein Vater eingeschlossen – sind der Meinung, dass ein Neubeginn die beste Option darstellt.«

Ein Neubeginn. Noch einer.

Und so wurde ich von einer Minute auf die andere eine von *denen,* ein Mädchen wie Thea, mit einer Liste von Schulen, die sie verlassen musste, permanent das Damoklesschwert des Schulverweises über sich.

Ich erinnere mich an den versteinerten Ausdruck meines Vaters im Auto. Er stellte keine Fragen, ich erzählte keine Lügen. Doch während wir zurück in unser von Krankenhausgeruch und Monitorpiepen erfülltes London fuhren, hing unausgesprochen der Vorwurf in der Luft: *Wie konntest du nur? Wie konntest du mir das antun, wo ich mich um all das hier kümmern muss?*

Fatimas Eltern waren noch im Ausland, doch eine grimmig dreinblickende Tante und ein grimmig dreinblickender Onkel kamen in einem Audi aus London angefahren und holten sie mitten in der Nacht ab. Wir konnten uns noch nicht einmal verabschieden.

Theas Vater war am schlimmsten – er meinte, den Skandal durch Lachen und großspuriges Gehabe abschütteln zu können, und klopfte anzügliche Sprüche, während er Theas Sachen ins Auto lud. Es war erst Mittag, aber sein Atem roch nach Brandy.

Nur Kate hatte niemanden, der sie abholen konnte. Denn Ambrose … Ambrose war schon fort. »Hat sich vom Acker gemacht, bevor sie ihm kündigen konnten«, wurde auf den Korridoren gemunkelt.

An all das muss ich denken, als wir uns, mit geflüsterten Entschuldigungen, an den anderen Tischen vorbei zum Tisch »Pankhurst« begeben, wo Fatima und Kate schon warten, die Mienen angespannt, aber erleichtert, als wir uns auf die zugewiesenen Stühle setzen und Applaus losbricht. Miss Weatherby ist mit ihrer Rede fertig, und ich habe kein Wort davon mitbekommen.

Unter dem Tisch klappe ich mein Smartphone auf und schreibe Liz eine Nachricht: *Alles in Ordnung?*

»Vegetarisch oder Fleisch, Madam?«, fragt eine Stimme hinter mir, und als ich herumfahre, steht ein weißgekleideter Kellner neben mir.

»Wie bitte?«

»Ihre Menüwahl, Madam, hatten Sie die Fleisch-Option oder die vegetarische Option angekreuzt?«

»Oh …« Ich blicke zu Kate hinüber, die gerade mit Fatima spricht. »Ähm, Fleisch, glaube ich.«

Mit einer Verneigung stellt der Kellner einen Teller vor mir ab, auf dem etwas in einer dicken braunen Soße schwimmt, daneben gebräunte Herzoginkartoffeln und ein Gemüse, das ich nach einigem Überlegen als geröstete Artischocke identifiziere. Das Ergebnis ist *Fifty Shades of Beige.*

Kates und Fatimas vegetarische Option sieht um einiges besser aus – eine Art Törtchen mit dem unvermeidlichen Ziegenkäse, vermute ich.

»Ah«, höre ich von rechts eine Männerstimme, »das muss das Gericht zu Ehren von Picassos weniger bekannter hellbrauner Periode sein.«

Nervös wende ich den Kopf, um zu sehen, ob er mit mir spricht, und zu meiner leichten Bestürzung tut er das tatsächlich. Ich ringe mir ein Lächeln ab.

»Ja, das trifft es ganz gut.« Ich stochere mit der Gabel auf der Artischocke herum. »Was meinen Sie, was das für ein Fleisch ist?«

»Ich habe es noch nicht probiert, aber ich würde einiges darauf wetten, dass es sich um Hühnchen handelt – das ist bei solchen Veranstaltungen immer so. Niemand beschwert sich über Hühnchen.«

Daraufhin schneide ich ein Stück von dem amorphen, in brauner Soße getränkten Klumpen ab und schiebe es mir vorsichtig in den Mund. In der Tat ist es Hühnchen.

»Und was führt Sie hierher?«, frage ich. »Sie scheinen keine Ehemalige zu sein.«

Der Witz ist zwar albern, aber er ist so nett, trotzdem zu lachen.

»Das stimmt. Ich heiße Marc, Marc Hopgood. Ich bin mit einer Ihrer ehemaligen Mitschülerinnen verheiratet, Lucy Etheridge hieß sie früher.«

Da mir der Name überhaupt nichts sagt, zögere ich kurz, überlege, ob ich trotzdem Bekanntschaft vortäuschen sollte, doch ich sehe schnell ein, dass das sinnlos wäre – schon nach ein oder zwei Fragen würde es ans Licht kommen.

»Tut mir leid«, sage ich aufrichtig, »an sie erinnere ich mich nicht. Ich war nicht sehr lange in Salten.«

»Nein?«

Ich sollte hier aufhören, aber ich kann nicht. Ich habe gleichzeitig zu viel und zu wenig gesagt und kann es mir nicht verkneifen, zumindest einige der Lücken aufzufüllen.

»Ich bin erst in der Zehnten dazugekommen und vor dem Beginn der Elften wieder abgegangen.«

Auch wenn er zu höflich ist, sich nach dem Grund zu erkundigen, kann ich die unausgesprochene Frage in seinem Blick erkennen, als er mir Wein nachschenkt, ganz wie der wohlerzogene ehemalige Privatschüler, der er zweifellos ist.

Dann piept mein Handy, und unter dem Tisch leuchtet die Nachricht *alles gut :):):)* von Liz im Display auf, als plötzlich eine Stimme neben Marc sagt: »Isa?«

Marc rutscht mit seinem Stuhl zurück, damit seine Frau sich, mit ausgestreckter Hand, über seinen Platz beugen kann.

»Isa Wilde? Du bist das wirklich, oder?«

»Ja«, antworte ich, dankbar darüber, dass Marc ihren Namen bereits erwähnt hat. Ich stopfe das Handy schnell in die Tasche und schüttle ihr die Hand. »Lucy, stimmt's?«

»Ja!« Ihre Wangen sind rosig wie die eines Babys, sie wirkt bestens gelaunt und glücklich darüber, in Begleitung ihre Mannes hier zu sein. »Ist das nicht toll! So viele Erinnerungen …«

Ich nicke zwar, behalte aber meine wahren Gedanken für mich – dass die Erinnerungen an Salten House nicht alle so toll sind.

»Also«, sagt Lucy nach einer kurzen Pause, wobei sie ihr Besteck wieder in die Hand nimmt. »Erzähl mir alles über dich, was hast du so getrieben, seit du weg bist?«

»Ach, dies und das. Erst hab ich in Oxford Geschichte studiert, bin dann auf Jura umgestiegen, und jetzt bin ich Verwaltungsjuristin im Ministerium.«

»Ach wirklich? Marc auch. In welchem?«

»Inneres, zurzeit«, sage ich. »Aber ihr kennt das ja.« Ich lächle Marc von der Seite an. »Man zieht so herum. Ich habe schon in mehreren Ministerien gearbeitet.«

»Versteh mich nicht falsch«, sagt Lucy, während sie eifrig weiter an ihrem Hühnchen herumpickt, »aber ich dachte immer, du würdest was Kreatives machen. Bei deiner Familiengeschichte.«

Für einen Moment bin ich verwirrt. Meine Mutter war Anwältin, bevor sich der Kindererziehung widmete, und mein Vater hat schon immer im Finanzbereich gearbeitet. Bei beiden keine Spur von Kreativität. Hat sie mich mit Kate verwechselt?

»Familiengeschichte …?«, wiederhole ich langsam. Doch

im nächsten Moment fällt es mir ein, und ich öffne den Mund, um ihr zuvorzukommen, doch es ist zu spät.

»Isa ist nämlich mit Oscar Wilde verwandt«, erklärt sie ihrem Mann stolz. »War er nicht dein Urgroßvater oder so?«

»Lucy«, bringe ich hervor, obwohl mir das schlechte Gewissen die Kehle zuschnürt und meine Wangen zum Glühen bringt, doch Marc sieht mich bereits misstrauisch an, und ich weiß, was in ihm vorgeht: Oscar Wildes Kinder haben nach dem Prozess alle ihren Namen geändert. Urgroßtöchter hatte er keine – und schon gar nicht mit Namen Wilde. Wie ich selbst genau weiß. Es gibt nur eine Lösung. Ein Geständnis.

»Lucy, es tut mir wirklich leid.« Ich lege meine Gabel ab. »Es … es war ein Witz. Ich bin nicht mit Oscar Wilde verwandt.«

Am liebsten würde ich im Erdboden versinken. Warum, *warum* waren wir so gemein? Wussten wir nicht, was wir taten, als wir uns gegen diese netten, gutgläubigen, wohlerzogenen Mädchen verschworen?

»Es tut mir leid«, sage ich noch einmal. Ich kann Marc nicht in die Augen sehen und blicke an ihm vorbei zu Lucy, und ich weiß, dass meine Stimme flehend klingt. »Es war … ich weiß nicht, warum wir diese Sachen erzählt haben.«

»Oh.« Lucys Gesicht ist noch rötlicher geworden, ob aus Ärger über ihre Naivität oder auf mich, weil ich sie reingelegt habe, weiß ich nicht. »Natürlich. Ich hätte es mir denken können.« Sie schiebt das Essen auf ihrem Teller herum, aber sie isst nichts mehr. »Wie dumm von mir. Isa und ihre Freundinnen hatten früher dieses … Spiel«, erklärt sie ihrem Mann. »Wie nanntet ihr es noch gleich?«

»Das Lügenspiel«, sage ich. Ich habe ein flaues Gefühl im Magen, und dann fange ich von Kate auch noch einen fragenden Blick auf. Als ich den Kopf schüttle, wendet sie sich wieder ihrem Teller zu.

»Ich hätte es wissen müssen«, sagt Lucy kopfschüttelnd

und mit reumütigem Ausdruck in den Augen. »Man durfte ihnen nie auch nur ein einziges Wort glauben. Was war das noch mit deinem Vater, der auf der Flucht war, weshalb er dich nie besuchen konnte? Da bin ich dir gründlich auf den Leim gegangen. Du musst mich für sehr dumm gehalten haben.«

Ich schüttle heftig den Kopf und versuche zu lächeln, doch es fühlt sich verkrampft an, wie ein Teufelsgrinsen, das sich über beide Wangen zieht. Und als sie sich daraufhin von mir abwendet und mit ihrer Tischnachbarin auf der anderen Seite zu sprechen beginnt, kann ich es ihr nicht verübeln.

Etwa anderthalb Stunden später neigt sich das Abendessen dem Ende zu. Mir gegenüber hat Kate grimmig und entschlossen vor sich hin gegessen, als würde sie nur durch restloses Vertilgen der drei Gänge in die Lage versetzt, gehen zu können. Fatima hat auf ihrem Teller nur herumgepickt und musste mehr als einmal einen Kellner abweisen, der ihr Wein nachschenken wollte.

Thea hat Teller um Teller unangetastet abräumen lassen, zum Ausgleich jedoch ordentlich Wein getrunken.

Endlich beginnen die Abschlussreden, und ich spüre eine Welle der Erleichterung, als klar ist: Das war's jetzt – das ist der Endspurt. Zu schlechtem Kaffee lauschen wir einer Frau namens Mary Hardwick, von der ich vage in Erinnerung habe, dass sie ein paar Jahre über uns war. Anscheinend hat sie einen Roman geschrieben, was sie wohl besonders dazu qualifiziert, einen langen, weitschweifigen Vortrag über das Narrativ des Lebens zu halten. Irgendwann steht Kate einfach auf, und als sie an meinem Stuhl vorbeikommt, flüstert sie: »Ich gehe schon mal zur Garderobe und hole unsere Jacken und Schuhe, bevor das Gedränge losgeht.«

Ich nicke, und sie verschwindet. Fast hat sie die große Tür erreicht, als wieder Applaus losbricht, und plötzlich stehen alle auf und suchen ihre Sachen zusammen.

»Auf Wiedersehen«, sagt Marc Hopgood, bevor er sich seine Jacke überzieht und seiner Frau ihre Handtasche reicht. »War nett, Sie kennenzulernen.«

»Ebenso«, antworte ich, und füge hinzu: »Ciao, Lucy.« Doch Lucy Hopgood hat mir bereits den Rücken zugekehrt und ist losmarschiert, als hätte sie am anderen Ende des Saals etwas sehr Wichtiges entdeckt.

Marc zieht leicht die Schultern hoch und winkt mir zu, bevor er ihr folgt. Als beide weg sind, ziehe ich mein Handy hervor, für den Fall, dass ich eine Nachricht bekommen habe, auch wenn es nicht vibriert hat.

Ich starre gerade auf den Bildschirm, als mir jemand auf die Schulter klopft. Ich blicke auf und sehe Jess Hamilton vor mir, das Gesicht gerötet vom Wein und von der stickigen Luft.

»Geht ihr etwa schon?« Als ich nicke, schlägt sie vor: »Kommt doch noch auf einen Absacker mit ins Dorf. Wir sind in dem Bed & Breakfast am Wasser, und ich glaube, ein paar Leute wollten sich noch auf ein Getränk im Salten Arms treffen.«

»Nein, danke«, wehre ich verlegen ab. »Sehr nett von dir, aber wir müssen zu Fuß über die Marsch zu Kate nach Hause, und das Pub wäre ein meilenweiter Umweg. Außerdem habe ich Freya beim Babysitter gelassen und möchte nicht zu lang wegbleiben.«

Was ich wirklich denke, behalte ich für mich, nämlich dass ich mir lieber einen Arm abhacken würde, als noch eine Minute länger unter diesen fröhlich kichernden Frauen zu verbringen, die endlos in Erinnerungen über eine ach so glückliche Schulzeit schwelgen wollen, die für Kate, Thea, Fatima und mich weit weniger glücklich war.

»Schade«, sagt Jess unbeschwert. »Aber lasst es nicht noch mal fünfzehn Jahre dauern, bis ihr wieder zu einem Treffen kommt, okay? Ein Festessen gibt es jedes Jahr, wenn auch nicht immer so groß aufgezogen wie das hier. Aber das zwanzigste Jubiläum sollten wir mal festhalten, das ist was Besonderes.«

»Auf jeden Fall«, sage ich, ohne es zu meinen, und wende mich zum Gehen, als sie mich plötzlich an der Schulter fasst. Ihre Augen glänzen und sie schwankt ein wenig, nur ein klein wenig, doch ich erkenne, dass sie sehr, sehr betrunken sein muss. Viel mehr, als ich dachte.

»Ach, egal«, sagt sie, »ich kann dich nicht gehen lassen, ohne dich zu fragen. Wir haben den ganzen Abend herumgerätselt. Ich hoffe, es ist – na ja, ich hoffe, du kriegst es nicht in den falschen Hals, aber als ihr von der Schule gegangen seid, ihr vier, war das aus dem Grund, an den alle geglaubt haben?«

In meinem Magen scheint sich plötzlich ein Loch aufzutun, und ich fühle mich auf einmal ausgehöhlt, als wären die Speisen und Getränke, die ich heute Abend zu mir genommen habe, nichts als heiße Luft gewesen.

»Ich weiß es nicht«, antworte ich in bemüht heiterem Tonfall. »Was war denn der Grund, an den alle geglaubt haben?«

»Ach, ihr müsst doch die Gerüchte kennen«, sagt Jess. Dann blickt sie sich kurz um, und ich merke, sie hält Ausschau nach Kate, will sichergehen, dass sie außer Hörweite ist, und fährt mit gesenkter Stimme fort: »Dass … du weißt doch … Ambrose …«

Sie verstummt, sieht mich vielsagend an, und ich spüre einen harten, schmerzhaften Kloß im Hals. Ich sollte mich abwenden, so tun, als würden Fatima oder die anderen mich rufen, aber irgendwie kann ich nicht – und will es nicht. Ich will, dass sie es ausspricht, diese widerliche Sache, an die sie sich nicht herantraut und in der sie trotzdem herumstochern will.

»Was ist mit ihm?«, frage ich und bringe sogar ein Lächeln zustande. »Ich habe nicht die leiseste Ahnung, was du meinst.«

Was gelogen ist.

»O Gott«, stöhnt Jess auf, und ich weiß nicht, ob ihre plötzliche Reue echt ist oder gespielt – ich habe wohl meine Antennen verloren, weil ich selbst so lange Zeit im Zustand der Täuschung verbracht habe. »Isa, ich wollte nicht … du hattest keine Ahnung?«

»Sag es doch«, fordere ich sie auf, jetzt ohne die Spur eines Lächelns. »*Sag es.*«

»Scheiße.« Jess sieht plötzlich sehr unglücklich aus, die Wirkung des Alkohols scheint mit einem Schlag verflogen, meine scharfe Reaktion muss sie erschreckt haben. »Isa, es tut mir leid. Ich wollte keine alten Wunden …«

»Ihr habt ja anscheinend den ganzen Abend darüber spekuliert. Dann habt jetzt wenigstens die Größe, es uns ins Gesicht zu sagen. Wie lautet das Gerücht?«

»Dass Ambrose …« Jess schluckt, blickt über meine Schulter, als suche sie nach einer Fluchtmöglichkeit, aber der Saal leert sich rasant, und keine ihrer Freundinnen ist in Sicht. »Dass Ambrose … dass er … Zeichnungen gemacht hat … von euch ….«

»Oh, aber doch keine gewöhnlichen Zeichnungen, oder?« Meine Stimme klingt unerbittlich. »Stimmt's, Jess? Was für Zeichnungen waren das genau?«

»N-nacktzeichnungen.« Sie flüstert es fast.

»Und?«

»Und … die Schule hat es rausbekommen … und deshalb ist Ambrose … hat er …«

»Hat er was?«

Als sie nicht antwortet, packe ich sie an ihrem schmalen Handgelenk, so fest, dass sie zusammenzuckt.

»Hat er was?«, wiederhole ich, diesmal so laut, dass es durch den fast leeren Saal hallt und sich die Köpfe der wenigen übriggebliebenen Personen zu uns umdrehen.

»Deshalb hat er sich umgebracht«, flüstert Jess. »Es tut mir leid. Ich hätte es nicht ansprechen sollen.« Daraufhin zieht sie die Hand aus meinem Griff, hängt sich ihre Tasche über die Schulter und torkelt durch den Saal zum Ausgang. Ich bleibe zurück wie vom Schlag getroffen und versuche, die Tränen zurückzuhalten.

Es dauert einige Augenblicke, bis ich so weit bin, mich in das dichte Gedränge auf dem Flur zu stürzen, um Fatima, Kate und Thea zu suchen.

Verzweifelt sehe ich mich in der Menschenmenge um, suche den Flur, die Schlange vor der Garderobe und den Toiletten ab – doch sie sind nirgendwo zu sehen. Sie sind doch nicht ohne mich gegangen?

Meine Wangen glühen, mein Herz schlägt noch immer wie wild von der Begegnung mit Jess. Wo sind sie bloß hin?

Mit den Ellenbogen bahne ich mir den Weg zum Ausgang, dränge mich vorbei an dem fröhlichen Pulk ehemaliger Schülerinnen und ihrer Partner, als ich eine Hand auf meinem Arm spüre. Voller Erleichterung drehe ich mich um – und vor mir steht Miss Weatherby.

Sofort zieht sich mein Magen zusammen, ich denke an unser letztes Gespräch, an die bittere Enttäuschung auf ihrem Gesicht.

»Isa«, sagt sie. »Immer in Eile, daran erinnere ich mich gut. Ich habe ja immer gesagt, Sie sollten Hockey spielen, dann könnten Sie die ganze überschüssige Energie sinnvoll einsetzen!«

»Tut mir leid«, sage ich und versuche, mich zu fangen, mich nicht allzu offensichtlich ihrer Berührung zu entziehen. »Ich … ich muss leider weg, die Babysitterin …«

»Oh, Sie haben ein Baby?«, fragt sie. Obwohl ich weiß, dass sie es nur nett meint, will ich einfach nur weg. »Wie alt?«

»Fast sechs Monate. Ein Mädchen. Es tut mir wirklich leid, aber ich …«

Miss Weatherby nickt und lässt meinen Arm los.

»Na gut, trotzdem sehr schön, Sie nach all den Jahren mal wiederzusehen. Und Glückwunsch zu Ihrer Tochter. Sie müssen sie unbedingt hier in der Schule anmelden!«

Sie hat es leichtherzig gemeint, und ich nicke lächelnd, doch es fühlt sich falsch an, ich spüre, wie meine Züge sich verhärten. Mein Lächeln muss etwas Marionettenhaftes haben, was Miss Weatherby offenbar nicht entgangen ist, denn plötzlich legt sich ein Schatten auf ihr Gesicht.

»Isa, ich kann Ihnen gar nicht sagen, wie sehr ich die Umstände eures Weggangs bis heute bedaure. Es gibt nicht vieles in meinem Berufsleben, wofür ich mich schäme, doch ich muss ehrlich sagen, dieses Ereignis ist eines davon. Wie die Schule damit umgegangen ist, wie wir damit umgegangen sind – da darf man nichts beschönigen, das war wirklich schlimm, und auch ich hatte meinen Anteil daran. Und es ist kein Lippenbekenntnis, wenn ich sage, dass sich die Dinge in dieser Hinsicht enorm verbessert haben – die Angelegenheit würde … ich denke, das alles würde heutzutage anders gehandhabt.«

»Ich …« Ich schlucke, das Sprechen fällt mir schwer. »Miss Weatherby, bitte, machen Sie sich keine Gedanken. Das ist Schnee von gestern, ehrlich.«

Das ist es nicht. Doch ich kann jetzt nicht darüber reden. Nicht hier, wo alles sofort wieder hochkommt. Wo sind bloß die anderen?

Miss Weatherby nickt, einmal kurz, ihre Miene ist angespannt, als müsste auch sie ihre ungebetenen Erinnerungen unterdrücken.

»Na dann, auf Wiedersehen«, sage ich betreten, und sie lächelt gequält, als könnte sie sich nur mit Mühe beherrschen.

»Kommen Sie bald wieder, Isa«, sagt sie noch, als ich mich

zum Gehen wende. »Ich – ich hatte mich schon gefragt, ob Sie vielleicht dachten, Sie seien nicht willkommen – aber das absolute Gegenteil ist der Fall. Ich hoffe, dass Sie sich in Zukunft nicht mehr als Fremde fühlen – können wir nächstes Jahr mit Ihnen rechnen?«

»Natürlich«, sage ich. Mein Gesicht fühlt sich steif an, aber ich ringe mir ein Lächeln ab, und streiche mir automatisch die losen Haarsträhnen hinter die Ohren. »Natürlich werde ich kommen.«

Dann lässt sie mich ziehen, und als ich mich endlich auf den Weg zum Ausgang mache, um nach Kate und den anderen zu suchen, geht mir der Gedanke durch den Kopf, wie verrückt es doch ist, dass sie so schnell zurückkommt, die Fähigkeit zu lügen.

Zuerst finde ich Fatima, sie steht draußen neben der großen Flügeltür und blickt sich unruhig auf der Einfahrt um. Sie sieht mich fast im selben Moment wie ich sie, springt wie ein Raubtier auf mich zu und bohrt ihre Finger regelrecht in meinen Arm.

»Wo zum Teufel warst du? Thea ist total voll, wir müssen sie irgendwie nach Hause bringen. Kate hat deine Schuhe, falls es das ist, was dich aufgehalten hat.«

»Tut mir leid.« Ich stakse unsicher über den Schotter, die Absätze rutschen immer wieder knirschend unter mir weg. »Das war's nicht, erst hat mich Jess Hamilton aufgehalten, dann Miss Weatherby. Ich konnte nicht weg.«

»Miss Weatherby?« Fatima sieht mich erschrocken an. »Was wollte die denn von dir?«

»Nichts Besonderes«, antworte ich. Das ist zumindest halb wahr. »Ich glaube, sie fühlt sich … sie hat ein schlechtes Gewissen.«

»Das sollte sie auch«, sagt Fatima kühl und beschleunigt ihren Gang.

Atemlos stolpere ich ihr hinterher, als wir den beleuchteten Vorplatz der Schule verlassen. Sie schlägt einen der Kieswege ein, die zu den Hockeyfeldern führen. Zu Schulzeiten wäre es hier stockdunkel gewesen – heute aber säumen den Pfad in regelmäßigen Abständen kleine matte Solarlampen, die allerdings das Mondlicht verschlucken und so die schwarzen Flächen dazwischen nur noch dunkler wirken lassen.

Als wir fünfzehn waren, fühlten wir uns auf der Marsch bald wie zu Hause, sodass uns die Entfernung gar nicht so groß vorkam. Ich erinnere mich nicht daran, bei irgendeiner unserer nächtlichen Wanderungen Angst gehabt zu haben.

Jetzt aber, beim Versuch, im Stockdunkeln mit Fatima Schritt zu halten, kann ich nicht anders, als an Kaninchenlöcher und gebrochene Knöchel zu denken. Vor meinem inneren Auge blitzt ein Bild auf: Wie ich umknicke und in einen der tiefen Gräben falle, wie ich immer tiefer hineinsinke, mein Mund sich langsam mit Wasser füllt, sodass ich nicht um Hilfe schreien kann, während die anderen vorne nichtsahnend weiterlaufen und mich allein zurücklassen. Das heißt … nicht ganz allein. Hier draußen ist schließlich noch jemand. Jemand, der uns eine Botschaft geschrieben und ein blutüberströmtes totes Schaf vor Kates Haustür geschleppt hat …

In ihrem Eifer, zu den anderen aufzuschließen, hat Fatima ihren Vorsprung ausgebaut, nur noch schemenhaft kann ich ihre flatternde, schummrige Silhouette ausmachen, die fast nahtlos mit dem dunklen Marschland verschwimmt.

»Fatima«, rufe ich ihr hinterher, »kannst du bitte etwas langsamer laufen?«

»Sorry!«

Am Zauntritt bleibt sie stehen und wartet auf mich, und von hier an, wo das eigentliche Marschland beginnt und meine dünnen Absätze immer wieder in den weichen Boden einsinken, läuft sie etwas langsamer, passt ihre Schrittlänge meinem vorsichtigeren Tempo an. Es ist vollkommen still, nur unser

Atem ist zu hören und hier und da ein kleiner dumpfer Schlag, wenn ich mal wieder über einen Stein stolpere. Wo sind die anderen bloß?

»Sie hat gesagt, ich soll Freya hier auf die Schule schicken«, sage ich schließlich, weniger, weil ich es für erzählenswert halte, sondern um die unheimliche Stille zu durchbrechen und Fatima ein bisschen zu bremsen – doch es funktioniert tatsächlich, Fatima bleibt wie angewurzelt stehen. Mit einer Mischung aus Entsetzen und Ungläubigkeit im Gesicht dreht sie sich zu mir um.

»Miss Weatherby? Willst du mich verarschen?«

»Nein.« Wir gehen weiter, langsamer. »Ich wusste nicht so richtig, was ich sagen sollte.«

»*Nur über meine Leiche* hättest du sagen sollen.«

»Ich hab gar nichts gesagt.«

Nach einer kurzen Stille fährt sie fort: »Ich würde Sami oder Nadia nie ins Internat schicken. Du?«

Ich überlege. Ich denke an die Situation zu Hause, an das, was mein Vater durchgemacht hat. Und ich denke an Freya und daran, dass ich es noch nicht einmal einen Abend lang schaffe, nicht in ihrer Nähe zu sein, ohne das Gefühl zu haben, mein Herz würde durch einen Schredder gejagt.

»Ich weiß nicht«, antworte ich schließlich. »Eigentlich kann ich es mir nicht vorstellen.«

Wir marschieren weiter durch die Dunkelheit, und als wir auf einem maroden Steg einen Graben überqueren, brummt Fatima missmutig: »Verdammt, wie können die so einen Vorsprung haben?«

Genau in dem Moment, in dem sie die Worte ausspricht, hören wir ein Geräusch und sehen in der Dunkelheit vor uns eine Gestalt. Doch es ist keine menschliche Gestalt, es ist ein gebeugtes, zusammengekauertes Etwas, von dem ein nasses, blubberndes Geräusch ausgeht – ein Leidensgeräusch.

»Was ist das?«, flüstere ich, und Fatima greift erschrocken

nach meiner Hand. Wir beide bleiben stehen, lauschen. Mein Herz pocht auf einmal sehr schnell.

»Keine Ahnung«, flüstert sie zurück. »Ist es … ist es ein Tier?«

Vor meinen Augen blitzt ein Bild auf, plastisch wie ein Flashback – herausquellende Eingeweide, blutgetränkte Wolle, der zerfetzte Leichnam eines Schafs, und darübergebeugt, animalisch, eine andere Gestalt: ein Mensch …

Da ist das Geräusch wieder, ein Spritzen, gefolgt von etwas, was wie ein Schluchzen klingt. Fatimas Finger bohren sich in meine Haut.

»Ist es …«, stammelt sie, »glaubst du, die anderen …?«

»Thea?«, rufe ich ins Dunkel hinein. »Kate?«

Eine Stimme antwortet.

»Hier drüben!«

Wir stürzen nach vorn, und als wir näher kommen, gibt sich die kauernde Gestalt zu erkennen: Thea auf Händen und Knien über einem Entwässerungsgraben, Kate, die sie stützt.

»Och, nee«, sagt Fatima mit einer Mischung aus Genervtheit und Ekel in der Stimme. »Das war ja klar. Niemand kann auf leeren Magen zwei Flaschen trinken.«

»Halt die Klappe«, knurrt Thea und muss gleich darauf erneut würgen. Als sie schließlich aufsteht, fällt Mondlicht auf ihr Gesicht, und ich sehe, dass ihr Make-up verschmiert ist.

»Kannst du weitergehen?«, will Kate wissen, und Thea nickt.

»Mir geht's gut.«

Fatima schnaubt verächtlich. »Dir geht es irgendwie, aber ganz bestimmt nicht gut. Und das sage ich als Ärztin.«

»Ach, sei still«, zischt Thea sie an. »Ich kann gehen, was willst du denn?«

»Ich will, dass du eine ordentliche Mahlzeit zu dir nimmst und es bis zum Mittag ohne Alkohol aushältst, ausnahmsweise.«

Für einen Moment bin ich unsicher, ob Thea sie überhaupt gehört hat und ob sie antworten wird. Sie ist zu sehr damit beschäftigt, sich den Mund abzuwischen und ins Gras zu spucken.

Doch dann sagt sie, fast im Flüsterton: »Mann, ich mochte dich lieber, als du noch normal warst.«

»*Normal?*«, wiederhole ich ungläubig. Fatima steht einfach nur da – zu perplex, um Worte zu finden, oder vielleicht zu wütend, auch darüber bin ich mir nicht sicher.

»Ich hoffe sehr, du meinst nicht das, was ich denke«, sagt Kate.

»Weiß ich nicht.« Thea richtet sich auf und setzt sich in Bewegung, ihr Gang stabiler, als ich ihr zugetraut hätte. »Was denkst du denn, was ich meine? Wenn du denkst, ich meine die Tatsache, dass sie ihr Kopftuch als einen Schutzverband benutzt, dann ja, das meine ich. Es ist toll, dass Allah dir vergeben hat«, ruft sie über die Schulter Fatima zu, »aber ich glaube nicht, dass es dir bei der Polizei nützen wird.«

»Oh, verpiss dich doch!«, ruft Fatima zurück. Sie ist fast nicht zu verstehen, der Ärger scheint ihr die Kehle zuzuschnüren. »Was zum Teufel haben meine Lebensentscheidungen mit dir zu tun?«

Thea fährt herum. »Ich könnte dasselbe zu dir sagen. Wie kannst du es wagen, über mich zu urteilen? Ich tue, was ich tun muss, damit ich nachts schlafen kann. Du anscheinend auch. Wie wäre es, wenn du meine Bewältigungsstrategien einfach akzeptierst, genauso wie ich deine?«

»Ich mache mir Sorgen um dich!«, ruft Fatima. »Kapierst du das nicht? Mir ist doch scheißegal, wie du deinen Mist bewältigst. Meinetwegen kannst du in ein buddhistisches Kloster gehen, transzendentale Meditation anfangen oder in einem Waisenhaus in Rumänien arbeiten. All das geht mich überhaupt nichts an. Aber zusehen, wie du dich zu einer Alkoholikerin entwickelst? Nein! Ich werde nicht tun, als fände ich das in Ordnung, nur um irgendeinen Stuss über freie Selbstbestimmung nachzuplappern.«

Thea macht den Mund auf und scheint antworten zu wollen, doch stattdessen bückt sie sich auf die Seite und erbricht sich ein weiteres Mal in den Graben.

»Oh Mann«, stöhnt Fatima resigniert, doch die Wut ist aus ihrer Stimme verschwunden, und als Thea wieder hochkommt und sich das Wasser aus den Augen reibt, greift Fatima in ihre Tasche und zieht eine Packung feuchter Tücher heraus. »Hier, nimm die. Wisch dir das Gesicht ab.«

»Danke«, murmelt Thea. Sie richtet sich zittrig auf und stolpert fast, doch Fatima stützt sie am Arm.

Als sie mit langsamen Schritten weitergehen, sagt Thea etwas zu Fatima, zu leise, als dass Kate oder ich es verstehen könnten, doch Fatimas Antwort bekommen wir mit.

»Ist schon okay, Thee. Ich weiß doch. Ich will nur – ich will nur, dass es dir gut geht, okay?«

»Scheint, als hätten sie sich versöhnt«, flüstere ich Kate zu, und sie nickt, doch im Mondlicht sehe ich die Sorge auf ihrem Gesicht.

»Aber das hier ist erst der Anfang«, sagt sie, ihre Stimme sehr leise. »Oder?«

Und mir wird klar, dass sie recht hat.

Fast geschafft«, sagt Kate, als wir uns erschöpft über einen weiteren Zauntritt hieven. Im Dunkeln ist die Marsch ein seltsamer Ort; was mir im Tageslicht noch so vertraut vorkam, hat sich in ein Schattenreich verwandelt. In der Ferne sehe ich Lichter, das muss das Dorf sein, denke ich, doch die verschlungenen Schafspfade und klapprigen Brücken erschweren die Orientierung, und mit einem Schaudern muss ich mir eingestehen, dass wir ohne Kate aufgeschmissen wären. Hier draußen im Dunkeln könnte man sich stundenlang verirren und im Kreis laufen.

Fatima stützt Thea immer noch und führt sie vorsichtig am Arm, während Thea mit der Entschlossenheit einer Betrunkenen über Grasbüschel und kleine Brücken stolpert. Gerade hebt sie an, etwas zu sagen, als ich innehalte und mir den Finger an die Lippen und ihr eine Hand auf den Arm lege: *Schsch!* Dann bleiben wir alle stehen.

»Was denn?«, sagt Thea, lallend und zu laut.

»Habt ihr das gehört?«

»Was gehört?«, fragt Kate.

Da ist das Geräusch wieder, ein Schrei von weither, der so sehr wie einer von Freyas herzzerreißenden Weinkrämpfen auf dem Gipfel ihrer Not klingt, dass meine Brust sich zusammenzieht und ich spüre, wie sich Wärme in meinem BH ausbreitet.

Ein kleiner Teil von mir findet es unangenehm und ärgert sich darüber, dass ich vor dem Weggehen vergessen habe, Stilleinlagen einzusetzen – aber darunter macht sich der viel, viel größere Teil bemerkbar, der verzweifelt herausfinden will, woher dieses Geräusch in der Dunkelheit stammt. Es *kann* doch nicht Freya sein, oder?

»Das?«, sagt Kate, als das Geräusch wieder ertönt. »Das ist eine Möwe.«

»Bist du sicher?«, frage ich. »Es klingt wie …«

Ich stocke. Ich kann nicht laut sagen, was ich meine. Sie werden mich für verrückt erklären.

»Sie klingen wie Kinder, oder?«, sagt Kate. »Ziemlich unheimlich.«

Aber dann ist ein weiterer Schrei zu hören, länger diesmal, lauter, er schwillt an zu einem schrillen, hysterischen Kreischen, und ich weiß, das ist keine Möwe, kann keine Möwe sein.

Ich lasse Theas Arm los und renne ins Dunkel, Kate ruft mir nach: »Isa, warte!«, doch ich beachte sie nicht.

Ich kann nicht – ich kann nicht warten. Freyas Schrei ist wie ein Angelhaken in meiner Haut, der mich unaufhaltsam quer über das finstere Marschland zieht. Und jetzt, während ich nicht mehr nachdenke, erinnern sich meine Füße wie von selbst an den Weg. Ich springe über einen sumpfigen Tümpel, noch bevor ich mir klarmache, dass er dort ist. Ich sprinte ohne zu zögern den Wall entlang, der zu beiden Seiten von schlammigen Gräben gesäumt ist. Und währenddessen höre ich Freyas schrille, gurgelnde Schreie vom anderen Ende des Wegs – ich komme mir vor wie im Märchen, in dem ein Licht die Kinder tief auf die Marsch hinauslockt oder ein Glockengeläut arglose Fremde in die Falle tappen lässt.

Sie ist ganz in der Nähe – ich höre alles, den gellenden Sirenenton auf dem Höhepunkt der Verzweiflung, dann das erstickte, schniefende Japsen in der Phase vor dem nächsten Aufheulen.

»Freya!«, rufe ich. »Freya, ich komme!«

»Isa, warte!«, ruft Kate von hinten, und ihre Schritte werden schneller.

Aber ich bin schon fast da. Als ich über den letzten Zauntritt zwischen der Marsch und dem Reach klettere, höre ich das Reißen des geborgten Kleids, doch ich schere mich nicht darum. Und dann verlangsamt sich alles auf das Zeitlupentempo eines Albtraums – mein keuchender Atem dröhnt mir in den Ohren, mein Puls hämmert in meinem Hals. Dort vor mir steht nämlich nicht Liz, das Mädchen aus dem Dorf, sondern ein Mann. Er steht am Uferrand, ein dunkler Riese vor dem silbrig glänzenden Wasser – und er hat ein Baby in den Armen.

»Hey!«, brülle ich, und es klingt wie ein Urschrei. »Hey, du!«

Der Mann dreht sich um, und als der Mond auf sein Gesicht fällt, bleibt mir für einen Moment das Herz stehen. Er ist es. Luc Rochefort, der ein Baby – mein Baby – auf dem Arm hält, und hinter ihm schimmert das tiefe Wasser des Reach.

»Gib sie mir«, stoße ich heraus, und die Stimme, die aus meinem Mund kommt, klingt fremd, fast außerirdisch – ein knurrendes Brüllen, das Luc unwillkürlich einen Schritt zurücktreten und Freya noch fester halten lässt. Doch sie hat mich schon gesehen, streckt ihre kleinen Ärmchen aus, im Mondlicht sehe ich ihr rot angelaufenes, tränennasses Gesicht, so außer sich vor Wut, dass sie kaum mehr ein Jammern zustande bringt, nur eine lange Folge von Japsern, während sie versucht, die Atemluft für einen letzten, alles vernichtenden Schrei zu sammeln.

»Gib sie her!«, kreische ich, mache einen Satz nach vorn und befreie sie aus Lucs Griff, und sofort klammert sie sich wie ein kleines Beuteltier an mich, bohren sich ihre Finger in meinen Nacken und zerren an meinen Haaren. Sie riecht nach Zigarettenrauch und Alkohol – Bourbon vielleicht. Er ist es. Es ist sein Geruch, überall auf ihrer Haut. »Wie kannst du es wagen, mein Kind anzurühren!«

»Isa«, sagt er. Er streckt besänftigend die Hände nach vorn, und ich kann den Schnaps in seinem Atem riechen. »Es war nicht so …«

»Wie war es nicht?«, fauche ich ihn an. Freyas kleiner, überhitzter Körper windet sich an meiner Schulter. »Was ist los?«, höre ich von hinten, und da kommt Kate angelaufen, außer Atem. Dann, ungläubig: »*Luc?*«

»Er hatte Freya«, sage ich. »Er hat sie sich geschnappt.«

»Ich hab sie mir nicht geschnappt!«, widerspricht Luc. Er macht einen Schritt nach vorn, und ich muss mich zusammenreißen, um nicht fluchtartig das Weite zu suchen. Ich werde diesem Mann nicht zeigen, dass ich Angst vor ihm habe.

»Luc, was zur Hölle hast du dir dabei gedacht?«, ruft Kate.

»So war es nicht!«, wiederholt er, lauter diesmal, er brüllt es fast heraus. Und fährt dann fort, mit leiserer Stimme, um sich selbst und uns zu beruhigen: »So war es nicht. Ich bin zur Mühle gekommen, um mit euch zu sprechen, mich bei Isa zu entschuldigen für meinen …« Er hält inne, atmet durch und wendet sich mir zu, sein Blick fast flehend. »Für die Sache in der Post. Ich wollte nicht, dass du denkst – und als ich dann hier herkam, war Freya völlig außer sich – sie hat furchtbar gebrüllt …« Er deutet mit dem Kopf auf Freya, die immer noch rot im Gesicht ist und ab und zu aufschluchzt, doch schon viel ruhiger geworden ist, seit sie mich riechen kann. Sie ist hundemüde, und ich spüre, wie sie sich zwischen den Schluchzern immer wieder sacken lässt. »Diese … Liz war in Panik und wollte dich anrufen, hatte aber kein Guthaben mehr, und ich hab ihr angeboten, mit Freya vor die Tür zu gehen und zu versuchen, sie ein bisschen zu beruhigen.«

»Du hast sie gekidnappt!« Mehr bringe ich nicht zustande, kann vor Wut nicht mehr klar denken. »Woher soll ich wissen, dass du nicht dabei warst, sie quer durch die Marsch einfach wegzuschleppen?«

»Warum sollte ich das tun?« Auf seinem Gesicht spiegelt sich eine Mischung aus Ärger und Befremden. »Ich hab sie nirgendwohin geschleppt – wir waren direkt vor der Mühle, und ich wollte sie bloß beruhigen. Ich dachte, die frische Luft und die Sterne …«

»Mein Gott, Luc!«, herrscht Kate ihn an. »Darum geht es nicht. Isa hat ihr Baby Liz anvertraut – du kannst doch die Sache nicht einfach in die Hand nehmen.«

»Und was willst du jetzt machen?«, fragt Luc in sarkastischem Ton. »Die Polizei rufen? Wohl eher nicht.«

»Luc …« Kates Stimme klingt angespannt.

»Gott«, zischt er. »Ich bin hergekommen, um mich zu entschuldigen. Ich wollte helfen. Anscheinend hab ich aus meinen Fehlern nicht gelernt. Ihr habt euch nicht geändert – keine von euch. Sie braucht nur zu pfeifen, und wie die Hündchen kommt ihr alle angelaufen.«

»Was geht denn hier ab?« Fatima nähert sich von hinten mit der torkelnden Thea. »Ist das etwa … Luc?«

»Ja, ich bin's«, sagt Luc. Er versucht zu lächeln, aber es kommt nur etwas Halbherziges zwischen einem fiesen Grinsen und dem Gesichtsausdruck, den man hat, wenn man ein Weinen unterdrücken will. »Kennst du mich noch, Fatima?«

»Natürlich«, sagt Fatima leise.

»Thea?«

»Luc, du bist betrunken«, wirft Thea ihm an den Kopf, während sie sich am Zaun abstützt.

»Wer im Glashaus sitzt …«, sagt Luc mit Blick auf ihr verdrecktes Kleid und das verschmierte Make-up.

Doch Thea nickt einfach, ohne eine Spur von Groll. »Da hast du recht. Aber ich bin oft genug am Abgrund gewesen, um zu wissen, dass du jetzt gerade verdammt nah dran bist.«

»Geh nach Hause, Luc«, sagt Kate, »werde wieder nüchtern, und falls du etwas zu sagen hast, sag es uns morgen.«

»*Falls* ich etwas zu sagen habe?« Luc lacht hysterisch auf. Seine Hände, mit denen er sich durch die wirren Haare fährt, zittern. »*Falls?* Soll das ein verfickter Witz sein? Worüber würdest du denn gern reden, Kate – sollen wir uns vielleicht mal nett über Dad unterhalten?«

»Luc, sei still«, zischt Kate. Sie blickt über ihre Schulter, und mir wird schlagartig klar, dass es durchaus nicht ausgeschlossen ist, dass um diese Zeit noch Leute unterwegs sind. Hundebesitzer, Gäste vom Sommerfest, Nachtfischer … »Kannst du bitte still sein? Pass auf, am besten kommst du mit in die Mühle, dann können wir in Ruhe reden.«

»Was denn, darf die Welt es nicht wissen?«, sagt Luc höhnisch. Er legt die Hände an seinen Mund zu einer imaginären Trompete und ruft die Worte in die Nacht hinaus. »Sie wollen wissen, wer für den Toten im Reach verantwortlich ist? Versuchen Sie mal hier Ihr Glück!«

»Er weiß Bescheid?«, fragt Fatima erschrocken. Sie ist kreidebleich geworden. Mir rutscht der Magen weg, und plötzlich ist mir so übel wie eben noch Thea. Luc weiß Bescheid. Er wusste immer Bescheid. Jetzt auf einmal ergibt seine Wut einen Sinn.

»*Luc!*« Kates Stimme ist eine Art kreischendes Flüstern, sie ist völlig außer sich. »Wirst du verdammt noch mal die Klappe halten? Was führst du hier auf? Was, wenn dich jemand hört?«

»Ist mir scheißegal, wer was hört«, knurrt Luc zurück.

Kate steht mit geballten Fäusten da, und für einen Moment glaube ich, sie wird ihn schlagen. Dann spuckt sie die Worte aus wie Gift: »Ich hab genug von deinen Drohungen. Lass mich und meine Freundinnen in Ruhe und wage es ja nicht, zurückzukommen. Ich will dich hier nie wieder sehen.«

Lucs Gesicht liegt im Schatten, sodass ich seine Mimik

nicht ausmachen kann, doch Kates Gesichtszüge sind hart wie Stein und erfüllt von Wut und Angst.

Er sagt nichts. Lange steht er nur da und blickt Kate an, die wortlose Spannung zwischen ihnen ist mit Händen zu greifen – das untrennbare Band, das sie vereinte, hat sich in Hass verwandelt.

Irgendwann dreht Luc sich um und macht sich auf über die dunkle Marsch, eine große schwarze Gestalt, die mit der Nacht verschwimmt.

»Gern geschehen, Isa«, ruft er im Weggehen noch über die Schulter. »Falls ich es noch nicht gesagt habe. Dass ich mich um dein Baby gekümmert habe – keine Ursache. Ich nehme sie gern jederzeit wieder.«

Und dann verklingen seine Schritte in der Ferne. Wir sind wieder allein.

Auf dem letzten kurzen Abschnitt zur Mühle versuche ich, Lucs Worte aus meinem Kopf zu verdrängen, doch es gelingt mir nicht. Jeder einzelne Schritt ist wie ein Echo jener Nacht vor siebzehn Jahren. Manchmal kommt es mir vor, als wäre das, was passiert ist, an einem anderen Ort, zu einer anderen Zeit geschehen, als hätte es nichts mit mir zu tun. Jetzt aber, während wir im Dunkeln auf den Reach zustolpern, wird mir wieder bewusst, dass das nicht wahr ist. Sosehr ich auch versuche zu vergessen, meine Füße erinnern sich an jeden Schritt, und meine Haut erschaudert in Erinnerung an die heiße Schwüle jener Nacht.

Das Wetter war genauso wie jetzt, Insekten summten noch über dem Torf, die stickige Luft bildete einen seltsamen Kontrast zum kühlen Licht des Mondes, das uns den Weg wies, als wir eilig über Gräben und Zauntritte stolperten, unsere Gesichter gespenstisch erleuchtet von den Bildschirmen unserer Handys, die wir in der Hoffnung auf eine neue Nachricht von Kate immer wieder kontrollierten, eine Nachricht, die uns erklären würde, was passiert war. Doch nichts kam – da war nur diese erste, verstörende SMS: *Ich brauche euch.*

Als sie eintraf, kämmte ich vor dem Zubettgehen gerade meine Haare im Schein von Fatimas Leselampe, während Fatima noch mit ihren Matheaufgaben zugange war.

Das Piep-Piep durchbrach die Stille unseres kleinen Zimmers, und Fatima fuhr hoch.

»War das deins oder meins?«

»Weiß nicht«, sagte ich. Ich nahm mein Handy. »Meins, Kate hat geschrieben.«

»Mir auch«, sagte Fatima verdutzt. Wir öffneten die Nachricht zeitgleich, im nächsten Moment hörte ich ein scharfes Einatmen, und auch mir blieb die Luft weg.

»Was bedeutet das?«, fragte ich. Doch wir beide wussten es. Es waren dieselben Worte, die ich an jenem Tag geschrieben hatte, als mein Vater angerufen und mir von den Metastasen im Körper meiner Mutter erzählt hatte und klar war, dass es ab jetzt nur noch eine Frage des Wann, nicht des Ob sein würde.

Dieselben Worte, die Thea benutzt hatte, als sie sich unabsichtlich zu tief geschnitten hatte und das Blut nicht aufhörte zu fließen.

Als Fatimas Mutter auf einer abgelegenen, gefährlichen Landstraße mit ihrem Jeep einen Unfall hatte, als Kate eines Nachts nach einem unerlaubten Ausbruch auf einen rostigen Nagel getreten war … immer wenn diese drei kleinen Wörter eintrafen, waren die anderen gekommen, um zu trösten, zu helfen, die Scherben bestmöglich wieder zu kitten. Und fast alles kam hinterher wieder in Ordnung – Fatimas Mutter ging es schon am nächsten Tag wieder gut. Thea war in die Notaufnahme gegangen und hatte sich irgendeine wahnwitzige Story zurechtgelegt, um ihre Verletzung zu erklären. Kate war, von uns gestützt, zurückgehumpelt, wir hatten die Wunde mit Jod versorgt und auf das Beste gehofft.

Zusammen konnten wir alles durchstehen. Wir fühlten uns fast unbesiegbar. Doch das Schicksal meiner Mutter, die in einem Londoner Krankenhaus auf den Tod wartete, blieb uns eine stumme Mahnung, dass sich manche Dinge nicht in Ordnung bringen ließen.

Ich schrieb zurück: *Wo bist du?*

Im nächsten Moment waren aus dem Treppenhaus eilige Schritte zu hören, und kurz darauf platzte Thea in unser Zimmer.

»Habt ihr's auch bekommen?«, fragte sie atemlos. Ich nickte.

»Wo ist sie?«, fragte Fatima.

»Sie ist in der Mühle. Ich hab gefragt, was passiert ist, aber sie hat nicht geantwortet.«

Hastig zog ich mich wieder an, und dann kletterten wir durchs Fenster und machten uns auf den Weg über die Marsch.

Als wir ankamen, wartete Kate schon vor der Mühle auf uns, stand auf dem kleinen Steg, die Arme um den Oberkörper geschlungen, und noch bevor sie sprach, sah ich an ihrem Ausdruck, dass etwas sehr, sehr Schlimmes passiert war.

Kreideweiß war sie, die Augen gerötet, ihr Gesicht überzogen mit den Spuren getrockneter Tränen.

Bei ihrem Anblick begann Thea zu rennen, Fatima und ich joggten hinter ihr her, und Kate stolperte auf uns zu und rief, stoßweise und mit unterdrücktem Schluchzen: »Es – es – es – ist – mein Vater.«

Als Kate ihn fand, war sie allein. Für dieses Wochenende hatte sie uns abgesagt, mit irgendeiner Entschuldigung, an die ich mich nicht mehr erinnern kann. Luc war mit Freunden in Hampton's Lee ausgegangen. Als Kate nach Hause kam, erwartete sie, dass auch Ambrose nicht da wäre, doch das war nicht der Fall. In sich zusammengesackt saß er auf einem Stuhl, eine Weinflasche neben sich und einen Zettel in der Hand, und im ersten Moment wollte sie nicht glauben, dass er wirklich tot war. Sie versuchte Mund-zu-Mund-Beatmung, und erst nach endlosen Minuten des Bettelns und Flehens und Pumpens brach sie zusammen und begann allmählich zu begreifen, was offenbar geschehen war.

*Ich habe meine Entscheidung getroffen und meinen Frieden mit ihr gemacht,* stand auf dem Zettel, und auf dem Stuhl hatte er laut Kate tatsächlich friedlich ausgesehen, die Miene besonnen, den Kopf zur Seite gekippt wie bei jemandem, der sich ein Nickerchen gönnt. *Ich hab dich lieb …*

Die letzten Buchstaben waren nur noch dahingekritzelt, fast unleserlich.

»Aber – aber warum, und *wie?*«, fragte Fatima immer wieder, wobei sie aufgeregt im Raum auf und ab lief. Kate antwortete nicht. Sie kauerte auf dem Boden und starrte auf den toten Körper ihres Vaters, als könnte sie, wenn sie nur lang genug hinsähe, verstehen, was passiert war. Ich saß auf dem Sofa und legte meine Hand auf Kates Rücken, ein Versuch, ihr durch eine Berührung all das zu vermitteln, wofür ich keine Worte fand.

Sie rührte sich nicht – sie und Ambrose bildeten das stille Zentrum unserer rastlosen Panik, doch ich hegte den Verdacht, dass sie nur deshalb so ruhig war, weil sie sich vor unserem Eintreffen in einen Zustand dumpfer Verzweiflung geweint hatte.

Thea war es, die den Gegenstand auf dem Tisch als Erste sah.

»Was ist das?«

Kate antwortete nicht, doch ich blickte zu Thea hinüber, die etwas in der Hand hielt, das wie eine alte, mit Blumenmuster verzierte Keksdose aussah. Auf seltsame Art kam sie mir bekannt vor, und einen Moment später fiel mir ein, wo ich sie schon gesehen hatte – normalerweise lag sie im obersten Fach des Küchenregals, weit nach hinten geschoben, fast außer Sichtweite.

Der Deckel war mit einem Vorhängeschloss versehen, doch die dünne Metallschließe war aufgebrochen worden, als hätte jemand in seiner Verzweiflung keinen Gedanken an den Schlüssel verloren, und so konnte Thea die Dose ohne Widerstand öffnen. Darin befanden sich verschiedene medizinische Instrumente, eingewickelt in ein altes Lederband, und obenauf ein zerknittertes Stück Frischhaltefolie mit Spuren eines Pulvers, das an Theas Fingern kleben blieb, als sie das Plastik berührte.

»Vorsicht!«, kreischte Fatima. »Du weißt nicht, was das ist – vielleicht Gift! Wasch dir schnell die Hände!«

Doch dann ergriff Kate das Wort, die immer noch auf dem Boden hockte und vor sich hin starrte. Sie sah nicht auf, und so schien es, als spräche sie zu ihrem Vater, der ausgestreckt vor ihr lag.

»Das ist kein Gift«, sagte sie. »Das ist Heroin.«

»Ambrose?«, fragte Fatima ungläubig. »War er … er war heroinsüchtig?«

Ihre Zweifel konnte ich verstehen. Drogensüchtige waren für uns Leute, die in dunklen Gassen lagen, waren Figuren aus *Trainspotting*. Nicht jemand wie Ambrose mit seiner ungestümen Kreativität, der so gern lachte und lediglich zu viel Rotwein trank.

Doch plötzlich machte etwas Klick – ich erinnerte mich an einen Satz, der über seinem Maltisch hing, in seiner Werkstatt oben, den ich so oft gelesen hatte, doch nie verstanden hatte. *Es gibt keine Ex-Süchtigen, nur Süchtige, die länger keinen Schuss hatten.*

Und auf einmal ergab er Sinn.

Warum hatte ich ihn nie gefragt, was diese Worte bedeuteten? Weil ich zu jung war? Weil ich zu sehr mit mir selbst beschäftigt war, in einem Alter, in dem nur meine eigenen Probleme und die meiner Freundinnen zählten?

»Er war clean«, brachte ich heiser hervor. »Stimmt's, Kate?«

Kate nickte, ohne den Blick von ihrem Vater abzuwenden, ihre Augen fixierten weiter sein sanftes, schlafendes Gesicht, doch als ich vom Sofa rutschte, um mich neben sie zu setzen, griff sie nach meiner Hand.

Mit so leiser Stimme, dass wir sie kaum hören konnten, sagte sie: »Zu Unizeiten hatte er es ab und zu genommen, und nach dem Tod meiner Mutter wurde es erst mal schlimmer. Aber er hat aufgehört, als ich noch ein Baby war – solange ich denken kann, war er clean.«

»Aber warum …«, begann Fatima zögernd. Sie sprach nicht weiter, doch ihr Blick wanderte zu der Kiste auf dem Tisch, und Kate verstand.

»Ich glaube …«, sie sprach langsam und mit Bedacht, als müsste sie es sich selbst noch begreiflich machen. »Ich glaube, es war eine Art Test … Er hat einmal versucht, es mir zu erklären. Es genügte nicht, es aus dem Haus zu verbannen. Er musste jeden Tag von neuem aufstehen und eine Entscheidung treffen, sich dafür entscheiden, clean zu bleiben, für mich.«

Ihre Stimme bebte, und mit dem letzten Wort brach sie in Schluchzen aus. Ich schlang meine Arme um sie und wandte den Blick von dem toten Ambrose ab, der so friedlich auf dem Teppich lag, seine olivfarbene Haut nun wachsbleich.

*Warum?*, wollte ich fragen. *Warum?*

Doch die Worte wollten mir nicht über die Lippen.

»Oh, mein Gott, warum nur?«, sagte Fatima und ließ sich auf die Sofalehne sinken, ihr Gesicht aschfahl. Bestimmt war sie wie ich in Gedanken bei unserer letzten Begegnung mit Ambrose, als er, die langen Beine von sich gestreckt, draußen vor der Mühle am Tisch saß und uns zeichnete, wie wir im Wasser herumalberten. Das war erst eine Woche her, und alles schien in Ordnung. Keine Vorzeichen für das, was kommen würde. »Er ist tot«, sagte sie langsam, als müsse sie es sich selbst noch klarmachen. »Er ist wirklich tot.«

Mit diesen Worten schien uns die Wirklichkeit endgültig einzuholen, und meine Haut kribbelte von Kopf bis Fuß, als wollte mein Körper verhindern, dass ich mich in Erinnerungen flüchtete.

Fatima schlug die Hände vors Gesicht, ihr Körper wankte, und für einen Moment glaubte ich, sie würde in Ohnmacht fallen.

»Warum?«, wiederholte sie mit erstickter Stimme. »Warum sollte er so was tun?«

Ich spürte Kate neben mir zusammenzucken, als hätten Fatimas Worte sie ins Mark getroffen.

»Sie weiß es nicht«, rief ich aufgebracht. »Keine von uns weiß es. Lass das Fragen, okay?«

»Ich glaube, wir brauchen alle einen Drink«, sagte Thea unvermittelt, schenkte sich ein Glas Whisky aus der Flasche auf dem Küchentisch ein und trank es in einem Zug leer.

»Kate?«

Kate zögerte erst, dann nickte sie, und Thea füllte drei weitere Gläser, bevor sie sich selbst nachschenkte. Von allein hätte ich nicht getrunken, mir war mehr nach einer Zigarette, doch kaum hatte ich das Glas an meine Lippen geführt, stürzte ich den scharfen, brennenden Schnaps herunter und stellte erleichtert fest, dass er allem ein bisschen die Schärfe nahm, dass die Realität – Ambrose vor uns auf dem Teppich, *tot* – ein klein wenig weicher wurde.

»Was machen wir jetzt?«, fragte Fatima schließlich, als unsere Gläser leer waren. In ihr Gesicht war etwas Farbe zurückgekehrt. Sie stellte ihr Glas ab, es klapperte leicht, weil ihre Hand zitterte. »Rufen wir die Polizei oder einen Notarztwagen …?«

»Weder noch«, sagte Kate, und ihre Stimme klang überraschend scharf. Eine erschrockene Stille folgte, mein eigenes Gesicht zeigte bestimmt dieselbe verständnislose Leere, die ich bei den anderen sah.

Thea fand als Erste die Sprache wieder. »*Was?*«, fragte sie. »Was meinst du damit?«

»Ich kann es niemandem sagen«, sagte Kate mit Bestimmtheit. Sie schenkte sich noch ein Glas ein und stürzte es herunter. »Kapiert ihr denn nicht? Seit ich ihn hier gefunden habe, denke ich darüber nach, wie ich aus der Situation herauskomme, aber wenn irgendjemand weiß, dass er tot ist …« Sie stockte, presste sich die Hände vor den Bauch, als müsste sie dort eine schwere Blutung stillen, doch dann zwang sie sich weiterzusprechen. »Niemand darf davon erfahren.« Ihre Stimme klang jetzt mechanisch, fast als hätte sie diese Worte einstudiert, sie sich selbst immer wieder vorgesagt. »Es geht einfach nicht. Wenn herauskommt, dass er tot ist, bevor ich sechzehn bin, kommt das Jugendamt und bringt mich hier weg. Ich kann nicht auch noch mein Zuhause verlieren, nachdem … nachdem ich …«

Sie brach ab, unfähig weiterzusprechen, und es wirkte, als müsste sie ihre letzte Kraft aufbringen, um nicht unter dem Schmerz zusammenzubrechen. Doch sie brauchte den Satz nicht zu vollenden, wir wussten, was sie sagen wollte.

Nicht nachdem sie ihren Vater, ihren einzigen Elternteil, verloren hatte.

»Es – es ist doch nur ein Haus …«, warf Fatima hilflos ein, aber Kate schüttelte den Kopf. In Wahrheit war es eben nicht nur ein Haus. Es war durch und durch Ambrose, von den Bildern in seinem Atelier bis zu den Rotweinflecken auf den Dielen. Und es war Kates Verbindung zu uns. Wenn man sie in eine Pflegefamilie steckte, würde sie alles verlieren. Nicht nur ihren Vater, sondern auch uns. Und Luc. Sie hätte niemanden mehr.

Im Rückblick war das Ganze, mein Gott, nicht nur dumm, sondern *kriminell*. Was hatten wir uns dabei gedacht? Doch die Antwort ist klar: Wir dachten an Kate.

Nichts, was wir hätten tun können, hätte Ambrose zurückgebracht. Es war so ungerecht. Und wenn wir ihm schon nicht mehr helfen konnten, dann wenigstens Kate.

»Ihr dürft niemandem sagen, dass er tot ist«, wiederholte Kate mit brüchiger Stimme. »Bitte sagt nichts. Schwört es.«

Wir nickten, eine nach der anderen, alle vier. Doch Fatima runzelte besorgt die Stirn.

»Aber … was machen wir jetzt?«, fragte sie unschlüssig. »Wir können nicht – wir können ihn hier nicht einfach liegen lassen.«

»Wir begraben ihn«, sagte Kate. Es herrschte Schweigen, während der Sinn ihrer Worte langsam zu uns durchdrang. Ich erinnere mich, wie meine Hände ganz kalt wurden, trotz der Hitze in jener Nacht. Ich erinnere mich daran, wie ich in Kates kreideweißes, versteinertes Gesicht blickte und dachte: *Wer bist du?*

Doch kaum waren die Worte ausgesprochen, schienen sie sich in die einzig plausible Handlungsmöglichkeit zu verwandeln. Was blieb uns sonst übrig?

Wenn ich jetzt zurückdenke, möchte ich mein damaliges Ich heftig schütteln – das betrunkene, verblendete Kind, das ich war, das sich in einen Plan verstricken ließ, der so grenzenlos dumm und absurd war, dass er uns plötzlich als der einzige Ausweg erschien. Was blieb uns sonst übrig? Nur ungefähr einhundert andere Optionen hätte es gegeben, jede einzelne besser als die Vertuschung eines Todes und der Aufbruch in ein Leben voller Lügen und Betrug.

Doch in dieser heißen Sommernacht, als wir uns um Ambroses Leichnam versammelten, sahen wir keine Alternative.

»Thea?«, fragte Kate, und die nickte zögerlich und legte ihre Hände an den Kopf.

»Es ... wahrscheinlich ist das die einzige Option.«

»Das kann nicht sein«, widersprach Fatima, doch es klang halbherzig, so als kämpfte sie gegen etwas an, von dem sie wusste, dass es notwendig war, obwohl sie es nicht wahrhaben wollte. »Es kann einfach nicht sein. Es muss einen anderen Weg geben. Können wir nicht irgendwas tun? Spenden sammeln?«

»Es geht doch nicht nur ums Geld«, warf Thea ein. Sie fuhr sich mit der Hand durch die Haare. »Kate ist fünfzehn. Die werden sie nicht alleine wohnen lassen.«

»Aber das ist doch Wahnsinn«, rief Fatima, und in ihrer Stimme schwang Verzweiflung mit, als sie uns der Reihe nach anblickte. »Bitte, Kate, bitte lass mich die Polizei rufen.«

»Nein«, beharrte Kate. In ihrem Ausdruck lag eine seltsame Mischung aus flehender Verzweiflung und Trotz. »Hör zu, du musst mir nicht helfen, wenn du nicht willst, aber bitte, bitte geh nicht zur Polizei. Ich werde es tun, ich schwöre es. Ich werde ihn als vermisst melden. Nur noch nicht jetzt.«

»Aber er ist *tot*«, schluchzte Fatima, und kaum hatte sie den Satz ausgesprochen, packte Kate Fatima am Handgelenk und sah sie an, als wollte sie ihr eine Ohrfeige verpassen.

»Glaubst du etwa, ich weiß das nicht?«, schrie sie, und die Verzweiflung in ihrer Stimme und in ihrem Gesicht – ich hoffe inständig, in meinem Leben nie wieder einen Menschen so leiden zu sehen. »Deshalb ist es ja unsere einzige – die einzige …«

Kurz hatte ich Angst, sie würde völlig die Beherrschung verlieren – und auf gewisse Weise wäre das fast eine Erleichterung gewesen, sie schreien und wüten zu sehen über das, was passiert war, über den massiven, unvorstellbaren Schlag, den ihre gesicherte Existenz erlitten hatte.

Doch es gelang ihr mit größter Anstrengung, den Sturm, der in ihr wütete, im Zaum zu halten, und als sie Fatima losließ, entspannte sich ihr Gesicht wieder.

»Helft ihr mir?«

Wir nickten, eine nach der anderen, erst Fatima, dann Thea und zuletzt ich.

Wir gingen respektvoll mit ihm um, so respektvoll wie möglich. Wir wickelten den toten Körper in eine Plane und trugen ihn, so weit wir konnten, bis zu dem Ort, an dem Ambrose immer so gern gezeichnet hatte, einer kleinen Landspitze ein paar hundert Meter den Reach hinunter in Richtung Meer, wo die Aussicht am schönsten war, wo der Küstenpfad im Sand verlief, Autos nicht fahren konnten und nicht viele Leute vorbeikamen, außer hier und da mal ein Hundebesitzer und ein paar Fischer mit ihren Boten und Angelschnüren.

Dort, neben dem Schilf, gruben wir ein Loch, wechselten uns mit der Schaufel ab, bis unsere Arme und Rücken höllisch schmerzten, und schließlich kippten wir Ambrose hinein.

Das war der schlimmste Teil. Kein würdevolles Ablegen – es ging nicht. Er war zu schwer, das Loch war zu tief und zu schmal. Das Klatschen, als er auf dem nassen, schiefrigen Boden aufkam. Manchmal höre ich es noch, nachts, im Traum.

Er lag auf dem Bauch, und hinter mir hörte ich Kates ersticktes Schluchzen. Sie warf Ambroses letzte Flasche Rotwein zu ihm ins Grab, bevor sie im Sand auf die Knie sank und das Gesicht in den Händen vergrub.

»Wir müssen ihn bedecken«, sagte Thea. Ihre Stimme klang eisig. »Gib mir die Schaufel.«

*Flapp.* Das Geräusch von nassem Sand, der in ein improvisiertes Grab geworfen wird. *Flapp. Flapp.*

Und über allem das Schwappen der Wellen und Kates herzzerreißendes, tränenloses Schluchzen.

Schließlich war das Loch gefüllt, und bald darauf kam die Flut und verwischte alle Spuren, tilgte unsere Fußabdrücke und auch die Wunde, die wir ins Ufer geschnitten hatten. Und mit Kate im Arm und der kaputten Plane im Schlepptau stolperten wir zurück zur Mühle und begannen mit dem Rest unseres Lebens, wie es von nun an sein würde, in dem Wissen um unsere Tat.

Wenn ich nachts aufwache, weil ich im Traum wieder den Leichnam ins Grab habe fallen hören oder das Scharren einer Schaufel auf Sedimentstein, kann ich es immer noch nicht glauben. Seit so vielen Jahren laufe ich vor den Erinnerungen davon, schiebe sie weit von mir, ertränke sie in Alkohol und in Alltagsroutinen.

*Wie konntest du nur,* hallt es mir in den Ohren. Wie konntest du so etwas fertigbringen? Wie konntest du jemals glauben, es sei richtig? Wie konntest du denken, es sei die Lösung für Kates schreckliche Situation?

Und vor allem, wie hast du es geschafft, mit diesem Wissen zu leben, mit der Erinnerung an diese riesige panische, trunkene Dummheit?

Doch damals war es ein anderes Wort, das mir durch den Kopf ging, als wir in jener Nacht zusammen auf Kates Sofa lagen, rauchten, tranken, weinten, sie in unseren Armen hielten, während am Himmel der Mond aufstieg und die Flut die Spuren unserer Tat wegwusch.

*Warum.*

Warum hatte Ambrose das getan?

Wir erfuhren es am nächsten Morgen.

Wir hatten vorgehabt, den Rest des Wochenendes zu bleiben, uns um Kate zu kümmern, ihr Gesellschaft zu leisten, doch als die Uhr, die zwischen den beiden Fenstern hing, vier Uhr anzeigte, drückte Kate ihre Zigarette aus und wischte sich die Tränen aus dem Gesicht.

»Ihr solltet besser zurückgehen.«

»Was?«, Fatima blickte von ihrem Glas auf. »Kate, nein.«

»Doch, ihr solltet gehen. Ihr habt euch nicht abgemeldet, und überhaupt ist es besser, wenn ihr nicht … dass ihr nichts …«

Sie sprach nicht zu Ende. Doch wir wussten, was sie meinte, und auch, dass sie recht hatte, und so zogen wir bei Anbruch der Morgendämmerung los, den Schock und den Alkohol noch in allen Gliedern, und unsere Arme schmerzten, doch noch viel mehr schmerzte der Anblick von Kate, als wir uns von ihr verabschiedeten, blass, zusammengekauert, schlaflos in der Ecke des Sofas.

Weil Samstag war, brauchten wir uns keinen Wecker zu stellen, als wir unter die Decken krochen und die Vorhänge gegen die helle Morgensonne zuzogen. Samstags gab es beim Frühstück keinen Morgenappell, keiner kontrollierte unsere Anwesenheit, und so konnte man das Frühstück ausfallen lassen, und wenn man wirklich vor dem Mittagessen hungrig wurde, konnte man sich im Gemeinschaftsraum noch eine Scheibe Brot machen – der Toaster war eines der Privilegien der zehnten Klasse.

Heute jedoch ließ man uns nicht ausschlafen. Es war noch früh, Fatima und ich lagen noch unter den roten Filzdecken, als es klopfte und kurz darauf eine Schlüsselkarte durchs Schloss gezogen wurde. Miss Weatherby kam mit großen Schritten herein und riss mitleidlos die Vorhänge auf.

Miss Weatherby sagte nichts, doch ihre erfahrenen Sinne sogen alles auf – die sandbespritzten Jeans, die ich über den Stuhl gehängt hatte, die matschverkrusteten Sandalen, nicht zu vergessen die unverwechselbaren, penetrant süßlichen Alkoholausdünstungen zweier verkaterter Teenager.

Im Bett gegenüber richtete Fatima sich mühsam auf, strich sich wie benebelt die Haare aus dem Gesicht und blinzelte ins grelle Licht. Ich blickte von ihr zu Miss Weatherby und fühlte, wie mein Herz schneller zu klopfen begann. Etwas stimmte nicht.

»Was ist los?«, fragte Fatima heiser. Beim letzten Wort versagte ihre Stimme, und ich merkte, dass sie genauso nervös war wie ich. Miss Weatherby schüttelte den Kopf.

»Mein Büro, in zehn Minuten«, sagte sie knapp, machte kehrt und ließ uns verstört zurück.

In Rekordzeit zogen wir uns an, auch wenn meine Hände zitterten bei dem Versuch, meine Bluse zuzuknöpfen – aus Angst, vielleicht auch aufgrund des Katers. Für eine Dusche blieb keine Zeit, doch wir spritzten uns Wasser ins Gesicht und putzten uns die Zähne, in der Hoffnung, so wenigstens ein bisschen von dem Alkohol- und Zigarettengeruch zu übertünchen. Ich hatte Mühe, den Würgereiz zu unterdrücken, da meine zitternden Finger die Zahnbürste immer wieder etwas zu fest gegen den Gaumen drückten.

Nach einer gefühlten Ewigkeit waren wir fertig und machten uns auf den Weg. Mein Herz pochte so heftig in meiner Brust, dass ich die Schritte von oben fast nicht hörte. Leichenblass und mit blutig gebissenen Fingernägeln eilte Thea die Treppe herunter.

»Weatherby?«, fragte sie, und Fatima nickte, ihre Augen sahen aus wie schwarze Tümpel voller Angst. »Was glaubt ihr …«, fängt Thea an.

In dem Moment erreichten wir den Absatz, wo ein paar Unterstufenschülerinnen an uns vorbeigingen und uns mit neugierigen Blicken musterten, vielleicht fragten sie sich, warum wir so früh auf den Beinen waren oder warum wir so blass aussahen oder warum unsere Hände so zitterten.

Fatima schüttelte gequält den Kopf, und wir eilten weiter. Als die Uhr im Gang neun Uhr schlug, standen wir vor Miss Weatherbys Büro.

*Wir hätten uns absprechen müssen,* dachte ich noch verzweifelt, aber dafür blieb keine Zeit. Keine von uns hatte geklopft, doch es waren exakt zehn Minuten vergangen, seit man uns einbeordert hatte, und schon hörten wir, wie hinter der Tür Miss Weatherby ihren Stuhl zurückschob, aufstand und …

Meine Hände waren eiskalt, das Adrenalin schoss durch meinen Körper, und Fatima neben mir sah aus, als würde sie sich jeden Moment übergeben – oder umkippen.

Thea hingegen hatte einen finsteren, entschlossenen Ausdruck im Gesicht – wie jemand, der in den Kampf zieht.

»Kein Wort mehr als nötig«, zischte sie uns noch zu, als sich der Türknauf zu drehen begann. »Verstanden? Nur Ja-Nein-Antworten. Wir wissen rein gar nichts über Am –«

Und dann ging die Tür auf, und wir traten ein.

»Also?«

Ein Wort, nur dieses eine. In einer Reihe saßen wir Miss Weatherby gegenüber, und meine Wangen glühten, so sehr schämte ich mich. Aus dem Augenwinkel sah ich, wie Thea links neben mir aus dem Fenster blickte. Sie war blass und ihr Ausdruck gelangweilt, als wäre sie hergerufen worden, um sich eine Standpauke über einen verschlampten Hockeyschläger anzuhören, doch ich sah, wie ihre Finger unter den Manschetten ihrer Bluse nervös umherwanderten und schonungslos an der blutigen Haut um ihre Nägel herumpickten.

Fatima zu meiner Rechten gab sich keine Mühe, gleichgültig zu wirken. Sie sah so eingeschüchtert aus, wie ich mich fühlte, kauerte auf dem Stuhl, als wollte sie am liebsten auf ein Nichts zusammenschrumpfen. Die Haare hingen ihr ins Gesicht, vielleicht wollte sie ihre Angst dahinter verstecken, und sie blickte starr in ihren Schoß, um Miss Weatherby nicht in die Augen sehen zu müssen.

»Also?«, wiederholte Miss Weatherby mit einem Anflug von Ärger in der Stimme und deutete verächtlich auf die Papiere, die vor ihr auf dem Tisch lagen.

Meine Augen flatterten von Fatima zu Thea, ich hoffte, dass eine von ihnen den Anfang machen würde. Doch sie taten es nicht, und so schluckte ich und antwortete: »Wir – wir haben doch gar nichts *getan*!« Beim letzten Wort brach meine Stimme, denn wir hatten ja etwas getan, nur war es nicht das hier.

Es waren Bilder – ausgebreitet auf dem polierten Schreibtisch lagen Bilder von mir, von Thea, von Fatima und von Kate, und ich fühlte mich plötzlich nackt und entblößt, wie ich mich nie gefühlt hatte, als Ambrose uns gezeichnet hatte.

Da war Thea beim Schwimmen im Reach, auf dem Rücken, die Arme von sich gestreckt. Da war das Aquarell von Kate auf dem Steg, kurz vor dem Sprung ins Wasser, ein langer, schlanker Pinselstrich, blasse Haut auf azurblauem Grund. Da war Luc, der sich nackt auf dem Steg sonnt, ein entspanntes Lächeln auf den Lippen. Da war die Bleistiftskizze von uns allen, wie wir bei Mondschein schwammen und plantschten und lachten, ein beeindruckendes Spiel aus Bleistiftschatten und Mondlichtsprengseln.

Während mein Blick von einem zum nächsten schweifte, kam die Erinnerung an diese Szenen zu mir zurück, das Papier erweckte sie zum Leben, alles war so klar, so intensiv, als wäre ich wieder da und spürte das kühle Wasser, das Brennen der Sonne auf meiner Haut …

Das letzte Bild, das direkt neben Miss Weatherbys Hand lag, war von mir.

Meine Kehle schnürte sich zu, und meine Wangen wurden noch heißer.

»*Also?*«, sagte Miss Weatherby noch einmal, und ihre Stimme bebte dabei.

Sie waren ausgewählt worden, so viel war klar. Wer auch immer diese Bilder abgegeben hatte – aus den Hunderten, die Ambrose von uns gezeichnet hatte, wie wir in Schlafanzügen auf dem Sofa herumlungerten, am Küchentisch in unseren Morgenmänteln Toast aßen oder in Winterstiefeln und mit dicken Handschuhen über frostklirrende Felder liefen –, hier hatte jemand absichtlich die verfänglichen ausgesucht, diejenigen, auf denen wir nackt waren, oder scheinbar nackt.

Dann betrachtete ich das Bild von mir, es zeigte mich vornübergebeugt beim Lackieren meiner Zehennägel. Ich betrachtete die Linie meiner Wirbelsäule, die einzelnen Wirbel so sorgfältig gezeichnet, dass man glaubte, sie anfassen zu können. An dem Tag trug ich einen Neckholder. Ich erinnerte mich genau – an die Hitze der Sonne auf meinem Rücken, den Knoten des Tops, der in meinem Nacken drückte, den beißenden Geruch des pinken Nagellacks, der mir in die Nase strömte.

Doch in der Zeichnung saß ich mit dem Rücken zum Betrachter, und meine Haare verdeckten die Bänder des Tops. Dieses Bild war nicht für das, was es war, ausgewählt worden, sondern für das, was es schien. Es war ganz bewusst ausgewählt worden.

Wer hatte das getan? Wer würde Ambrose auf diese Weise schaden wollen, und uns mit ihm?

Sie verstehen nicht, wollte ich ihr sagen. Es war klar, was sie dachte – was jeder beim Anblick dieser Bilder denken würde, aber es war ein Irrtum. Ein schrecklicher, schrecklicher Irrtum.

So *war* es nicht, wollte ich schluchzen.

Doch wir sagten nichts. Wir sagten nichts, als Miss Weatherby uns eine Strafpredigt über persönliche Verantwortung und über das Benehmen hielt, das sich für eine Salten-Schülerin gehörte, und uns wieder und wieder und wieder nach einem Namen fragte.

Wir sagten nichts.

Natürlich wusste sie es. Niemand, außer vielleicht Kate, konnte zeichnen wie Ambrose. Doch Ambrose signierte seine Skizzen und Zeichnungen nur selten, und vielleicht wollte sie nur, dass wir den Namen laut aussprachen …

»Also gut, wo seid ihr letzte Nacht gewesen?«, fragte sie schließlich.

Wir sagten nichts.

»Ihr habt euch gestern unerlaubterweise vom Schulgelände entfernt. Es gibt Zeugen dafür.«

Wir sagten nichts. Wir blieben stumm, suchten Zuflucht im

Schweigen. Miss Weatherby verschränkte die Arme vor der Brust, und nach einer Weile, als die Stille kaum noch auszuhalten war, fühlte ich, wie Thea und Fatima sich über meinen Kopf hinweg einen Blick zuwarfen, und ich wusste, was in ihnen vorging. Was hatte all das zu bedeuten, und wie lange konnten wir das durchstehen?

Ein Klopfen an der Tür durchbrach die Stille, und wir schreckten auf. Als die Tür aufging, sahen wir, wie Miss Rourke mit einer Kiste in der Hand hereinkam.

Sie nickte Miss Weatherby zu und kippte den Inhalt der Kiste auf dem Tisch aus. Da platzte es aus Thea heraus: »Sie haben unsere Zimmer durchsucht? Was soll die Scheiße?«

»Thea!« Miss Weatherby tobte. Doch es war geschehen. All unsere hineingeschmuggelten Besitztümer – Theas Flachmann, meine Zigaretten und mein Feuerzeug, Kates Grastütchen, die halbvolle Flasche Whisky, die Fatima unter ihrem Bett versteckt hatte, eine Packung Kondome, die Ausgabe von *Die Geschichte der O* und der ganze Rest – lagen als buntgemischte Anklage vor uns auf dem Tisch.

»Mir bleibt keine Wahl«, sagte Miss Weatherby mit schwerer, enttäuschter Stimme. »Ich muss die Sache an Miss Armitage weiterleiten. Und da ein Großteil der Gegenstände in ihrem Spind gefunden wurde – wo ist Kate Atagon?«

Schweigen.

»Wo ist Kate Atagon?«, rief Miss Weatherby so laut, dass ich zusammenzuckte und spürte, wie mir Tränen in die Augen stiegen.

»Vermutlich da, wo sie am Wochenende immer ist«, antwortete Thea schließlich herablassend und blickte Miss Weatherby fest an.

Es folgte eine lange Pause.

»Raus«, presste sie zwischen zusammengekniffenen Lippen hervor. »Raus. Ihr geht jetzt sofort zurück in eure Zimmer und bleibt dort, bis wir euch holen. Das Mittagessen wird euch ins Zimmer gebracht. Ihr werdet nicht mit den anderen Schülerinnen sprechen, und ich werde jetzt Miss Armitage informieren.«

»Aber …«, sagte Fatima, ihre Stimme zitterte.

»Es reicht!«, fiel Miss Weatherby ihr ins Wort, und ich erkannte plötzlich, dass sie fast so aufgelöst war wie wir. Das hier, was immer es bedeutete, war unter ihrer Aufsicht passiert, und sie würde genau wie wir den Kopf hinhalten müssen. »Da ihr meine Fragen nicht beantworten wollt, höre ich mir eure Einwände nicht an. Ihr hattet eure Chance. Geht in eure Zimmer und denkt über euer Verhalten nach. Und darüber, was ihr Miss Armitage erzählen wollt. Und euren Eltern, sollte Miss Armitage sie herbestellen, woran ich keinen Zweifel habe.«

Sie ging zur Tür und hielt sie weit auf, und als wir, eine nach der anderen, in betretenem Schweigen zur Tür hinausschlurften, sah ich, dass ihre Hand auf dem Türknauf leicht zitterte. Draußen sahen wir einander fassungslos an.

Was war da gerade passiert? Wie war die Schule an die Zeichnungen gelangt?

Wir kannten die Antworten nicht, doch eins war klar: Unsere kleine Welt lag in Trümmern und hatte Ambrose schon unter sich begraben.

Es ist spät geworden. Die Vorhänge, die wenigen, die es in der Mühle gibt, sind zugezogen. Liz wurde bereits vor Stunden von ihrem Vater abgeholt, und kaum war sie aus dem Haus, schob Kate den Riegel vor die Tür. Zum ersten Mal, seit ich hier bin.

»Woher wissen sie davon?«, fragt Fatima verzweifelt. Wir sitzen zusammen auf dem Sofa, ich habe Freya im Arm. Thea raucht Kette, zündet sich am Ende der einen die nächste Zigarette an, und ich kann mich nicht dazu durchringen, ihr zu sagen, dass sie rausgehen soll.

»Über die üblichen Wege, nehme ich an«, sagt sie bitter. Ihre Füße an meinem Rücken sind eiskalt.

»Aber«, beharrt Fatima, »ich dachte, der einzige Grund, aus dem wir zugestimmt haben, mitten im Schuljahr zu gehen, war, dass es nicht rauskommen würde. War das nicht der Sinn der Sache?«

»Keine Ahnung«, sagt Kate müde. »Aber ihr wisst doch, wie Gerüchte in Umlauf kommen – vielleicht hat irgendeine frühere Lehrerin irgendeiner früheren Schülerin was gesteckt … oder jemand von den Eltern hat etwas spitzgekriegt.«

»Was ist aus den Zeichnungen geworden?«, fragt Thea.

»Aus denen, die die Schule hatte? Die wurden mit ziemlicher Sicherheit vernichtet. Ich kann mir nicht vorstellen, dass Miss Armitage wollte, dass noch jemand sie zu Gesicht bekommt.«

»Und die anderen?«, frage ich. »Die Ambrose hier hatte?«

»Die habe ich verbrannt«, sagt Kate in einem Tonfall, der keinen Zweifel zulässt, doch da ist etwas in ihren Augen, an der Art, wie sie den Blick kurz abwendet, als sie es sagt, und ich bin nicht ganz überzeugt, dass sie die Wahrheit sagt.

Kate war es schließlich, die die Situation in der Schule gerettet hat, so weit sie gerettet werden konnte. Als sie am Sonntagnachmittag wieder auftauchte, blass im Gesicht, aber gefasst, wartete Miss Weatherby schon auf sie und führte sie direkt ins Büro der Schulleiterin, aus dem sie lange Zeit nicht wieder herauskam.

Als sie es schließlich tat, bestürmten wir sie mit unseren Fragen, doch sie schüttelte nur den Kopf und deutete in Richtung des Turms. *Wartet,* sagte ihr Nicken. *Wartet, bis wir unter uns sind.*

Sie hatte behauptet, dass es ihre Zeichnungen waren.

Ich weiß bis heute nicht, ob Miss Armitage ihr geglaubt hat oder aus Mangel an Gegenbeweisen beschloss, die Version der Geschichte zu akzeptieren, die die geringsten Konsequenzen nach sich zog. Vielleicht hatte Kate, die den Stil ihres Vaters ziemlich gut imitieren konnte, ihnen etwas gezeigt, was sie überzeugte – vielleicht eines der Bilder im Büro nachgezeichnet. Ich weiß es nicht. Sie hat es mir nie gesagt. Sie glaubten ihr oder taten zumindest so, und das genügte.

Doch wir mussten gehen – das war keine Frage. Das unerlaubte Entfernen, der Alkohol und die Zigaretten in unseren Zimmern, all das sorgte schon für genügend Zündstoff – und wäre an sich schon Grund genug für einen Schulverweis gewesen. Und die Bilder fügten dem Ganzen, trotz Kates Geständnis, eine brisante Dosis an Misstrauen hinzu.

Schließlich war der stillschweigende Pakt geschlossen. Geht freiwillig und ohne großes Aufsehen, ohne Verweis, lautete die Botschaft, und verliert kein Wort mehr über die Angelegenheit. Zum Wohle aller Beteiligten.

Und das taten wir.

Die Prüfungen hatten wir absolviert, und obwohl die Sommerferien schon fast da waren, wollte Miss Armitage nicht warten. Alles ging erstaunlich schnell über die Bühne – binnen vierundzwanzig Stunden, noch vor dem Ende des Wochenendes, waren wir verschwunden, alle vier, erst Kate, die mit stoischem Ausdruck ihre Sachen in ein Taxi lud, dann Fatima, blass und tränenüberströmt auf dem Rücksitz im Auto ihrer Tante. Dann der Auftritt von Theas Vater, mit seiner unerträglich lauten, überzogen jovialen Art, und schließlich meiner, mit seinem traurigen und fast bist zur Unkenntlichkeit abgehärmten Gesicht.

Er sagte nichts. Sein Schweigen auf der langen, langen Fahrt zurück nach London war das Allerschlimmste.

So verstreuten wir uns in alle Winde – Fatima bekam endlich ihren Willen und reiste nach Pakistan, wo ihre Eltern noch einige Monate im Einsatz waren. Thea wurde in eine Institution in der Schweiz geschickt, die halb Mädchenpensionat und halb Jugendstrafanstalt war, wo es hohe Wände und Gitter an den Fenstern gab sowie eine Vorschrift gegen »persönliche technische Geräte« jeglicher Art. Mich schickte mein Vater auf ein schottisches Internat, das so abgelegen war, dass es einst über einen eigenen Bahnhof verfügte, bis dieser in den 1960er-Jahren der Beeching-Axt zum Opfer fiel.

Nur Kate blieb in Salten, und heute glaube ich, dass ihr Zuhause genauso ein Gefängnis für sie war wie für Thea das Pensionat, nur dass sie die Gitterstäbe selbst errichtet hatte.

Wir schrieben uns, in meinem Fall wöchentlich, doch sie antwortete meist nur sporadisch, in kurzen, betrübten Mitteilungen, die von ihrem endlosen Kampf, über die Runden zu kommen, und von ihrer Einsamkeit erzählten. Viele Bilder ihres Vaters hatte sie verkauft, und als sie ihr ausgingen, fing sie an, sie zu fälschen. In einer Galerie in London habe ich mal einen Ambrose-Atagon-Druck gesehen, von dem ich ziemlich sicher weiß, dass er nicht von ihm stammt.

In den Wochen bis zu ihrem sechzehnten Geburtstag versuchte Kate, so gut es ging, den Fragen über den Verbleib ihres Vaters auszuweichen und plausible Erklärungen dafür zu finden, weshalb er nicht da war. Doch je länger sich seine Abwesenheit hinzog, desto größer wurde der allgemeine Verdacht, dass er etwas Unrechtes getan haben musste.

An ihrem sechzehnten Geburtstag erhielt ich den folgenden Brief von ihr:

»*Endlich sechzehn. Und weißt du, was ich beim Aufwachen dachte? Ich dachte nicht an Karten oder an Geschenke, die gab es sowieso nicht. Mein einziger Gedanke war, dass ich endlich zur Polizei gehen und ihn als vermisst melden kann.*«

Danach sahen wir uns nur noch ein einziges Mal, und zwar bei der Beerdigung meiner Mutter, an einem grauen Frühlingstag in meinem achtzehnten Lebensjahr.

Ich hatte nicht mit ihnen gerechnet, auch wenn ich insgeheim gehofft hatte, dass sie kommen würden. In einer E-Mail hatte ich ihnen mitgeteilt, was passiert war, und den Tag und die Uhrzeit der Beerdigung genannt, ohne weitere Erklärungen. Und als ich mit meinem Vater und meinem Bruder am Krematorium vorfuhr, standen sie im strömenden Regen vor dem Tor. Als unser Auto hinter dem Leichenwagen in die Auffahrt einbog, blickten sie auf, und das Mitgefühl in ihren Augen traf mich mitten ins Herz. Ohne nachzudenken, riss ich die Tür auf, veranlasste den Fahrer zu einer ruckartigen Bremsung und stolperte aus dem Wagen.

Ich erinnere mich nicht mehr daran, was sie sagten, nur an das Gefühl, als sie ihre Arme um mich legten, und an den kühlen Regen, der auf mein Gesicht tropfte und die Tränen versteckte. Und die Gewissheit, dass hier die einzigen Menschen waren, die die klaffende Leere füllen konnten, die sich in mir aufgetan hatte – dass ich bei ihnen zu Hause war.

Es war das letzte Mal für fünfzehn Jahre, dass wir alle zusammen waren.

»Weiß er es?« Theas rauchige Stimme durchbricht schließlich die Stille, nachdem wir eine halbe Ewigkeit schweigend und in Gedanken versunken hier gesessen haben, die Kerzen langsam herunterbrannten und die Flut draußen erst anschwoll und wieder zurückging.

Kate, die die ganze Zeit am Fenster auf das schwarze Wasser gestarrt hat, dreht den Kopf.

»Weiß wer was?«

»Luc. Ich meine, irgendwas weiß er definitiv, aber wie viel? Hast du ihm je erzählt, was damals passiert ist, was wir getan haben?«

Kate drückt seufzend ihre Zigarette auf einer Untertasse aus. Dann schüttelt sie den Kopf.

»Nein, ich habe ihm nichts gesagt. Ich habe nie irgendwem etwas gesagt, das wisst ihr doch. Was wir – was wir …«

Sie stockt.

»Was wir getan haben? Sag es doch einfach!«, fährt Thea sie an. »Wir haben eine Leiche vergraben.«

Die Worte laut zu hören, versetzt mir einen Schock – nach all den Jahren, in denen wir uns um die Wahrheit gewunden haben, werden wir plötzlich hart mit ihr konfrontiert.

Denn das ist es ja, was wir getan haben. Wir haben tatsächlich eine Leiche vergraben, auch wenn ein Richter es vielleicht anders formulieren würde. *Verhinderung einer rechtmäßigen Beisetzung* würde die Anklage lauten, oder *Störung der Totenruhe*. Ich kenne den Wortlaut und die möglichen Strafen inzwischen genau. Oft genug habe ich unter einem Vorwand in den Fachzeitschriften zum britischen Rechtssystem recherchiert und beim Lesen dieser Worte jedes Mal wieder zu zittern begonnen. Auch in Frage käme die *Beseitigung eines Leichnams mit der Absicht, die Leichenschau durch einen Gerichtsmediziner zu verhindern,* wobei ich hierüber beim ersten Mal noch hinweggelacht habe. Himmel, an einen Gerichtsmediziner hatten wir überhaupt keinen Gedanken verschwendet. Wahrscheinlich wusste ich nicht einmal, was das war.

War mit ein Grund, dass ich überhaupt Juristin geworden bin, vielleicht das Bedürfnis, mich so gut wie möglich mit Wissen über die Konsequenzen unseres Handelns zu wappnen?

»Weiß er es?«, fragt Thea erneut, und ich zucke zusammen, weil sie bei jedem Wort mit der Faust auf den Tisch haut.

»Er weiß es nicht, aber er vermutet etwas«, sagt Kate resigniert. »Dass etwas nicht stimmt, weiß er schon seit langem, aber jetzt, nach den Zeitungsartikeln ... Auf eine Art macht er mich – *uns* – dafür verantwortlich, was ihm in Frankreich widerfahren ist. Auch wenn es völlig irrational ist.«

Ist es das? Ist es wirklich so irrational? Luc weiß, dass sein geliebter Adoptivvater irgendwann verschwunden ist, dass jetzt am Reach eine – wenn auch stark zersetzte – Leiche aufgetaucht ist und dass wir irgendetwas damit zu tun haben. Eigentlich ist seine Wut sogar sehr rational.

Doch dann betrachte ich Freyas süßes Engelsgesicht und denke an den verstörten und verängstigten Ausdruck darin, als Luc sie festhielt. War das der Akt einer rationalen Person, mein verzweifelt brüllendes Kind einfach zu packen, um es nachts über die Marsch zu schleppen?

Ich weiß es nicht, ich weiß gar nichts mehr.

»Wird er es jemandem sagen?«, bringe ich hervor. Das Sprechen fällt mir schwer. »Er hat doch gedroht ... er hat irgendwas von Polizei gesagt, oder?«

Kate seufzt. Im schummrigen Licht der Lampe wirkt ihr Gesicht ausgezehrt.

»Ich weiß nicht«, sagt sie. »Ich glaube nicht. Ich glaube, wenn er irgendwas vorgehabt hätte, dann hätte er es längst getan.«

»Aber das Schaf?«, frage ich. »Der Zettel? War er das?«

»Ich weiß es nicht«, wiederholt Kate. Sie spricht ruhig, aber mit so brüchiger Stimme, als würde sie bald unter dem Druck zusammenbrechen. »Keine Ahnung. Ich kriege solche Sachen schon seit …« Sie schluckt. »… einer ganzen Weile.«

»Was heißt das, Wochen? Monate?«, fragt Fatima. Kate presst die Lippen zusammen, und die Antwort ist klar, bevor sie sie ausspricht.

»Monate, ja. Eher sogar Jahre.«

»Ach du Scheiße.« Thea schließt die Augen und schlägt sich die Hand vors Gesicht. »Warum hast du nichts gesagt?«

»Was hätte das gebracht? Dass ihr genauso viel Angst bekommt wie ich? Ich muss allein damit klarkommen, ihr habt es schließlich für mich getan.«

»Wie bist du klargekommen, Kate?«, fragt Fatima sanft. Sie nimmt Kates schmale, farbbefleckte Hand in ihre und hält sie fest. Im Kerzenschein funkeln die Brillanten auf ihrem Ehering. »Nachdem wir weg waren. Du warst hier ganz allein, wie hast du das geschafft?«

»Das wisst ihr doch«, sagt Kate fast gereizt. »Ich hab die Bilder von meinem Vater verkauft, und als ich nicht mehr genug hatte, habe ich unter seinem Namen neue gemalt. Fälschung könnte Luc also zur Liste meiner Taten hinzufügen, wenn er wollte.«

»Das meine ich nicht. Ich meinte, wie hast du es geschafft, hier mutterseelenallein zu wohnen, ohne verrückt zu werden? Hattest du keine Angst?«

»Angst hatte ich nicht«, sagt Kate. Sie spricht plötzlich sehr leise. »Angst hatte ich nie, aber ansonsten … ach, ich weiß nicht. Vielleicht war ich ja verrückt. Vielleicht bin ich es noch.«

»*Wir* waren verrückt«, werfe ich ein. Alle Köpfe drehen sich zu mir. »Wir alle. Was wir getan haben …«

»Wir hatten doch keine Wahl«, sagt Thea. Sie blickt mich finster an.

»Natürlich hatten wir eine Wahl«, rufe ich empört. Und plötzlich trifft mich die Wirklichkeit erneut. Ich spüre Panik in mir aufsteigen, wie manchmal, wenn ich nachts aus einem dieser Träume erwache oder wenn ich zufällig über einen Zeitungsartikel stolpere, der von der Vertuschung eines Todesfalls handelt, und der Schock einen Moment lang meine Glieder lähmt. »Mensch, kapiert ihr denn gar nichts? Wenn das hier rauskommt – ich verliere meinen Job. Es ist eine Straftat, und mit einer Vorstrafe kann man nicht als Jurist arbeiten. Bei Fatima ist es das Gleiche – glaubt ihr, die Leute wollen eine Ärztin, die einen Toten beseitigt hat? Wir sind alle erledigt. Wir könnten in den Knast kommen. Ich könnte Freya …« Meine Kehle schnürt sich zu, als versuchte jemand, mich zu erdrosseln. »Ich könnte sie ver-verlie–.«

Meine Stimme versagt, ich bringe es nicht über die Lippen.

Ich stehe auf und gehe ans Fenster, presse Freya an mich, so fest ich kann. Niemand, auch nicht die Polizei, wird mir mein Kind wegnehmen.

»Isa, beruhig dich«, sagt Fatima. Sie steht vom Sofa auf und kommt auf mich zu, doch ihr Ausdruck hat nichts Tröstliches, aus ihrem Blick spricht Angst, als sie sagt: »Wir waren minderjährig. Das muss doch berücksichtigt werden, oder? Du bist die Juristin.«

»Ich weiß es nicht. Strafmündigkeit beginnt mit zehn, da waren wir weit drüber.«

»Und Verjährung?«

»Bei schweren Straftaten greift sie nicht, ich weiß aber nicht, wie es hier wäre.«

»Wie, du weißt es nicht? Ist das nicht dein Job?«

»Nein, ist es nicht«, wiederhole ich entnervt. »Ich arbeite in der Verwaltung und bin keine Strafrechtlerin.« Freya quietscht leise, und ich merke, dass ich sie zu fest halte.

»Ist auch egal«, ruft Thea von der anderen Seite des Zimmers herüber. Sie hat sich einen Finger in den Mund gesteckt, um das Blut zu stillen. Den ganzen Abend hat sie an ihrer Nagelhaut herumgepickt, bis alle Finger entzündet und blutig aussahen. »Ich meine, wenn es rauskommt, sind wir sowieso geliefert. Wie genau die Anklage lautet, spielt doch keine Rolle. Die Gerüchte und die Geschichten allein werden uns drankriegen. Die Medien würden sich wie die Aasgeier auf so etwas stürzen.«

»Verdammte Scheiße.« Fatima lässt den Kopf hängen. Dann blickt sie auf die Uhr und schreckt auf. »Zwei Uhr? Wie kann es so spät sein? Ich muss ins Bett.«

»Du fährst morgen früh?«, fragt Kate. Fatima nickt.

»Ich muss. Ich muss wieder zur Arbeit.«

Arbeit. Es kommt mir so irreal vor, so aus einem anderen Leben, dass ich hysterisch auflachen muss. Und dann Owen. Ich kann mir nicht einmal sein Gesicht vorstellen. Er hat überhaupt keinen Bezug zu dieser Welt, zu dem, was wir getan haben. Wie kann ich zurück und ihm in die Augen sehen? Ich kann mich nicht einmal dazu bringen, ihm eine Nachricht zu schicken.

»Natürlich«, sagt Kate und lächelt. Oder versucht es zumindest. »Es war so schön, euch hier zu haben, aber wenigstens ist das Ehemaligentreffen ja jetzt vorbei. So wird es … ganz normal wirken, dass ihr wieder wegfahrt. Und ja, wir brauchen jetzt alle ein bisschen Schlaf.«

Dann geht Fatima nach oben und Kate macht sich daran, die Kerzen auszupusten und die Lampen auszuschalten.

Ich stehe immer noch mit Freya im Arm am Fenster und sehe Kate zu, wie sie die Gläser abräumt.

Ich glaube zwar nicht, dass ich schlafen kann, doch ich muss es versuchen, um am Morgen Kraft für Freya und die Rückfahrt zu haben.

»Gute Nacht«, sagt Thea. Auch sie steht auf und klemmt sich lässig die Weinflasche unter den Arm, als wäre es die normalste Sache der Welt.

»Gute Nacht«, sagt Kate. Dann bläst sie die letzte Kerze aus, und wir sind im Dunkeln.

Ich lege Freya, die noch immer tief und fest schläft, in die Mitte des großen Doppelbetts, bevor ich mich ins leere Badezimmer begebe. Beim Zähneputzen spüre ich den ekligen Pelz von zu viel Wein auf meiner Zunge.

Als ich mir vor dem Spiegel Wimperntusche und Eyeliner abwische, fällt mir auf, wie dünn die Haut um meine Augen geworden ist, wie sehr sie an Elastizität verloren hat. Was auch immer ich mir einbildete, ich bin nicht mehr das Mädchen von damals, genau wie Kate, Fatima und Thea. Wir sind fast zwei Jahrzehnte älter geworden und haben zu lange die Last unserer Taten mit uns herumgeschleppt.

Mit abgeschminktem und sauberem Gesicht laufe ich über den Flur zurück in mein Zimmer, leise, um Freya und die anderen nicht zu wecken, die bestimmt schon eingeschlafen sind. Doch aus Fatimas Zimmer scheint noch Licht durch den Türspalt, und als ich stehenbleibe, kann ich ein kaum hörbares Gemurmel ausmachen.

Im ersten Moment glaube ich, dass sie mit Ali telefoniert, und spüre wegen Owen einen Anflug von schlechtem Gewissen. Doch als ich klopfe und die Tür etwas aufschiebe, sehe ich, wie sie einen kleinen Teppich auf dem Boden aufrollt und aufsteht. Natürlich: Sie hat gebetet.

Auf einmal fühle ich mich wie ein Eindringling und mache eilig kehrt, doch die Bewegung, oder vielleicht das Geräusch, lässt Fatima aufhorchen, und sie ruft leise: »Isa, bist du das?«

Ich bleibe stehen und drücke die Tür noch ein Stückchen weiter auf. »Ja, ich bin auf dem Weg ins Bett. Ich wollte nicht … ich hab dich nicht beobachtet.«

»Keine Sorge«, sagt Fatima. Sie legt den Gebetsteppich vorsichtig aufs Bett, und auf einmal strahlt sie eine innere Ruhe aus, die vorher, als wir unten zusammensaßen, noch nicht da war. »Es ist ja nicht so, als würde ich mich dafür schämen.«

»Betest du tatsächlich fünfmal am Tag? Täglich?«

»Ja, wenn ich zu Hause bin. Wenn ich unterwegs bin, ist es ein bisschen schwierig. Heute war ich spät dran«, sagt sie reumütig. »Ischā hätte ich eigentlich gegen elf beten müssen. Ich hab nicht auf die Zeit geachtet.«

»Ist das schlimm?«, frage ich etwas verlegen.

Sie zuckt mit den Achseln. »Ideal ist es nicht, aber es heißt, wenn es wirklich ein Versehen ist, vergibt uns Allah.«

»Fatima …«, fange ich an und halte inne. »Ach, nichts.«

»Was denn?«

Ich hole tief Luft. Es kann sein, dass die Frage einfach nur anmaßend ist, das kann ich kaum einschätzen. Beschämt halte ich mir die Hände vors Gesicht.

»Nichts«, sage ich, doch dann schiebe ich wie im Reflex hinterher: »Fatima, glaubst du – glaubst du, er wird uns vergeben? Dir, meine ich?«

»Uns vergeben, was wir getan haben?«, fragt Fatima. Sie setzt sich aufs Bett und beginnt, ihre Haare zu einem Zopf zu flechten, der Rhythmus ihrer Finger hat etwas Beruhigendes. »Ich hoffe es. Der Koran lehrt, dass Allah alle Sünden vergibt, wenn der Sünder aufrichtig bereut. Und auch wenn ich, weiß Gott, vieles zu bereuen habe, ich habe versucht, für meinen Anteil an dem, was wir getan haben, Buße zu leisten.«

»Was haben wir denn getan, Fatima?«, frage ich, und ich meine die Frage weder provokativ noch rein rhetorisch, sondern ganz ernst – ich weiß es auf einmal selbst nicht mehr. Hätte man mich vor siebzehn Jahren gefragt, ich hätte geantwortet, dass wir taten, was nötig war, um einer Freundin in Not zu helfen. Hätte man mich vor zehn Jahren gefragt, hätte ich gesagt, dass wir eine riesige, unverzeihliche Dummheit begangen haben, die mir jahrelang den Schlaf geraubt hat, vor lauter Angst, dass irgendwo eine Leiche auftauchen und man mir Fragen stellen würde, die ich nicht ertragen könnte.

Doch jetzt ist tatsächlich eine Leiche aufgetaucht, und die Fragen … die Fragen werden früher oder später kommen, noch halten sie sich im Hinterhalt versteckt. Und ich weiß nicht mehr, was ich antworten würde.

Wir haben eine Straftat begangen, so viel ist sicher. Doch haben wir Luc etwas Schlimmeres angetan? Etwas, das aus dem Jungen von früher diesen wütenden Mann gemacht hat, den ich kaum wiedererkenne?

Als ich zurück in Lucs altes Zimmer gehe, um in seinem Bett zu liegen und über den Kopf meiner schlafenden Tochter hinweg ins Dunkel zu starren, lässt mich die Frage nicht los. Was ist mit Luc geschehen?

Sobald ich die Augen schließe, scheint seine Gegenwart den Raum zu erfüllen, real und greifbar wie die Laken, auf denen ich liege. Auf einmal ist er hier in der Mühle. Eigentlich sollte die Vorstellung mich ängstigen, doch das tut sie nicht. Denn trotz allem kann ich den Mann, der heute Abend vor uns stand, nicht von dem Jungen trennen, den ich vor vielen Jahren so gut kannte, mit den schönen Händen, den goldbraunen Augen und dem heiseren, verhaltenen Lachen, das mein Herz jedes Mal schneller schlagen ließ. Und dieser Junge ist noch da, ich habe ihn in seinen Augen gesehen, irgendwo tief verborgen hinter der Wut und der Trunkenheit.

Und jetzt, als ich so im Bett liege, die Arme um Freya geschlungen, spuken mir seine Worte im Kopf herum.

*Sie wollen wissen, wer für den Toten im Reach verantwortlich ist?*

*Sie braucht nur zu pfeifen, und wie die Hündchen kommt ihr alle angelaufen.*

Und dann, kurz bevor ich einschlafe, kommt mir sein letzter Satz wieder in den Sinn, und unwillkürlich drücke ich Freya fester an mich, so fest, dass sie sich im Schlaf leicht windet. Diese Worte sind es, die hängen bleiben:

*Gern geschehen, Isa ... dass ich mich um dein Baby gekümmert habe – keine Ursache. Ich nehme sie jederzeit gern wieder.*

»Soll ich dich wirklich nicht mitnehmen?«

Fatima steht an der Tür, ihre Tasche in der einen, die Sonnenbrille in der anderen Hand. Ich schüttle den Kopf.

»Nein, danke. Ich muss Freya noch wickeln und packen und will dich nicht aufhalten.«

Es ist Viertel vor sieben, ich spiele mit Freya auf dem Sofa in einem Fleckchen Sonne, wobei das Spiel darin besteht, dass ich so tue, als würde ich ihre Nase abknipsen und wieder aufsetzen. Mit ihren kratzig-weichen kleinen Fingernägeln klatscht sie lachend gegen meine Hände und ist immer wieder abgelenkt vom Glitzern der Sonnenstrahlen auf dem Reach. Jetzt greift sie nach meiner Teetasse, und ich halte ihre Hände sanft fest, bevor ich die Tasse wieder auf den Boden stelle.

»Du kannst ruhig fahren, ehrlich.«

Thea und Kate schlafen noch fest, doch Fatima hat es eilig, sie will zurück zu Ali und den Kindern, das sehe ich ihr an. Schließlich lenkt sie ein, zögernd, schiebt sich die Bügel der Sonnenbrille unter den Hidschab und fischt ihre Autoschlüssel aus der Jackentasche.

»Wie kommst du dann zum Bahnhof?«

»Taxi, schätze ich. Ich bespreche das mit Kate.«

»Okay«, sagt Fatima. Sie wiegt den Schlüsselbund in ihrer Hand. »Grüß die beiden von mir und bitte, bitte sag Kate, dass sie nach London kommen soll. Ich hab gestern mit ihr drüber geredet, aber sie hat nicht …«

»Sie hat was nicht?«

Die Stimme kommt vom oberen Stock. Shadow, der in der Sonne am Fenster gedöst hat, winselt freudig und rappelt sich hoch. Fatima und ich blicken auf und sehen Kate die Treppe herunterkommen, in ihrem einst marineblauen, doch inzwischen sonnengebleichten und fast farblosen Baumwollkleid. Sie reibt sich verschlafen die Augen und unterdrückt ein Gähnen.

»Fährst du schon?«

»Ja, leider«, sagt Fatima. »Ich muss zurück – um zwölf muss ich in der Praxis sein, außerdem kann Ali heute Abend die Kinder nicht abholen. Aber hör zu, Kate, ich habe es gerade schon zu Isa gesagt – willst du es dir nicht noch einmal überlegen und ein paar Tage zu uns kommen? Platz haben wir genug.«

»Du weißt, dass das nicht geht«, sagt Kate mit fester Stimme, doch ich sehe ihr an, dass sie nicht ganz so überzeugt von ihrem Entschluss ist, wie sie vorgibt. Als sie den Kaffeekocher aus dem Schrank nimmt und Wasser einfüllt, zittern ihre Hände leicht. »Was soll ich denn mit Shadow machen?«

»Du könntest ihn mitbringen«, sagt Fatima etwas ratlos, doch Kate schüttelt den Kopf.

»Ich weiß doch, was Ali von Hunden hält. Und ist Sam nicht sowieso allergisch?«

»Es gibt doch Hundehüter, oder?« Fatimas Stimme klingt fast flehend, aber sie glaubt wohl selbst nicht mehr daran, Kate zu überzeugen. Wir beide wissen, dass Shadow *ein* Grund ist, aber nicht *der* Grund. Kate wird hier schlicht und einfach nicht weggehen.

Es herrscht einen Moment Stille, nur durchbrochen vom blubbernden Geräusch der Espressokanne auf dem Herd. Kate schweigt.

»Du bist hier nicht sicher«, versucht Fatima es erneut. »Isa – sag du es ihr. Und es geht nicht nur um die Elektrizität – was ist mit Luc? Was ist mit den blutbeschmierten Nachrichten und den toten Schafen, verdammt noch mal!«

»Wir wissen ja gar nicht, ob er es war«, sagt Kate leise und ohne uns anzusehen.

»Du solltest ihn anzeigen«, sagt Fatima aufgebracht, aber wir alle wissen, ohne dass Kate antworten muss, dass das nie passieren wird.

»Ich geb's auf«, seufzt Fatima schließlich. »Ich habe meinen Teil gesagt. Kate – bitte denk daran, unser Gästezimmer steht immer für dich bereit.« Sie tritt nacheinander auf uns beide zu und küsst uns zum Abschied auf die Wangen. »Grüß Thea von mir«, erinnert sie mich, als sie sich über mich beugt. Ihre Wange fühlt sich warm an, und ihr Parfüm sticht mir in die Nase. Flüsternd fährt sie fort: »Bitte, Isa, versuch, sie umzustimmen. Vielleicht hört sie ja auf dich.«

Dann richtet sie sich auf, nimmt ihre Tasche, und einige Minuten später hören wir von draußen Musik und das Geräusch eines startenden Motors, bevor sie holpernd über das Kiesbett auf den ausgedörrten Weg nach Salten fährt. Kurz darauf kehrt die Stille in die Mühle zurück.

»Also«, sagt Kate. Sie wirft mir über die Kaffeetasse hinweg einen Blick zu und hebt eine Augenbraue, sie scheint zu hoffen, dass ich mich mit ihr gegen Fatimas Paranoia verbünde, doch das kann ich nicht. Ich glaube zwar nicht ernsthaft, dass Luc Kate oder uns anderen etwas antun würde, doch ich bin auch der Meinung, dass Kate nicht hierbleiben sollte. Sie scheint mit ihren Kräften am Ende, und ich fürchte, dass sie kurz vor dem Zusammenbruch steht, auch wenn ihr das vielleicht selbst noch nicht bewusst ist.

»Sie hat recht, Kate«, sage ich. Kate verdreht die Augen und trinkt einen weiteren Schluck, doch ich will nicht lockerlassen. Ich hacke weiter auf dem wunden Punkt herum, auch auf die Gefahr hin, dass es wehtut. »Auch was die Sache mit dem Schaf angeht – das war eine ziemlich kranke Aktion.«

Doch anstatt zu antworten, starrt Kate nur auf ihren Kaffee.

»Es … es war wirklich Luc, oder?«, frage ich vorsichtig.

»Ich weiß es nicht«, seufzt Kate. Sie stellt die Tasse ab und fährt sich mit den Händen durchs Haar. »Ich habe euch die Wahrheit gesagt. Ja, er ist wütend, aber er ist nicht der Einzige hier in der Gegend, der ein Problem mit mir hat.«

»Wie bitte?«, frage ich ungläubig. »Was meinst du damit?«

»Die Mädchen in der Schule waren nicht die Einzigen, die gern Gerüchte verbreiteten, Isa. Mein Vater hatte viele Freunde. Ich … ich hab keine.«

»Meinst du etwa die Leute im Dorf?«

»Ja«, sagt sie, und ich muss plötzlich an Ricks Worte im Taxi denken: *Man muss dir hoch anrechnen, dass du trotz all dem Klatsch hier die Stellung gehalten hast.*

»Was sagen sie denn?« Meine Kehle fühlt sich auf einmal trocken an. Kate zuckt mit den Schultern.

»Was glaubst du denn? Ich kann dir sagen, es gibt nichts, was ich nicht gehört habe. Ziemlich fieses Zeug teilweise.«

»Zum Beispiel?« Eigentlich will ich es nicht hören, aber die Frage kommt wie von selbst.

»Zum Beispiel? Also, mal überlegen. Das Netteste war noch, dass Dad in alte Muster verfallen und mit einem Junkie aus Paris durchgebrannt ist.«

»Das ist das Netteste? Puh. Und das Schlimmste?«

Es ist fast eine rhetorische Frage, und ich erwarte eigentlich keine Antwort, doch dann stößt Kate ein bitteres Lachen aus.

»Schwer zu sagen. Wenn ich mich entscheiden müsste, würde ich wohl die Version wählen, in der er mich sexuell missbraucht hat und Luc ihn dafür umgebracht hat.«

»Was?« Mir fällt nur dieses eine Wort ein. »*Was?*«

»Ja«, sagt Kate knapp. Sie nimmt den letzten Schluck Kaffee, bevor sie die Tasse auf der Arbeitsplatte abstellt. »Und natürlich alles dazwischen. Und dann wundern sie sich, warum ich samstagabends nicht so gern ins Salten Arms komme wie mein Vater früher. Es ist faszinierend, was alten Männern so einfällt und was sie sich trauen zu fragen, wenn sie besoffen genug sind.«

»Du machst Witze – die haben dich wirklich gefragt, ob da was dran ist?«

»In diesem Fall haben sie gar nicht gefragt, sondern festgestellt. Es ist ja allgemein bekannt, offenbar.« Ihr Gesicht zuckt wütend. »Mein Vater hat Sex mit mir gehabt, und manchmal, je nachdem, wen man fragt, auch mit euch.«

»O Gott, Kate. Warum hast du uns nichts gesagt?«

»Euch was gesagt? Dass die Leute unsere Namen heute noch als abschreckendes Beispiel benutzen? Dass die Meinungen auseinandergehen, ich für manche eine Mörderin bin oder aber mein Vater noch irgendwo herumläuft und nicht zurückkommt aus Scham über das, was er mir und meinen Freundinnen angetan hat? Aus irgendeinem Grund wollte ich über beides nicht so gerne reden.«

»Aber – aber kannst du die Dinge nicht richtigstellen? Es abstreiten?«

»Aber was genau soll ich abstreiten? Das ist ja das Problem.« Sie wirkt erschöpft und verzweifelt. »Nachdem mein Vater verschwunden war, wartete ich monatelang damit, ihn offiziell vermisst zu melden. So viel ist schließlich wahr, also kein Wunder, dass die Gerüchte aufkamen. Das Körnchen Wahrheit in der Mitte macht sie plausibel.«

»Da ist *kein* Körnchen Wahrheit in diesen widerlichen Lügen«, widerspreche ich erbost. »Kein einziges. Jedenfalls keines, was zählt. Kate, bitte, komm mit mir nach London. Fatima hat recht, du kannst hier nicht bleiben.«

»Ich muss bleiben«, sagt Kate. Sie steht auf und läuft hinaus auf den Steg. Es ist Ebbe, und der Ufergrund ist von der Sonne so ausgetrocknet, dass man ihn fast bröckeln hört. »Jetzt erst recht. Wenn ich jetzt gehe, wissen sie nämlich, dass ich etwas zu verbergen habe.«

Auf meinem Schoß schnappt Freya gerade nach der leeren,

noch warmen Tasse in meiner Hand und quiekt vor Freude, als ich sie ihr lasse. Anstatt Kate zu antworten, betrachte ich schweigend mein Baby. Ich kann ihr nichts entgegnen, denn ich weiß, dass sie recht hat.

Es dauert so lange, alles zu packen, Freya zu wickeln, dann wieder zu stillen und wieder zu wickeln, dass in dem Moment, als wir endlich fast startklar sind, auch Thea wach ist und notdürftig bekleidet durch den Flur schlurft. Sie reibt sich verschlafen die Augen.

»Hab ich Fati verpasst?«

»Hast du«, sagt Kate lapidar und schiebt ihr die Kaffeekanne zu. »Hier, bedien dich.«

»Danke.« Thea gießt sich den Rest in eine Tasse und trinkt sie sofort aus. Sie hat eine Jeans an und ein Spaghettitop, unter dem sie, sehr sichtbar, keinen BH trägt. Es betont ihre dürre Figur und legt ihre blassen Narben frei, sodass ich unwillkürlich den Blick abwende.

»Ich muss heute auch nach London zurück.« Sie wäscht die Tasse aus und stellt sie auf dem Abtropfgestell ab. Mein Unbehagen hat sie nicht bemerkt. »Kann ich mit dir zum Bahnhof fahren, Isa?«

»Na klar«, sage ich. »Aber ich muss bald los, wenn das okay ist.«

»Ja, ich habe sowieso kaum etwas zu packen. Ich kann in zehn Minuten fertig sein.«

»Dann ruf ich ein Taxi«, sage ich. »Kate, gibst du mir Ricks Nummer?«

»Liegt auf der Anrichte.« Sie zeigt auf einen Stapel Visitenkarten in einem rostigen Butterschälchen. Nach kurzem Suchen finde ich eine Karte mit der Aufschrift *Rick rufen und los*. Ich wähle die Nummer.

Rick geht sofort ans Telefon und sagt zu, uns in zwanzig Minuten mit extra Kindersitz an der Mühle abzuholen.

»Zwanzig Minuten«, rufe ich Thea zu, die sich noch einmal hingesetzt hat. »In Ordnung?«

»Klar.« Sie nickt. »Ich bin so gut wie fertig, muss den Kram nur noch in die Tasche stopfen – wird keine Minute dauern.«

»Ich gehe kurz mit Shadow raus«, sagt Kate plötzlich unerwartet, und ich blicke sie erstaunt an.

»Jetzt?«

»Dann bist du ja weg, wenn wir gehen!«, sagt Thea, und klingt fast beleidigt.

Kate zuckt mit den Schultern.

»Abschiede sind nichts für mich, das wisst ihr doch.« Sie steht im selben Moment auf wie Thea. Ich habe Mühe wegen Freyas Gewicht, doch dann erhebe ich mich auch, und so stehen wir alle unschlüssig einander gegenüber, während im Licht der Sonne Staubpartikel um unsere Köpfe wirbeln wie in einem Mini-Tornado.

»Komm her«, sagt Kate traurig und umarmt mich so fest, dass ich kurz keine Luft bekomme und Freya auf die Seite verlagern muss, damit sie nicht zerdrückt wird.

»Kate, bitte komm nach London«, flehe ich noch einmal, obwohl ich weiß, dass es aussichtslos ist, und Kate schüttelt den Kopf, bevor ich zu Ende gesprochen habe.

»Nein, nein, es geht nicht, bitte hör auf damit, Isa.«

»Ich kann dich hier doch nicht einfach alleinlassen …«

»Dann tu es halt nicht«, sagt sie lachend, doch in ihren Augen liegt eine Traurigkeit, die ich nicht mit ansehen kann. »Geht nicht. Bleibt.«

»Ich kann nicht bleiben«, sage ich. Ich lächle zwar, doch es bricht mir das Herz. »Du weißt, dass es nicht geht. Ich muss zu Owen zurück.«

»Mein Gott«, sagt sie, wobei sie mich wieder umarmt und diesmal Freya mit hineinzieht, sodass unsere Köpfe sich fast berühren. »Es war so gut, euch hier zu haben. Was auch immer passiert –«

»Was meinst du damit?« Thea weicht zurück, sie wirkt alarmiert. »Was redest du da? Du klingst, als hättest du vor …«

»Nein, nein«, wehrt Kate ab. Sie wischt sich die Augen und lacht verlegen. »Versprochen. Es war nur so dahingesagt. Ich kann einfach – ich kann gar nicht fassen, wie viel Zeit vergangen ist. Fühlt es sich nicht richtig an, wenn wir hier so alle zusammen sind? Fühlt es sich nicht an wie gestern?«

Das tut es wirklich.

»Wir kommen wieder«, sage ich. Ich streiche ihr über die Wange, wo sich eine Träne aus ihren Wimpern gelöst hat. »Auf jeden Fall. Stimmt's, Thea? Diesmal lassen wir uns nicht so viel Zeit, versprochen.«

Es ist nur eine Redensart, ein Satz, den ich schon tausendmal bei Tausenden von Abschieden gesagt und nicht immer wirklich so gemeint habe. Dieses Mal meine ich es von ganzem Herzen, doch erst, als ich merke, wie Thea zögert, wird mir plötzlich klar, dass wir – wenn etwas schiefgeht – früher wieder zurückkommen könnten, als uns lieb ist, und unter sehr anderen Umständen. Ich spüre, wie sich mein Lächeln verhärtet.

»Klar«, sagt Thea schließlich.

Bevor wir noch mehr sagen können, fängt Shadow plötzlich wie wild an zu kläffen, und wir alle blicken zum Ufer, wo Ricks Taxi gerade holpernd zum Stehen kommt.

»Mist, er ist schon da«, ruft Thea, worauf sie eilig ihre Sachen zusammenrafft und durch den Flur ins Schlafzimmer rennt.

»Okay«, sagt Kate. »Ich schnappe mir Shadow und lass euch hier in Ruhe zusammenpacken.« Sie legt ihm die Leine an, macht die Tür auf und läuft hinaus. »Passt gut auf euch auf, ihr Süßen.«

Erst danach, als wir in Ricks Wagen über den unbefestigten Weg zur Hauptstraße fahren und ich Kate und Shadow nachblicke, wird mir bewusst, wie traurig und seltsam ihre Abschiedsworte waren. *Passt gut auf euch auf.*

Traurig, weil es bedeutet, dass Gefahr lauert.

Und seltsam, weil eigentlich wir es zu ihr sagen müssten.

In der Ferne am Horizont sehe ich durch das Fenster den beiden kleiner werdenden Gestalten nach, sechs Füßen, die einträchtig durch die Marsch stapfen, sich furchtlos einen Weg entlang der trügerischen Gräben und Tümpel bahnen, und ich denke nur: *Pass gut auf dich auf, Kate. Bitte pass auf dich auf.*

Als wir die Hauptstraße erreichen und Rick den Blinker setzt, um nach links in Richtung Bahnhof abzubiegen, blickt Thea plötzlich von ihrer Handtasche auf.

»Ich muss noch Geld holen. Gibt es am Bahnhof einen Automaten?«

Rick stoppt den Blinker, und ich seufze. Die Scheine, die ich gestern abgehoben habe, liegen jetzt in einer Tasse auf der Anrichte, wo Kate sie bei ihrer Rückkehr finden wird. Sie wollte zwar partout kein Geld für die Karten annehmen, doch mein Gewissen ließ es nicht zu, sie dafür bezahlen zu lassen. Jetzt habe ich nur noch zwanzig Pfund – genug fürs Taxi und etwas extra für die Rückfahrt.

»Du weißt doch, dass es keinen gibt«, sage ich. »Wir müssen bei der Post vorbei. Warum brauchst du überhaupt Geld? Ich kann das Taxi zahlen.«

»Ich will nur ein bisschen für die Fahrt«, sagt Thea. »Zur Post bitte, Rick.«

Also biegen wir rechts ab, und ich verschränke etwas genervt die Arme vor der Brust.

Thea verdreht die Augen. »Wir haben noch massig Zeit, bis der Zug kommt. Kein Grund, übellaunig zu werden.«

»Ich bin nicht übellaunig«, sage ich beleidigt, doch natürlich bin ich genau das. Ich will nicht dahin zurück.

»Reist ihr schon ab?«

Die Stimme von hinten lässt mich zusammenfahren. Thea

ist gerade mit dem Automaten beschäftigt. Ich drehe mich um.

Mary Wren ist aus dem Hinterzimmer getreten.

»Haben Sie mir einen Schreck eingejagt! Ja, wir fahren heute zurück nach London. Wir – wir waren ja nur für das Ehemaligentreffen hier.«

»Ja, das sagten Sie bereits …«, antwortet sie. Sie mustert mich von oben bis unten, und einen Moment lang überkommt mich die unbehagliche Ahnung, dass sie mir kein Wort glaubt, dass sie uns alle durchschaut – all unsere Lügen und Schwindeleien und Geheimnisse. Sie gehörte zu Ambroses besten Freunden, und zum ersten Mal frage ich mich, was er ihr vor all den Jahren alles anvertraut haben mag.

Ich muss daran denken, was Kate erzählt hat, über die Gerüchte im Dorf, und frage mich, welchen Anteil Mary Wren wohl daran hatte. Wann immer ich das Salten Arms betrat, saß sie immer schon an der Bar, und ihr lautes Lachen füllte den Raum. Über alles, was in Salten passiert, weiß sie Bescheid. Wenn sie nur gewollt hätte, hätte sie die Gerüchte unterbinden und Kate verteidigen, den klatschsüchtigen Trinkern im Pub das Maul stopfen können. Doch das tat sie nicht. Nicht einmal, um die Tochter eines Mannes zu schützen, den sie einst ihren Freund nannte.

Warum nicht? Ist es, weil sie Kate insgeheim selbst für schuldig hält?

»Komischer Zeitpunkt, um herzukommen«, sagt Mary Wren. Sie deutet mit dem Kopf auf den Stapel Wochenzeitungen, auf denen immer noch dasselbe Foto prangt.

»Komisch inwiefern?«, frage ich, und meine Stimme klingt nicht ganz so fest wie gehofft. »Wie meinen Sie das?«

»Nicht unbedingt der beste Zeitpunkt für das Schultreffen, meine ich«, sagt sie mit unbewegter, undurchdringlicher Miene. »Mit all den Gerüchten, die im Umlauf sind. Muss schwer gewesen sein für Kate, all diese Leute wiederzusehen, die sich fragen …«

Ich schlucke, unschlüssig, wie ich reagieren soll. »Sich was fragen?«

»Na ja, es ist ja natürlich, oder? Zu spekulieren. Und mir war es auch immer ein Rätsel.«

»Was war ein Rätsel?«, fragt Thea, die sich gerade umdreht und ihr Portemonnaie zurück in die Jeanstasche steckt. »Was wollen Sie damit sagen?« Sie wirkt streitlustig, und am liebsten würde ich ihr sagen, dass sie still sein soll, dass man so nicht mit Mary Wren umgehen kann. Bei ihr muss man Unterwerfung zeigen, zumindest Respekt.

»Dass Ambrose einfach so verschwunden sein soll«, antwortet Mary Wren. Sie mustert Thea kühl, ihre hautenge Jeans und das transparente Top, unter dem ihre nackten Brüste durchscheinen. »Er hatte bestimmt seine Schwächen, aber er hat seine Tochter geliebt, der wäre für sie durch die Hölle gegangen. Mir war immer unverständlich, wie er einfach … wieso er einfach abhauen und sie völlig allein zurücklassen sollte.«

»Tja, für eine andere Erklärung haben wir nun einmal keine Beweise«, sagt Thea. Sie stemmt die Hände in die Hüften, als würde sie Mary unbewusst nachahmen, und da die beiden gleich groß sind, sieht es jetzt aus, als wollten sie jeden Moment aufeinander losgehen. »Und in Ermangelung jeglicher Beweise sind solche Spekulationen vielleicht nicht besonders hilfreich, meinen Sie nicht?«

Marys Lippe bebt, und ich kann ihren Ausdruck nicht deuten. Ist es unterdrückte Wut? Verachtung?

»Nun«, sagt sie schließlich. »Vermutlich werden wir ja nicht mehr lange spekulieren müssen, nicht wahr?«

»Was soll das heißen?«, fahre ich dazwischen. Mein Herz klopft heftig. Über die Schulter werfe ich einen Blick auf das Taxi, wo Freya im Kindersitz zufrieden an ihrem Daumen nuckelt. »Was meinen Sie damit, nicht mehr lange?«

»Ich sollte es euch wahrscheinlich nicht sagen, aber Mark hat mir erzählt, dass die Polizei eine Leiche geborgen hat, und, na ja …« Sie winkt uns ein bisschen näher heran, und fast gegen meinen Willen beuge ich mich zu ihr vor, so nah, dass ich ihren warmen Atem auf meiner Wange spüre, als sie fortfährt: »Sagen wir mal so: Wenn ihr *Beweise* wollt – ich glaube, diese Leiche wird sehr bald einen Namen haben.«

*Ich darf Freya nicht verlieren. Ich darf Freya nicht verlieren.*

Wie ein Mantra kreisen diese Worte in meinem Kopf, während der Zug mit uns in Richtung Norden rast, zurück nach London.

*Ich darf Freya nicht verlieren.*

Der Satz vermischt sich mit dem Rattern des Zuges auf den Gleisen.

*Ich darf Freya nicht verlieren.*

Thea döst im Sitz gegenüber, Sonnenbrille auf der Nase, den Kopf ans Fenster gelehnt. Als der Zug eine scharfe Kurve nimmt, sackt ihr Kopf weg von der Scheibe, nur um kurz darauf mit einem hörbaren Plonk wieder zurückzufallen. Sie wacht auf und reibt sich über die Stelle an ihrem Kopf.

»Autsch. Hab ich geschlafen?«

»Ja«, sage ich knapp und gebe mir kaum Mühe, meinen Unmut zu verbergen. Ich weiß gar nicht, warum ich so gereizt bin, vielleicht weil ich selbst so müde bin und nicht schlafen kann. Gestern Nacht sind wir erst gegen drei Uhr ins Bett gekommen, und natürlich war ich heute Morgen wegen Freya schon ab halb sieben wieder auf den Beinen. Durchgeschlafen habe ich sowieso seit Monaten nicht mehr, und jetzt, mit Freya in einem Tuch an meiner Brust, kann ich auch nicht mehr als dösen. Außerdem bin ich zu aufgekratzt und unruhig, um an Schlaf zu denken, weshalb ich Theas entspanntes Gesicht fast als Beleidigung empfinde. Wie kann sie so friedlich schlummern, wenn alles, wirklich alles auf Messers Schneide steht?

»Sorry«, sagt sie und reibt sich unter der Sonnenbrille die Augen. »Ich habe gestern nicht geschlafen. Kein bisschen. Konnte nicht aufhören zu grübeln über …« Nervös sieht sie sich im spärlich besetzten Abteil um. »Naja, du weißt schon.«

Gewissensbisse machen sich in mir breit. Irgendwie schätze ich Thea immer falsch ein. Sie ist so viel unergründlicher als Fatima oder Kate, lässt sich viel weniger in die Karten schauen, doch offensichtlich ist sie hinter ihrer schroffen Fassade genauso verängstigt wie wir alle. Vielleicht sogar noch verängstigter. Warum vergesse ich das immer wieder?

»Oh«, sage ich reumütig. »Sorry, ich habe auch nicht richtig geschlafen. Ich denke immer nur, was ist …«

Doch ich bringe es nicht über die Lippen. Was, wenn ich angeklagt werde? Was, wenn ich meinen Job verliere? Was, wenn sie mir Freya wegnehmen? Ich wage es nicht, meine Ängste auszusprechen, so als würden sie sich dadurch eher bewahrheiten.

»Selbst wenn sie es herausfinden …« Thea bricht ab, sieht sich erneut nervös um und beugt sich dann vor. Mit kaum hörbarer Stimme spricht sie weiter: »Selbst wenn sie erfahren, dass er es ist – uns passiert doch nichts, oder? Er könnte ja nach seiner Überdosis in einen Graben gefallen sein.«

»Aber so tief?«, flüstere ich zurück. »Wie hätte er so tief einsinken können?«

»Diese Gräben verändern sich doch andauernd, das weißt du doch. Besonders so nah am Reach – der ganze Uferabschnitt ist ausgewaschen, die Dünen verschieben sich und verrutschen die ganze Zeit. Wir haben ihn ja nicht …« Wieder huscht ihr Blick durchs Abteil, bevor sie erneut ansetzt: »Ich bin mir ziemlich sicher, dass die Stelle damals etwa zehn bis fünfzehn Meter vom Ufer entfernt lag.«

Ich denke zurück, versuche, mich zu erinnern. Ja, es

stimmt … ich erinnere mich, dass der Pfad etwas weiter hinten verlief, dass sich zwischen uns und dem Ufer Bäume und Büsche befanden.

»Und das Polizeizelt da war direkt am Ufer. Alles hat sich verschoben. Aus der genauen Lage werden sie nicht mehr viel herauslesen können.«

Ich antworte ihr nicht. Mir ist schlecht geworden.

Denn obwohl ihre Gewissheit etwas Tröstliches hat, obwohl ich ihr wirklich glauben will, bin ich nicht überzeugt, dass sie recht hat. Meine Beschäftigung mit Kriminalistik liegt zwar lange zurück, und tatsächlich weiß ich mehr aus dem Fernsehen als aus den Fällen, die wir im Studium analysiert haben, doch ich gehe fest davon aus, dass es forensische Experten gibt, die der Polizei genau sagen können, wie sich die Lage eines Gegenstands über die Jahre hinweg verändert haben könnte.

»Lass uns hier nicht darüber reden«, sage ich leise, und Thea nickt mit einem etwas bemüht wirkenden Lächeln. »Erzähl mir von der Arbeit«, schlage ich vor. Sie zuckt mit den Schultern.

»Was soll ich da erzählen? Es ist ganz in Ordnung.«

»Du bist wieder in London?«

Sie nickt. »Letztes Jahr hatte ich einen ziemlich coolen Job auf einem großen Kreuzer. Und Monte Carlo war echt genial. Aber ich wollte …« Sie hält inne und sieht aus dem Fenster. »Ich weiß nicht, Isa. Ich wandere schon so lange ziellos umher, bin immer umgezogen. So lange wie in Salten House bin ich nirgendwo gewesen. Vielleicht wollte ich endlich Wurzeln schlagen.«

Ich schüttle den Kopf und denke an meinen eigenen vorhersehbaren Werdegang, den Trott durch Schule, Uni, Staatsexamen, Öffentlichen Dienst, mein Leben in London, mit Owen. Thea und ich sind das genaue Gegenteil. Ich hänge wie eine Klette an allem in meinem Leben. Ich fand meinen Job und blieb dabei. Dann fand ich Owen und blieb bei ihm. Salten House war für mich ein schwindelerregendes kurzes Zwischenspiel. Und doch sind wir beide gleichermaßen gezeichnet von dem, was dort passierte. Nur, dass wir sehr unterschiedlich damit umgehen. Während Thea wie eine Getriebene vor den Schatten der Vergangenheit flieht, klebe ich an allem, was mich fest und sicher verankert.

Ich betrachte wieder ihren dünnen Körper, die Höhlen in ihren Wangen, dann sehe ich an mir herab und auf Freya, die ich wie einen menschlichen Schutzschild vor dem Körper trage, und frage mich zum ersten Mal, ob meine Art, mit den Dingen umzugehen, wirklich so viel besser ist als ihre oder ob ich einfach nur entschlossener dafür gekämpft habe, das alles zu vergessen?

Diese Frage geht mir durch den Kopf, als Freya wach wird und im Tuch zu strampeln und leise zu wimmern beginnt.

»Sch …«, versuche ich sie zu beruhigen, während ich sie aus den diversen Stoffschichten befreie, doch sie schreit immer lauter, wird immer quengeliger, und an ihren roten Bäckchen erkenne ich, dass sie sich langsam, aber sicher in einen echten Wutanfall hineinsteigert. »Sch …«

Ich öffne mein Hemd und lege sie an meine Brust, worauf für eine Minute wundervolle Stille einkehrt. Als wir kurz darauf ohne Vorwarnung in einen Tunnel einfahren, kippt Freya, irritiert von der plötzlichen Veränderung des Lichts, mit dem Kopf zurück und gewährt der Allgemeinheit einen Blick auf meine Brust. Schnell bedecke ich sie mit dem Tuch.

»Sorry«, sage ich zu Thea, als wir blinzelnd wieder in die Sonne fahren und ich Freyas Kopf zurück an meine Brust schiebe. »Inzwischen dürfte zwar schon halb Nord-London meine Brustwarzen gesehen haben, aber du hast diese Woche wirklich mehr als genug davon abbekommen.«

»Mich stört das nicht«, sagt Thea achselzuckend. »Nichts, was ich noch nicht gesehen hätte.«

Ich muss grinsen und lehne mich zurück, spüre Freya warm und schwer in meinen Armen, als wir in einen weiteren Tunnel einfahren und kurz darauf im gleißenden Sonnenlicht wieder auftauchen. Ich denke zurück an unsere erste Begegnung, an den Anblick von Theas langen, schlanken Beinen, als sie sich die Strümpfe über die Beine rollte, und daran, wie ich rot wurde. Dazwischen scheint ein ganzes Leben zu liegen. Und doch, denke ich, als Thea gerade ihre Beine zwischen den Sitzen ausstreckt und mir zuzwinkert, bevor sie die Augen schließt: Es könnte gestern gewesen sein.

# Regel Nr. 4

## *Wir belügen uns nicht gegenseitig*

Isa?«, ruft Owen leise, fast zaghaft, als er am Abend nach Hause kommt, doch ich antworte nicht sofort. Ich will Freya nicht wecken, die ich gerade in ihr Bettchen in unserem Zimmer lege und die sich in jenem kritischen Zustand befindet, in dem sie entweder jeden Moment einschlafen oder eine ganze Stunde lang weiterquengeln könnte. Heute Abend war sie nicht leicht zu beruhigen gewesen, der erneute Tapetenwechsel hat sie aufgewühlt.

»Isa?« Plötzlich steht er in der Schlafzimmertür, und als er mich sieht, setzt er ein breites Grinsen auf, zieht sich die Schuhe aus und schleicht auf Zehenspitzen über die Holzdielen, obwohl ich den Finger auf die Lippen presse und ihm fieberhaft klarzumachen versuche, sich still zu verhalten.

Dann stellt er sich neben mich, legt mir den Arm um die Hüfte, und wir betrachten gemeinsam die kleine Kreatur, die wir zustande gebracht haben.

»Hallo, du Süße«, flüstert er, aber nicht zu mir, sondern zu Freya. »Und hallo, Schatz. Ich habe euch vermisst.«

»Wir dich auch«, flüstere ich zurück, woraufhin er mich auf die Wange küsst, mich leise in den Flur zieht und die Tür halb zuzieht.

»Ich hatte noch gar nicht mit euch gerechnet«, sagt er, als wir in die Küche hinuntergehen, wo Backkartoffeln im Ofen garen. »Es klang, als würdest du mehrere Tage wegbleiben. Es ist erst Mittwoch – was ist passiert? Ist es nicht gut gelaufen mit Kate?«

»Nein, es war alles gut«, sage ich. Ich wende mich ab, um die Kartoffeln rauszunehmen, aber vielleicht vor allem, um ihm nicht in die Augen sehen zu müssen, während ich ihn anlüge. »Es war richtig nett. Fatima und Thea waren auch da.«

»Warum bist du dann schon so früh zurück? Für mich musstest du dich nicht beeilen, das weißt du. Versteh mich nicht falsch, ich hab euch vermisst. Aber ich hab nicht einmal die Hälfte der Dinge erledigt, die ich vorhatte. Das Kinderzimmer sieht immer noch aus wie ein Schlachtfeld.«

»Macht nichts«, sage ich und richte mich wieder auf. Mir ist heiß geworden von der Ofenhitze. Backkartoffeln an einem so heißen Tag waren eine blöde Idee, aber sonst war nichts im Kühlschrank. Ich stelle das Blech auf der Arbeitsfläche ab, schneide die Kartoffeln auf und sehe zu, wie der heiße Dampf entweicht. »Ist doch egal.«

»Mir ist es nicht egal.« Er schlingt die Arme um mich, seine Tagesstoppeln kratzen auf meiner Wange, und ich spüre seine Lippen an meinem Ohr und meinem Hals. »Ich will dich zurück, für mich allein.«

Ich lasse seine Berührung zu, doch ich sage nicht, was ich denke, nämlich dass er, wenn es das ist, was er will, nie glücklich wird. Denn ich werde niemals nur ihm gehören. Ich werde stets zu neun Zehnteln Freya gehören, und das wenige, was übrig bleibt, brauche ich für mich selbst und jetzt, nach all den Jahren, eben auch wieder für Fatima, Thea und Kate.

»Ich habe dich vermisst«, sage ich stattdessen noch einmal. »Freya auch.«

»Ich wollte anrufen, aber ich dachte, ihr habt bestimmt so eine gute Zeit zusammen«, sagt Owen und küsst mich auf den Hals.

Ich bekomme ein schlechtes Gewissen.

»Tut mir leid, dass ich nicht angerufen habe«, sage ich, bevor ich mich aus seiner Umarmung löse, um den Ofen auszuschalten. »Ich wollte – ach, du weißt, wie es mit Freya ist.

Abends wird sie immer so weinerlich, gerade in fremder Umgebung.«

»Also … wie war's?«, fragt Owen. Er holt gerade einen Salat aus dem Kühlschrank, riecht daran und zupft die welken äußeren Blätter ab.

»Kate hatte uns für ein Ehemaligentreffen in Salten House angemeldet und wollte vorher ein paar Tage mit uns verbringen, wir hatten uns ja so lange nicht gesehen.«

»Davon hast du mir ja gar nichts erzählt.« Er fängt an, Tomaten zu schneiden, wobei der blasse Saft über das Brett rinnt. Ich zucke die Schultern.

»Ich wusste es selbst nicht. Kate hat die Karten gekauft, sie wollte uns überraschen.«

»Also … ich muss sagen, überrascht bin ich auch«, sagt Owen nach einer kurzen Pause.

»Warum?«

»Du hast immer gesagt, dass du nie wieder zurückwillst. Zu der Schule, meine ich. Warum jetzt?«

Warum jetzt. Warum jetzt. Mist. *Warum jetzt?*

Eine absolut berechtigte Frage. Und mir fällt keine Antwort ein.

»Ich weiß nicht«, antworte ich leicht gereizt. Ich schiebe ihm seinen Teller mit der Kartoffel zu. »Okay? Ich weiß es nicht. Es war Kates Idee, und ich bin mitgegangen. Können wir das Kreuzverhör jetzt beenden? Ich bin müde, habe gestern Nacht nicht gut geschlafen.«

»Huch!« Owen blickt mich verdutzt an und hebt beschwichtigend die Hände. Er sieht verletzt aus, auch wenn er es nicht zeigen will, und ich würde mir am liebsten auf die Zunge beißen. »Klar, sorry. Himmel, ich wollte mich doch nur unterhalten.«

Und dann nimmt er seinen Teller und geht wortlos ins Wohnzimmer.

Ich spüre einen Stich in der Magengegend, wie einen realen,

physischen Schmerz. Und im ersten Moment will ich ihm hinterherlaufen und alles rauslassen, ihm erzählen, was passiert ist, was wir getan haben, will mich von der Last befreien, die mich zu erdrücken droht …

Doch ich kann nicht. Denn es ist nicht allein mein Geheimnis – es ist genauso ihres. Und ich habe nicht das Recht, sie zu verraten.

Und so schlucke ich das Geständnis runter, das sich da einen Weg nach draußen bahnen will. Ich schlucke es runter und folge Owen ins Wohnzimmer, wo wir schweigend nebeneinander zu Abend essen.

Was ich in den folgenden Tagen lerne, ist, dass die Zeit aus allem eine neue Normalität formen kann. Diese Lektion hätte mir vom letzten Mal noch in Erinnerung sein müssen, als ich versuchte zu verarbeiten, was passiert war.

Damals war ich zu beschäftigt, um dauernd Angst zu haben, sodass sich die ganze Sache bald wie ein entfernter Albtraum anfühlte, etwas, was jemand anderem zu einer anderen Zeit zugestoßen war. Meine Gedanken waren voll mit neuen Dingen – der Anstrengung, mich in der neuen Schule einzufinden, und meiner Mutter, die immer kranker und schwächer wurde. Da blieb keine Zeit, Zeitungen zu lesen, und die Idee, das Internet nach Informationen zu durchkämmen, kam mir damals gar nicht.

Jetzt aber habe ich reichlich Zeit. Wenn Owen zur Arbeit geht und die Tür hinter sich zuzieht, bin ich frei, mich hineinzusteigern. Ich wage es nicht, die Begriffe zu googeln, die ich eigentlich eingeben will – *Salten Reach Leiche identifiziert* –, denn dass selbst das »Inkognito-Fenster« im Browser den Suchverlauf nicht völlig verbirgt, ist mir bewusst.

Stattdessen suche ich mit sorgfältig ausgewählten, erklärbaren und unverdächtigen Begriffen. *Salten Reach Nachrichten. Kate Atagon Salten.* Die Schlagzeilen sollten zutage fördern, was ich suche, ohne eine digitale Fährte, einen blutigen Fingerabdruck zu hinterlassen. Trotzdem lösche ich hinterher den Suchverlauf. Einmal überlege ich sogar, ins Internetcafé am Ende der Straße zu gehen, doch ich verwerfe den Gedanken schnell. Obwohl ich weiß, dass das eigentlich Unsinn ist, befürchte ich, dass Freya und ich Aufmerksamkeit auf uns ziehen würden, und das will ich um jeden Preis vermeiden.

Knapp eine Woche nach meiner Rückkehr nach London erscheint schließlich die Meldung, und am Ende habe ich gar nicht danach suchen müssen. Sie prangt nicht nur vorne auf der Webseite des *Salten Observer*, sondern schafft es sogar in den *Guardian* und in die Online-Nachrichten der BBC, wenn auch dort nur in die Regionalsparte.

> Siebzehn Jahre nach seinem ungeklärten Verschwinden ist die Leiche des Künstlers Ambrose Atagon unweit seines Wohnhauses am Ufer des Reach-Ästuars geborgen worden, einem malerischen Landstrich bei Salten an der Südküste. Atagon wurde landesweit gefeiert für seine Darstellungen der dortigen Küstenlandschaft und Tierwelt. Atagons Tochter, Kate Atagon, hat sich bisher nicht geäußert, während Mary Wren, eine Vertraute der Familie, bekundete, man erhoffe sich nach so vielen Jahren der Ungewissheit endlich einen Abschluss.

Im Stehen lese ich den Absatz wieder und wieder, bis mir schwindelig wird von dem Schock und ich mich an der Tischkante abstützen muss. Es ist passiert. Das, wovor ich mich so lange gefürchtet habe, ist eingetreten. Es ist endlich passiert. Jedoch ist es nicht so schlimm, wie es hätte sein können. Es ist keine Rede davon, dass der Fall bisher ungeklärt ist und weiter untersucht werden muss. Und mit jedem Tag, der vorbeigeht, an dem mein Telefon nicht klingelt und es nicht an der Tür klopft, kann ich mich ein bisschen mehr beruhigen.

Aber ich bleibe weiter sprunghaft und angespannt, kann weder lesen noch die Fernsehabende mit Owen genießen. Als er mich beim Abendessen etwas fragt, fahre ich hoch, gewaltsam aus meinen Gedanken gerissen, und habe keine Ahnung, was er gesagt hat. Immer öfter muss ich mich für etwas entschuldigen.

Gott, wie gerne ich jetzt eine Zigarette rauchen würde. Das Verlangen danach kribbelt mir in den Händen.

Nur einmal werde ich schwach und gönne mir eine. Als ich den Kiosk an der Ecke betrete, rede ich mir ein, nur Milch holen zu wollen, doch an der Kasse frage ich dann – als wäre es mir nachträglich eingefallen – gespielt beiläufig nach einer Zehnerpackung Marlboro Lights. Zum Rauchen gehe ich in den Garten, spüle hinterher den Stummel in der Toilette runter und hasse mich dafür, dass ich schwach geworden bin. Ich nehme eine Dusche und schrubbe meine Hände, bis die Haut pinkfarben und rau ist, wobei ich Freyas zunehmend beleidigtes Geschrei hinter der Badezimmertür ignoriere.

Auf keinen Fall werde ich mein Baby stillen, solange ich nach Rauch stinke.

Als Owen nach Hause kommt, fühle ich mich immer noch schlecht, bin zittrig und fahrig, bis ich schließlich ein Weinglas fallen lasse und in Tränen ausbreche und er mich fragt: »Isa, was ist los mit dir? Seit du aus Salten zurück bist, bist du so merkwürdig. Stimmt irgendetwas nicht?«

Erst kann ich nur schluchzend den Kopf schütteln, doch dann versuche ich mich zu fangen und sage: »Es tut mir leid, es tut mir so leid – ich habe geraucht.«

»Was?« Es ist nicht das, was er erwartet hat, das sehe ich ihm an. »Krass … wie jetzt, wieso das denn?«

»Es tut mir leid.« Langsam beruhige ich mich, doch mein Atem geht immer noch schnell. »Bei Kate habe ich ein paar

Mal gezogen, und dann heute eine, ich weiß nicht, ich konnte nicht anders.«

»Aha.« Er nimmt mich in den Arm und legt sein Kinn auf meinen Kopf. Ich merke, dass er nach Worten ringt. »Na ja … toll finde ich es nicht gerade. Du weißt ja, wie ich dazu stehe.«

»Du kannst dich nicht mehr ärgern, als ich mich über mich selbst. Ich hab mich so eklig gefühlt – ich konnte Freya nicht in den Arm nehmen, bis ich geduscht hatte.«

»Und was hast du mit den restlichen Kippen gemacht?«

»Weggeworfen«, antworte ich nach einer kurzen Pause. Die Pause ist entstanden, weil es eine Lüge ist. Ich habe die Packung nicht weggeworfen, wieso, weiß ich nicht. Ich wollte erst – aber dann habe ich sie doch in meine Handtasche gesteckt, bevor ich duschen ging. Ich werde so oder so keine weitere mehr rauchen, also spielt es keine Rolle, oder? Es läuft auf dasselbe hinaus: Ich werde sie wegwerfen, und dann wird das, was ich gesagt habe, wahr sein. Doch während ich hier stehe, stocksteif und verschämt in Owens Armen, ist es noch eine Lüge.

»Ich liebe dich«, sagt er dann. »Deshalb will ich nicht, dass du rauchst – das weiß du, oder?«

»Ich weiß«, sage ich mit tränenerstickter Stimme. Und dann fängt Freya an zu schreien, und ich löse mich von Owen, um sie auf den Arm zu nehmen.

Aber er scheint verwirrt. Er weiß, dass etwas nicht stimmt … er weiß nur nicht, was.

Auch wenn nach und nach eine Art Normalität in unseren Alltag zurückzukehren scheint, erinnern Kleinigkeiten mich immer wieder daran, dass dem nicht so ist, oder wenn doch, dann ist es eine neue Normalität, nicht unsere alte. Zum einen sind da meine Kieferschmerzen, und als ich sie Owen gegenüber flüchtig erwähne, erklärt er mir, dass ich im Schlaf mit den Zähnen knirsche.

Dann die Albträume. Es geht nicht mehr länger nur um das

Geräusch einer Schaufel in nassem Sand, das Schaben einer Plane über einen Strandpfad. Jetzt sind da auch Menschen, Beamte, die mir Freya aus den Armen reißen, und wenn ich protestieren will, erstarrt mein Mund in einem stummen Schrei.

Ich gehe Kaffee trinken mit meiner Müttergruppe, wie sonst auch. Ich gehe in die Bibliothek, wie sonst auch. Doch Freya spürt meine Anspannung, meine Angst. Nachts wacht sie weinend auf, und dann stolpere ich an ihr Bettchen und nehme sie hoch, bevor sie Owen wecken kann. Tagsüber ist sie quengelig und unzufrieden, will die ganze Zeit auf den Arm, bis mir der ganze Rücken wehtut.

»Vielleicht kriegt sie Zähne«, vermutet Owen, aber das ist nicht der Grund. Ich bin der Grund. Es ist das Adrenalin, das die ganze Zeit durch meinen Körper pumpt, in die Milch und durch die Haut strömt, und Freya bekommt alles ab.

Ich bin die ganze Zeit unter Strom, die Muskeln in meinem Nacken fühlen sich an wie Drahtseile, permanent angespannt, als würde ich mich für etwas wappnen, für einen Blitzschlag aus dem Nichts, der den fragilen Status Quo zerstört. Doch er kommt in anderer Form, als ich erwartet habe.

Es ist Owen, der an die Tür geht, an einem Samstag. Ich liege mit Freya noch im Bett, froschbeinig fläzt sie sich auf der Bettdecke, den Mund weit offen, und unter ihren dünnen Lidern zucken die Augen im Traum hin und her.

Ich döse wieder ein, und als ich aufwache, stehen eine Tasse neben dem Bett und eine Vase mit Blumen. Rosen.

Der Anblick reißt mich augenblicklich aus dem Schlaf, und ich überlege fieberhaft, ob ich etwas vergessen habe. Nicht unseren Jahrestag – der ist im Januar. Mein Geburtstag erst im Juli. Mist. Was dann?

Irgendwann gebe ich auf. Ich muss meine Unwissenheit gestehen und fragen.

»Owen?«, rufe ich leise, und kurz darauf kommt er rein,

hebt unsere unruhig gewordene Tochter hoch, legt sie an seine Schulter und tätschelt ihr den Rücken, während sie sich katzengleich streckt und gähnt.

»Na, du Schlafmütze. Hast du den Tee gesehen?«

»Ja, danke. Aber was ist mit den Blumen? Gibt es was zu feiern?«

»Das wollte ich dich fragen.«

Ich sehe ihn fragend an. »Die sind gar nicht von dir?«, frage ich und nehme einen Schluck Tee. Er ist nur noch lauwarm, aber trinkbar.

»Nee. Lies die Karte.«

Unter der Vase steckt eine kleine nichtssagende Blumenladenkarte in einem unversiegelten, unbeschrifteten weißen Umschlag. Ich ziehe sie heraus und lese.

*Isa,* steht darauf, in einer Schrift, die ich nicht erkenne, vermutlich der Blumenhändlerin. *Mein Verhalten tut mir sehr leid. Bitte verzeih mir. Alles Liebe, Luc.*

Verdammt.

»Also … hm … wer ist Luc?« Owen nimmt einen Schluck von seinem eigenen Tee und beäugt mich über den Rand der Tasse hinweg. »Sollte ich mir Sorgen machen?«

Es soll wie ein Scherz klingen, aber er meint es nur halb im Scherz. Auch wenn er überhaupt kein eifersüchtiger Typ ist, hat sein Blick etwas Spekulatives, und ich kann es ihm nicht übelnehmen. Würde er von einer fremden Frau rote Rosen bekommen, hätte ich wohl auch ein paar Fragen.

»Hast du die Karte etwa gelesen?«, frage ich und merke im selben Moment, als sein Ausdruck sich verfinstert, dass meine Wortwahl unglücklich war. »Ich meine, ich meinte nicht …«

»Auf dem Umschlag stand kein Name.« Seine Stimme klingt kühl. »Ich habe sie gelesen, um herauszufinden, für wen sie sind. Ich spioniere dir nicht hinterher, falls du das meinst.«

»Nein«, wehre ich ab, »natürlich meinte ich das nicht. Ich wollte nur …« Ich halte inne und hole Luft. Es läuft völlig falsch. Ich hätte nicht so anfangen dürfen. Ich versuche mich zu erklären – zu spät. »Luc ist Kates Bruder.«

»Ihr Bruder?« Owen zieht fragend eine Augenbraue hoch. »Ich dachte, sie wäre Einzelkind.«

»Stiefbruder.« Ich wende die Karte zwischen meinen Fingern. Woher hat er meine Adresse? Owen fragt sich bestimmt, wofür Luc sich entschuldigt, aber was soll ich antworten? Ich kann ihm nicht sagen, was Luc wirklich getan hat. »Er – es gab ein Missverständnis, als ich bei Kate war. Eigentlich total albern.«

»Wow«, sagt Owen, scheinbar amüsiert. »Wenn ich jedes Mal nach einem Missverständnis Rosen verschicken würde, wäre ich pleite.«

Ich muss es ihm sagen, ohne Luc als Psychopathen hinzustellen. »Es ging um Freya«, setze ich an und zögere. Wenn ich ihm erzähle, dass Luc unsere Tochter jener Person unerlaubt weggenommen hat, die eigentlich auf sie aufpassen sollte, wird er garantiert wollen, dass ich die Polizei einschalte, und das ist genau das, was ich nicht tun kann. Ich muss die Wahrheit sagen, aber nicht die ganze Wahrheit. »Es ist, ach, es ist etwas kompliziert. Also, für den Abend an der Schule hatte ich eine Babysitterin beauftragt, aber die war etwas zu jung und kam mit Freyas Weinkrämpfen nicht gut zurecht. Es war dumm von mir – ich hätte Freya nicht bei einer Fremden lassen sollen, aber Kate sagte, das Mädchen sei erfahren … Jedenfalls war Luc zufällig da, als Freya weinte, und so bot er an, mit Freya ein bisschen spazierenzugehen, um sie zu beruhigen. Aber ich bin ausgeflippt, weil er mich nicht gefragt hatte, bevor er mit ihr aus dem Haus gegangen ist.«

Fragend zieht Owen die Augenbrauen hoch.

»Also, der Typ hat dir geholfen, du hast ihn zur Sau gemacht, und jetzt schickt er dir Rosen. Etwas übertrieben, findest du nicht?«

Mist. Ich mache alles nur schlimmer.

»In dem Moment war das alles etwas komplizierter«, sage ich, und in meiner Stimme schwingt eine Spur von Trotz mit. »Können wir vielleicht darüber reden, wenn ich geduscht habe?«

»Klar.« Owen hält die Hände in die Luft. »Lass dich nicht aufhalten.«

Doch auf dem Weg ins Bad sehe ich ihn argwöhnisch die Vase betrachten, es ist der Ausdruck eines Mannes, der zwei und zwei zusammenzählt … und dem die Antwort nicht gefällt.

Später am selben Tag, als Owen mit Freya zum Supermarkt gefahren ist, nehme ich die Blumen aus der Vase und stopfe sie draußen in die Mülltonne, ohne Rücksicht auf die Dornen, die mir die Haut zerkratzen.

Obendrauf kippe ich die Plastiktüte mit dem Müll der letzten Woche, presse sie mit Gewalt rein und knalle den Deckel zu, als könnte ich die Blumen einfach vergessen machen, indem ich sie unter genug Abfall begrabe.

Meine Hände zittern, als ich sie danach unter fließendem Wasser wasche, um das Blut von den Dornen wegzuspülen, und ich brenne darauf, Kate oder Fatima oder Thea anzurufen und ihnen zu erzählen, was Luc getan hat. Wollte er sich wirklich nur entschuldigen? Oder steckt ein anderer, finsterer Beweggrund dahinter?

Ich bin schon so weit, zum Telefon zu greifen und Kates Nummer zu wählen – tue es dann aber doch nicht. Sie hat genug andere Sorgen, so wie die anderen auch, und ich sollte sie nicht mit etwas beunruhigen, bei dem es sich vielleicht tatsächlich nur um eine simple Entschuldigung handelt.

Aber was mich doch umtreibt, ist die Frage, wie er an meine Adresse gekommen ist. Kate? Die Schule? Doch dann fällt mir mit einem unguten Gefühl wieder ein, dass ich ja noch im Telefonbuch stehe. Und weil es in Nord-London nicht viele

Isa Wildes geben dürfte, war es wahrscheinlich nicht so schwer, mich zu finden.

Meine Gedanken rasen, während ich in der Wohnung auf und ab laufe, und schließlich wird mir klar, dass ich mich ablenken muss, wenn ich nicht verrückt werden will. Also gehe ich nach oben, leere die Schublade mit Freyas Sachen und sortiere die zu klein gewordenen Strampler aus. In dieser Aufgabe gehe ich eine Weile auf und ertappe mich sogar dabei, wie ich ein Lied summe, einen albernen Popsong, der bei Kate im Radio lief, und allmählich beruhigt sich mein Puls und meine Hände hören auf zu zittern.

Die aussortierten Sachen werde ich bügeln und auf dem Dachboden in Plastikkisten für später lagern, wenn – falls – Freya ein Geschwisterchen bekommt.

In dieser Nacht liege ich im Bett, lausche Freyas schniefenden Atemzügen und Owens leisem Schnarchen und kann nicht einschlafen.

Ich bin müde. Ich bin immer müde in letzter Zeit. Seit Freyas Geburt habe ich sowieso nicht mehr richtig geschlafen, aber es ist nicht nur das – ich kann einfach nicht mehr abschalten. Ich erinnere mich gut an das Mantra meiner ersten Besucher nach der Geburt – *immer schlafen, wenn das Baby schläft*! Und ich hätte am liebsten laut gelacht. Versteht ihr denn nicht?, wollte ich antworten. Ich werde nie wieder schlafen können, nie wieder richtig schlafen. Ich werde nie wieder jenen Zustand totaler, tiefer Bewusstlosigkeit erreichen, zu dem ich vorher fähig war, bevor Freya auf die Welt kam, und in den sich Owen anscheinend immer noch spielend leicht versetzen kann.

Denn jetzt habe ich *sie*. Freya. Und sie ist mein und meine Verantwortung. Alles Mögliche könnte ihr zustoßen – sie könnte im Schlaf ersticken, das Haus könnte abbrennen, ein Fuchs könnte durch das offene Badezimmerfenster eindringen und sie anfallen. Und so schlafe ich stets mit einem gespitzten Ohr, um beim geringsten Anzeichen dafür, dass etwas nicht stimmen könnte, zum Sprung bereit zu sein.

Und da im Moment gar nichts stimmt, kann ich nicht schlafen.

Ich muss immer wieder an Luc denken, an den hochgewachsenen, zornigen Mann in der Post und den Jungen von früher. Wie passen die beiden zusammen?

Er war so schön, daran erinnere ich mich gut. Wie er unter dem Sternenhimmel auf dem Steg lag, die Augen geschlossen, eine Hand lässig im Wasser. Und ich erinnere mich daran, wie ich neben ihm lag, sein Profil im Mondschein betrachtete, und an die Schmetterlinge in meinem Bauch, das unbändige Verlangen.

Er war mein erster … Schwarm, so würde man es wohl nennen, auch wenn das Wort der Heftigkeit meiner Gefühle eigentlich nicht gerecht wird. Ich hatte schon vorher Jungs getroffen, Freunde von Will, Brüder meiner Mitschülerinnen. Aber nie zuvor hatte ich so dicht neben einem Jungen gelegen, dessen Schönheit einem das Herz brechen konnte.

Ich erinnere mich daran, wie ich meine Hand zu seiner Schulter ausstreckte – meine Fingerspitzen waren ihm so nah, dass ich die Wärme seiner nackten, im Mondlicht silbern schimmernden Haut spüren konnte.

Und jetzt, hier im Bett neben meinem Kind und dem Vater meines Kindes, stelle ich mir vor, wie ich die Hand ausstrecke und Luc sich zu mir dreht und seine unbeschreiblichen Augen öffnet. Ich stelle mir vor, wie er meine Wange berührt, und ich stelle mir vor, wie ich ihn küsse, wie ich es vor so vielen Jahren schon einmal tat. Nur diesmal würde er nicht erschrocken zurückweichen – er würde mich ebenfalls küssen. Und ich spüre es wieder in mir aufsteigen, dieses unstillbare Verlangen, aus dem man nie wieder auftauchen möchte.

Ich schließe die Augen und will den Gedanken verdrängen, doch meine Wangen glühen. Wie kann ich neben meinem Mann im Bett liegen und über einen Jungen fantasieren, für den ich vor fast zwei Jahrzehnten einmal geschwärmt habe? Ich bin doch kein kleines Mädchen mehr. Ich bin eine erwachsene Frau und Mutter eines Kindes.

Und Luc … Luc ist schon längst nicht mehr dieser Junge. Er ist ein Mann, ein wütender Mann. Und ich bin eine der Personen, auf die er wütend ist.

Obwohl wir vor unserem Wiedersehen viele Monate, oft Jahre keinen Kontakt miteinander hatten, ist der Drang, mit den anderen zu sprechen, jetzt plötzlich wie ein ständiges Kribbeln auf der Haut, ein Verlangen unter der Oberfläche, vergleichbar mit der Lust auf eine Zigarette, die mich seit kurzem so häufig wieder überkommt.

Jeden Morgen denke ich beim Aufwachen an die Packung, die sich immer noch in meiner Handtasche befindet, und an die Telefonnummern, die in meinem Handy gespeichert sind. Wäre es wirklich so heikel, sich zu treffen?

Es fühlt sich an, als würde ich ein Unglück heraufbeschwören, doch mit jedem Tag, der verstreicht, wird das Verlangen stärker. Dabei geht es nicht nur um das ungebetene Blumengeschenk – wobei es eine Erleichterung wäre, endlich mit ihnen darüber sprechen zu können. Ich würde gern wissen, wie es den anderen geht, wie *sie* das alles ertragen. Solange wir bei unserer Geschichte bleiben – dass wir nichts wissen, nichts gesehen haben –, hat niemand etwas gegen uns in der Hand. Wenn wir das aushalten, ist alles gut. Aber ich mache mir Sorgen. Besonders um Thea und ihren Alkoholkonsum. Wenn nur eine von uns nachgibt, sind wir alle dran. Und jetzt, nachdem Ambroses Leiche gefunden wurde, ist es nur noch eine Frage der Zeit, bis wir einen Anruf erhalten.

Der Gedanke an diesen Anruf geht mir nicht mehr aus dem Kopf. Jedes Mal, wenn das Telefon klingelt, zucke ich zusammen und schaue auf das Display, bevor ich drangehe. Als einmal die Nummer unterdrückt war, ließ ich es klingeln, bis sich der Anrufbeantworter einschaltete. Eine Nachricht wurde nicht hinterlassen. Wahrscheinlich irgendein Callcenter, sagte ich mir, doch ich wartete mit weichen Knien darauf, dass der anonyme Anrufer es wieder probieren würde.

Aber nichts ist passiert. Trotzdem gehe ich den Anruf in Gedanken immer wieder durch, male mir aus, wie die Polizei uns zu den Zeitabläufen befragt und unsere Version der Geschichte gnadenlos zerpflückt. Und zu einer Frage kehre ich immer wieder zurück, stelle mir vor, dass sie sich daran festbeißen wie Ratten. Auf diese Frage weiß ich keine Antwort.

Ambrose hat sich umgebracht, weil ihm wegen groben Fehlverhaltens die Kündigung bevorstand. Weil sie in seinem Skizzenbuch oder in seinem Atelier oder sonst irgendwo die Zeichnungen gefunden hatten. Das zumindest haben wir immer gedacht, wir alle.

Aber wenn das der Fall ist, warum wurden wir dann erst am Samstag in Miss Weatherbys Büro bestellt?

Heute Nacht, während Owen neben mir schnarchte, bin ich den Ablauf der Ereignisse wieder und wieder durchgegangen, trotzdem kann ich mir keinen Reim darauf machen. Ambrose starb an einem Freitagabend, und an diesem Tag war in der Schule alles völlig normal gewesen – der Unterricht verlief wie immer, und als ich Miss Weatherby am Abend während der Studierzeit sah, schien alles in bester Ordnung zu sein.

*Wann* sind sie überhaupt auf die Zeichnungen gestoßen – und wo? Irgendwo in meinem Unbewussten formt sich eine Antwort auf die Frage, und ich will nicht allein sein, wenn sie zutage tritt.

Schließlich, fünf oder sechs Tage nach der Zeitungsmeldung, halte ich es nicht mehr aus und schreibe Fatima und Thea eine Nachricht. *Lust und Zeit für ein Treffen? Wäre schön, euch zu sehen.*

Fatima antwortet zuerst. *Kaffee diesen Samstag? Vorher geht's leider nicht. 15 Uhr, irgendwo zentral?*

*Perfekt,* schreibe ich zurück. *Passt mir sehr gut. Thea?*

Thea lässt sich mit ihrer Antwort vierundzwanzig Stunden Zeit und formuliert sie auf typisch konzise Art: *P Quot in S Ken?*

Etwa zehn Minuten dauert es, bis der Groschen fällt, genau in diesem Moment trifft Fatimas Antwort ein.

*Alles klar, Samstag um drei im Pain Quotidien in South Kensington. Bis dann!*

»Kannst du am Samstagnachmittag Freya übernehmen?«, frage ich Owen wie beiläufig an diesem Abend beim Essen.

»Klar.« Er steckt sich eine Gabel voll Spaghetti Bolognese in den Mund und nickt kauend, bevor er fortfährt: »Weißt du doch. Du solltest öfter ausgehen. Was hast du denn vor?«

»Ein paar Freundinnen treffen«, antworte ich ausweichend. Es stimmt zwar, aber ich will ihm nicht die ganze Wahrheit erzählen. Er würde sich wundern, warum ich Fatima und Thea so kurz nach dem Besuch bei Kate sehen will.

»Welche, die ich kenne?«, hakt Owen nach, und ich spüre einen Anflug von Widerwillen. Es ist nicht nur, dass ich nicht antworten will, noch vor einer Woche hätte er so eine Frage erst gar nicht gestellt. Bestimmt sind die Blumen der Grund. Als Owen nach Hause kam und sah, dass die Blumen verschwunden waren, sagte er zwar nichts, aber ich bin mir sicher, dass er sie nicht vergessen hat. Ich merke es ihm an.

»Freundinnen halt«, sage ich und füge gedankenlos hinzu: »Aus dem Geburtsvorbereitungskurs.«

»Ach, cool, wen denn?«

Mir rutscht das Herz in die Hose, als mir klar wird, dass ich mich schon wieder in eine Lüge hineinmanövriert habe. Owen und ich haben die Kurse zusammen besucht. Er kennt die Leute. Jetzt will er Details hören, und, wie Kate uns früher immer warnte, der Teufel steckt nun mal im Detail.

»Äh … Rachel«, sage ich schließlich zögernd. »Und Jo, glaube ich. Ich weiß nicht, wer noch alles.«

»Werdet ihr lange unterwegs sein?«, fragt Owen.

Ich schüttle den Kopf. »Nein, nur ein, zwei Stündchen. Wir treffen uns auf einen Kaffee.«

»Kein Problem«, sagt er. »Wird bestimmt nett. Ich nehme Freya mit ins Pub und füttere sie mit Kartoffelchips.«

Ich weiß, das ist ein Scherz, zumindest das mit den Kartoffelchips, aber ich weiß auch, dass er eine Reaktion von mir will, also gebe ich sie ihm: Ich runzle die Stirn und haue ihn über den Tisch hinweg, das ist unser kleines eheliches Pantomimenspiel. Gibt es das wirklich in jeder Beziehung, frage ich mich beim Abräumen der Teller, dieses rituelle Vor und Zurück, diese eingespielten Muster?

Als wir uns abends ins Bett legen, gehe ich davon aus, dass Owen wie immer sofort einschläft – mit dieser Geschwindigkeit und Leichtigkeit in den Tiefschlaf sinkt, um die ich ihn zunehmend beneide, doch zu meiner Überraschung berührt er mich, lässt seine Hand über meinen noch immer schlaffen Bauch, dann zwischen meine Beine gleiten, und ich drehe mich zu ihm, taste nach seinem Gesicht, seinen Armen, dem dünnen Strich dunkler Haare unter seinem Brustkorb.

»Ich liebe dich«, sagt er hinterher, als wir beide mit noch klopfenden Herzen wieder auf dem Rücken liegen. »Das sollten wir öfter machen.«

»Das sollten wir«, antworte ich und schiebe mit Verzögerung hinterher: »Ich liebe dich auch.«

Und in diesem Moment ist es wahr, ich liebe ihn, von ganzem Herzen.

Ich bin schon fast eingedämmert, als er mich mit sanfter Stimme fragt: »Isa, ist alles in Ordnung?«

Ich öffne meine Augen in die Dunkelheit hinein und spüre, wie mein Herzschlag sich wieder beschleunigt.

»Ja.« Ich versuche, möglichst verschlafen zu klingen. »Na klar. Warum fragst du?«

Er seufzt. »Ich weiß nicht. Es ist nur ... ich habe das Gefühl, dass du in letzter Zeit etwas komisch bist, seit diesem Besuch bei Kate.«

*Bitte.* Ich kneife die Augen wieder zu und balle meine Hände zu Fäusten. *Bitte tu das nicht, bitte zwing mich nicht, schon wieder zu lügen.*

»Mir geht es gut.« Ich gebe mir keine Mühe mehr, meine Gereiztheit zu unterdrücken. »Ich bin einfach nur müde, glaube ich. Können wir morgen darüber reden?«

»Klar«, antwortet er, aber in seiner Stimme schwingt Enttäuschung mit. Er weiß, dass ich ihm etwas verschweige. »Es tut mir leid, dass du so müde bist. Du solltest nachts häufiger mich aufstehen lassen.«

»Bringt leider nicht so viel«, sage ich mit einem Gähnen. »Solange wir stillen, müsstest du mich sowieso wecken.«

»Ich sage doch schon die ganze Zeit, wir sollten es noch mal mit der Flasche probieren«, setzt Owen an, und ich spüre den Frust in mir hochkochen, bin kurz davor, ihn anzufahren.

»Owen, können wir dieses Gespräch bitte, bitte ein andermal führen? Ich hab doch gesagt, wie müde ich bin. Ich will nur schlafen.«

»Klar«, wiederholt er, und dieses Mal klingt es, als müsste er seinen Ärger unterdrücken. »Tut mir leid. Gute Nacht.«

Ich will heulen. Ich will ihn schlagen. Ich kann das hier nicht auch noch ertragen, zusätzlich zu allem anderen. Owen ist die eine Konstante in meinem Leben, das Einzige, das nicht von Paranoia und Lügen geprägt ist.

»Bitte, Owen«, flehe ich ihn mit erstickter Stimme an. »Bitte sei nicht böse.«

Doch er antwortet nicht. Er liegt nur schweigend da, und irgendwann rolle ich mich seufzend auf die andere Seite und starre im Dunkeln die Wand an.

Bis später«, rufe ich von der Treppe nach oben. »Ruf mich an, falls irgendwas …«

»Wir kommen zurecht.« Ich muss Owen nicht sehen, um zu wissen, dass er dabei die Augen verdreht. Im nächsten Moment erscheint er mit Freya im Arm an der Wohnungstür. »Geh und hab Spaß, bitte. Mach dir keine Sorgen. Ich kann mich selbst um mein Kind kümmern, okay?«

Ich weiß.

Ich weiß es, ich weiß es, und trotzdem spüre ich, als die Tür hinter Owen ins Schloss fällt, wieder dieses Engegefühl in meiner Brust, als würde das Band zwischen Freya und mir straffer und straffer gezogen.

Vor dem Rausgehen kontrolliere ich noch schnell meine Handtasche. Handy … ja. Schlüssel … ja. Portemonnaie … wo ist mein Portemonnaie? Ich durchwühle noch die Tasche, als mein Blick auf einen Brief in der Ablage fällt, an mich adressiert.

Ich will ihn mit nach oben nehmen und dort mein Portemonnaie suchen, doch dann passieren zwei Dinge auf einmal.

Ich spüre die Beule des Portemonnaies in meiner Jeanstasche. Und ich sehe den Poststempel: Der Brief kommt aus Salten.

Mein Herz beginnt schneller zu schlagen, doch ich sage mir, dass es keinen Grund zur Panik gibt. Ein Brief von der Polizei würde anders aussehen, formeller – nicht handschriftlich, vielleicht sogar in Maschinenschrift, in einem dieser Umschläge mit Fenster.

Das hier ist etwas anderes – ein brauner A5-Umschlag, in dem ich mehrere Seiten Papier fühlen kann.

Kates Handschrift ist es nicht. Es sind ordentliche, unpersönliche Druckbuchstaben, ganz anders als Kates voluminöses Gekrakel.

Könnte es von der Schule kommen? Fotos vom Ehemaligentreffen vielleicht?

Kurz zögere ich, überlege, ob ich den Brief zurücklegen und mich nach meiner Rückkehr darum kümmern soll. Doch dann siegt meine Neugier, und ich reiße den Umschlag auf und ziehe einen kleinen Stapel Papiere heraus.

Offenbar sind es Kopien von Zeichnungen, kein Text. Ich schüttle den Umschlag und suche nach einem Begleitschreiben, einer Erklärung. Nichts. Ich spüre plötzlich einen stechenden Schmerz in der Brust, als würde sich mein Herz zusammenziehen. Mir wird erst heiß, dann eiskalt, meine Finger sind taub, und kurz habe ich Angst, einfach tot umzufallen – fühlt sich so ein Herzinfarkt an?

Und dann kommt von oben ein Geräusch, und ein instinktiver Selbsterhaltungstrieb übernimmt das Kommando, lässt meine Hände fieberhaft die Bilder zusammenraffen.

Erst als ich sie wieder in den Umschlag geschoben habe, beginne ich zu begreifen, was ich da gerade gesehen habe, und ich lege mir die Hände aufs Gesicht, spüre das Glühen auf meinen Wangen und den heftigen Pulsschlag in meinem Hals. Wer hat das geschickt? Wer weiß von den Bildern, woher?

Plötzlich ist der Drang, mit Fatima und Thea zu sprechen, noch stärker geworden, und so stopfe ich den Umschlag tief in meine Handtasche und stürze zur Tür hinaus.

Als ich auf der Straße bin, höre ich ein Geräusch von oben und sehe hinauf. Owen und Freya stehen am offenen Fenster.

Owen hält Freyas pummeliges Händchen und winkt mit ihm.

»Endlich!«, ruft er mir lachend zu. Er hat Mühe, Freya davon abzuhalten, sich freizustrampeln. »Ich dachte schon, du bleibst den ganzen Tag unten im Flur stehen!«

»Ja, s-sorry«, stammele ich und hoffe inständig, dass ihm weder mein roter Kopf noch meine zitternden Hände auffallen. »Ich hab noch geschaut, wie die Züge fahren.«

»Ciao, Mami«, sagt Owen, doch Freya hat genug vom Winken und tritt um sich, um runtergelassen zu werden. Owen bückt sich und setzt sie ab. »Ciao, mein Schatz«, ruft er, als er sich wieder aufrichtet.

»Ciao«, bringe ich krächzend hervor, ein riesiger Kloß in meinem Hals erschwert mir das Sprechen und Schlucken. »Bis später.«

Und dann fliehe ich, so schnell ich kann. Ich kann ihm nicht mehr in die Augen sehen.

Als ich eintreffe, sitzt Fatima schon im Café an einem Tisch, und an ihrer angespannten Haltung und der Art, wie ihre Finger auf dem Tisch trommeln, sehe ich es auf den ersten Blick.

»Du hast sie auch bekommen?«, frage ich anstelle einer Begrüßung und lasse mich auf den Stuhl neben ihr sinken. Sie nickt, ihr Gesicht ist kreideweiß.

»Wusstest du davon?«

»Wovon?«

»Wusstest du, dass wir die Bilder bekommen?«, flüstert sie.

»Was? Nein! Natürlich nicht. Wie kommst du darauf?«

»Na ja, das Timing – unser Treffen. Es erscheint mir irgendwie … geplant?«

»Fatima, *nein.*« Meine Güte, nein, damit hatte ich nicht gerechnet. Dass Fatima denkt, ich hätte davon …»Nein!«, wiederhole ich verzweifelt. Ich könnte heulen bei dem Gedanken, dass sie mir zutraut, ich hätte etwas damit zu tun, hätte sie warnen oder vor etwas beschützen können, es aber nicht getan. »Natürlich wusste ich von nichts – wie kommst du darauf? Das war reiner Zufall. Ich habe sie auch bekommen.«

Dann ziehe ich den Umschlag aus meiner Tasche, sodass die Ecke zu sehen ist, und Fatima starrt mehrere Augenblicke darauf, bevor ihr klar zu werden scheint, was sie mir da unterstellt hat, und sie schlägt die Hände vors Gesicht.

»Isa, es tut mir leid – ich weiß nicht, was in mich gefahren ist. Es war nur –«

Sie verstummt, als ein Kellner an unseren Tisch kommt und fragt: »Was darf es sein? Kaffee? Kuchen?«

Fatima starrt ihn einen Moment lang mit leerem Ausdruck an und reibt sich dann das Gesicht. Sie ist genauso aufgewühlt wie ich und hat sichtlich Mühe, ihre Gedanken zu ordnen.

»Haben Sie Minztee?«, fragt sie schließlich, worauf der Kellner nickt und sich lächelnd mir zuwendet. Mein Gesicht fühlt sich starr an, mein Lächeln wie eine Maske, hinter der sich nackte Angst versteckt. Meine Kehle ist wie zugeschnürt, und ich muss schlucken, bevor ich sprechen kann.

»Ich, äh … könnte ich bitte einen Cappuccino haben?«

»Auch etwas zu essen?«

»Nein, danke«, sagt Fatima, und auch ich wehre kopfschüttelnd ab. Ich fühle mich, als könnte ich schon am kleinsten Bissen ersticken.

Der Kellner ist gerade wieder verschwunden, als die Klingel am Eingang schellt und die Tür aufschwingt. Thea kommt herein, sie trägt eine dunkle Sonnenbrille und roten Lippenstift und sieht sich nervös im Raum um. Kaum hat sie uns entdeckt, sprintet sie regelrecht auf uns zu.

»Woher wusstest du das?«, fährt sie mich an, wobei sie mir den Umschlag unter die Nase hält. »Woher zum Teufel wusstest du das?« Sie schreit die Worte fast, der Umschlag in ihren Händen zittert.

»Thee – ich –« Aber wieder spüre ich die Enge in meinem Hals, und ich bringe kein Wort über die Lippen.

»Thee, reg dich ab.« Fatima zeigt auf den Umschlag, der aus meiner Tasche lugt. »Isa wusste auch nicht mehr als wir.«

Thea blickt von Fatima zu mir, schiebt den Umschlag zurück in ihre eigene Tasche und setzt sich auf den freien Stuhl.

»Also heißt das … wir haben keine Ahnung, wer die Bilder geschickt hat?«

Fatima schüttelt bedächtig den Kopf und sagt dann: »Aber wir können uns eigentlich sicher sein, woher sie kommen.«

»Was meinst du damit?«, fragt Thea.

»Was glaubst du denn? Kate behauptet, dass sie alle Bilder … diese Art von Bildern zerstört hat. Entweder hat sie gelogen oder diese hier stammen aus der Schule.«

»Scheiße«, flucht Thea so laut, dass der Kellner, der gerade an unseren Tisch kommt, um ihre Bestellung aufzunehmen, sich unauffällig wieder verzieht. »Diese verdammten Dreckschweine.« Sie legt den Kopf in die Hände, und ich sehe ihre Nägel, die bis zur Kuppe runtergebissen sind, die blutigen Stellen von der eingerissenen Nagelhaut. »Sollen wir sie fragen?«, sagt sie schließlich. »Kate, meine ich.«

»Wohl eher nicht, oder?«, antwortet Fatima mit finsterer Miene. »Wenn das eine Art Erpressung von ihrer Seite aus sein soll, wenn sie sich die Mühe gemacht hat, uns diese anonymen Umschläge zu schicken und ihre Handschrift zu verstellen, kann ich mir nicht vorstellen, dass sie in dem Moment, in dem wir sie fragen, ob sie die geschickt hat, alles zugibt.«

»Es *kann* nicht Kate sein«, platzt es aus mir heraus. In diesem Moment kehrt der Kellner mit unseren Getränken zurück. Betreten und mit hochroten Köpfen sitzen wir da, während er sie abstellt und Theas Bestellung, einen doppelten Espresso, aufnimmt. Als er weg ist, fahre ich mit gedämpfter Stimme fort: »Das kann nicht sein. Es kann einfach nicht sein – was hätte sie für ein Motiv?«

»Mir gefällt die Vorstellung genauso wenig wie dir«, sagt Fatima gereizt. »Scheiße. *Scheiße,* es ist so ein Riesenchaos. Aber wenn Kate sie nicht geschickt hat, wer dann? Die Schule? Was für ein Motiv sollte *die* denn haben? Die Zeiten haben sich geändert, Isa. Heutzutage würde sicher kein Richter mehr einer Gruppe Schulmädchen irgendeine Mitverantwortung andichten – es wäre ein handfester Missbrauchsskandal, und Salten House würde mittendrin stecken. Wie die mit der Sache umgegangen sind, war absolut haarsträubend, die haben fast so viel zu verlieren wie wir.«

»Wir wurden nicht missbraucht«, sagt Thea. Sie nimmt ihre Sonnenbrille ab, und ich sehe die dunklen Schatten unter ihren Augen. »Ambrose war vieles, aber kein Kinderschänder.«

»Darum geht es nicht«, sagt Fatima. »Was auch immer seine Motivation war, er hat seine *Stellung* missbraucht, daran gibt es nichts zu rütteln, ihr wisst das genauso gut wie ich. Er war ein verantwortungsloser Narr.«

»Er war Künstler«, erwidert Thea. »Und er hat keine von uns je angerührt, oder habt ihr mir etwas anderes zu erzählen?«

»Aber das interessiert doch die Presse nicht!«, zischt Fatima sie an. »Wach auf, Thee. Das ist ein Motiv, verstehst du nicht?«

»Ein Motiv für – seinen Selbstmord, meinst du?« Thea blickt sie verwirrt an, doch ich glaube, ich habe verstanden.

»Ein Motiv für uns ... ihn umzubringen, stimmt's, Fatima? Das wolltest du sagen, oder?«

Sie nickt, und ihr Gesicht unter dem weinroten Hidschab wirkt auf einmal noch blasser. Erneut spüre ich eine Enge in meinem Hals, die mir die Luft raubt. Die Bilder ziehen ungebeten vor meinem inneren Auge vorbei – Ambroses feine Bleistiftstriche, eine Kurve hier, eine Linie hier, eine lose Haarsträhne ... der Körper auf diesen Bildern hat sich verändert, doch das Gesicht, mein Gesicht ist immer noch erschreckend, unverwechselbar mein eigenes, auch nach all den Jahren blickt es einem vom Papier entgegen, so unbefangen und zugleich so verdammt verwundbar ...

»Was?« Thea lacht bitter auf. »Nein. Nein! Das ist doch lächerlich. Wer würde so was glauben? Die Logik erschließt sich mir überhaupt nicht.«

»Pass auf«, sagt Fatima, sie klingt müde. »Vor siebzehn Jahren haben wir gar nicht darüber nachgedacht, was das für uns bedeutete, wir haben die Entdeckung der Zeichnungen nur aus einer Perspektive betrachtet – der von Ambrose. Für ihn war das eine Katastrophe, keine Frage. Aber betrachtet es doch mal vor eurem jetzigen Erfahrungshorizont. Was würdet ihr denken, wenn ihr jetzt, heutzutage, in der Presse davon lesen würdet? Da sehen wir einen Lehrer an einem Internat, der ungewöhnlich viel Zeit mit einer Gruppe Mädchen verbringt, von denen eine seine eigene Tochter ist. Ihr habt es doch von Kate gehört – manche im Dorf spekulieren schon seit langem, ob Ambrose sie missbraucht hat. Dass diese Bilder jetzt auftauchen, trotz Kates Versuchen, sie alle verschwinden zu lassen? In den Augen der Leute wird das unser Verhältnis zu Ambrose radikal verändern, Thee. Wir sind nicht länger seine Schülerinnen, sondern seine Opfer. Und Opfer schlagen manchmal zurück.«

Obwohl sie schon flüstert und ihre Worte unter dem Geräuschteppich des Cafés kaum zu verstehen sind, verspüre ich den Drang, ihr die Hand vor den Mund zu halten, sie anzuflehen, leise zu sein, um Himmels willen den Mund zu halten. Denn sie hat recht. Wir haben die Leiche vergraben. Selbst wenn es nicht vor Gericht kommen würde, die Leute würden sich das Maul zerreißen.

Wir schweigen, als Theas Kaffee gebracht wird.

»Also, wer dann?«, fragt Thea schließlich. »Luc? Jemand aus dem Dorf?«

»Ich weiß es nicht«, seufzt Fatima. »Was auch immer dahintersteckt, ich glaube nicht, dass Kate die Bilder geschickt hat, wirklich nicht. Aber egal, ob sie es nun war oder nicht, fest steht, dass sie gelogen hat, als sie sagte, dass sie die Bilder zerstört hat. Es sind doch nicht dieselben, die die Schule uns gezeigt hatte, oder?«

»Komischerweise«, sagt Thea fast schnippisch, »habe ich damals in Miss Weatherbys Büro nicht so genau auf meine anmutige Pose geachtet. Isa? Erinnerst du dich?«

»Ich weiß nicht«, sage ich. Ich muss nachdenken. Ich versuche, mich an die Bilder zu erinnern, die damals wie ein Fächer vor uns ausgebreitet auf dem Tisch lagen. Es waren nur ein halbes Dutzend Skizzen auf kleinen Zetteln, und nur auf einer war ich allein zu sehen, zumindest glaube ich das … Mist, es ist so lange her. Doch in einem bin ich mir sicher – der Umschlag von heute enthält wesentlich mehr Zeichnungen, als auf Miss Weatherbys Schreibtisch lagen. »Ich glaube, du hast recht«, sage ich zu Fatima. »Ich glaube nicht, dass es die Bilder sind, die die Schule hatte. Es sei denn, sie hielten noch welche zurück. Die, die man uns gezeigt hat … das waren auf jeden Fall weniger als in den Umschlägen. Aber ich denke auch, dass die Schule kein Motiv hätte, sie zu schicken. Sie haben genauso viel zu verlieren wie wir.«

»Wer dann? Luc?«, fragt Thea fordernd. Ich hebe hilflos die Schultern. »Mary Wren? Und was soll das sein, eine Warnung? Oder versucht jemand, uns zu beschützen?«

»Das bezweifle ich«, sage ich. Auch wenn ich diese Version nur allzu gern glauben würde – die Version, in der wir uns nicht ständig davor fürchten müssen, dass uns jemand erpressen will. »Aber es sind ja nur Kopien. Warum sollte uns jemand Kopien schicken?« Andererseits kann ich mir gut vorstellen, dass Kate sich nicht von den Zeichnungen trennen würde. Sie hat sich ja Gott weiß wie an jede andere Erinnerung an ihren Vater geklammert.

»Könnte es sein, dass Kate uns mitteilen will, dass es diese Bilder gibt?«, fragt Thea, doch sie klingt unsicher.

Ich schüttle den Kopf. »Das hätte sie doch schon in der Mühle tun können. Sie jetzt extra zu kopieren und zu schicken … das ergibt keinen Sinn.«

»Stimmt …«, sagt Fatima. »Das Timing wäre seltsam.«

Ihre Worte lösen Unbehagen in mir aus, denn plötzlich fallen mir meine nächtlichen Grübeleien wieder ein, die durch das Eintreffen der Bilder und die Ängste über die möglichen Motive dahinter in den Hintergrund gerückt sind.

Ich trinke von meinem Cappuccino, und als ich die Tasse abstelle, verrät das Klirren auf der Untertasse das Zittern meiner Finger und damit meine Nervosität über das, was ich ihnen sagen werde. Ich hoffe so sehr, dass ich mich irre. Ich will so sehr, dass Fatima und Thea meine Zweifel ausräumen können – aber ich glaube nicht daran.

»Tja, da wäre noch etwas anderes«, sage ich zögernd, und sofort blicken beide zu mir auf. Ich schlucke, der bittere Geschmack des Kaffees klebt mir im Mund. »Ich habe in letzter Zeit darüber nachgedacht, über das Timing der Bilder – nicht die hier«, füge ich hinzu, als ich ihre verdutzten Gesichter sehe. »Die Bilder, die die Schule hatte.«

»Was meinst du?«, fragt Fatima mit gerunzelter Stirn. »Timing?«

»Der Tag vor Ambroses Tod war völlig normal, oder?« Beide nicken. »Aber ich verstehe nicht, wie das möglich gewesen wäre. Wenn die Schule schon von den Bildern gewusst hat, wenn sie schon mit Ambrose darüber gesprochen hatten, warum haben sie dann vierundzwanzig Stunden lang gewartet, bevor sie uns darauf ansprachen? Und warum haben sie so getan, als wüssten sie nicht mit Sicherheit, wer die Bilder gemalt hatte?«

»W-weil ...«, fängt Thea an, stockt gleich wieder und versucht, ihre Gedanken zu ordnen. »Na ja, ich dachte auch immer, dass sie zuerst mit uns sprechen wollten und erst danach mit Ambrose. So muss es doch gewesen sein, oder? Sonst hätten sie ja gewusst, dass es seine waren – er hätte es bestimmt nicht abgestritten.«

Doch Fatima hat längst geschaltet. Sie ist bleich geworden, und die Angst in ihren dunklen Augen, als sie mich unverwandt fixiert, macht mich nur noch nervöser.

»Ich verstehe. Wenn sie noch nicht mit Ambrose gesprochen hatten, woher wusste er dann, dass etwas ans Licht kommen würde?«

Ich nicke schweigend. Ich hatte verzweifelt darauf gehofft, dass Fatima, die kühle, rationale Fatima mit ihrem analytischen Verstand den Fehler in meiner Argumentation herauspicken würde. Ihre Reaktion bestätigt mir, dass es keinen gibt.

»Meine Vermutung ist also«, ergänze ich, »na ja, eigentlich ist es keine Vermutung, sondern eine ziemlich gesicherte Tatsache, dass die Schule die Zeichnungen erst *nach* Ambroses Tod bekommen hat.«

Schweigen. Langes, furchterfülltes Schweigen.

»Du meinst …«, sagt Thea schließlich, und ich kann ihr ansehen, dass sie versucht, es zu drehen und zu wenden, zu einer anderen Deutung zu kommen, einer anderen als der naheliegenden, vor der wir uns alle fürchten. »Was du meinst, ist …«

Sie stockt.

Wieder erfüllt Schweigen die Luft, die Geräusche des Cafés scheinen auf einmal sehr weit weg, kaum hörbar über den Worten, die in meinem Kopf schreien.

Ich kann nicht fassen, was ich gleich aussprechen werde, doch irgendjemand muss es tun. Ich hole Luft und wage es.

»Was ich meine, ist, dass ihn entweder jemand erpresst hat und er wusste, dass die Bilder an die Schule gegeben werden, sodass er handelte, bevor der Skandal losbrach … oder …«

Doch dann kann auch ich nicht weiterreden, zu schrecklich ist die zweite Möglichkeit, denn sie ändert alles – was passiert ist, was wir getan haben, und vor allem, was die Konsequenzen sind.

Am Ende spricht Fatima die Worte aus. Fatima, die es gewohnt ist, Nachrichten über Tod und Leben zu überbringen – erschütternde Testergebnisse, lebensverändernde Diagnosen. Sie nimmt den letzten Schluck Minztee und vollendet meinen Satz mit ruhiger Stimme:

»Oder er wurde ermordet.«

In der U-Bahn auf dem Nachhauseweg wirbeln und tanzen die Fakten in meinem Kopf herum, in Gedanken verschiebe und ordne ich sie immer wieder neu, als könnten sie endlich Sinn ergeben, wenn ich einfach nur die Karten neu mische.

Beihilfe zum Mord. Womöglich sogar Mordverdacht, sollte Fatima recht behalten.

Damit ändert sich alles, und mir wird heiß und kalt zugleich, als ich erkenne, in was wir da womöglich hineingestolpert sind. Auf einmal fühle ich eine unbändige Wut. Wut auf Thea und Fatima, weil sie mir meine Befürchtungen nicht ausgeredet haben. Wut auf mich selbst, weil ich nicht früher darauf gekommen bin. Siebzehn Jahre lang habe ich die Gedanken an das, was passiert ist, verdrängt. Siebzehn Jahre lang habe ich damit zugebracht, die Erinnerungen unter einem Zentner banaler Alltagssorgen und Pläne zu begraben.

Aber ich hätte daran denken sollen.

Ich hätte jeden Tag daran denken, jeden möglichen Winkel beleuchten sollen. Denn jetzt, da ich an diesem einen Strang gezogen habe, kommt das ganze wirre Lügengeflecht der Vergangenheit wieder zum Vorschein.

Je länger ich darüber nachdenke, desto überzeugter bin ich, dass die Zeichnungen erst an jenem Morgen, dem Morgen *nach* Ambroses Tod aufgetaucht sind. Natürlich könnte es sein, dass Miss Weatherbys Verhalten am Abend zuvor nur überzeugend geheuchelt war – doch warum? Für die Schule gab es keinen Grund abzuwarten, bevor man uns konfrontierte. Hätte Miss Weatherby die Bilder schon am Freitag gesehen, hätte sie uns garantiert noch am selben Tag zu sich bestellt. Nein, der Schluss ist unausweichlich: Die Zeichnungen tauchten auf, nachdem Ambrose gestorben war.

Aber wer steckte dahinter? Und noch wichtiger: Warum?

Jemand, der ihn erpresste und seine Drohung schließlich wahrmachte?

Jemand, der ihn getötet hatte und ein Motiv für seinen Selbstmord nachliefern wollte?

Oder … war es möglich … könnte Ambrose selbst sie in einem Anfall von Reue geschickt haben, bevor er sich die tödliche Dosis spritzte?

Diesen Gedanken verwerfe ich fast sofort. Was Ambrose getan hat, indem er uns zeichnete, mag rechtlich und moralisch falsch gewesen sein, ein Missbrauch seiner Stellung, wie Fatima gesagt hat. Vielleicht mag er das mit der Zeit auch selbst so gesehen haben.

Aber in einem Punkt bin ich mir absolut sicher: Ganz gleich, wie er zu dem Zeitpunkt darüber dachte, er hätte die Zeichnungen niemals der Schule geschickt. Nicht um sein eigenes Gesicht zu wahren, sondern weil er uns, weil er *Kate* niemals diese Demütigung angetan hätte. Seine Zuneigung, seine Liebe zu uns war zu groß, und während die U-Bahn durch den Tunnel braust, bleibt mir diese Gewissheit: Er hat uns geliebt, um Kates willen und um unserer selbst willen.

Also wer dann?

Jemand aus dem Dorf, der eines Tages in der Mühle etwas gesehen hat, was er nutzen konnte, um Ambrose zu erpressen?

Ich will, dass diese Variante wahr ist. Denn die Alternative … die Alternative ist fast undenkbar. Mord.

Und hier gibt es noch viel weniger Personen mit einem Motiv.

Luc nicht. Er ist derjenige, der durch Ambroses Tod am meisten verloren hat. Er verlor sein Zuhause, seine Schwester und seinen Adoptivvater. Er verlor den Boden unter den Füßen.

Auch keiner der Dorfbewohner, zumindest soweit ich das einschätzen kann. Nicht für einen Mord. Warum sollten sie einen Mann töten, der einer von ihnen war?

Also wer dann? Wer hatte Zugang zu den Zeichnungen, zum Drogenvorrat? Und wer war im Haus, bevor er starb?

Ich presse mir die Finger gegen die Schläfen, versuche, nicht an das letzte Gespräch mit Fatima und Thea zu denken – wir alle mit Sonnenbrille gegen die sengende Nachmittagssonne, auf dem Weg zur U-Bahn-Station.

Im Durchgang zur Station blieb Thea plötzlich stehen und sagte: »Ähm, da ist noch etwas …« Sie wirkte nervös, wie automatisch führte sie die Finger an ihren Mund.

»Lass doch das Nägelkauen«, sagte Fatima, aber mit Sorge, nicht mit Strenge in der Stimme. »Was? Was ist?«

»Es geht um Kate. Und Ambrose. Ach, Scheiße.« Sie fuhr sich mit den Händen durchs kurze Haar, ihre Miene war starr vor Anspannung. »Nein. Nein, ist schon gut.«

»Du kannst doch nicht erst so was sagen und dann doch nicht.« Ich lege ihr die Hand auf den Arm. »Außerdem scheint es dich ja zu beschäftigen. Lass es raus, was immer es ist. Danach wirst du dich besser fühlen. Geteiltes Leid und so …«

»Hör auf mit dem Scheiß«, fuhr Thea mich wütend an. »Das hat uns ja schon immer viel gebracht.« Ihr Gesicht zuckte, und dann sagte sie: »Hört zu – was ich euch jetzt erzähle … es heißt nicht, dass ich glaube … ich will nicht, dass ihr denkt …«

Sie zögerte noch einen Moment, kniff sich in die Nase, während Fatima und ich still abwarteten, in dem Wissen, dass nur Geduld Theas Geheimnis an den Tag bringen könnte.

Und dann erzählte sie es uns schließlich.

Ambrose hatte geplant, Kate wegzuschicken. Ganz weg. Auf ein anderes Internat.

Er war betrunken, als er es Thea erzählte. Kate, Fatima und ich waren schwimmen gegangen, während Thea mit Ambrose in der Mühle geblieben war. Er trank Rotwein, starrte an die Decke und versuchte, mit einer Entscheidung ins Reine zu kommen, die er am liebsten nicht treffen wollte.

»Er hatte mich nach Schulen gefragt«, sagte Thea. »Wie es in Salten sei im Vergleich zu meinen früheren Schulen. Ob ich glaubte, dass mir die häufigen Wechsel geschadet hätten. Er war ziemlich voll und lallte ein wenig, doch dann sagte er etwas über Eltern-Kind-Bindung, und plötzlich hatte ich dieses schlimme Gefühl im Magen. Er meinte Kate.«

Sie holt tief Luft, als stünde sie immer noch unter Schock.

»Ich sagte zu ihm: ›Ambrose, tu das nicht. Du wirst Kate das Herz brechen.‹ Er antwortete nicht sofort, doch schließlich sagte er: ›Ich weiß. Aber ich kann das nicht … so kann es nicht weitergehen. Es ist nicht richtig.‹«

Was kann nicht weitergehen? Thea hatte nachgehakt, oder es zumindest versucht, doch in dem Moment kamen wir anderen zurück, wrangen uns lachend das Wasser aus den Haaren, und Ambrose nahm seine Weinflasche und verzog sich nach oben in sein Atelier.

Den ganzen Abend lang und für den Rest der folgenden Woche rätselte Thea: Weiß Kate, was er vorhat? Hat sie eine Ahnung?

Und dann war Ambrose plötzlich tot. Und alles brach entzwei.

*So kann es nicht weitergehen.* Die Worte hallen noch in meinem Kopf, während ich von der U-Bahn nach Hause laufe. Ich bin so in meine Gedanken versunken, dass ich die glühende Sonne in meinem Nacken kaum bemerke.

*Es ist nicht richtig.* Was meinte er damit? Ich versuche, mir vorzustellen, was Kate getan haben könnte, das schlimm genug wäre, sie fortzuschicken – aber meine Fantasie reicht nicht aus. Er hatte zugesehen, wie Kate, wie wir alle in diesem Schuljahr ein paar Dummheiten begingen, falsche Entscheidungen trafen, mit Alkohol, Drogen und Sex experimentierten. Und er hatte nichts gesagt. Das war nicht weiter überraschend, angesichts seiner eigenen Vergangenheit saß er, was das anging, im Glashaus. Stattdessen reagierte er stets liebevoll und wies uns ohne jeden Vorwurf darauf hin, dass wir uns in Gefahr begaben. Nur ein einziges Mal wurde er richtig böse: Als Kate in der Disco diese Pille genommen hatte.

*Bist du verrückt geworden? Hast du irgendeine Ahnung, was diese Dinger mit deinem Körper machen? Kannst du verdammt noch mal nicht einfach ein bisschen gesundes Gras rauchen?*

Aber selbst dann gab es keinen Hausarrest, keine Strafe – er war bloß enttäuscht und besorgt. Er sorgte sich um sie, um uns. Er wollte unser Bestes. Er schüttelte den Kopf, wenn er uns rauchen sah, blickte Thea traurig an, wenn sie mit Pflastern und Verbänden auftauchte, die mysteriöse Schnitte und Brandwunden verdeckten. Fragten wir ihn, sagte er uns seine Meinung, gab uns Rat. Aber mehr nicht. Keine Verurteilung, kein moralischer Zeigefinger. Er klagte nicht an, demütigte nicht.

Er liebte uns alle. Aber vor allem liebte er Kate – liebte sie so innig, so bedingungslos, dass es mir manchmal den Atem verschlug. Vielleicht hatte es auch damit zu tun, dass die beiden nach dem Tod von Kates Mutter so lange zu zweit gewesen waren – doch manchmal war da etwas, in der Art, wie er sie ansah, wie er ihr eine Haarsträhne hinters Ohr strich, wie er sie in seinen Skizzen auf Papier bannte, als wollte er sie … nicht einsperren, aber eine Quintessenz von ihr festhalten, etwas von ihr bewahren, auf Papier, wo es ihm niemand wegnehmen konnte. Aus all dem sprach eine grenzenlose Hingabe, wie ich sie ab und zu bei meinen eigenen Eltern zu spüren glaubte, aber nur vage, wie durch Milchglas oder in weiter Ferne. In Ambrose jedoch war dieses Gefühl eine helle, lodernde Flamme.

Uns liebte er zwar auch, doch Kate war sein Ein und Alles. Nicht auszudenken, dass er sie wegschicken wollte.

Was also konnte so schlimm gewesen sein, dass ihm keine andere Wahl blieb?

»Bist du dir sicher?«, fragte ich Thea und fühlte mich, als würde mein Leben gerade durchgerüttelt wie eine Schneekugel, in der sich erst alles wieder setzen müssste. »Hat er das wirklich gesagt?«

Erst nickte sie, und als ich nachhakte, antwortete sie: »Glaubst du wirklich, ich würde mich bei so etwas verhören?«

*So kann es nicht weitergehen …*

Was ist passiert, Ambrose? Hatte Kate etwas angestellt?

Oder … der Gedanke dreht mir fast den Magen um … war es etwas anderes? Wollte Ambrose Kate beschützen? Vor etwas, das er selbst getan hatte?

Ich weiß es nicht. Ich habe keine Antworten auf die Fragen, die in meinem Kopf herumschwirren, während ich mich mit eiligen Schritten unserer Straße nähere.

Bald bin ich da und werde all diese Gedanken zur Seite schieben müssen, um mich wieder in Owens Lebensgefährtin und Freyas Mutter zu verwandeln.

Doch die Fragen setzen mir weiter zu, wie Raubvögel kreisen sie über mir, hacken auf mich ein, sodass ich beim Gehen zusammenzucke und das Gesicht abwende, um ihnen auszuweichen, aber es gelingt mir nicht.

Was hat Kate getan? Was hat sie getan, dass man sie wegschicken musste? Und was hätte sie getan, um das zu verhindern?

Beihilfe zum Mord.
Beihilfe zum Mord.

Ganz gleich, wie oft ich diese drei Wörter in meinem Kopf wiederhole, ich begreife sie nicht. Beihilfe zum Mord. Ich sitze mit Freya im Arm auf dem Stillsessel im Schlafzimmer, zum Schutz vor der Abendsonne sind die schwarzen Rollladen heruntergelassen, und es ist dunkel im Zimmer, während diese drei Wörter in Endlosschleife in meinem Kopf abgespult werden und mich mit kaltem Entsetzen erfüllen.

Und dann, als hätte jemand das Licht eingeschaltet, kommt mir plötzlich der rettende Gedanke. Der Abschiedsbrief. Daran muss ich mich festhalten.

Freya scheint eingeschlafen zu sein, doch als ich sie vorsichtig lösen will, greift sie plötzlich mit ihren starken kleinen Fingern nach mir wie ein Klammeräffchen und beginnt mit frischer Energie zu saugen, wobei sie ihr Gesicht in meiner Brust vergräbt, als wollte zurück sie in den schützenden Mutterleib.

Nach einer Minute habe ich eingesehen, dass sie nicht kampflos aufgeben wird, lasse mich seufzend im Stuhl zurücksinken und gebe mich wieder meinem Gedankenkarussell hin.

Ambroses Brief. Ein Abschiedsbrief. Wäre er ermordet worden, hätte er keinen Abschiedsbrief geschrieben.

Ich habe ihn gelesen, doch alles, woran ich mich erinnere, sind einzelne Satzfetzen, und daran, dass die Handschrift am Ende nur noch eine schwer entzifferbare Krakelei war. *Ich habe meine Entscheidung getroffen und meinen Frieden mit ihr gemacht … Kate, mein Schatz, bitte verstehe, dass ich es aus Liebe tue – es ist das Letzte, was ich tun kann, um euch zu beschützen … Ich liebe dich und bitte dich: Mach weiter. Lebe, liebe, sei glücklich. Und vor allem: Lass all das nicht umsonst gewesen sein.*

*Liebe. Schutz. Aufopferung.* Mit dieser Deutung habe ich über all die Jahre gelebt. So hatte ich es verstanden, es passte zu unseren Vermutungen. Wenn Ambrose sich nicht umgebracht hätte, wäre um die Zeichnungen ein Skandal losgebrochen, bei dem sein und ebenso Kates Name durch den Schmutz gezogen worden wären.

Als Miss Weatherby uns damals in ihr Büro zitierte, hatte ich das Gefühl, dass sich die Teile des Puzzles allmählich zusammenfügten. Ambrose hatte also den Sturm kommen sehen und das Einzige getan, was er tun konnte, um Kate zu beschützen – sich das Leben genommen.

Doch jetzt – jetzt bin ich mir nicht mehr so sicher.

Wenn ich das Baby in meinem Arm anblicke, kann ich mir nicht vorstellen, sie jemals freiwillig zu verlassen. Nicht, dass ich mir nicht vorstellen kann, dass sich Eltern überhaupt das Leben nehmen – ich weiß, dass es passiert. Ein Kind schützt einen schließlich nicht vor einer Depression und vor extremem Stress – im Gegenteil.

Doch Ambrose war nicht depressiv. Da bin ich mir so sicher, wie man nur sein kann. Und mehr noch, er wäre der Letzte, der sich etwas aus seinem Ruf machen würde. Er hatte Mittel. Er hatte Freunde im Ausland, eine Menge Freunde. Und vor allen Dingen liebte er seine Kinder, alle beide. Unvorstellbar, dass er ihnen zumuten würde, die Suppe auszulöffeln, die er ihnen eingebrockt hätte. Der Ambrose, den ich kannte, hätte seine Kinder geschnappt und sich mit ihnen nach Prag, nach Thailand oder Kenia abgesetzt – und sich einen feuchtwarmen Dreck um den Skandal geschert, den er zurücklassen würde, denn solange er nur seine Kunst und seine Kinder bei sich hatte, zählte nichts anderes.

Tief im Innern habe ich das sicher schon immer gewusst. Ich brauchte nur mein eigenes Kind, damit es mir bewusst wurde.

Als Freya endlich eingeschlafen ist, lege ich sie vorsichtig ins Bett und tapse auf Zehenspitzen nach unten, wo Owen gerade irgendeine Netflix-Serie schaut.

Er blickt auf, als ich reinkomme. »Schläft sie?«

»Ja, sie war hundemüde. Ich glaube, sie fand es nicht so toll, dass ich heute weg war.«

»Irgendwann muss die Nabelschnur ab …«, sagt Owen und grinst.

Ich weiß, dass er mich nur aufziehen will, aber ich bin müde und gestresst und total durch den Wind nach allem, was heute passiert ist, und so schnauze ich ihn an, ohne es zu wollen. »Sie ist sechs Monate alt, verdammt noch mal!«

»Das weiß ich«, antwortet er gereizt und nimmt einen Schluck von seinem Bier. »Ich kenne ihr Alter genauso gut wie du. Sie ist ja schließlich auch mein Kind. Dachte ich zumindest.«

»Dachte?« Ich fühle, wie mir das Blut in die Wangen schießt, und meine Stimme bebt vor Ärger. »*Dachte ich zumindest?* Tickst du eigentlich noch ganz sauber?«

»Es reicht!« Mit einem hörbaren Knall stellt er das Glas ab. »Wie redest du eigentlich mit mir? Verdammt, Isa. Was ist in letzter Zeit in dich gefahren?«

»In mich?« Ich bin fast sprachlos vor Wut. »Du bringst hier den Spruch von wegen Freya ist nicht von dir und fragst dann, was in *mich* gefahren ist?«

»Freya ist nicht – bitte was?« Er blickt mich entgeistert an und scheint in Gedanken den Wortwechsel der letzten paar Minuten noch einmal durchzuspielen. Dann begreift er. »Nein! Spinnst du? Warum sollte ich so etwas sagen? Ich meinte nur, dass du manchmal ein bisschen loslassen musst – ich bin Freyas Vater, aber manchmal würde man es nicht denken, so wenig, wie ich sie betreuen darf. Wie kommst du bloß darauf, ich würde andeuten wollen, dass sie …«

Er stockt, ringt nach Worten, und ich fühle, wie mir die Schamröte ins Gesicht steigt, als mir dämmert, was er meint. Doch mein Ärger verzieht sich nicht, im Gegenteil. Denn nichts kann einen so streitlustig machen, wie im Unrecht zu sein.

»Ach so, dann ist ja alles wunderbar«, fauche ich ihn an. »Du wolltest nur andeuten, dass ich ein durchgedrehter Kontrollfreak bin, der seinem Mann nicht erlaubt, auch mal eine Windel zu wechseln. Das ist natürlich was anderes. Da bin ich natürlich nicht sauer.«

Owen stöhnt auf. »Ach, verdammt, hör endlich auf, mir dauernd irgendwas in den Mund zu legen.«

»Na ja, du machst es einem ziemlich leicht, wenn du immer nur Sprüche bringst und nie auf den Punkt kommst.« Meine Stimme zittert vor Wut. »Ich habe die Schnauze gestrichen voll von deinen ständigen Mäkeleien – wenn's nicht um Kinderbetreuung geht, dann um Fläschchen oder um ein eigenes Zimmer für Freya. Ich hab das Gefühl, ich –«

»Das sind keine Mäkeleien, sondern Vorschläge«, unterbricht Owen mich. »Okay, gut, ich gebe zu, langsam frustriert mich das ein bisschen, immerhin ist sie jetzt schon sechs Monate alt und nimmt manchmal bereits feste Nahrung zu sich – ist es nicht irgendwie komisch, noch zu stillen, wenn sie schon Zähne bekommt?«

»Was hat das denn damit zu tun? Sie ist halt noch ein Baby, Owen. Gib ihr doch feste Nahrung, was hält dich davon ab?«

»Du! Es ist doch jede Nacht dasselbe – natürlich lässt sie sich von mir nicht beruhigen, warum sollte sie auch, wenn du sie weiter stillst?«

Ich bin auf hundertachtzig und zittere so stark, dass ich

einen Moment kein Wort rausbringe. Schließlich sage ich nur: »Gute Nacht, Owen.«

Als ich mich zum Gehen wende, steht er auf. »Moment mal. Du hast echt kein Recht, eingeschnappt zu sein. *Du* hast den verdammten Streit doch angefangen.«

Ich antworte ihm nicht. Ich beginne, die Treppe hochzugehen.

»Isa«, ruft er, seine Stimme eindringlich, aber leise, um Freya nicht zu wecken. »*Isa!* Warum bist du so, verdammt noch mal?«

Doch ich antworte nicht. Ich kann nicht. Denn ich würde womöglich etwas sagen, was unsere Beziehung unwiederbringlich zerstören könnte.

Die Wahrheit.

Als ich aufwache, liegt Freya neben mir, aber der Rest des Doppelbetts ist leer, und ich fühle mich elend und voller Scham. Ich brauche einen Moment, um mich zu erinnern, warum.

*Scheiße.* Hat er unten geschlafen, oder ist er spät hochgekommen und früh wieder gegangen?

Sehr vorsichtig stehe ich auf, breite die Bettdecke auf dem Boden aus, für den Fall, dass Freya hinunterkullert, ziehe mir den Morgenmantel über und gehe auf Zehenspitzen nach unten.

Owen sitzt mit einem Kaffee am Küchentisch und starrt aus dem Fenster, doch als ich reinkomme, blickt er auf.

»Es tut mir leid«, sage ich ohne Überleitung, und er verzieht erleichtert, aber auch traurig das Gesicht.

»Mir tut es auch leid«, sagt er. »Ich habe mich mies benommen. Was ich gesagt habe –«

Ich falle ihm ins Wort. »Das war dein gutes Recht. Und es stimmt ja – nicht, was du über das Stillen gesagt hast, das war echt Schwachsinn, aber ich will dich auf jeden Fall mehr einbeziehen. Es wird sowieso passieren. Freya braucht mich bald nicht mehr so, außerdem will ich ja auch wieder arbeiten gehen.«

Er steht auf und nimmt mich in den Arm, und als ich sein Kinn auf meinem Kopf und seinen warmen, kräftigen Oberkörper an meiner Wange spüre, hole ich tief, zitternd Luft und atme langsam wieder aus.

»Das ist schön«, sage ich, und er nickt.

Eine ganze Weile lang stehen wir so da, bis plötzlich ein leises Quieken von oben zu hören ist. Ich löse mich aus Owens Armen und will schon losrennen, doch Owen klopft mir auf die Schulter: »Hey, neuer Vorsatz, schon vergessen? Lass *mich* gehen.«

Ich lächle und nicke, und er sprintet die Treppe rauf. Als ich den Wasserkocher für meine morgendliche Tasse Tee fülle, höre ich, wie er Freya leise zuredet, als er sie hochhebt, und ich höre ihr Gekicher, er spielt irgendetwas mit ihr.

Während ich unten meinen Tee trinke, höre ich Owens Schritte, höre das Schleifen einer Schublade, offenbar wickelt er sie.

Er braucht lange, länger, als ich für einen Windelwechsel bräuchte, doch ich wiederstehe dem Drang, nach oben zu gehen und nach dem Rechten zu sehen. Kurze Zeit später höre ich seine Schritte schließlich auf der Treppe, und als die beiden dann im Türrahmen erscheinen, Freya in Owens Arm, sehen sie sich zum Herzerweichen ähnlich. Freya ist genauso ein drolliger Morgenstrubbel wie Owen, und jetzt grinsen die beiden mich an, zufrieden mit sich, miteinander, mit dem sonnigen Morgen. Als Freya die Hand nach mir ausstreckt, denke ich an Owens Worte und stehe nicht auf, um sie auf den Arm zu nehmen, sondern bleibe lächelnd sitzen.

»Hallo, Mami«, sagt Owen und blickt mit feierlichem Ausdruck erst Freya, dann wieder mich an. »Wir beide haben uns unterhalten und sind zu dem Schluss gekommen, dass du dir einen Tag freinehmen solltest.«

»Einen Tag frei?« Seine Worte versetzen mich sofort in Alarmstimmung. »Was soll das heißen?«

»Ein ganzer Tag, an dem du dich mal verhätscheln lässt. So gerädert, wie du schon die ganze Zeit aussiehst, hast du dir einen Tag verdient, an dem du dir um uns keine Sorgen machen musst.«

Es ist gar nicht Freya, um die ich mir Sorgen mache. In Wahrheit ist sie zurzeit das Einzige, was mich bei Verstand hält. Aber das kann ich nicht laut sagen.

»Wir dulden keinen Widerspruch«, sagt Owen. »Ich habe dir schon einen Termin im Wellnesscenter gebucht und im Voraus bezahlt, also wenn du verhindern willst, dass ich mein Geld zum Fenster hinausgeworfen habe, musst du um elf Uhr in der Stadt sein. Freya und ich werden von –«, er wirft einen Blick auf die Küchenuhr, »zehn Uhr bis sechzehn Uhr alles alleine regeln und möchten dich hier nicht sehen.«

»Was ist mit ihrem Essen?«

»Ich werde ihr ein Fläschchen mit dieser Folgemilch machen. Und vielleicht –«, dabei tätschelt er sie unterm Kinn, »*ganz* vielleicht werden wir so richtig auf den Putz hauen und uns ein Portiönchen Brokkolibrei gönnen, was meinst du, Knautschgesicht? Was hältst du davon?«

Ich will nicht gehen. Der Gedanke, den Tag im Spa zu verbringen, mit all den Dingen, die mir im Kopf herumspuken, ist – er kommt mir fast anstößig vor. Ich muss in Bewegung sein, muss ständig machen und tun, muss diese ganzen Was-wenns und die Ängste von mir schütteln.

Ich öffne den Mund … aber mir fällt nichts ein, was ich sagen könnte. Außer …

»Okay.«

Als ich ihnen zum Abschied zuwinke, ist mir schlecht vor Angst. Die Aussicht, plötzlich mit meinen Gedanken an Salten und die Ereignisse dort allein gelassen zu werden, ohne andere Sorgen, die mich ablenken könnten, erfüllt mich mit kaltem Schrecken. Aber dann kommt es anders. Während der Hinfahrt bin ich angespannt, presse die Zähne aufeinander, spüre, wie sich ein Spannungskopfschmerz vom Hinterkopf zu meinen Schläfen ausbreitet. Doch als ich im Salon ankomme, gebe ich mich den geübten Händen der Masseurin hin, der es gelingt, all meine zwanghaften Gedanken aus mir herauszuklopfen, sodass ich für die folgenden zwei Stunden an nichts als das Ziehen in meinen Muskeln und die Verspannung in Rücken und Nacken denke, die sie langsam herausknetet.

»Sie sind sehr verspannt«, sagt sie mit angenehm leiser Stimme. »Da sind mehrere Knoten oben an der Wirbelsäule. Haben Sie im Moment viel Stress auf der Arbeit?«

Ich antworte nicht, schüttle nur benommen den Kopf. Mein Mund steht offen, und ich merke, dass mir Spucke auf das Handtuch tropft, aber ich bin zu müde, um mir etwas daraus zu machen.

Ein Teil von mir möchte hier nie wieder weg. Aber ich muss zurück. Zurück zu Kate, Fatima und Thea. Zu Owen. Zu Freya.

Gut vier bis fünf Stunden später trete ich aus dem Salon ins Freie, blinzelnd und leicht beduselt, das frisch geschnittene Haar in meinem Nacken ist leicht, meine Muskeln locker und warm, und irgendwie fühle ich mich wie im Rausch – berauscht von dem Gefühl, mit meinem Körper wieder im Reinen zu sein. Ich bin wieder ich. Eine Last ist von mir abgefallen. Sogar meine Handtasche fühlt sich leichter an, denn den großen Marni-Beutel, das riesige, praktische Teil mit Platz für Windeln und Tücher und ein Top zum Wechseln, mit dem ich seit Freyas Geburt immer herumlaufe, habe ich zu Hause gelassen und gegen meine winzige Lieblingstasche getauscht. Die ist kaum größer als ein großer Umschlag und übersät mit dekorativen Reißverschlüssen, die für ein neugieriges Baby unwiderstehlich wären. Auch wenn nicht mehr als Portemonnaie, Handy, Schlüssel und ein Lippenbalsam hineinpassen, fühlt sie sich an wie mein altes Ich.

Auf Weg nach Hause überkommt mich plötzlich ein Gefühl inniger Liebe zu Owen und Freya. Es ist, als wäre ich hundert Jahre weg gewesen, in unerreichbarer Ferne.

Alles wird wieder gut, dessen bin ich mir plötzlich sicher. Es wird wieder gut. Was wir getan haben, war dumm und unverantwortlich, aber es war weder Mord noch etwas Ähnliches, so wird es auch die Polizei sehen, sollte es je so weit kommen.

Auf den Stufen zu unserer Wohnungstür bleibe ich kurz stehen und lege den Kopf schief, lausche nach Babygeschrei … doch alles ist still. Sind sie unterwegs?

Ganz sachte, für den Fall, dass Freya schläft, schiebe ich den Schlüssel in die Tür – und rufe dann leise ihren Namen. Keine Antwort. Die Küche ist leer und sonnendurchflutet, und ich setze einen Kaffee auf, um ihn anschließend mit hochzunehmen.

Doch dazu kommt es nicht.

An der Wohnzimmertür bleibe ich wie vom Schlag getroffen stehen und bekomme keine Luft mehr.

Owen sitzt auf dem Sofa, den Kopf in den Händen, und vor ihm auf dem Kaffeetisch liegen zwei Gegenstände, wie Beweisstücke vor Gericht. Der erste ist die Packung Zigaretten aus der Beuteltasche, die ich zu Hause gelassen hatte.

Der zweite ist der Umschlag – mit dem Poststempel aus Salten.

Ich stehe mit hämmerndem Herzen da, unfähig zu sprechen, und starre auf die Zeichnung, die er jetzt hochhält – die Zeichnung von mir.

»Möchtest du mir das erklären?«

Ich schlucke. Mein Mund ist trocken, und wieder habe ich dieses Engegefühl in der Kehle, ein Schmerz, der sich nicht runterschlucken lässt.

»Ich könnte dich das Gleiche fragen«, erwidere ich schließlich. »Wie kommst du dazu, mir nachzuspionieren? Was wühlst du in meiner Tasche herum?«

»Was fällt dir ein!« Er sagt es leise, um Freya nicht aufzuwecken, doch seine Stimme bebt vor Wut. »Was fällt dir ein. Du hast deine verdammte Tasche hier liegen lassen, und Freya hat damit herumgespielt. Ich kam dazu, als sie gerade auf einer von denen hier rumkaute.« Er wirft mir die Packung Zigaretten vor die Füße. »Wie konntest du mich so anlügen?«

»Ich –«, fange ich an, verstumme aber gleich wieder. Was soll ich ihm sagen? Die Anstrengung, die Wahrheit für mich zu behalten, bereitet mir körperlichen Schmerz.

»Und das hier …« Er hält die Zeichnung hoch, seine Hände zittern. »Ich kann gar nicht … Isa, hast du eine Affäre?«

Meine Antwort platzt aus mir heraus, noch bevor ich Zeit habe, nachzudenken. »Was? Nein! Natürlich nicht! Das ist – das bin nicht ich!«

Doch kaum ist es raus, wird mir klar, dass es dumm war. Natürlich bin ich das – unübersehbar. Ambrose war ein zu guter Künstler, als dass ich es jetzt abstreiten könnte. Aber ich bin es nicht mehr – das meinte ich. Es ist nicht mein Körper – mein schlaffer Nach-dem-Baby-Körper.

Doch der Ausdruck in Owens Gesicht verrät mir, was ich getan habe.

»Ich meine –«, stammele ich, »ich bin es schon, aber früher, nicht –«

»Lüg mich nicht an«, fällt er mir ins Wort, seine Stimme klingt gequält, und dann wendet er sich ab, als könnte er es nicht ertragen, mir ins Gesicht zu sehen, und geht zum Fenster. »Ich habe Jo angerufen, Isa. Sie hat mir gesagt, dass es gestern kein Treffen gab. Es ist dieser Typ, oder? Kates Bruder, der, der die Rosen geschickt hat?«

»Luc? Nein, wie kommst du darauf?«

»Wer dann? Der Brief ist aus Salten, ich hab den Stempel gesehen. Ist es das, was du gemacht hast, als du zu Kate gefahren bist, hast du ihn getroffen?«

»Die Bilder sind nicht von ihm!«, rufe ich verzweifelt.

»Von wem dann?«, schreit Owen. Als er sich umdreht, ist sein Gesicht schmerzverzerrt und von roten Flecken übersät, sein Mund verkniffen wie bei einem Kind, das versucht, nicht zu weinen. »Wer?«

Ich zögere, was er mit verächtlichem Schnauben quittiert, und dann reißt er mit einer schockierenden Geste die Zeichnung entzwei, mitten durch mein Gesicht, meinen Körper, meine Brüste, meine Beine, wirft mir die beiden Hälften vor die Füße und will aus dem Zimmer laufen.

»Owen, nein«, rufe ich. »Es war nicht Luc. Es war –«

Wieder stocke ich. Ich kann ihm nicht die Wahrheit sagen. Ich kann nicht sagen, dass Ambrose es war, ohne dass alles rauskommt. Was soll ich ihm erzählen? Es gibt nur eine mögliche Antwort.

»Es war – es war Kate«, sage ich schließlich. »Kate hat sie gemalt. Vor langer Zeit.«

Jetzt tritt er sehr nah an mich heran, fasst mir ans Kinn und sieht mir fest in die Augen, als versuche er, in mich hinein, in meine Seele zu blicken. Ich versuche, seinem Blick standzuhalten, ihn ebenso unverwandt anzustarren – doch es gelingt mir nicht. Ich kann ihm nicht mehr in die Augen sehen, kann seinen Schmerz und seine Wut nicht mit ansehen.

Er lässt von mir ab. »Lügnerin«, sagt er und macht Anstalten zu gehen. Ich versperre ihm den Weg.

»Owen, nein –«

»Lass mich.« Er drängt sich schroff an mir vorbei.

»Wo willst du hin?«

»Geht dich nichts an. Pub vielleicht. Zu Michael. Keine Ahnung –« Er kann nicht weitersprechen, er scheint den Tränen nah, sein Gesicht verzerrt von dem Versuch, sie zu unterdrücken.

»Owen!«, rufe ich ihm nach, als er schon an der Wohnungstür ist, und tatsächlich bleibt er stehen, die Hand auf der Klinke, doch dann ist ein Geräusch von oben zu hören, ein sirenenartiges Heulen – Freya ist wach.

»Ich –« setze ich an, aber ich kann mich nicht konzentrieren. Freyas schrilles, anschwellendes Weinen bohrt sich in meinen Kopf, übertönt alles andere. »Owen, bitte. Ich –«

»Geh zu ihr«, sagt er mit fast schon wieder sanfter Stimme, bevor er verschwindet und die Tür hinter sich ins Schloss fallen lässt. Zu Freyas klagenden Schreien sacke ich kraftlos auf den Stufen zusammen und versuche, mein eigenes Schluchzen zu unterdrücken.

An diesem Abend kommt er nicht mehr zurück. Es ist das erste Mal, dass er das gemacht hat – einfach weggegangen und weggeblieben ist, ohne mir zu sagen, wohin und wann er zurückkommen würde.

Ich esse einsam mit Freya zu Abend, bringe sie ins Bett und laufe anschließend in der zunehmenden Dunkelheit rastlos in der Wohnung auf und ab, während ich überlege, was zu tun ist.

Das Schlimmste ist, dass ich ihm keinen Vorwurf machen kann. Er weiß, dass ich ihn angelogen habe, er fühlt es, seit ich von Kate zurück bin, und jetzt auch noch die alberne Geschichte mit Jo. Er hat recht. Ich belüge ihn die ganze Zeit. Und ich weiß nicht, wie ich damit aufhören soll.

Ich schreibe ihm eine Nachricht, nur eine einzige, ich will ihn nicht anbetteln. Darin steht: *Bitte komm nach Hause. Oder gib wenigstens ein kurzes Lebenszeichen, okay?*

Er antwortet nicht. Ich weiß nicht, was ich denken soll.

Irgendwann gegen Mitternacht kommt eine Nachricht von Ella, Michaels Freundin. Sie schreibt: *Ich habe keine Ahnung, was los ist, aber Owen ist hier. Er übernachtet bei uns. Bitte sag ihm nicht, dass ich dir geschrieben habe, ich will mich nicht in eure Sachen einmischen, aber ich wollte nicht, dass du dir Sorgen machst.*

Ich fühle eine Welle der Erleichterung, so real und körperlich, als würde ich aus klirrender Kälte unter eine heiße Dusche treten.

*Vielen, vielen Dank!!!*, schreibe ich zurück. Und schiebe dann hinterher: *Ich sag nichts. Danke noch mal.*

Es ist schon halb drei, als ich hochgehe, und noch später, als ich mich endlich in den Schlaf geweint habe.

Als der Morgen dämmert, hat meine Stimmung sich geändert. Ich bin nicht länger voller Verzweiflung. Ich bin wütend. Wütend auf mich selbst, auf meine Vergangenheit, auf meine Dummheit.

Aber auch auf Owen bin ich wütend.

Ich versuche, mir die Situation umgekehrt vorzustellen – dass er Rosen von einer alten Bekannten und eine anonyme Zeichnung geschickt bekommt, und ich glaube schon, dass ich aufgebracht wäre. Ich glaube sogar, dass auch ich ihn mit Vorwürfen überschütten würde. Aber ich glaube nicht, dass ich meinen Partner mit unserem Kind einfach sitzenlassen würde, ohne Bescheid zu sagen, wohin ich gehe, ohne wenigstens zu versuchen, seine Seite der Geschichte nachzuvollziehen.

Da Montag ist, rechne ich erst nach der Arbeit mit ihm. Im Büro hat er einen Reserveanzug für alle Fälle, also braucht er nicht vorher nach Hause zu kommen, höchstens, um sich zu rasieren, aber die Zeiten, in denen von männlichen Beamten babyglatte Haut erwartet wurde, sind vorbei, und davon abgesehen könnte Michael ihm sicher einen Rasierer leihen.

Ich gehe mit Freya in den Park. Wir schaukeln. Ich tue so, als ob alles in bester Ordnung wäre, und weigere mich, die quälenden Was-wäre-wenn-Fragen in meinem Kopf zuzulassen.

Es wird sieben Uhr … dann halb acht. Ich esse zu Abend, spüre wieder diese erstickende Enge in meinem Hals.

Ich bringe Freya ins Bett. Und dann, gerade als ich mich aufs Sofa lege und der Sommerhitze zum Trotz die Decke über mich ziehe, höre ich, wie sich ein Schlüssel im Schloss dreht – und mein Herz macht einen Sprung. Ich setze mich auf, wickle mich in die Decke, als könnte ich mich so vor dem schützen, was jetzt bevorsteht. Ich wende den Kopf zur Tür.

Owen steht da, sein Anzug ist verknittert, und er sieht aus, als hätte er getrunken.

Keiner von uns spricht. Ich weiß nicht, worauf wir warten – dass der andere ein Stichwort gibt, sich entschuldigt.

»Auf dem Herd steht noch Risotto«, sage ich schließlich, das Sprechen fällt mir schwer, so trocken ist meine Kehle. »Falls du Hunger hast.«

»Hab ich nicht«, antwortet er knapp, doch dann geht er trotzdem in die Küche, wo ich kurz darauf Teller und Besteck klappern höre. Er ist betrunken, das merke ich daran, dass er den Teller fester auf die Arbeitsfläche knallt als beabsichtigt, Besteck fallen lässt und wieder aufhebt und es dann irgendwie wieder fallen lässt.

Als ich die Küche betrete, sitzt er am Tisch, den Kopf in die Hände gestützt, vor sich einen Teller mit kaltem Risotto, das er noch nicht angerührt hat. Er sitzt nur da, starrt auf den Teller, und aus seinen Augen spricht eine betrunkene Verzweiflung.

»Lass mich mal«, sage ich, nehme ihm den Teller weg und erhitze ihn kurz in der Mikrowelle.

Als ich ihn dampfend wieder vor ihm abstelle, beginnt er mechanisch zu essen, er scheint gar nicht zu bemerken, wie heiß das Essen jetzt ist.

»Owen … wegen gestern Abend …«

In dem Moment, als er mir sein Gesicht zudreht, sehe ich seinen gequälten, fast flehenden Gesichtsausruck, und begreife, dass auch er das alles genauso wenig will wie ich. Er will mir glauben. Wenn ich ihm jetzt eine Erklärung gebe, wird er sie annehmen, denn er will so dringend, dass es vorbei ist, dass seine Vorwürfe von gestern Abend unbegründet sind.

Ich hole tief Luft. Wenn ich jetzt nur die richtigen Worte finde …

Doch genau in dem Moment, als ich anhebe zu sprechen,

klingelt mein Telefon, und wir beide fahren vor Schreck zusammen.

Es ist Kate – und am liebsten würde ich nicht abnehmen. Doch irgendetwas, Gewohnheit oder Sorge oder beides, lässt mich drangehen.

»Hallo?«

»Isa?« Ihre Stimme klingt panisch, und ich weiß sofort, dass etwas nicht stimmt. »Isa, ich bin's.«

»Was ist los? Was ist passiert?«

»Es geht um Dad.« Sie klingt, als würde sie gleich in Tränen ausbrechen. »Um seine Leiche. Sie haben gefragt … sie haben gesagt –« Sie stockt, ihr Atem geht schneller, und es ist klar, dass sie nur mit Mühe ein Schluchzen unterdrückt.

»Kate, Kate, langsam. Durchatmen. Was haben sie dir gesagt? Und wer ist sie?«

»Für die Polizei ist das ein ungeklärter Todesfall. Ich bin zur Vernehmung einbestellt worden.«

Mir wird schlagartig kalt. Meine Knie werden weich, und ich muss mich zum Tisch entlanghangeln, wo ich mich Owen gegenübersetze.

»O mein Gott.«

»Kannst du herkommen? Wir – ich brauche jemanden zum Reden.«

Ich verstehe, was sie da versucht. Es muss unverfänglich klingen, falls Owen mithören sollte, aber wir müssen tatsächlich reden, und zwar dringend, bevor die Polizei sie, und vielleicht uns, befragt. Wir müssen unsere Geschichte wasserdicht machen.

»Natürlich«, sage ich. »Ich komme heute Abend. Der letzte Zug nach Salten geht um halb zehn. Den erwische ich noch, wenn ich ein Taxi zum Bahnhof nehme.«

»Sicher?«, sagt sie mit einem Schluchzen. »Ich will dir nicht zur Last fallen, aber Fatima hat heute Nacht Rufbereitschaft, und Thea kann ich nicht erreichen. Sie geht nicht dran.«

»Sei nicht albern. Ich komme.«

»Danke, danke, danke, Isa. Das ist – ich bin dir so dankbar. Ich rufe gleich Rick an, damit er dich abholt.«

»Okay, bis später. Hab dich lieb.«

Erst, als ich aufgelegt habe, sehe ich die Miene auf Owens Gesicht, seine müden, vom Alkohol geröteten Augen, und mir wird klar, wie ihm das Ganze vorkommen muss. Mist.

»Du fährst zurück nach Salten?« Er spuckt die Worte förmlich aus. »Schon *wieder*?«

»Kate braucht mich.«

»Scheiß auf Kate!«, brüllt er, steht auf und pfeffert die Schüssel Risotto, die er kaum angerührt hat, in die Spüle. Dann spricht er mit leiserer, brüchiger Stimme weiter. »Was ist mit uns, Isa? Was ist mit mir?«

»Es hat mit dir nichts zu tun«, sage ich. Mit zitternden Händen hebe ich die Schüssel aus den verstreuten Essensresten und drehe den Wasserhahn auf. »Es geht um Kate. Sie braucht mich.«

»*Ich* brauche dich!«

»Die Leiche ihres Vaters ist gefunden worden. Sie ist völlig am Ende. Was soll ich machen?«

»Ihr Vater – *was*? Was zum Teufel ist hier los?«

Ich lege den Kopf in die Hände. Ich bringe es nicht fertig. Ich bringe es nicht fertig, alles zu erklären, mich durch das Geflecht aus Lügen und Wahrheiten zu hangeln. Und Owen wird mir sowieso nicht glauben, nicht in dieser Stimmung. Er ist auf Streit aus, auf der Suche nach einem Grund, beleidigt zu sein.

»Es ist kompliziert – aber unterm Strich zählt nur eines: Sie braucht mich jetzt, und ich muss zu ihr.«

»Was soll denn dieser Blödsinn? Sie ist siebzehn Jahre lang ohne dich klargekommen, Isa. Was ist in dich gefahren? Ich verstehe das nicht – du hast sie seit Jahren nicht gesehen, und plötzlich schnippt sie mit dem Finger, und du kommst angelaufen?«

Diese Worte – fast genau dasselbe hat Luc gesagt, und im ersten Moment kann ich nichts erwidern, sondern stehe nur sprachlos da, wie vor den Kopf gestoßen. Und dann balle ich meine Hände zu Fäusten, versuche, mich zusammenzureißen, und wende mich zum Gehen.

»Ciao, Owen.«

»Ciao?« Er macht einen Schritt auf mich zu und tritt dabei in einen Rest Risotto auf dem Boden. »Was zum Teufel soll das heißen?«

»Was immer du willst.«

»Was ich will«, sagt er, seine Stimme bebt, »ist, dass unsere Beziehung Priorität für dich hat. Seit Freya auf der Welt ist, habe ich das Gefühl, dass ich für dich an allerletzter Stelle komme – wir *reden* schon kaum mehr miteinander. Und jetzt das hier!« Und ich weiß nicht, ob er Salten und Luc oder Fatima, Thea und Kate meint … oder sogar Freya. »Ich hab die Schnauze voll, verstehst du? Ich hab die Schnauze voll davon, an letzter Stelle zu stehen.«

Und auf einmal bin ich nicht mehr traurig und ängstlich. Ich bin wütend. Sehr, sehr wütend.

»Ach, *darum* geht es, ja? Es geht nicht um Luc oder Kate oder eine blöde Kippenpackung. Es geht um *dich*. Es geht darum, dass du es nicht ertragen kannst, nicht mehr automatisch die erste Geige zu spielen.«

»Wie kannst du es wagen?« Er lallt stark, sodass ich ihn fast nicht verstehe. »Du hast mich angelogen und willst mir erzählen, dass es meine Schuld ist? Ich versuche, mit dir zu reden, Isa. Ist dir unsere Beziehung etwa scheißegal?«

Das ist sie nicht. Natürlich nicht. Doch jetzt gerade habe ich meine Belastungsgrenze erreicht. Mehr halte ich nicht aus. Das hier halte ich nicht aus. Ich habe große, große Angst, dass ich Owen, wenn er mich weiter drängt, die Wahrheit sage.

Ich schiebe mich an ihm vorbei, um nach oben zu gehen, wo Freya schläft, und beginne mit zitternden Händen, Sachen in eine Tasche zu stopfen. Ich kann nicht klar denken, weiß nicht genau, was ich packen soll. Windeln. Unterwäsche, Strampler. Irgendwelche Tops. Keine Ahnung, was ich da anziehen soll. Es ist mir egal, ich will nur hier raus.

Ich nehme Freya hoch, die sich unruhig windet und grummelt, und ziehe ihr ein Strickjäckchen über, gegen die kühle Abendluft. Dann werfe ich mir die Tasche über die Schulter.

»Isa!« Owen wartet im Flur, sein Gesicht hochrot. »Isa, tu das nicht!«

»Owen, ich –« Plötzlich piept das Handy in meiner Tasche, und Freya strampelt leicht an meiner Schulter. Wer kann das sein? Thea? Fatima? Ich kann nicht denken. Ich kann nicht nachdenken.

»Du gehst zu ihm«, fährt er mich an. »Zu Kates Bruder, oder? Ist die Nachricht von ihm?«

Mir platzt der Kragen.

»Halt die Klappe«, schnauze ich zurück, schiebe mich an ihm vorbei, knalle die Wohnungstür zu, und prompt heult Freya vor Schreck los. In der Eingangshalle stecke ich sie trotz ihrer Gegenwehr mit zitternden Händen in den Kinderwagen, ignoriere ihre anschwellenden Schreie, öffne wütend die Haustür und zerre den Kinderwagen holpernd die Stufen hinunter.

Ich bin kaum am Vorgarten vorbei, als die Tür wieder aufgeht und Owen rauskommt, er sieht elend aus.

»Isa!« schreit er. Aber ich bleibe nicht stehen. »*Isa!* Du kannst doch nicht einfach weglaufen!«

Doch, das kann ich. Und tue es. Auch wenn mir die Tränen übers Gesicht strömen und mein Herz fast daran zerbricht.

Ich bleibe nicht stehen.

Das Wetter schlägt um, kaum dass der Zug aus dem Bahnhof rollt, und als wir einige Zeit später den Ballungsraum London verlassen und durch die offene Landschaft fahren, regnet es bereits in Strömen, und die Temperaturen sind von schwülheiß auf herbstlich gesunken.

Ich sitze fröstelnd da, drücke Freya an mich wie eine lebende, atmende Wärmflasche und versuche zu begreifen, was vorhin passiert ist. Habe ich Owen verlassen?

Dieser Streit war natürlich nicht unser erster. Wie andere Pärchen auch zanken und zoffen wir uns immer mal wieder. Das hier aber ist bei weitem der schlimmste, und mehr noch – es ist der erste seit Freyas Geburt. Als ich sie zur Welt brachte, veränderte sich unsere Beziehung – es stand plötzlich mehr auf dem Spiel, wir wollten von nun an Wurzeln schlagen und aufhören, uns über Kleinigkeiten aufzuregen, denn uns beiden war bewusst geworden, dass wir es uns schon um ihretwillen nicht mehr erlauben konnten, das Boot immer wieder ins Schwanken zu bringen.

Jetzt aber … jetzt schwankt unser Boot so gewaltig, dass ich nicht weiß, ob ich uns beide retten kann.

Die Ungerechtigkeit seiner Beschuldigungen brennt wie Säure in mir. *Eine Affäre?* Ich bin seit Freyas Geburt kaum allein aus dem Haus gewesen. Mein Körper gehört nicht mehr mir – sie ist wie mit einem Klettverschluss daran festgemacht, saugt mitsamt der Milch auch all meine Energie und meine Lust auf Sex aus mir heraus. Ich bin die meiste Zeit so kaputt und ausgelaugt, dass ich oft nicht mal die Energie aufbringen kann, mit Owen zu schlafen – er weiß das, er weiß, wie müde ich bin und wie ich über meinen schlaffen Körper denke. Glaubt er allen Ernstes, ich würde mir Freya unter den Arm klemmen und mich zu einer leidenschaftlichen Affäre mit einem anderen schleppen? Die Vorstellung ist so lächerlich, dass es komisch sein könnte, wenn es nicht so unfair wäre.

Und doch muss ich mir trotz all meiner Wut eingestehen, dass er in einer Hinsicht … dass er recht hat. Während die Landschaft Südenglands an mir vorbeirauscht und mein Ärger langsam abebbt, regt sich ein leises Schuldgefühl in mir. Denn im Kern sagt er ja Folgendes: Ich bin nicht ehrlich zu ihm gewesen. Und das stimmt. Nicht so, wie er vermutet – doch in anderen, ebenso wichtigen Dingen. Schon seit dem Tag, an dem wir uns kennenlernten, hatte ich Geheimnisse vor ihm, doch jetzt geht es darüber hinaus: Ich belüge ihn. Und er weiß es. Er weiß, dass etwas nicht stimmt und dass ich ihm etwas verheimliche. Er weiß nur nicht, was es ist.

Ich wünschte so sehr, ich könnte es ihm sagen. Es drängt mich förmlich danach, es ist wie ein Hungergefühl. Und doch … und doch ist ein Teil von mir froh, dass ich es nicht tun kann. Das Geheimnis ist nicht mein eigenes, also ist es auch nicht meine Entscheidung. Und wenn sie es wäre? Wenn es nur um mich ginge? Dann … ich weiß nicht, was dann.

Denn obwohl ich mir wünsche, ich müsste ihn nicht mehr anlügen, will ich auch nicht, dass er die Wahrheit kennt. Ich will nicht, dass er in mir die Person sieht, die all diese Dinge getan hat – die gelogen hat, nicht einmal, sondern immer wieder. Die eine Leiche vergraben, an einem Betrug mitgewirkt hat. Die, vielleicht, dabei geholfen hat, einen Mord zu vertuschen.

Würde er mich noch lieben, wenn alles rauskommt?

Ich bin mir nicht sicher. Und das fühlt sich nicht gut an.

Wäre es nur Owens Liebe, die ich aufs Spiel setze, würde

ich es drauf ankommen lassen. Zumindest rede ich mir das ein. Aber es geht auch um seine Karriere. Als Mitarbeiter des Civil Service unterliegt er der Offenlegungspflicht, die Formulare waren lang und detailliert. Es wird nach Glücksspielgewohnheiten gefragt, nach dem Kontostand, möglichem Drogenkonsum und, ja ... nach einem Vorstrafenregister. Mögliche Druckmittel werden gesucht – alles, womit man erpresst werden könnte, um geheime Informationen preiszugeben oder einen Betrug zu begehen.

Man wird auch über den Partner befragt. Über Familie und Freunde, und je weiter man die Karriereleiter hinaufsteigt, desto mehr, desto vertraulichere Fragen werden gestellt.

Letztlich geht es um die eine große Frage: Gibt es irgendetwas in Ihrem Leben, womit jemand Druck auf Sie ausüben könnte? Falls ja, erklären Sie es jetzt.

Wir beide mussten diese Formulare schon öfter ausfüllen – ich bei jedem Abteilungswechsel und Owen jedes Mal, wenn er die nächste Stufe der Sicherheitsüberprüfung des Innenministeriums erreichte. Und ich habe beim Ausfüllen der Formulare gelogen. Wiederholt. Die Tatsache, dass ich überhaupt gelogen habe, ist an sich schon ein Kündigungsgrund. Aber wenn ich Owen die Wahrheit sage, ziehe ich ihn mit hinein. Ich riskiere nicht nur meinen Kopf, sondern auch seinen.

Es war schon schlimm genug, als es nur darum ging, dass wir eine Leiche versteckt haben. Aber Beihilfe zum Mord ...?

Ich schließe die Augen, um nicht mehr in die Dunkelheit und den Regen zu starren, der gegen die Scheibe prasselt. Und plötzlich fühle ich mich, als wäre ich auf der Salzmarsch und würde versuchen, einem unbekannten Pfad zu folgen. Aber der Boden unter mir ist nicht fest – er ist nass und weich, und mit jedem falschen Tritt komme ich weiter vom Weg ab, versinke tiefer im salzverkrusteten Schlamm. Bald finde ich nicht mehr zurück.

Eine brüchige Stimme reißt mich aus dem Schlaf: »Sagten Sie nicht Salten, junge Frau?« Ich zucke erschrocken zusammen und wecke damit Freya, die die Störung mit einem beleidigten Jaulen quittiert.

Als ich blinzelnd die Augen öffne, sitzt mir eine alte Frau gegenüber. »Was?«, frage ich. Ich bemerke Spucke in meinem Mundwinkel und wische sie mit Freyas Tuch ab.

»Wir fahren gerade in Salten ein, und ich habe mitbekommen, dass Sie hier aussteigen wollen. Stimmt das?«

»Um Himmels willen, ja!«

Es ist so dunkel draußen, dass ich meine Augen mit den Händen abschirmen muss, um durch das regennasse Fenster das Bahnsteigschild zu erkennen.

Wir sind tatsächlich in Salten, und während Freya sich noch verschlafen an meinem Oberkörper windet, springe ich auf, schnappe mir Jacke und Tasche und öffne mit der freien Hand die Zugtür.

»Warten Sie, ich halte Ihnen die Tür auf«, ruft die alte Dame, als sie sieht, wie ich mich damit abmühe, Freya in den Kinderwagen zu befördern und den Regenschutz festzuknöpfen.

Schon ertönt die Pfeife des Schaffners, doch irgendwie schaffe ich es, den Wagen auf den Bahnsteig zu bugsieren. Der Regen peitscht gnadenlos. Freya ist sichtlich unzufrieden mit der Situation und macht ihrem Ärger lautstark Luft. Ich renne zum Ende des Bahnsteigs. Hoffentlich ist Kate schon da.

Sie ist es, Gott sei Dank, zusammen mit Rick wartet sie bei laufendem Motor im Wagen. Und diesmal habe ich den Adapter für die Babyschale nicht vergessen und kann Freya sicher anschnallen, bevor das Taxi sich holpernd wieder in Bewegung setzt.

Da Freyas Wehgeschrei darüber, so unsanft aus dem warmen Schlaf im Trockenen und hinaus ins kalte Nass gerissen worden zu sein, zunehmend lauter und untröstlicher wird, bleibt kein Raum für eine Unterhaltung. Und obwohl ihr Gebrüll an meinen Nerven zehrt, bin ich insgeheim froh, dass ich keinen Smalltalk mit Rick führen muss. Meine Gedanken kreisen unaufhaltsam um die Zeichnungen, Ambroses Brief, die Rosen und das Blut an meinen Händen.

In der Mühle ist Wasser auf dem Boden zu sehen, und kleine Pfützen haben sich neben den Türpfosten gebildet. Der Regen ist durch die alten Fenster gedrungen, sammelt sich auf den unebenen Dielen und auf der Fensterbank.

»Kate«, rufe ich gegen Freyas Geschrei und das Platschen der Wellen am Steg an, doch sie schüttelt nur den Kopf und deutet auf die Uhr, die fast Mitternacht anzeigt.

»Geh ins Bett«, sagt sie. »Wir reden morgen früh.«

Und mir bleibt nichts übrig, als zu nicken und mein weinendes Baby nach oben zu tragen, in das Zimmer vom letzten Mal, Lucs Zimmer, wo mein Laken noch auf dem Bett liegt, und ich lege mich auf die Seite, lausche Freyas leiser werdendem Schluchzen … und schlafe langsam ein.

Ich wache früh auf und bleibe eine Weile reglos liegen, während meine Augen sich an das Licht im Zimmer gewöhnen. Trotz der frühen Stunde ist es sehr hell, doch das Licht ist kühl und diffus. Durch das Fenster sehe ich, dass vom Meer her ein Nebel über der Mündung aufgezogen ist, der die Mühle und die umliegende Landschaft in einen feinen grauen Gazeschleier hüllt. Ein Spinnennetz hängt über dem Fenster, in dem winzige Tröpfchen wie kleine Juwelen eingefasst sind, und ich betrachte es eine Weile, fühle mich auf unbehagliche Weise an die Fischernetze im Dorf erinnert.

Die Luft ist kühl auf meinen Armen, und so ziehe ich mir die Decke bis zum Hals, bevor ich mich umdrehe, um nach Freya in der Wiege neben mir zu sehen, die ungewöhnlich still ist.

Was ich dort sehe, lässt mein Herz erst einen Moment lang aussetzen und dann wieder loshämmern, von null auf hundertachtzig.

Freya ist nicht da.

*Freya ist nicht da.*

Bevor ich irgendeinen Gedanken fassen kann, bin ich schon aus dem Bett gestolpert, am ganzen Leib zitternd, wie nach einem Elektroschock. Ich suche die Bettdecke ab – was natürlich idiotisch ist, ich weiß, ich habe sie in die Wiege gelegt, und sie kann ja noch nicht einmal krabbeln, geschweige denn rausklettern.

Aus meinem Hals dringt ein leises Wimmern, ich will noch nicht wahrhaben, dass sie nicht da ist, doch dann stürme ich aus dem Zimmer und in den Flur hinaus.

»Kate!« Es sollte ein Ruf sein, aber meine Panik erstickt das Wort in meiner Kehle, sodass es wie ein verängstigtes Fiepsen klingt. Ich versuche es noch einmal: »Kate!«

»Hier unten!«, antwortet sie, und ich haste die Treppe hinunter, überspringe die letzte Stufe und stolpere in die Küche, wo Kate an der Spüle steht. Ihr Ausdruck ist erst verdutzt, dann besorgt, als sie meinen angsterfüllten Blick sieht.

»Kate, Freya«, stammele ich, »sie – sie ist weg!«

Kate stellt den Kaffeekocher ab, den sie gerade ausgespült hat, und sieht mich zerknirscht an.

»O Gott, es tut mir leid«, sagt sie und zeigt auf den Teppich hinter mir. Ich fahre herum – und da ist sie. Freya ist da. Sitzt auf dem Teppich mit einem Stück Brot in der Hand, und als sie mich sieht, quietscht sie vor Freude auf, wirft das zermatschte Stück Toast auf den Boden und streckt die Arme nach mir aus.

Als ich sie auf den Arm nehme und an mich drücke, klopft mein Herz wie wild. Ich kann nicht sprechen. Ich weiß nicht, was ich sagen soll.

»Es tut mir leid«, wiederholt Kate sichtlich betreten. »Ich – ich hab nicht daran gedacht, dass du dir Sorgen machen würdest. Ich muss sie aufgeweckt haben, als ich ins Bad gegangen bin, ich hab sie beim Rauskommen gehört – du hast noch geschlafen, und ich dachte nur … du siehst immer so müde aus. Ich wollte dich ausschlafen lassen.«

Ich sage nichts, atme nur Freyas Babyduft ein, spüre ihre Babyfinger in meinen Haaren, ihr Gewicht in meinen Armen, und fühle, wie mein Puls sich allmählich beruhigt … Es ist okay. Alles ist okay.

Vor Erleichterung habe ich weiche Knie bekommen, und ich muss mich hinsetzen.

»Tut mir echt leid«, sagt Kate noch einmal. Sie reibt sich den Schlaf aus den Augen. »Ich hätte ahnen können, dass du dich fragst, wo sie ist.«

»Ist schon gut«, sage ich schließlich. Freya patscht mir auf die Wange, will, dass ich sie anschaue. Sie weiß, dass etwas nicht stimmt, auch wenn sie nicht verstehen kann, was. Ich zwinge mich zu lächeln, als ich zu ihr hinunterblicke, und frage mich, was passiert ist mit mir, was es bedeutet, dass ich so reagiere. Warum denke ich sofort an eine Entführung, wenn ich mein Kind nicht dort sehe, wo ich es vermute? »Mir tut es leid«, sage ich zu Kate. Meine Stimme bebt leicht, und ich hole sehr langsam Luft, um meinen Atem zu beruhigen. »Ich weiß nicht, warum ich so in Panik war. Es ist … ich bin im Moment ziemlich durch den Wind.«

Sie wirft mir einen traurigen, wissenden Blick zu.

»Ich auch.«

Sie dreht sich wieder zur Spüle.

»Kaffee?«

»Gern.«

Kate setzt den Kaffee auf, und wir beide lauschen der Stille, bis die Kanne auf dem Herd zu zischen und pfeifen beginnt und Kate unvermittelt sagt: »Danke.«

Ich blicke verwirrt auf.

»Wofür? Sollte ich nicht eher danke sagen?«

»Dass du so kurzfristig gekommen bist. Dass du das auf dich nimmst.«

»Keine große Sache«, sage ich, auch wenn das nicht stimmt. Dass ich mich für Kate entschieden habe, könnte für Owen das Fass zum Überlaufen gebracht haben, was mir große Angst macht. »Erzähl mal … was war mit der Polizei?«, frage ich, um nicht weiter darüber nachdenken zu müssen, was ich getan habe.

Kate antwortet nicht sofort, sondern wendet sich dem Kaffee zu, nimmt die zischende Espressokanne vom Herd, füllt zwei kleine Tassen und bringt mir eine. Ich lege Freya auf den Läufer vor dem Sofa, nehme Kate die Tasse ab und stelle sie so hin, dass Freyas kleine ungeschickte Hände nicht drankommen.

Schließlich lässt Kate sich auf den Sessel mir gegenüber sinken. »Dieser verdammte Mark Wren«, sagt sie, »als er hier war, hat er zwar was von *Das muss eine schwere Zeit für dich sein* gefaselt, aber er weiß Bescheid. Keine Ahnung, was Mary ihm erzählt hat, aber er weiß, dass etwas im Busch ist.«

»Also ist die Leiche … ist sie jetzt endgültig identifiziert?«, frage ich, obwohl ich es eigentlich weiß, so stand es ja in der Zeitung. Doch irgendwie ist es mir wichtig, es aus Kates Mund zu hören, ihre Reaktion zu sehen, wenn sie darüber spricht.

Sie nickt, matt, doch aus ihrer Miene werde ich nicht schlau.

»Anscheinend ja. Mir wurde noch eine DNA-Probe abgenommen, aber es steht so gut wie fest. Es gibt wohl einen Zahnabdruck, und man hat mir seinen Ring gezeigt.«

»Du hast ihn identifiziert?«

»Ja, ich habe gesagt, dass es seiner ist. Es kam mir … dumm vor, es zu leugnen.«

Ich nicke. Natürlich hat sie recht. Zum Lügenspiel gehörte immer auch, dass man wusste, wann es vorbei war, wann man aussteigen sollte. Regel Nummer fünf – erkenne, wenn es an der Zeit ist aufzuhören. Oder: *Nimm die Kacke vom Herd, bevor sie dampft*, wie Thea es ausdrückte. Die Kunst bestand darin, zu erkennen, wann dieser Punkt erreicht war. Doch ich bin mir nicht sicher, ob uns das in diesem Fall gelungen ist. Mir scheint, ganz gleich, was wir jetzt tun, das Unheil wird kommen.

»Und was jetzt?«

»Ich muss aufs Präsidium und eine Aussage über den Abend seines Verschwindens machen. Aber das ist ja die Sache – soll ich aussagen, dass ihr alle hier gewesen seid?« Sie reibt sich übers Gesicht, und mir fallen die tiefen Schatten unter ihren Augen auf. »Ich weiß nicht, was das Beste wäre. Ich könnte aussagen, dass ich euch angerufen habe, als er nicht nach Hause kam – dass ich euch gebeten habe, vorbeizukommen. Wir müssen uns nur einigen – wir könnten sagen, dass wir alle hier gewesen sind, aber es gab keine Spur von Dad, und irgendwann seid ihr wieder gegangen. Aber dann wird man auch von euch eine Aussage wollen. Letztendlich ist entscheidend, was die Schule genau weiß.«

»Was die Schule weiß?«, wiederhole ich verständnislos.

»Über diesen Abend. Hat irgendjemand euch abhauen sehen? Wenn ich sage, ihr wart nicht hier, und es kommt raus, dass ihr es doch wart, geht das Ganze nach hinten los.«

Ich verstehe und versuche, mich zu erinnern. Wir waren zwar in unseren Zimmern, als sie uns holten, aber Miss Weatherby hatte unsere Klamotten und schlammverkrusteten Sandalen gesehen. Und im Büro sagte sie etwas über unerlaubtes Entfernen, über Zeugen …

»Ich glaube, wir wurden gesehen«, sage ich zögerlich. »Zumindest laut Miss Weatherby. Sie hat aber nicht gesagt, von wem. Zugegeben haben wir es nicht – ich jedenfalls nicht, ob Fatima oder Thea, weiß ich nicht.«

»Scheiße. Also muss ich ihnen erzählen, dass ich in der Nacht hier war und ihr mit mir. Und das bedeutet, man wird euch vermutlich vernehmen wollen.« Ihr Gesicht ist blass, und ich ahne, was in ihr vorgeht – sie sorgt sich nicht nur darum, was es für uns bedeutet, mit hineingezogen zu werden, sondern es beschäftigt sie auch eine ganz praktische, egoistische Frage: Ob unsere vier Geschichten der Befragung standhalten können. Ob eine von uns sich verplappern könnte …

Ich muss an Thea denken, an den Alkohol, an die Narben auf ihren Armen, daran, wie sehr die Situation sie belastet. Und ich denke an Fatima, ihren neu gefundenen Glauben. Aufrichtig bereuen, hat sie es genannt. Und wenn diese Reue ein

Geständnis verlangt, als Versuch, ein Vergehen wiedergutzumachen? Allah würde sicher niemandem vergeben, der mit Lügen und Betrügen einfach weitermacht?

Und ich denke auch an die Bilder. Diese verdammten Bilder, die mit der Post kamen. Daran, dass irgendjemand da draußen etwas weiß.

»Kate«, setze ich an und zögere. Doch als sie mich fragend ansieht, zwinge ich mich, weiterzureden. »Ich muss dir etwas erzählen. Fatima, Thea und ich, wir haben … uns wurden Bilder geschickt. Per Post. Kopien. Von Zeichnungen.«

Ihre Miene verfinstert sich, sie weiß ganz klar, worauf ich hinauswill. Ob es dadurch leichter oder schwieriger wird, ist schwer zu sagen, aber ich zwinge mich, weiterzusprechen, platze mit den Worten heraus, bevor ich es mir anders überlegen kann.

»Hast du damals *wirklich* alle Bilder zerstört, die er von uns gemalt hat?«

»Ja«, sagt Kate. Sie verzieht gequält das Gesicht. »Ich schwör's. Aber nicht …« Sie stockt, und auf einmal bin ich mir nicht mehr sicher, dass ich hören will, was sie zu sagen hat, doch es ist zu spät. Sie presst ihre Lippen zu einem weißen, blutleeren Strich zusammen. »Aber nicht sofort.«

»Was soll das heißen?«

»Ich konnte mich direkt nach seinem Tod nicht dazu durchringen, sie zu verbrennen. Ich wollte es, doch ich – ich weiß nicht, der Zeitpunkt war nie der richtige. Aber eines Tages bin ich dann in seine Werkstatt gegangen, und es war offensichtlich jemand da gewesen.«

»Was?!« Ich versuche gar nicht, meinen Schock zu verbergen. »Wann war das?«

»Vor Jahren. Nicht sehr lange, nachdem es passiert war. Es kam mir so vor, als fehlten einige Zeichnungen, außerdem lagen sie anders, als ich es in Erinnerung hatte. Jedenfalls war es offensichtlich, dass jemand dort gewesen war. Danach habe ich sie alle verbrannt, ich schwör's, aber dann begann das mit den Briefen.«

Mir ist eiskalt. »Briefe?«

»Erst war es nur einer«, sagt Kate und flüstert fast. »Ich hatte ein Bild von meinem Vater verkauft. Über die Auktion und den Verkaufspreis wurde in der Lokalzeitung berichtet, und ein paar Wochen später kam ein Brief, in dem jemand Geld forderte. Es gab keine Drohung, nur die Aufforderung, hundert Pfund in einem Umschlag hinter einem losen Brett im Salten Arms zu deponieren. Ich habe nicht reagiert, und ein paar Wochen später kam der Brief wieder, nur dass diesmal zweihundert verlangt wurden und eine Zeichnung im Umschlag war.«

»Eine Zeichnung von uns.« Meine Stimme ist fast tonlos.

Kate nickt. »Ich habe gezahlt. Über die Jahre kamen weitere Briefe, manchmal fast alle sechs Monate, und ich habe immer gezahlt, bis ich irgendwann eine Nachricht dazulegte: Das war's jetzt, ich kann nichts mehr zahlen – und dass die Mühle im Schlamm versinkt und ich keine Bilder mehr von ihm habe, und dass sie fordern könnten, so viel sie wollen, ich hätte einfach kein Geld mehr. Und dann kamen keine Briefe mehr.«

»Wann war das?«

»Vor zwei oder drei Jahren. Danach habe ich erst einmal gar nichts mehr gehört und dachte, es wäre vorbei, aber vor ein paar Wochen ging es wieder los. Dann die Sache mit dem Schaf, und …« Sie schluckt. »Als ihr weg wart, kam ein Brief, in dem stand: *Warum fragst du nicht deine Freundinnen?* Aber ich hätte nie im Traum gedacht …«

»Verdammt noch mal, Kate!« Ich stehe vom Sofa auf, zu aufgewühlt, um still zu sitzen, doch ich weiß nicht wohin, lasse mich wieder fallen und zupfe nervös am ausgefransten Stoff des Sofas herum. Ich will sie fragen: *Warum hast du uns das nicht gesagt?* Doch ich weiß warum. Weil Kate uns schützen wollte, all die Jahre lang. Ich will fragen: *Warum bist du nie zur Polizei gegangen?* Aber auch das weiß ich. Ich will sagen: Es sind doch nur Bilder. Aber wir – wir beide – wissen, dass das nicht stimmt. Die Bilder allein bedeuten nichts. Die Nachricht auf dem Schaf sagt hingegen alles.

»Ich frage mich immer wieder …«, setzt Kate an, leise.

»Was?«, hake ich nach. Sie verschränkt ihre Finger, steht auf und geht zur Anrichte. Aus einer der Schubladen nimmt sie einen mit einer roten Schnur zusammengehaltenen Stapel Papiere, und obenauf liegt ein alter, zerknitterter Umschlag mit einem Brief drin. Beim Anblick des Briefs stockt mir das Herz.

»Ist das …?«, bringe ich stammelnd hervor, und Kate nickt. »Ich hab ihn behalten. Ich konnte nicht anders.«

Sie hält ihn mir hin, und ich zögere einen Moment lang bei dem Gedanken an Fingerabdrücke und andere forensische Spuren, aber es ist sowieso zu spät. Wir alle hielten diesen Brief vor siebzehn Jahren in unseren Händen. Also fasse ich ihn an, ganz vorsichtig, nur mit den Fingerspitzen, als könnte ich so vermeiden, eine neue Spur zu hinterlassen. Doch ich öffne ihn nicht. Das brauche ich nicht. Jetzt, da ich ihn wieder in Händen halte, kommen die Worte aus meiner Erinnerung wie aus einem tiefen Gewässer zurück an die Oberfläche – *es tut mir so leid … gib niemand anderem die Schuld als mir, mein Schatz … das Einzige, was ich noch tun kann …*

»Soll ich ihn Mark Wren geben?«, fragt Kate mit heiserer Stimme. »Ich meine, der Brief könnte dieser Sache ein Ende setzen. Er gibt Antworten auf so viele Fragen …«

Und wirft so viele neue auf. Etwa diese: Warum ist Kate mit diesem Brief nicht schon vor siebzehn Jahren zur Polizei gegangen?

»Was würdest du sagen?«, frage ich. »Wo hättest du ihn gefunden? Wie würdest du das Ganze erklären?«

»Ich weiß es nicht. Ich könnte sagen, dass ich ihn an jenem Abend gefunden, es aber niemandem gesagt habe – ich könnte im Prinzip die Wahrheit sagen, dass mein Vater verschwunden war, dass ich Angst hatte, das Haus zu verlieren. Aber ich muss euch da nicht mit reinziehen – das Vergraben und alles andere, ich würde das weglassen. Oder ich sage, dass ich den Brief erst Monate später gefunden habe.«

»Gott, Kate, ich hab keine Ahnung.« Ich reibe mir mit den Fäusten über die Augen, um die Übermüdung zu verjagen, die mich daran hindert, einen klaren Gedanken zu fassen. Hinter meinen geschlossenen Lidern zucken helle Blitze, tanzen dunkle Blumen. »Das alles könnte noch mehr Fragen nach sich ziehen, und außerdem –«

»Was außerdem?«, fragt Kate, und in ihrer Stimme schwingt etwas mit, das ich nicht ganz deuten kann. Abwehr? Angst?

Mist. Ich wollte nicht, dass es so weit kommt. Aber jetzt habe ich keine Alternative. Regel vier – wir belügen uns nicht gegenseitig, oder?

»Außerdem … wenn du ihnen den Brief gibst, werden sie ihn verifizieren wollen.«

»Was meinst du damit?«

»Kate, ich muss es fragen.« Ich schlucke, ringe nach Worten, die nicht so klingen, als würde ich das denken, was ich denke. »Bitte glaub mir, was immer du sagst, was immer passiert ist, ich werde dich nicht verurteilen. Ich muss es nur wissen – das bist du uns doch schuldig.«

»Isa, du machst mir Angst«, sagt Kate, doch da ist etwas in ihrem Ausdruck, was mir nicht gefällt – ihr Blick ist undurchdringlich.

»Der Brief. Es – es passt einfach nicht. Du weißt es selbst. Ambrose hat sich wegen der Zeichnungen umgebracht, das haben wir immer geglaubt, oder?«

Kate nickt, aber langsam, als sei sie misstrauisch.

»Aber der ganze Zeitablauf passt nicht – die Zeichnungen sind erst hinterher an der Schule aufgetaucht.« Ich schlucke erneut, meine Kehle ist trocken. Ich muss an Kates Talent zur

Fälschung denken, an die Bilder, die sie noch Jahre nach dem Tod ihres Vaters unter seinem Namen verkauft hat. Ich denke an das Erpressungsgeld, das sie über all die Jahre gezahlt hat, anstatt mit dem Abschiedsbrief zur Polizei zu gehen – die Erpressung, die sie uns verschwieg, obwohl wir ein Recht hatten, davon zu erfahren. »Kate, was ich meine, ist wohl … hat wirklich Ambrose diesen Brief geschrieben?«

»Er hat ihn geschrieben«, sagt sie mit unbewegter Miene.

»Aber es ergibt einfach keinen Sinn. Und außerdem hat er doch eine Überdosis Heroin genommen, oder? Davon sind wir jedenfalls immer ausgegangen. Aber warum war dann sein Besteck ordentlich in der Kiste verstaut? Hätte er sich nicht einfach einen Goldenen Schuss gesetzt und alles neben den Stuhl fallen lassen?«

»Er hat den Brief geschrieben«, wiederholt Kate beharrlich. »Wenn irgendjemand das weiß, dann ich.«

»Aber –« Ich komme nicht weiter. Ich weiß nicht, wie ich formulieren soll, was ich denke. Kate richtet sich gerade und zieht ihren Morgenmantel straffer.

»Was genau willst du mich fragen, Isa? Fragst du, ob ich meinen eigenen Vater getötet habe?«

Stille.

Laut ausgesprochen sind die Worte ein Schock – sie geben meinem vagen, amorphen Verdacht eine Form mit scharfen Kanten, die verletzen können.

»Ich weiß es nicht«, seufze ich. Meine Stimme klingt heiser. »Ich … ich will dich fragen, ob es irgendetwas anderes gibt, was wir wissen sollten, bevor wir in diese Vernehmung gehen.«

»Es gibt nichts anderes, was ihr wissen müsst.« Ihre Stimme klingt hart.

»Es gibt nichts anderes, was wir wissen müssen, oder es gibt nichts anderes, Punktum?«

»Es gibt nichts anderes, was ihr wissen müsst.«

»Es gibt also etwas anderes? Und du sagst mir nicht, was?«

»Verdammt noch mal, Isa, hör bitte auf, mich zu löchern!« Mit gequälter Miene springt sie auf und geht zum Fenster, gefolgt von Shadow, der ihre Anspannung spürt und ihr nicht von der Seite weicht. »Ich kann euch nichts anderes sagen, bitte, bitte glaub mir.«

»Thea hat gesagt –«, fange ich an, und fast verlässt mich der Mut, doch ich reiße mich zusammen. Ich muss es einfach wissen. »Kate, Thea hat gesagt, dass Ambrose dich wegschicken wollte. Ist das wahr? Warum? Warum hätte er das tun wollen?«

Einen Augenblick lang steht Kate nur da wie erstarrt, ihr Gesicht bleich vor Schreck.

Und dann höre ich eine Art Schluchzen, und sie wendet sich ab, wirft sich, noch im Schlafanzug, ihren Mantel über und steigt in ihre schlammverkrusteten Regenstiefel, die neben der Tür stehen. Dann schnappt sie sich die Leine von Shadow, der ihr bang auf den Fersen bleibt und stets ihrem Blick folgt, um zu verstehen, was sie so beunruhigt – und schon ist sie weg und lässt die Tür mit einem lauten Knall ins Schloss fallen, der die Tassen auf der Anrichte zum Klirren bringt. Freya, die eben noch fröhlich auf dem Läufer gespielt hat, zuckt erschrocken zusammen, und ihr kleines Gesicht verzieht sich zu einer Fratze, als sie in Tränen ausbricht.

Ich will Kate hinterherlaufen, Antworten einfordern. Doch es geht nicht, ich muss mein Baby trösten.

Einen Moment lang stehe ich unentschlossen da, höre gleichzeitig Freyas Weinen und Kates eiligen Schritten auf der Brücke zu, bevor ich Freya entnervt auf den Arm nehme und mit ihr ans Fenster gehe.

Sie strampelt wie wild und ist schon ganz rot im Gesicht, erfüllt von diesem plötzlichen Kummer, der in keinem Verhältnis zum Auslöser steht. Während ich versuche, sie zu besänftigen, blicke ich Kate und Shadow hinterher, die am Ufer entlangspazieren. Und ich fange an zu rätseln.

Über ihre Wortwahl.

*Ich kann euch nichts anderes sagen.*

Kate ist keine Frau vieler Worte – das ist schon immer so gewesen. Es muss einen Grund geben, einen Grund, warum sie nicht einfach gesagt hat: *Es gibt nichts zu sagen.*

Und als ich ihr nachblicke, ihre Silhouette im Nebel verschwinden sehe, frage ich mich, ob es nicht ein riesiger Fehler war, hierherzukommen.

Ohne Kate und Shadow fühlt sich das Haus auf einmal fremd und still an. Ich stehe zwischen den noch trocknenden Pfützen auf den dunklen Dielen und betrachte den feinen Küstennebel, der das Haus umhüllt.

Jetzt scheint die Mühle dem Meer näher zu sein als je zuvor, ich fühle mich wie auf einem klapprigen Boot, das ankerlos am Ufer treibt, nicht wie in einem Gebäude, das eigentlich zum Land gehört. Über Nacht scheint der Dunst durch die Latten und Balken gedrungen zu sein, es ist kalt hier, die Dielen unter meinen Füßen sind klamm von der Feuchtigkeit.

Nachdem ich Freya gestillt habe, setze ich sie auf den Teppich. Dann mache ich ein Feuer im Holzofen und sehe den zuckenden blauen und grünen Flammen über dem salzgetränkten Treibholz eine Weile zu, bevor ich mich schließlich mit einer Decke aufs Sofa kuschle und überlege, was ich tun soll.

Immer wieder kehren meine Gedanken zu Luc zurück. Weiß er mehr, als er durchblicken lässt? Er und Kate standen sich immer so nah, und nun hat sich seine Liebe zu ihr in Verbitterung verkehrt. *Warum?*

Ich drücke mein Gesicht in meine Hände und erinnere mich … an die Wärme seiner Haut, seinen Körper dicht an meinem … und fühle mich, als würde ich ertrinken.

Es ist schon nach Mittag, und ich bereite mir gerade ein paar Sandwiches zu, als Kate zurückkommt. Ich biete ihr eines an, aber sie schüttelt den Kopf und geht mit Shadow nach oben in ihr Zimmer, worüber ich insgeheim erleichtert bin. Was ich zu ihr gesagt habe, der schlimme Verdacht, mit dem ich sie konfrontiert habe, ist fast unverzeihlich, und ich weiß nicht, ob ich ihr in die Augen sehen kann.

Als ich hochgehe, um Freya für ihren Mittagsschlaf ins Bett zu bringen, kann ich hören, dass Kate oben auf und ab läuft, und hin und wieder sehe ich, wie dabei für einen Moment die Lichtsplitter abgeblendet werden, die durch die Lücken zwischen den Dielen nach unten dringen.

Es dauert eine Weile, bis Freya sich beruhigt, doch als sie endlich eingedöst ist, gehe ich zurück ins Wohnzimmer und setze mich ans Fenster, um den rastlosen Bewegungen des Reach zuzusehen. Es ist knapp vier, und die Flut ist fast auf dem höchsten Stand, eine ungewöhnlich hohe Flut, so hoch habe ich das Wasser hier selten gesehen. Der Anlegesteg ist komplett überschwemmt, und bei jedem Windstoß über dem Reach schwappt Wasser unter der seeseitigen Tür in die Mühle herein.

Der Nebel hat sich zwar ein wenig verzogen, doch beim Anblick des wolkenverhangenen Himmels und der dunkelgrauen Wellen, die draußen gegen die Bretter schlagen, kann man sich kaum vorstellen, wie heiß es hier noch vor wenigen Wochen war. Sind wir wirklich noch Anfang des Monats schwimmen gewesen? Es kommt mir so unwirklich vor, dass dies derselbe Ort sein könnte, das laue, wohltuende Wasser, in dem wir uns lachend gemeinsam treiben ließen. Alles ist jetzt anders.

Ich fröstele und kuschle mich tiefer in meinen Pullover. Ich habe schlecht gepackt – Sachen in meine Umhängetasche geworfen, ohne nachzudenken, sodass ich jetzt zu viele Jeans und dünne Tops dabeihabe und nicht genug warme Sachen für dieses Wetter, doch traue ich mich nicht, Kate zu fragen, ob ich mir etwas leihen könnte. Ich kann sie nicht ansprechen, noch nicht jedenfalls, heute nicht. Morgen vielleicht, wenn die Wogen sich etwas geglättet haben.

Auf dem Boden neben dem Fenster liegt ein Stapel Bücher mit schon leicht gewellten Deckeln, von dem ich mir das erstbeste nehme. *Reif für die Insel* von Bill Bryson. Das grellbunte Cover passt so gar nicht zu den gedämpften, tristen Farben der Mühle, zu den modrigen Dielen, den verblichenen Stoffen. Ich gehe zum Lichtschalter, um ein bisschen Helligkeit in den Raum zu bringen – als ich ihn berühre, knistert es, und ich schrecke zusammen. Von hinten irgendwo ist ein Knall zu hören, das Licht blitzt kurz grell auf und geht dann aus.

Der Kühlschrank ächzt kurz auf, und das kaum hörbare Brummen stoppt. *Scheiße.*

»Kate«, rufe ich verhalten, um Freya nicht zu wecken, doch Kate reagiert nicht. Ich höre noch immer ihre Schritte von oben, die kurz aussetzen, also muss sie mich gehört haben. »Kate, die Sicherung ist durchgebrannt!«

Keine Antwort.

Ich stecke meinen Kopf in einen Schrank unter der Treppe, doch es ist stockdunkel, und obwohl da etwas ist, was aussieht wie ein Sicherungskasten, ist es nicht die moderne Installation, von der Kate gesprochen hatte. Aus dem schwarzen, auf Holz festgeschraubten Kunststoffkasten ragt auf der einen Seite ein offenbar teerverklebter Kabelstrang hervor, und auf der anderen sind Bleidrähte zu sehen, die noch aus Königin Victorias Zeiten zu stammen scheinen. Ich wage es nicht, ihn anzufassen.

*Fuck.*

Ich schnappe mir mein Handy, um zu googeln, wie man die Sicherung wieder hineindreht, doch dann sehe ich etwas, was mir den Atem stocken lässt. Eine E-Mail von Owen.

Als ich draufklicke, pocht mir das Herz bis zum Hals.

Bitte, bitte, bitte, lass es eine Entschuldigung sein, irgendeine Annäherung, ein Versöhnungsangebot, das mir erlaubt, von meinem hohen Ross zu steigen. Wenn er nur kurz in sich geht, muss er einsehen, dass seine Vorwürfe lächerlich waren.

Ein Strauß Rosen und ein Besuch bei einer alten Freundin sollen eine Affäre nahelegen? Bestimmt hat er eingesehen, dass das reine Paranoia ist.

Doch es ist keine Entschuldigung. Es ist noch nicht einmal eine richtige E-Mail, und ich brauche einen Moment, um zu verstehen, um was es sich handelt.

Da steht kein »Hey, Schatz«, auch kein »Liebe Isa«. Da stehen keine Rechtfertigungen und kein kriecherisches Flehen. Tatsächlich steht da überhaupt kein Text, und im ersten Moment frage ich mich, ob die E-Mail überhaupt für mich bestimmt war.

Es ist eine Liste von Vergehen, mit Datums- und Ortsangaben, ohne irgendwelche Namen oder Kontextinformationen. Ein Ladendiebstahl in Paris, Autodiebstahl in einer französischen Kleinstadt, von der ich noch nie gehört habe, schwere Körperverletzung in einem normannischen Küstenort. Die Liste beginnt mit Daten vor zwanzig Jahren, und zum Ende hin liegen die Taten weniger lang zurück, doch es gibt lange, manchmal mehrjährige Lücken. Die jüngeren Vergehen wurden alle in Südengland begangen. Trunkenheit am Steuer in Hastings, eine Verwarnung wegen Drogenbesitz in Brighton, Untersuchungshaft nach einer Schlägerei in Kent, doch Freilassung ohne Anklage, danach weitere Verwarnungen. Der jüngste Vorfall ereignete sich erst vor ein paar Wochen – Trunkenheit und Störung der öffentlichen Ordnung in der Nähe von Rye, eine Nacht in der Zelle, keine Anklage. Was *ist* das?

Und dann verstehe ich.

Es ist Lucs Führungszeugnis.

Mir wird plötzlich schlecht. Ich will gar nicht wissen, wie Owen an das Dokument gekommen ist, und noch dazu in so kurzer Zeit. Er hat Kontakte – Polizei, Geheimdienstler –, und selbst hat er eine hohe Stellung im Innenministerium mit Zugang zu Geheimsachen, doch ganz gleich, wo er das Dokument nun herhat, handelt es sich um eine grobe Verletzung seiner Amtspflicht.

Aber es ist nicht nur das. Das hier zeigt, dass er nicht etwa zurückrudert, sondern dass er immer noch glaubt, Luc sei der Grund, warum ich hergekommen bin. Dass ich mit einem anderen Mann ins Bett gehe.

Ich spüre, wie eine Welle der Wut meinen Körper erfasst, die Haare in meinem Nacken stellen sich auf, und meine Finger kribbeln.

Ich will schreien. Ich will ihn anrufen und ihn wissen lassen, dass er ein verdammtes Arschloch ist und dass dieser Vertrauensbruch nie wiedergutgemacht werden kann.

Doch ich tue es nicht. Teils, weil ich so wütend bin, dass ich etwas sagen könnte, was ich später bereuen würde.

Teils auch, weil ich tief im Inneren weiß, dass es nicht ganz allein seine Schuld ist.

Ja, es ist seine Schuld, natürlich. Seit fast zehn Jahren sind wir zusammen, und in all dieser Zeit habe ich nie einen anderen Mann geküsst. Ich habe es nicht verdient, so behandelt zu werden.

Doch Owen fühlt, dass ich ihn angelogen habe. Er ist kein Idiot. Er fühlt es – und er hat recht. Er weiß nur nicht warum.

Ich quetsche das Telefon in meiner Hand, bis es sich mit einem leichten Vibrieren beschwert, und ich mich zwinge, meinen Griff zu lockern.

Scheiße. *Scheiße.*

Was mich am meisten kränkt, ist die unfassbare Unterstellung, ich könnte direkt aus unserem Bett in Lucs steigen – und wäre er nicht Freyas Vater, wäre schon das Grund genug, mit ihm Schluss zu machen. Ich hatte schon früher eifersüchtige Freunde, und sie sind Gift – Gift für die Beziehung und für das eigene Selbstvertrauen. Man beginnt irgendwann, sich selbst ständig über die Schulter zu sehen, die eigenen Motive anzuzweifeln. Habe ich jetzt gerade mit dem Typen geflirtet?

Habe ich seinen Kumpel wirklich angeguckt, als würde ich was von ihm wollen? War mein Top wirklich zu knapp, mein Rock zu kurz, mein Lächeln zu freundlich?

Man traut sich irgendwann selbst nicht mehr über den Weg, und wo einst Liebe und Vertrauen waren, bleiben nur noch Selbstzweifel.

Ich will ihn anrufen und sagen, dass es aus und vorbei ist – wenn er mir nicht vertrauen kann, ist Schluss. So will ich nicht leben, immerzu für etwas verdächtigt zu werden, was ich nicht getan habe, gezwungen, immer wieder Seitensprünge abzustreiten, die nur in seinem Kopf stattfanden.

Doch ... selbst wenn man meinen eigenen Anteil an all dem außer Acht lässt, könnte ich Freya das antun? Schließlich weiß ich, wie es ist, wenn einem ein Elternteil fehlt. Ich weiß es nur allzu gut, und ich will nicht, dass es ihr auch so ergeht.

Inzwischen liegt eine dicke Wolkendecke über dem Himmel, es ist dunkel und kalt geworden in der Mühle, trotz des kleinen Feuers im Ofen, und als ich an einem leisen Wimmern von oben höre, dass Freya wach ist, weiß ich, dass ich hier rausmuss. Ich werde im Pub zu Abend essen. Vielleicht kann ich ja etwas herausfinden, mit Mary Wren über den Stand der Ermittlungen reden. So oder so hat Kate anscheinend in nächster Zeit nicht vor, herunterzukommen, und selbst wenn, wüsste ich nicht, wie ich ihr beim Essen gegenübersitzen und Smalltalk halten könnte, mit dem Schreckgespenst, das über uns schwebt, und Owens E-Mail, die mich nicht loslässt.

Ich renne nach oben und stecke Freya in ihr Mäntelchen. Ich prüfe, ob der Regenschutz unter dem Kinderwagen verstaut ist, und dann machen wir uns entlang des Sandufers auf nach Salten, den Wind im Gesicht.

Während des kalten, windgepeitschten Spaziergangs ins Dorf habe ich viel Zeit, um nachzudenken. Ich schwanke hin und her zwischen Verachtung für Owens Verhalten und einem schlechten Gewissen wegen meines eigenen. Der Reihe nach hake ich seine Schwächen ab – sein aufbrausendes Temperament, seine besitzergreifende Art, die Angewohnheit, mit dem Kopf durch die Wand zu wollen, ohne mich nach meiner Meinung zu fragen.

Doch auch andere Erinnerungen werden wach. Die Form seines Rückens, wenn er sich über die Badewanne bückt, während er warmes Wasser über den Kopf unserer Tochter laufen lässt. Seine Wärme, sein Einfallsreichtum. Seine Liebe zu mir. Und Freya.

Und mitten in diesem wilden Chor dröhnt, wie eine Basslinie, meine eigene Mitschuld. Ich habe gelogen. Ich habe gelogen und vertuscht und verheimlicht. Schon seit wir uns kennen, habe ich Geheimnisse vor ihm, doch in den letzten Wochen haben sie ein neues Ausmaß angenommen, und er weiß, dass etwas nicht stimmt. Owen war schon immer vereinnahmend, auf eine gewisse Art, aber nie eifersüchtig – nicht so wie jetzt. Und das ist meine Schuld. Ich habe ihn dazu gemacht. Wir *alle*. Ich, Fatima, Thea und Kate.

Ich bin so in meine Gedanken vertieft, dass ich die Länge der Strecke kaum bemerke, doch auch als sich die entfernten Punkte im Nebel schließlich langsam in Häuser verwandeln, sehe ich noch immer nicht klarer.

Kurz darauf biege ich in die Straße zum Salten Arms ein und höre Musik. Nicht die übliche Berieselung vom Band, sondern live, echte Musik – dudelnde Akkordeons, zirpende Banjos und munter fiedelnde Geigen.

Ich öffne die Tür zur Bar, und eine Wand aus Lärm, Holzrauch, Biergestank und dicht gedrängten, feiernden Körpern schlägt mir entgegen. Der Altersdurchschnitt liegt deutlich über sechzig, und es sind fast ausschließlich Männer hier.

Einige Köpfe drehen sich zu mir um, doch die Musik spielt weiter, und als ich mir einen Weg in den überhitzten Raum bahnen will, erspähe ich auf einem Hocker am Tresen Mary Wren, die im Takt zur Musik mit dem Fuß wippt. Als sie mich unschlüssig an der Schwelle stehen sieht, nickt sie mir zu. Ich lächle zurück, lausche einen Moment der Musik und begebe mich dann zur hinteren Bar, wobei mir, als wäre es das erste Mal, die Holzvertäfelung an den Wänden auffällt. Mir wird flau im Magen bei dem Gedanken an die Erpresserbriefe, daran, wie leicht irgendjemand seinen Stuhl neben das lose Brett rücken oder unauffällig beim Gang zur Toilette dahintergreifen könnte … noch leichter, wenn einem das Pub gehört, natürlich.

Während ich den Blick durch den Raum schweifen lasse, die abblätternde Farbe, den ausgefransten Teppich, die abgewetzten Stühle bemerke, fällt mir Marys Bemerkung wieder ein, über die Pläne der Brauerei, das Pub zu verkaufen, um Platz für Ferienwohnungen zu machen. Was das wohl für Jerry bedeuten würde? Er hat sein ganzes Leben hier gearbeitet – dieses Pub ist sein Unterhalt, sein Sozialleben, seine Altersvorsorge. Was könnte er sonst machen? Ich weiß nicht, ob es an den Augen liegt, die mich anstarren, an der Hitze und dem Lärm oder an der Erkenntnis, dass Kates Erpresser dort hinter der Bar stehen könnte, aber plötzlich überrollt mich eine paranoide Panik. All diese Dorfbewohner, diese anzüglich grinsenden Männer, die schmallippige Barfrau, die ihre Arme verschränkt, sie alle wissen genau, wer ich bin, dessen bin ich mir sicher.

Mit den Ellenbogen schiebe ich mich durch die Menge zu den Toiletten, zerre den Kinderwagen hinein, lasse die Tür hinter mir zufallen und lehne mich dagegen. Sofort werde ich von einer angenehmen Ruhe und Kühle umhüllt. Ich schließe die Augen und rede mir Mut zu: *Du kannst das. Lass dich von denen nicht kleinkriegen.*

Doch als ich die Augen wieder aufmache, sehe ich sie im schmutzigen Spiegel, die Worte auf der Tür: *Mark Wren ist ein Sextäter!!!!*

Ich fühle, wie meine Wangen rot werden vor Scham, vor nackter, brennender Scham. Zwar sind die Buchstaben in Edding inzwischen verblasst und verwischt, doch nicht unlesbar. Und irgendein Spaßvogel hat offenbar viel später das Wort *Mark* durchgestrichen und mit Kugelschreiber darüber das Wort *Sergeant* geschrieben.

Warum habe ich es nicht begriffen? Warum konnte ich nicht verstehen, dass eine Lüge jede Wahrheit überdauert und dass die Leute hier, an diesem Ort, nicht vergessen? Es ist nicht wie in London, wo das Vergangene immer weiter überschrieben wird, bis nichts mehr davon übrig ist. Hier wird nichts vergessen, und das Gespenst meines Fehlverhaltens wird Mark Wren für immer verfolgen. Und mich auch.

Neugierig beobachtet von Freya spritze ich mir am Waschbecken Wasser ins Gesicht, dann richte ich mich auf und stelle mich meinem Spiegelbild. Ja, das hier ist meine Schuld. Doch es ist nicht allein meine Schuld. Und wenn ich mich mir selbst stellen kann, kann ich mich auch ihnen stellen.

Ich öffne die Tür und schiebe Freyas Kinderwagen entschlossen auf den Tresen zu.

»Isa Wilde!«, erklingt eine leicht lallende Stimme. »Na, ich dachte schon, Sie hätten Salten für weitere zehn Jahre verlassen. Was darf's sein?«

Es ist Jerry, der hinter den Zapfhähnen steht und mich grinsend ansieht, sein Goldzahn blitzt im Schein des Kaminfeuers. Er poliert gerade ein Glas mit einem Lappen, der schon bessere Tage gesehen hat.

»Hallo, Jerry«, sage ich. Freya quengelt und strampelt im Kinderwagen, ihr ist zu warm hier drin. Mit einem besonders missmutigen Schubser gelingt es ihr, die Regenhaube zu lösen, was sie mit einem kleinen Triumphschrei quittiert. Ich nehme sie auf den Arm, lege sie an meine Schulter und beginne, ihr gut zuzureden. »Babys sind doch hier erlaubt, oder?«

»Na klar, solange sie Bier trinken«, sagt Jerry und grinst sein schnauzbärtiges, zahnlückiges Grinsen. »Was kann ich Ihnen bringen?«

»Ist die Küche auf?«

»Erst ab sechs, aber …« Er wirft einen Blick auf die Uhr an der Wand. »Ach, ist ja bald – hier ist die Karte.«

Er schiebt mir ein versifftes, zerknittertes Stück Papier zu. Ich überfliege das Angebot: Sandwiches … Fischauflauf … gefüllter Krebs … Burger und Pommes frites.

»Ich nehme den Fischauflauf«, sage ich nach kurzem Überlegen. »Und … vielleicht noch ein Glas Weißwein.«

Warum auch nicht? Es ist fast sechs.

»Soll ich's auf einen Deckel schreiben?«

»Gern. Brauchen Sie meine Kreditkarte?« Ich fange an, in meiner Tasche zu wühlen, aber da schüttelt er schon lachend den Kopf.

»Ich weiß ja, wo ich Sie finde.«

Irgendwie schafft er es, diesen stinknormalen Satz wie eine Drohung klingen zu lassen, doch ich lächle freundlich und deute mit dem Kopf auf das Hinterzimmer, wo es ruhiger ist und einige Tische leer sind.

»Wir setzen uns hinten rein, okay?«

»Machen Sie das, ich bringe das Getränk rüber. Mit der Kleinen haben Sie ja alle Hände voll.«

Ich nicke und gehe nach hinten. Einer der freien Tische ist direkt an der Tür und mit schmutzigen Biergläsern vollgestellt. Irgendjemand hat seine Pfeife auf dem Tisch ausgeklopft und den Inhalt einfach liegen lassen. Der Tisch in der Ecke ist auch nicht viel besser. Unter einem umgedrehten Glas krabbelt eine Wespe durch eine kleine Bierlache, und das geplatzte Kunstleder auf der Bank ist von Hundehaaren übersät, doch immerhin ist hier Platz für den Kinderwagen, also räume ich die schmutzigen Gläser auf den anderen Tisch und wische die Platte notdürftig mit einem Bierdeckel ab, bevor ich mich mit Freya auf die Bank setze. So wie sie sich in meinen Armen windet und mit dem Kopf meine Brust anstupst, ist klar, dass ich mit dem Stillen nicht warten kann, bis wir zurück sind; sie hat beschlossen, dass es Zeit ist, und könnte jeden Moment losbrüllen. Es ist nicht gerade der ideale Ort dafür – ich habe zwar schon öfter in einem Pub gestillt, doch fast immer war Owen dabei, und in London ist es sowieso egal, dort würde sich auch niemand daran stören, wenn man seine Katze stillt. Hier, so ganz allein, fühlt es sich irgendwie ganz anders an, und ich kann nicht einschätzen, wie Jerry und seine Stammgäste reagieren. Aber mir bleibt wohl keine Wahl, wenn ich nicht will, dass Freya gleich in die Luft geht.

Ich knöpfe meine Jacke auf und ordne die diversen Stoffschichten darunter, um so viel Brust wie möglich zu bedecken, bevor ich Freya mit einem schnellen Griff anlege und meine Jacke als zusätzlichen Schutz hinabrutschen lasse.

Einige Köpfe drehen sich zu uns um, und ein alter Mann starrt uns mit unverhohlener Neugier an. Mit einem flauen Gefühl im Magen denke ich gerade über Kates Worte nach, über die alten Männer im Salten Arms mit ihren schlüpfrigen Geschichten, als Jerry mit einem Glas Weißwein sowie, in eine Serviette gewickelt, Messer und Gabel hereinkommt.

»Eigentlich müsste ich dafür Korkengeld erheben«, sagt er

grinsend mit einem Blick auf meine Brust, und ich spüre, wie ich rot werde. Ich ringe mir ein mildes Lächeln ab.

»Tut mir leid, sie hat Hunger. Ist doch kein Problem, oder?«

»Für mich nicht. Und ich kann mir vorstellen, dass die anderen auch kein Problem damit haben, einen Blick zu erhaschen.« Er kichert anzüglich, und seine Kumpels an der Bar stimmen schnaufend mit ein.

Meine Wangen glühen, als sich immer mehr Köpfe umdrehen. Ein weißhaariger Mann zwinkert mir aus glasigen Augen zu, lacht wiehernd auf und kratzt sich im Schoß, während er seinem Sitznachbarn etwas zuraunt und mit dem Kinn in meine Richtung deutet.

Als Jerry das Glas vor mir abstellt, spiele ich ernsthaft mit dem Gedanken, das Essen wieder abzubestellen und zu verschwinden, doch dann nickt er in Richtung der Bar und sagt: »Der Wein geht übrigens auf Ihren Bekannten da hinten.«

Meinen Bekannten? Ich sehe mich um, und mein Blick fällt auf … Luc Rochefort.

Er sitzt am Tresen, und als er sieht, dass ich ihn bemerkt habe, hebt er sein Glas und sieht mich mit … ist es ein schuldbewusster Blick? Schwer zu sagen.

Ich muss an Owen denken, an seine E-Mail. Daran, was ich sagen würde, wenn er in diesem Moment hereinkäme. Der Gedanke bereitet mir Bauchschmerzen, doch noch bevor ich ihn zu Ende denken kann, ist Jerry weg, und Luc ist aufgestanden und auf dem Weg zu meinem Tisch.

Es gibt keinen Fluchtweg. Ich bin eingepfercht zwischen dem Kinderwagen auf der einen, und den vielen sitzenden Menschen auf der anderen Seite, außerdem bin ich durch Freya eingeschränkt, die unter der Jacke an meiner nackten Brust liegt. Ich komme hier auf keinen Fall weg, bevor er da ist. Ich kann ihm noch nicht einmal entgegenkommen, ohne dass etwas umfällt und Freya ausrastet.

Ich denke an das blutüberströmte Schaf.

Ich denke an die weinende Freya auf seinem Arm.

Ich denke an die Zeichnungen und an Owens Unterstellungen und fühle, dass ich erneut rot werde. Ob aus Wut oder ob etwas anderes dahintersteckt, weiß ich nicht.

»Hallo, Luc«, sage ich, als er näher kommt, sein Bierglas in der Hand. Ich will mutig sein, ihn konfrontieren, doch stattdessen rutsche ich reflexartig auf der gepolsterten Bank ein Stück zurück. »Hör zu, Luc –«

Doch er lässt mich nicht ausreden. »Es tut mir leid«, sagt er unvermittelt. »Das mit deinem Baby.« Sein Blick ist fest, hier im schummrigen Licht des Hinterzimmers wirken seine Augen viel dunkler. »Ich wollte helfen, aber es war dumm von mir, das sehe ich jetzt auch ein.«

Damit habe ich nicht gerechnet. Eigentlich wollte ich ihm sagen, dass er mir verflucht noch mal vom Leib bleiben soll, aber mit der Entschuldigung hat er mir den Wind aus den Segeln genommen. Ich weiß nicht, was ich sagen soll.

»Das mit dem Drink – ist albern, ich weiß, aber es sollte ein Friedensangebot sein. Tut mir leid. Ich lass dich besser in Ruhe.«

Doch als er sich zum Gehen wendet, regt sich ein Gefühl in mir, und mit dem Mut der Verzweiflung rufe ich ihm hinterher: »Warte.«

Er dreht sich um, ohne mir in die Augen zu sehen, sein Ausdruck misstrauisch.

»Du – du hättest Freya nicht nehmen dürfen«, sage ich. »Aber die Entschuldigung ist angenommen.«

Erst steht er nur stumm da, doch schließlich senkt er verlegen den Kopf und erwidert meinen Blick. Vielleicht liegt es an seiner Verunsicherung, an der Art, wie er mit gebückten Schultern dasteht, wie ein Kind, das zu groß für seinen eigenen Körper geworden ist. Vielleicht auch an der Art, wie er mich ansieht, der tiefen Verletzlichkeit, die aus seinen Augen spricht, jedenfalls ähnelt er in diesem Moment so sehr dem fünfzehnjährigen Jungen von früher, dass ich Herzklopfen bekomme.

Ich schlucke gegen den Schmerz in meinem Hals, ein Schmerz, der mich in letzter Zeit stets begleitet – wie immer, wenn ich viel Stress und Sorgen habe.

Ich denke an Owen und seine Verdächtigungen, an das, was er mir unterstellt hat … und spüre, wie eine trotzige, leichtfertige Stimmung von mir Besitz ergreift.

»Luc, ich – magst du dich setzen?«

Er reagiert nicht sofort, und kurz fürchte ich, er wird einfach so tun, als hätte er mich nicht gehört, und verschwinden.

Doch dann scheint er aufzuatmen und fragt nach: »Sicher?«

Ich nicke, und er zieht einen Stuhl zurück, setzt sich hin und starrt dann wortlos auf die bernsteinfarbene Flüssigkeit in seinem Glas.

Wir schweigen eine Weile, und irgendwann drehen sich die Männer an der Theke wieder um, Lucs Anwesenheit allein scheint eine Art Schutzschild gegen ihre Neugier zu sein. Freya saugt weiter gierig an meiner Brust. Luc sitzt uns gegenüber, doch er wendet diskret den Blick ab.

»Hast du … hast du die Nachrichten gehört?«, fragt er schließlich.

»Über die –« Ich verstumme. Ich wollte sagen *über die Knochen*, doch ich bringe es nicht über die Lippen. Er nickt.

»Die Leiche wurde identifiziert. Es ist Ambrose.«

»Ich hab's gehört«, ich schlucke erneut, »Luc, es tut mir aufrichtig leid.«

»Danke«, sagt er. Sein französischer Akzent ist deutlich herauszuhören, so wie früher, wenn er angespannt war. Er schüttelt den Kopf, als wollte er die unliebsamen Gedanken abschütteln. »Ich war … überrascht davon, wie weh es noch tut.«

Seine Worte versetzen mir einen Stich, führen mir von Neuem vor Augen, was wir getan haben – ein lebenslanger

Schmerz, den wir nicht nur uns selbst, sondern vor allem Luc zugefügt haben.

»Hast du … es deiner Mutter gesagt?«, frage ich vorsichtig.

»Nein. Der ist das doch egal. Und sie verdient diese Bezeichnung sowieso nicht«, antwortet Luc mit fast tonloser Stimme.

Ich versuche, mit einem Schluck Wein mein wild pochendes Herz zu beruhigen und den Schmerz in meiner Kehle zu lindern.

»Sie … sie war drogensüchtig, oder?«

»Ja. Heroin. Und später Methadon.«

Ich beiße mir auf die Lippe, wünschte, ich hätte das Thema nicht angeschnitten. Luc starrt schweigend in sein Bierglas, und ich will am liebsten das Thema wechseln. Er ist zu mir herübergekommen, um sich zu versöhnen, und mir fällt nichts Besseres ein, als ihn an seine traurige Kindheit zu erinnern.

Zum Glück kommt in diesem Moment ein junges Mädchen mit meinem Fischauflauf und unterbricht die peinliche Stille. Ohne Vorgeplänkel stellt sie den dampfenden Teller vor mir ab und fragt: »Irgendwelche Soßen?«

»Nein, danke«, sage ich heiser. »Passt so.«

Ich nehme einen Löffel von dem Auflauf, er ist schwer und sahnig, der Käse oben goldbraun, aber das Ganze schmeckt wie Sägemehl, zerkrümelt in meinem Mund, und beim Versuch, es runterzuschlucken, kratzt eine Gräte in meinem Hals.

Luc sitzt nur schweigend da, in Gedanken versunken. Seine großen Hände ruhen locker ineinander verschränkt auf dem Tisch, und ich muss an unsere Begegnung in der Post denken, seine nur mühsam beherrschte Wut, die Platzwunden auf seinen Handknöcheln, und die Angst, die ich in seiner Gegenwart spürte. Ich denke an das Schaf, das Blut an seinen Händen … und ich frage mich, wozu er fähig ist.

Luc ist wütend, so viel ist klar. Aber an seiner Stelle wäre ich das auch.

Es ist spät geworden. Freya ist auf meinem Arm eingeschlafen, und Luc und ich sind nach einem stundenlangen Gespräch still geworden. Jetzt sitzen wir schweigend nebeneinander, betrachten das schlafende Baby und geben uns unseren eigenen Gedanken hin.

Als die letzte Runde eingeläutet wird, kann ich es kaum glauben und hole mein Handy aus der Tasche, um festzustellen, dass es tatsächlich schon zehn vor elf ist.

»Danke«, sage ich zu Luc, der gerade aufsteht und sich streckt. Er sieht mich verdutzt an.

»Danke wofür?«

»Für den Abend. Ich … ich musste mal raus, ein bisschen Abstand kriegen.« Erst als ich die Worte ausspreche, wird mir klar, dass ich in den letzten Stunden weder an Owen noch an Kate gedacht habe. Ich reibe mir mit den Händen übers Gesicht, lockere meine steif gewordenen Beine.

»Keine Ursache.« Er beugt sich vor und nimmt mir behutsam Freya ab, damit ich hinter dem kleinen Tisch hervorrutschen kann. Ich sehe zu, wie er sie etwas ungelenk an seinen Oberkörper drückt, und kann mir ein Lächeln nicht verkneifen, als sie sich mit einem kleinen Seufzer an seinen warmen Körper kuschelt.

»Du bist ein Naturtalent. Willst du selbst mal Kinder haben?«

»Nein«, sagt er knapp, und ich sehe ihn überrascht an.

»Wirklich? Warum nicht? Magst du keine Kinder?«

»Das ist es nicht. Wie du weißt, war meine Kindheit nicht die allerbeste. Das macht einen kaputt, und das gibt man dann weiter.«

»Ach, Blödsinn.« Ich nehme ihm Freya wieder ab, und nachdem ich sie vorsichtig in den Kinderwagen gelegt habe, lasse ich meine Hand noch eine Weile auf ihrem Brustkorb liegen. Ihre Lider flattern noch ein paarmal auf, doch irgendwann kapitulieren sie vor der Müdigkeit und fallen ganz zu. »Wenn das so wäre, dürfte sich überhaupt niemand mehr fortpflanzen. Wir tragen doch alle unseren Ballast mit uns herum. Was ist mit all den guten Eigenschaften, die du weitergeben könntest?«

»An mir gibt es nichts, was ein Kind haben sollte«, sagt er, und im ersten Moment denke ich, das ist ein Witz, doch er sieht ernst und betrübt aus. »Und ich werde nicht riskieren, dass noch ein Kind so aufwächst wie ich.«

»Luc … Das ist so traurig. Du wärst garantiert ganz anders als deine Mutter.«

»Das kannst du nicht wissen.«

»Nein, aber wir alle können vorher nicht wissen, wie wir uns als Eltern verhalten werden. Täglich bekommen irgendwelche Arschlöcher Kinder – der Unterschied ist, dass die sich keine Gedanken machen. Du schon.«

Er schweigt und zieht achselzuckend seine Jacke an, bevor er mir in meine hilft.

»Das spielt keine Rolle. Es wird nicht passieren. Ich will keine Kinder in diese Welt setzen.«

Auf dem Parkplatz schiebt Luc seine Hände in die Hosentaschen und zieht unschlüssig die Schultern hoch.

»Soll ich dich begleiten?«

»Das ist doch ein Riesenumweg für dich.«

Noch als ich es sage, wird mir bewusst, dass ich gar nicht weiß, wo er wohnt. Aber die Mühle kann eigentlich nie auf dem Weg liegen.

»Eigentlich kaum ein Umweg«, sagt er. »Meine Wohnung ist an der Küstenstraße, in Richtung Schule. Der kürzeste Weg ist über die Marsch.«

Oh. Das erklärt einiges. Nicht zuletzt, warum er am Abend der Ehemaligenfeier an der Mühle vorbeikam. Ich fühle mich schlecht, weil ich an seiner Geschichte gezweifelt habe.

Ich weiß nicht, was ich antworten soll.

Vertraue ich Luc? Nein, lautet die Antwort. Doch seit meinem Gespräch mit Kate heute Morgen vertraue ich hier eigentlich niemandem mehr.

Unter der dicken Wolkendecke ist die Nacht extrem dunkel. Ich schiebe den Kinderwagen und überlasse Luc die Führung, während wir in gemächlichem Tempo die Straße entlanggehen und uns dabei leise unterhalten. Einmal nähert sich ein LKW von hinten, dessen Lichter unsere langen, schwarzen Schatten auf die Straße werfen. Als der Laster an uns vorbeizieht, hebt Luc die Hand zum Gruß. Kurz darauf ist es wieder dunkel.

Ein andermal ertönt ein schwacher Gruß aus einem Fenster: »Nacht, Luc!« Ich erkenne plötzlich, dass Luc irgendwie geschafft hat, was Kate nie gelungen ist. Er hat sich hier sein Leben aufgebaut, ist Teil der Gemeinschaft geworden, während sie eine Außenseiterin geblieben ist, genau wie Mary Wren gesagt hat.

Auf der Brücke über den Reach bleiben wir kurz stehen, weil ich einen Stein im Schuh habe. Während ich auf einem Bein balanciere und mir am Ende den Schuh wieder überziehe, steht Luc ans Geländer gelehnt und blickt hinaus zum Meer. Der Nebel hat sich gelichtet, doch die dichten, tiefhängenden Wolken hüllen den Reach in Dunkelheit, und man kann fast nichts erkennen, nicht einmal ein schwach glimmendes Licht von der Mühle. Lucs Miene ist undurchdringlich, doch ich frage mich, ob er gerade wie ich an das kleine weiße Zelt denkt, das irgendwo da hinten in der Dunkelheit steht.

Nachdem ich den Schuh wieder angezogen habe, stelle ich mich neben ihn und lehne mich ans Brückengeländer. Obwohl wir uns nicht berühren, sind unsere Unterarme sich so nah, dass ich glaube, seine Körperwärme durch meinen Mantel zu spüren.

»Luc«, fange ich an, als er sich ohne Vorwarnung zu mir umdreht. Schon spüre ich seine warmen Lippen auf meinen, und plötzlich packt mich eine unbändige, brennende Lust, und ich spüre, wie sich ein heißes Kribbeln in meinem Unterleib ausbreitet.

Für einen Moment stehe ich einfach da, mit meinen Händen an seinen Rippen, und lasse es geschehen, spüre, wie mein Herzschlag schneller wird. Doch dann überrollt mich wie eine kalte Welle die Erkenntnis über das, was ich hier tue.

»Luc, nein!«

»Sorry.« Er sieht mich zerknirscht an. »Wirklich, sorry – ich weiß nicht, was mit mir –«

Immer noch atemlos blicken wir uns an, und ich weiß, dass sein verstörter, erschrockener Gesichtsausdruck sich in meinem eigenen spiegelt.

»*Merde*«, flucht er plötzlich und schlägt mit der Faust gegen das Geländer. »Warum muss ich immer alles versauen?«

»Luc, du – das hast du nicht –«

Der Schmerz in meiner Kehle ist zurück, das Schlucken fällt mir schwer.

»Ich bin verheiratet«, sage ich, was nicht stimmt, doch in dem Sinn, der hier zählt, ist es die Wahrheit. Ganz gleich, welche Probleme wir im Moment haben, Owen ist der Vater meines Kindes, und wir sind ein Paar – darum geht es. Ich werde ihn nicht betrügen.

»Ich weiß.« Er sagt es sehr leise und weicht meinem Blick aus. Dann setzt er sich wieder in Bewegung, läuft weiter über die Brücke in Richtung Mühle.

Er hat schon einige Meter Vorsprung, als er weiterspricht, so leise, dass ich hinterher nicht weiß, ob ich ihn richtig verstanden habe.

»Es war ein Fehler … ich hätte mich für dich entscheiden sollen.«

Ich hätte mich *für dich entscheiden sollen.*

Was hat das zu bedeuten? Ich will ihn darauf ansprechen, während wir langsam den zerklüfteten Uferpfad entlanglaufen, aber sein Schweigen wirkt abweisend.

Was hat er gemeint? Und was ist zwischen ihm und Kate passiert?

Ich finde die Worte nicht, um zu fragen, und außerdem habe ich Angst. Angst vor dem, was er mich im Gegenzug fragen könnte. Ich kann nicht die Wahrheit einfordern, wenn ich selbst in so viele Lügen verstrickt bin.

Stattdessen konzentriere ich mich darauf, mit dem Kinderwagen den Pfützen und Gräben auf dem zerfurchten Pfad auszuweichen. Während wir im Pub waren, hat es in Strömen geregnet, und jetzt, nachdem wir die Straße verlassen haben, ist es überall matschig.

Die ganze Zeit über bin ich mir schmerzlich bewusst, dass Luc neben mir herläuft und sich meinem Tempo angepasst hat, weshalb ich irgendwann den halbherzigen Versuch starte, ihn wegzuschicken.

»Du musst mich wirklich nicht bis zur Mühle begleiten, du könntest hier abbiegen und dir den Weg sparen …«

Doch er schüttelt den Kopf. »Du wirst Hilfe brauchen.«

Als wir die Mühle erreichen, verstehe ich, was er meint. Das Wasser steht hoch – höher, als ich es je gesehen habe. Der Holzsteg über dem Graben, in dem das dunkle Wasser schwappt, ist überschwemmt, sodass die schwarzen Umrisse der Mühle komplett vom Ufer abgeschnitten sind. Obwohl die kleine Brücke kaum mehr als ein paar Zentimeter unter Wasser steht, kann ich die Bretter nicht ausmachen, und es ist so dunkel, dass ich nicht einmal erkenne, wo genau das Ufer endet und das Wasser beginnt.

Wäre ich allein, würde ich es vielleicht riskieren, aber mit dem Kinderwagen? So schwer, wie er ist, hätte ich bestimmt nicht die Kraft, ihn wieder hochzuziehen, sollte eines der Räder vom Rand des Stegs abrutschen.

Bestimmt steht mir der Schreck ins Gesicht geschrieben, als ich mich Luc zuwende.

»Mist, was mache ich jetzt?«

Er blickt hoch zu den dunklen Fenstern.

»Sieht ganz so aus, als wäre Kate nicht da. Sie hätte Licht anlassen können.« In seiner Stimme schwingt Bitterkeit mit.

»Wir hatten einen Stromausfall«, sage ich. In einer Mischung aus Resignation und Verachtung hebt Luc die Schultern. Mein erster Impuls ist, Kate zu verteidigen, doch tatsächlich habe ich Lucs stummer Missbilligung nichts entgegenzusetzen, zumal eine kleine nagende Stimme in meinem Kopf mir zuflüstert, dass er recht hat. Was, wenn Kate wirklich einfach abgehauen ist und in Kauf genommen hat, dass ich allein nicht reinkomme? Sie konnte nicht wissen, dass Luc bei mir sein würde, um zu helfen.

»Nimm dein Baby«, sagt er mit einer Geste auf den Kinderwagen, und ich hebe Freya heraus. Sie schläft fest, und ich spüre die kompakte Schwere ihres Körpers, als sie sich fest um meine Schulter wölbt wie ein fleischgewordener Ammonit.

»Was hast du –«

Noch bevor ich ausreden kann, hat Luc seine Schuhe ausgezogen und sich mitsamt dem Kinderwagen vorgewagt. Es spritzt, das dunkle Wasser steigt ihm bis hinauf zu den Waden.

»Luc, pass auf! Du weißt nicht –«

Doch er weiß es. Er weiß genau, wo der Steg ist, und watet

unbeirrt durch den Graben, während ich mich mit angehaltenem Atem darauf gefasst mache, dass er danebentritt und von der Kante ins Wasser rutscht, doch das tut er nicht. Sicher erreicht er die andere Seite, jetzt nur noch ein schmaler Streifen Land, kaum breit genug für den Kinderwagen, und versucht sich an der Tür.

Sie ist unverschlossen und schwingt auf, dahinter ist nur schwarze Leere zu sehen.

Luc schiebt den Kinderwagen hinein. »Kate?« Seine Stimme hallt durch das stille Haus. Es klickt, als er den Lichtschalter drückt, mehrmals vor und zurück. Nichts passiert. »Kate?«

Er kommt zurück, zuckt mit den Achseln, rollt sich die Jeans hoch und beginnt mit leeren Händen zurück ans Ufer zu waten.

»Das ist wie eines dieser Logikrätsel«, scherze ich. »Der Bauer hat einen Wolf, einen Kohlkopf und ein Schaf ...«

Er lächelt, und es versetzt mir einen Stich, als mir aufgeht, wie fremd dieser Ausdruck auf seinem Gesicht wirkt. Wie wenig ich ihn habe lächeln sehen, seit ich nach Salten zurückgekommen bin.

»Also, wie wollen wir es machen?«, fragt er. »Vertraust du mir Freya an?«

Als er mein Zögern bemerkt, verschwindet das Lächeln aus seinem Gesicht.

»Ich – ja, ich vertraue dir schon«, antworte ich rasch, auch wenn es nicht ganz stimmt. »Das ist es nicht. Aber sie kennt dich nicht, und ich habe Angst, dass sie plötzlich aufwacht und sich freistrampeln will – sie entwickelt erstaunliche Kräfte, wenn sie nicht mehr festgehalten werden will.«

»Okay«, sagt er. »Also ... was meinst du? Ich könnte euch beide tragen, aber ich weiß nicht, ob die Brücke das aushält.«

Jetzt muss ich wirklich lachen.

»Ich werde mich nicht von dir tragen lassen, Luc. Ob mit oder ohne Brücke.«

Er zuckt wieder mit den Achseln. »Das habe ich schon mal gemacht.«

Und mir fällt mit einem Schreck ein, dass es stimmt. Kaum, dass er es ausspricht, habe ich das Bild deutlich vor Augen – ein in der Sonne glitzernder Strand, Hochwasser, mein Schuh war weggeschwemmt worden. Es gab keinen anderen Weg zurück als über die mit Seepocken übersäten Steine, und nachdem er eine Viertelstunde lang mitangesehen hatte, wie ich mit blutendem Fuß am Strand entlanghumpelte und sogar die Schuhe ablehnte, die die Mädchen mir anboten, weil sie sowieso nicht gepasst hätten, hatte Luc mich wortlos hochgehoben und huckepack zurück zur Mühle getragen.

Ich erinnere mich, als wäre es gestern gewesen – seine Hände auf meinen Beinen, das Spiel seiner Rückenmuskeln an meinem Oberkörper, der warme Duft seines Nackens.

Ich spüre, wie ich rot werde.

»Da war ich fünfzehn. Inzwischen bin ich etwas schwerer.«

»Zieh deine Schuhe aus«, fordert er mich auf, und ich versuche, auf einem Bein stehend, mit der einen Hand Freya festzuhalten und mit der anderen meine Sandale auszuziehen – doch bevor ich protestieren kann, kniet Luc sich plötzlich vor mich und öffnet die Schnalle. Mit mittlerweile puterrotem Gesicht und dankbar für die Dunkelheit, steige ich erst aus dem einen Schuh und lasse ihn den zweiten aufmachen. Dann richtet er sich wieder auf.

»Nimm meine Hand«, sagt er, als er ins Wasser tritt. »Komm mit. Bleib so dicht hinter mir, wie du kannst.«

Ich ergreife seine Hand und folge ihm ins Wasser.

Es ist so kalt, dass ich nach Luft schnappe, doch dann spüren meine Zehen etwas Warmes – mein Fuß hat seinen berührt.

Wir bleiben kurz stehen, um das Gleichgewicht zu halten, als Luc sagt: »Ich mache jetzt einen großen Schritt, und du machst es mir nach. Hier irgendwo ist das morsche Brett, da müssen wir drüber.«

Ich nicke, rufe mir die Spalte im Steg in Erinnerung und wie ich sie bei meiner Ankunft mit dem Buggy umschifft habe. Aber Gott sei Dank ist Luc hier – ich hätte nicht mehr gewusst, welche Bretter fest waren und wo eines fehlte. Ich sehe ihm zu, wie er einen großen Schritt macht, und will es ihm gleichtun, doch ich muss mich dafür weiter strecken als er, und die Bretter unter dem Wasser sind glitschig. Auf einem Büschel Seegras rutsche ich aus und verliere fast das Gleichgewicht.

Unvermittelt stoße ich einen Schrei aus, der schrill über das Wasser hallt. Doch Luc hat mich am Arm gepackt und hält mich mit sicherem Griff, so fest, dass es wehtut.

»Alles in Ordnung … alles in Ordnung«, sagt er beschwörend.

Ich nicke, versuche, wieder ruhiger zu atmen und das Gleichgewicht wiederzuerlangen, ohne dabei Freya wehzutun. Mein Schrei hat in der Ferne einen Hund zum Bellen gebracht, doch jetzt ist es wieder still geworden. War das Shadow?

»Sorry«, sage ich mit zitternder Stimme. »Die Bretter sind so rutschig.«

»Alles gut«, sagt er und lockert seinen Griff ein wenig. »Alles okay.«

Ich nicke und atme durch, bevor wir vorsichtig die letzten Bretter überqueren.

Auf der anderen Seite angekommen, stoße ich einen Seufzer aus. Freya schläft erstaunlicherweise einfach weiter.

»Danke … Luc.« Meine Stimme bebt immer noch, obwohl wir jetzt auf festem Untergrund und in Sicherheit sind. »Echt, ich weiß nicht, was ich ohne dich gemacht hätte.«

Ja, was hätte ich eigentlich gemacht? Wenn ich mir ausmale, mit dem schaukelnden Kinderwagen über die tückische, rutschige Brücke durch dreißig Zentimeter tiefes Wasser zu waten – oder im kalten Nieselregen draußen zu warten, bis

Kate von wer weiß woher zurückkehren würde, kann ich meinen Ärger nur schwer unterdrücken. Wie konnte sie einfach so verschwinden, ohne wenigstens eine Nachricht zu schreiben?

»Weißt du, wo die Kerzen sind?«, fragt Luc, und ich schüttle den Kopf. Er schnalzt verächtlich mit der Zunge und schiebt sich an mir vorbei in das dunkle Gewölbe der Mühle. Der Saum meines Sommerkleids klebt nass an meinen Beinen, bestimmt hinterlasse ich eine kleine Schlammlache auf dem Boden, denke ich, und plötzlich fällt mir ein, dass ich zu allem Überfluss meine Schuhe am Ufer habe stehen lassen. Tja, kann man nichts machen. Höher kann die Flut kaum steigen, ohne dass die Mühle wirklich fortgeschwemmt wird. Ich hole sie morgen, wenn wieder Ebbe ist.

Ich zittere leicht, der nasse Stoff an meinen Beinen fühlt sich kalt an vom Wind, der durch die offene Tür weht. Luc durchwühlt gerade die Schränke. Irgendwann höre ich das Ratschen eines Streichholzes, rieche Paraffin, dann sehe ich Licht. Luc steht neben der Spüle mit einer Öllampe in der Hand und macht sich am Docht zu schaffen, bis die Flamme unter dem kleinen Zylinder hell und klar brennt. Danach setzt er den Milchglasschirm drüber, und sofort verwandelt sich die zuckende, irrlichternde Flamme in ein diffuses, warmes Leuchten.

Er zieht die Tür zu, und wir sehen uns im Schein der Lampe in die Augen. Das kleine Licht schafft irgendwie eine intimere Atmosphäre als die Dunkelheit, führt uns im kreisrunden Kegel zusammen. Nur wenige Zentimeter trennen uns jetzt, offenbar sind wir beide verunsichert. In dem weichen Licht sehe ich die Ader an Lucs Hals im schnellen Takt mit meinem eigenen Herzschlag pulsieren, und ein Schauer durchfährt mich. Wie immer ist er schwer einzuschätzen, wirkt ungerührt – doch in diesem Moment weiß ich, dass das nur Fassade ist und er dahinter genauso aufgewühlt ist wie ich, und plötzlich kann ich seinem Blick nicht mehr standhalten, muss die Augen abwenden, aus Angst, er könnte in mich hineinsehen.

Er räuspert sich, ohrenbetäubend laut in der Stille des Hauses, und wir beide ergreifen gleichzeitig das Wort.

»Also, ich sollte dann –«

»Es ist wohl das Be–«

Wir stocken, lachen nervös.

»Du zuerst«, sage ich.

»Nein, was wolltest du sagen?«

»Ach … nichts. Es war nur …« Ich blicke zu Freya hinunter. »Nur wegen der Kleinen hier. Ich sollte sie wohl ins Bett bringen.«

»Wo schläft sie denn?«

»In –« Ich zögere. »In deinem alten Zimmer.«

Seine Augen weiten sich ein wenig, er wirkt überrascht, vielleicht auch irritiert. Es muss komisch für ihn sein, wie Kate das Zuhause seiner Kindheit einfach umfunktioniert hat, und mir wird wieder schmerzhaft bewusst, welche Ungerechtigkeit ihm wiederfahren ist.

»Aha. Verstehe.« Das Licht flackert einen Moment lang, als würde die Hand mit der Lampe zittern, aber vielleicht war es nur Zugluft. »Also gut, ich bring dir die Lampe nach oben – mit Baby und Flamme gehst du da nicht allein hoch.« Er nickt zur klapprigen Holztreppe hinüber, die sich in der Ecke des Raums nach oben windet. »Wenn die Lampe auf den Boden fällt, geht hier alles in Flammen auf.«

»Danke«, sage ich. Ohne ein weiteres Wort dreht er sich um und beginnt, die Treppe hochzusteigen, ich halte mich dicht hinter ihm und dem kleinen Lichtkreis.

An der Tür zu seinem alten Zimmer bleibt er stehen, und es hört sich an, als würde er kurz nach Luft schnappen, aber als ich mich neben ihn stelle, starrt er nur mit leerem Ausdruck vor sich hin – auf das Bett, das einmal sein eigenes war und jetzt mit meinen Klamotten übersät ist, auf die Wiege am Fuß des Bettes, Freyas Deckchen und den Stoffelefanten. Ich schäme mich plötzlich für meinen Anteil an all dem – meine Taschen auf *seinem* Fußboden verstreut, meine Fläschchen und Tuben auf *seinem* alten Schreibtisch.

»Luc, es tut mir leid«, sage ich hilflos.

»Was tut dir leid?«, fragt er. Seine Stimme ist so kühl wie seine Miene, doch die Ader in seinem Hals pulsiert weiter. Er schüttelt nur den Kopf, als er die Lampe auf den Nachttisch stellt und ohne ein weiteres Wort in der Dunkelheit verschwindet.

Nachdem ich Freya ins Bett gebracht habe, steige ich im schwachgoldenen Schein der Öllampe, die mehr Schatten wirft als sie vertreibt, vorsichtig nach unten.

Eigentlich habe ich erwartet, dass er weg ist, doch dann sehe ich vom Fuß der Treppe aus eine Gestalt, die sich vom Sofa erhebt, und halte die Lampe hoch: Da steht er.

Auf dem kleinen Tisch neben dem Sofa stelle ich die Lampe ab, woraufhin er wortlos, als wäre es eine stille Vereinbarung, mein Gesicht in seine Hände nimmt und mich küsst, und dieses Mal sage ich nichts – protestiere nicht, schiebe ihn nicht weg –, sondern erwidere seinen Kuss, fahre mit den Fingern unter sein T-Shirt, spüre seine weiche Haut, die Knochen, Muskeln und Narben, die Hitze seiner Lippen.

Draußen auf der Brücke, als er mich zum ersten Mal küsste, fühlte es sich an, als würde ich Owen betrügen, obwohl ich den Kuss nicht erwiderte. Doch hier, jetzt – habe ich kein schlechtes Gewissen. Dieses Mal, dieser Moment fügt sich so nahtlos in alles ein, in all die Stunden, die Tage und Nächte, die ich einst damit zubrachte, mich nach Luc, nach seinen Küssen, seinen Berührungen zu sehnen – und trägt mich zurück zu einer Zeit vor Owen, vor Freya, vor den Zeichnungen und vor Ambroses Überdosis, vor dem ganzen Chaos.

Ich könnte eine lange Liste von Gründen für meinen Groll gegen Owen anführen – die falschen Unterstellungen, das fehlende Vertrauen, und dann der Gipfel der Kränkung, die unsägliche E-Mail mit Lucs Vorstrafenregister, als würde mich ausgerechnet *das* davon abhalten, mit einem Mann ins Bett zu gehen, den ich schon – und ja, ich schäme mich nicht mehr, es zuzugeben – seit ich fünfzehn war wollte und vielleicht immer noch will.

Doch das tue ich nicht. Ich versuche mich gar nicht erst an einer Rechtfertigung, vergesse die Gegenwart einfach, lasse sie von der Strömung aus meinen Händen reißen und tauche ein in die Vergangenheit wie in ein endlos tiefes Gewässer, und es ist, als würde ich ertrinken, als würden die Wellen sich über mir schließen, doch es ist mir egal.

Ineinander verschlungen lassen wir uns rückwärts auf das Sofa fallen, und atemlos helfe ich Luc dabei, sein T-Shirt auszuziehen. Ich sehne mich danach, seine Haut auf meiner zu spüren – eine Sehnsucht, die stärker ist als meine Unsicherheit über die bläulichen Streifen auf meinem schlaffen, weißen Bauch, der einst straff und gebräunt war.

Ich weiß, ich sollte aufhören, doch die Wahrheit ist: Ich habe keine Schuldgefühle. In diesem Moment, als er langsam und zärtlich mein Kleid aufknöpft, zählt nichts anderes mehr.

Meine Finger hantieren an seinem Gürtel, als er plötzlich innehält und zurückweicht. Mein Herz scheint stillzustehen. Ich merke, wie meine Züge starr werden vor Scham, während ich panisch anfange, mir mein Kleid wieder um den Körper zu wickeln und die peinlichen Ausflüchte vorbereite – nein, du hast ja recht, kein Problem, ich weiß auch nicht, was ich mir dabei gedacht habe.

Erst als er zur Haustür geht und den Holzriegel vorschiebt, begreife ich, und sofort erfasst mich ein heißer Schwindel: Das hier passiert wirklich, wir werden es wirklich tun.

Er lächelt, als er zurückkommt, ein Lächeln, das sein ernstes Gesicht in das des fünfzehnjährigen Jungen verwandelt, den ich einst kannte, und plötzlich bekomme ich vor Herzklopfen fast keine Luft mehr – der Schmerz aber, der Schmerz, den ich gespürt habe, seit ich die Zeichnungen vor mir auf der Matte liegen sah, seit Owens wütenden Anschuldigungen, seit all das hier begonnen hat – dieser Schmerz ist verschwunden.

Das alte, durchgesessene Sofa seufzt leise, als Luc darauf steigt, und ich lasse mich zurückfallen, spüre seine Arme um mich, das Gewicht seines Körpers. Meine Lippen streifen seinen Hals, ich fühle seine zarte Haut zwischen meinen Zähnen, schmecke den leicht salzigen Schweiß … und erstarre plötzlich.

Denn dort, im Schatten des Treppenabsatzes, bewegt sich etwas. Eine dunkle Gestalt.

Luc stutzt, als er meine plötzliche Verkrampfung bemerkt, und stützt sich auf den Armen ab.

»Isa? Ist alles okay?«

Ich kann nicht sprechen. Meine Augen fixieren einen Punkt im Dunkeln, oben auf der Treppe. Irgendetwas – irgendjemand – ist da.

Bilder rasen mir durch den Kopf. Ein ausgeweidetes Schaf. Eine blutverschmierte Botschaft. Ein Umschlag voller Zeichnungen aus der Vergangenheit …

Luc dreht den Kopf und folgt meiner Blickrichtung.

Der Luftzug der Bewegung lässt die Lampe hell aufflackern, und so erleuchtet sie für einen winzigen Moment, für den Bruchteil eines Augenblicks, das Gesicht der Person, die da im Dunkeln steht und uns stumm beobachtet.

Kate.

Ich gebe ein Geräusch von mir – es ist nicht ganz ein Schrei, aber nah dran, woraufhin Kate sofort kehrtmacht und lautlos nach oben verschwindet.

Hastig zieht Luc sich sein T-Shirt wieder über den Kopf,

knöpft seine Jeans zu, lässt in seiner Eile den Gürtel offen herunterhängen und sprintet los. Obwohl er zwei Stufen auf einmal nimmt, ist Kate zu schnell für ihn. Sie ist schon fast ganz oben, kurz darauf höre ich die Speichertür knallend ins Schloss fallen, ein Schlüssel wird gedreht, und Luc hämmert gegen die Tür.

»Kate. Kate! Lass mich rein!«

Keine Antwort.

Mit zitternden Fingern knöpfe ich mein Kleid zu und stehe mühsam vom Sofa auf.

Dann höre ich Lucs langsame Schritte auf der Treppe, und als sein Gesicht im runden Schein der Lampe wieder auftaucht, hat seine Miene sich verfinstert.

»Scheiße.«

»Sie war hier?«, flüstere ich. »Die ganze Zeit? Warum hat sie nicht geantwortet?«

»Weiß der Henker.« Er presst sich die Hände vor die Augen, als könnte er die Szene von eben, den Anblick von Kates maskenhaftem Gesicht, aus seinem Gedächtnis verjagen.

»Wie lange hat sie da wohl gestanden?«

»Ich weiß es nicht.«

Wir sitzen schweigend Seite an Seite auf dem Sofa. Lucs Gesichtszüge sind wie versteinert, unlesbar. Ich weiß nicht, wie ich aussehe, doch meine Gedanken sind ein einziger Wust aus Emotionen, Misstrauen und schierer Verzweiflung. Warum musste sie dort oben stehen und uns beobachten?

Der Anblick, als die Lampe aufflackerte, dieses Gesicht – eine weiße Maske im Dunkeln, die Augen weit aufgerissen, die Lippen bitter zusammengepresst. Es war das Gesicht einer Fremden. Was ist aus meiner Freundin geworden, aus der Frau, die ich glaubte zu kennen?

»Ich sollte gehen«, sagt Luc schließlich und steht zwar auf, macht aber keine Anstalten, zur Tür zu gehen. Erst steht er nur da und sieht mich an, die dunklen Brauen gerunzelt. Die Schatten unter seinen breiten Wangenknochen verleihen seinem Gesicht einen ausgemergelten, gepeinigten Ausdruck.

Plötzlich kommt ein Geräusch von oben, ein leises Quengeln von Freya. Ich stehe auf, unschlüssig, will noch etwas sagen, doch Luc kommt mir zuvor.

»Bleib nicht hier, Isa. Es ist nicht sicher.«

»*Was?*«, frage ich verständnislos. »Wie meinst du das?«

»Das Haus hier –« Er macht eine ausladende Geste durch die Mühle, die alles mit einzuschließen scheint, das Wasser da draußen, die kaputten Lichtschalter, die klapprige Treppe … »Aber nicht nur das – ich –«

Er hält inne, reibt sich die Augen und holt tief Luft, bevor er weiterspricht. »Ich will dich nicht mit ihr allein lassen.«

»Luc, sie ist deine Schwester.«

»Sie ist nicht meine Schwester, und ich weiß, dass du denkst, sie ist deine Freundin, aber du kannst – du kannst ihr nicht vertrauen.«

Obwohl Kate uns unmöglich hören kann, hat er seine Stimme zu einem beschwörenden Flüstern gesenkt.

Ich schüttle den Kopf, weigere mich, ihm zu glauben. Was immer Kate getan hat, unter welchem Druck sie zurzeit auch steht, sie ist meine Freundin. Seit fast zwanzig Jahren. Ich werde – kann – auf Luc nicht hören.

Freyas Quengeln wird lauter, und ich will zu ihr, doch Luc hält mich fest und redet eindringlich auf mich ein: »Ich erwarte nicht, dass du mir glaubst. Aber bitte, bitte pass auf dich auf, und ich sage es noch einmal, du musst hier weg.«

»Ich reise morgen ab«, sage ich und fühle eine Schwere in mir bei dem Gedanken an Owen, an das, was mich in London erwartet, doch Luc schüttelt den Kopf.

»Nein, jetzt. Heute Nacht.«

»Das geht nicht, Luc. Die Züge fahren erst am Morgen wieder.«

»Dann komm mit zu mir. Bleib über Nacht«, sagt er und fügt hastig hinzu: »Ich schlafe auf dem Sofa, wenn du willst. Aber ich will nicht, dass du hier allein bleibst.«

*Ich bin nicht allein,* denke ich. *Ich habe Kate.* Doch er sieht es offenbar anders.

Als Freya wieder aufheult, ist meine Entscheidung gefallen.

»Heute Nacht gehe ich nirgendwohin, Luc. Ich werde ganz bestimmt nicht Freya und mein ganzes Gepäck mitten in der Nacht quer durch die Marsch schleppen –«

»Dann nimm ein Taxi –«, fällt er mir ins Wort, doch ich rede unbeirrt weiter.

»Ich fahre morgen früh – und wenn du dir wirklich Sorgen machst, kann ich schon um acht Uhr fahren, aber Kate stellt definitiv keine Gefahr dar. Ist einfach so. Du irrst dich. Ich kenne sie seit siebzehn Jahren, und ich vertraue ihr.«

»Ich kenne sie noch länger«, sagt Luc, so leise, dass ich ihn gegen Freyas japsende Schreie kaum hören kann. »Und ich vertraue ihr nicht.«

Freya weint jetzt so laut, dass ich es nicht mehr aushalte, und so entziehe ich mich sanft seinem Griff.

»Gute Nacht, Luc.«

»Gute Nacht, Isa«, sagt er. Er sieht mir nach, als ich mit der Lampe die Treppe hinaufgehe und ihn der Dunkelheit überlasse. Oben angekommen nehme ich Freya auf den Arm, spüre, wie sich ihr von Schluchzern geschüttelter, warmer Körper allmählich beruhigt, und in der Stille, die bald folgt, höre ich, wie der Türriegel unten aufgeschoben wird, kurz darauf das platschende Wasser und Lucs Schritte, die auf dem Schotter in die Nacht verschwinden.

In dieser Nacht schlafe ich nicht. Szenen und Gesprächsfetzen spuken in meinem Kopf herum, halten mich wach. Die Bilder, die Kate angeblich zerstört hatte. Die Lügen, die sie erzählt hat. Owens Gesicht, als ich ging. Lucs Gesicht, als er mir im weichen Schein der Lampe entgegentrat.

Ich versuche, alles zusammenzusetzen, all die Widersprüche und all den Schmerz zu einem Ganzen zu fügen – aber es ergibt einfach keinen Sinn. Und über allem wirbeln wie bei einem unheimlichen Maitanz die Geister der Mädchen, die wir einmal waren, blitzen ihre Gesichter auf, während sie in ihrem steten Auf und Ab bunte Bänder flechten, dabei Wahrheit mit Lüge, Argwohn mit Erinnerungen verweben.

Als der Morgen dämmert, dringt mir ein Satz in den Kopf, so klar und deutlich, als würde ihn mir jemand ins Ohr sprechen.

Es ist Luc, der sagt: *Ich hätte mich für dich entscheiden sollen.*

Und wieder frage ich mich … was wollte er damit sagen?

Um halb sieben wird Freya wach, und während ich sie stille, überlege ich, was zu tun ist. Insgeheim weiß ich, dass ich nach London zurückgehen und mich mit Owen versöhnen sollte. Je länger ich damit warte, desto aussichtsloser wird es, unsere Beziehung zu retten.

Doch warum erscheint mir der Gedanke daran so unerträglich? Diese Frage geht mir durch den Kopf, als ich auf Freyas zufriedenes kleines Gesicht, ihre zum Schutz gegen die Morgensonne zugekniffenen Augen hinunterblicke. Es ist nicht wegen der Sache zwischen Luc und mir, jedenfalls nicht nur. Nicht einmal wegen meiner Wut auf Owen, denn die hat sich gelegt. Was gestern Nacht geschehen ist, hat diese Wut zersetzt und mir vor Augen geführt, dass ich ihn in vielerlei Hinsicht über all die Jahre hintergangen habe.

Es liegt wohl daran, dass alles, was ich ihm jetzt sagen kann, ebenfalls gelogen sein wird. Die Wahrheit kann ich ihm nicht sagen, noch nicht jedenfalls, und zwar nicht nur um seiner Karriere willen oder um meine Freundinnen zu schützen. Denn die Wahrheit zu sagen, wäre das offene Eingeständnis dessen, was ich mir selbst schon eingestanden habe – dass unsere Beziehung auf den Lügen errichtet wurde, die ich mir selbst seit siebzehn Jahren erzähle.

Ich brauche Zeit. Zeit, um einen Plan zu entwickeln, mir meiner Gefühle zu ihm klarzuwerden. Meiner Gefühle zu *mir selbst*.

Aber wo kann ich hin, während ich das tue? Freundinnen habe ich zwar – jede Menge sogar –, aber keine, bei der ich mit meinem Baby einfach so aufkreuzen und mich für eine unbestimmte Zeit einnisten könnte.

Fatima würde ohne Umschweife ja sagen, da bin ich mir sicher. Aber ich kann ihr das nicht zumuten, sie hat zu viel Stress in ihrem ohnehin schon vollen Haus. Eine Woche vielleicht. Länger nicht.

Theas Einzimmerwohnung steht völlig außer Frage.

Meine anderen Freundinnen sind verheiratet und haben selbst kleine Kinder. Die Gästezimmer – wenn sie denn welche haben – sind für Großeltern reserviert oder von Au-pairs belegt.

Mein Bruder vielleicht? Aber Will wohnt in Manchester und hat seine Frau und die Zwillinge in einer Dreizimmerwohnung.

Nein. Es gibt nur einen einzigen Ort, an den ich gehen könnte, wenn nicht zurück nach Hause.

Ich nehme mein Handy vom Kissen und scrolle die Kontaktliste durch, bis ich ihn finde. Dad.

Er hat Platz, keine Frage. Will sagte nach seinem letzten Besuch noch, wie einsam unser Vater in dem Riesenhaus in Aviemore sei und wie sehr er sich über einen Besuch von mir und Owen freuen würde.

Doch irgendwie ergab es sich nie. Für einen Wochenendtrip ist es zu weit nach Aviemore – allein die Zugfahrt dauert neun Stunden. Bevor wir Freya hatten, stand immer irgendetwas an – Arbeit, Urlaube, Renovierungsarbeiten in der Wohnung. Später dann die Vorbereitungen fürs Baby, und mit Freya wurde das Reisen natürlich sowieso schwieriger.

Nach ihrer Geburt besuchte er uns. Aber mir wird auf einmal schmerzlich bewusst, dass ich schon seit Ewigkeiten nicht mehr bei ihm gewesen bin, das letzte Mal vor … wirklich vor sechs Jahren? Es kommt mir unwahrscheinlich lang vor, aber so muss es gewesen sein. Und ich war auch nur dort, weil eine Freundin damals in Inverness heiratete und Aviemore praktisch auf dem Weg lag.

Es ist nicht seine Schuld, ich hoffe so sehr, dass er das versteht. Ich liebe meinen Vater – daran hat sich nie etwas geändert. Aber die Trauer, die Leere, die der Tod meiner Mutter in ihm hinterließ – das alles geht mir zu nah. Mitanzusehen, wie seine Trauer über all die Jahre nicht nachgelassen hat, verstärkt nur meine eigene. Meine Mutter war das Band, das uns zusammenhielt. Ohne sie ist jeder von uns allein mit dem Schmerz – unfähig, den des anderen zu lindern.

Doch er hätte nichts dagegen. Mehr als das, denke ich. Ich glaube sogar, so einsam und abgeschieden, wie er lebt, würde er sich richtig freuen.

Es ist schon nach sieben, als ich mich anziehe und mit Freya in die Küche gehe. Durch die hohen Fenster zum Reach hinaus sehe ich, dass Ebbe ist – niedriger als jetzt wird der

Wasserstand fast nie. Bei Ebbe ist der Reach nur ein tiefer Bach, und kaum sind die weiten Ufer freigelegt, beginnt es im trocknenden Sand überall zu schmatzen und knacken, wenn all die Muscheln und Wattwürmer und anderen kleinen Kreaturen sich einschließen und vergraben, bis die Flut zurückkehrt.

Erleichtert stelle ich fest, dass Freya und ich hier unten allein sind. Vielleicht schläft Kate noch, was mir sehr recht wäre. Ich fasse den Kaffeekocher an, prüfe, dass keine Restwärme vorhanden ist, und blicke unwillkürlich zur Windung der Treppe, wo ich gestern Nacht ihr gespenstisch weißes Gesicht entdeckte. Diesen Anblick werde ich wohl nie vergessen. Was war das in ihrem Gesichtsausdruck? War sie böse? Erschrocken? Oder etwas anderes?

Ich könnte mir die Haare raufen bei dem Versuch, ihre Motive zu verstehen. Kate hat ein Problem mit Luc, und sie vertraut ihm nicht – und das scheint auf Gegenseitigkeit zu beruhen. Aber warum musste sie dort oben im Dunkeln stehen, ohne ein Wort zu sagen? Falls sie dachte, dass ich dabei war, einen Fehler zu begehen – warum hat sie dann nicht versucht, mich davon abzuhalten?

Warum hielt sie sich im Schatten versteckt, als hätte sie etwas zu verbergen?

Eines ist klar, hier kann ich nicht bleiben – nicht nach der letzten Nacht. Nicht nur, weil Luc mich gewarnt hat, sondern weil das Vertrauen zwischen Kate und mir nicht mehr vorhanden ist. Ob ich es nun durch mein Verhalten gestern zerstört habe oder Kate mit ihren Lügen, spielt keine Rolle.

Was aber sehr wohl eine Rolle spielt, ist dies: Die Grundfesten meines Lebens sind erschüttert, und das Fundament, auf dem ich mein erwachsenes Ich errichtet habe, hat gehörig zu bröckeln und wanken begonnen. Ich weiß nicht mehr, was ich glauben soll. Ich weiß nicht mehr, was ich sagen soll, wenn die Polizei mich verhört. Das Narrativ, das ich kannte, gibt es nicht mehr – Zweifel und Misstrauen haben seinen Platz eingenommen.

Heute ist Mittwoch. Ich werde den nächstmöglichen Zug nach London nehmen und, während Owen im Büro ist, meine Sachen packen und nach Schottland aufbrechen. Fatima und Thea kann ich von dort aus anrufen, beschließe ich. Dass ich weine, merke ich erst, als ein kleiner Tropfen auf Freyas Kopf landet.

Bei Rick geht niemand ans Telefon, und irgendwann gebe ich auf, packe unsere Taschen in den Kinderwagen und mache mich zu Fuß auf den Weg. Es ist ein kühler, aber sonniger Morgen, als ich den Buggy barfuß über die wankende Brücke zum Ufer schiebe, wo ich in meine Sandalen schlüpfe, die dort wie ein kurioses Treibgut auf mich warten. Daneben sind Abdrücke von zwei größeren Sohlen zu sehen, und ich erkenne Lucs Fußspuren auf dem Weg zum Ufer, wo sie sich irgendwann im Schlick verlaufen.

Ich öffne das Tor und beginne den langen Spaziergang zum Bahnhof, wobei ich unablässig mit Freya spreche – um mich abzulenken von den Ereignissen der letzten Nacht und von dem Chaos, das mich in London erwartet.

Ich biege gerade auf die Hauptstraße ein, als von hinten eine Hupe ertönt. Mein Herz macht einen Satz, und als ich erschrocken herumfahre, sehe ich, wie ein alter schwarzer Renault am Straßenrand stehen bleibt.

Das Fahrerfenster öffnet sich langsam, und ein stahlgrauer Haarschopf kommt zum Vorschein.

»Mrs Wren!«

»Wollte Sie nicht erschrecken!« Mary Wrens kräftiger nackter Arm lehnt auf dem Fenster, dunkle Härchen heben sich von der blassen Haut ab. Mit ihren immer etwas schmutzigen Fingernägeln trommelt sie auf dem Autolack herum. »Wollen Sie zum Bahnhof?«

Als ich nicke, sagt sie, ohne mich nach meiner Meinung zu fragen: »Ich fahre Sie.«

»Danke«, antworte ich verlegen, »aber –« Ich will mich schon mit dem fehlenden Kindersitz herausreden, als mein Blick auf den Adapter an der Babyschale fällt. Mary hebt fragend eine Augenbraue.

»Aber?«

»A-aber … ich will Ihnen keine Umstände machen«, sage ich wenig überzeugend.

»Papperlapapp«, widerspricht sie und drückt die hintere Beifahrertür auf. »Rein mit euch.«

Da mir keine weitere Ausrede einfällt, schnalle ich Freya auf dem Rücksitz fest, packe den Buggy in den Kofferraum und steige ein. Mary legt den Gang ein, der Motor stöhnt kurz auf, dann fahren wir los.

Die nächsten paar Minuten sitzen wir schweigend nebeneinander, bis wir um die Kurve biegen und den Bahnübergang erreichen, wo gerade die Warnlichter blinken und sich kurz darauf die Schranken senken. Jeden Moment wird ein Zug kommen.

»Mist«, ruft Mary, als sie den Wagen bremst. Sie schaltet den Motor aus.

»O nein. Heißt das, ich verpasse meinen Zug?«

»Das wird schon der London-Zug sein, nehme ich an. Da brauchen Sie viel Glück, wenn Sie den noch erwischen wollen. Aber vielleicht klappt es ja. Wenn er zu früh kommt, wartet er manchmal.«

Ich beiße mir nervös auf die Lippe. Auch wenn ich es nicht besonders eilig habe, nach London zurückzukommen, gefällt mir die Aussicht nicht, mit Mary Wren eine halbe Stunde am Bahnhof zu verbringen.

Eine Weile ist es still im Auto, nur Freyas Schnüffeln ist zu hören, bis Mary schließlich wieder das Wort ergreift: »Schreckliche Neuigkeiten, mit der Leiche.«

Ich rutsche betreten auf meinem Sitz hin und her und schiebe den Anschnallgurt zur Seite, der mir auf einmal unangenehm in den Hals schneidet.

»W-was meinen Sie? Dass man sie identifiziert hat?«

»Ja, wobei ich nicht glaube, dass hier irgendjemand vom Ergebnis überrascht war. Fast niemand hat doch geglaubt, dass Ambrose seine Kinder einfach im Stich gelassen hat. Die waren doch sein Ein und Alles, für die wäre der durchs Feuer gegangen. So ein kleiner Skandal? Ich glaube, das wäre ihm ziemlich egal gewesen, vor allem wäre er nicht einfach abgehauen und hätte seine Kinder mit der Geschichte allein gelassen.« Sie klopft auf dem porösen Gummi des Lenkers herum und klemmt sich mit einer ungeduldigen Handbewegung eine graue Strähne, die aus dem Zopf gerutscht war, hinter das Ohr. »Ich meinte jetzt eher die Autopsie.«

»Autopsie?«

»Haben Sie davon nicht gehört?« Sie wirft mir einen ungläubigen Seitenblick zu und zuckt dann mit den Schultern. »Na, vielleicht stand es noch nicht in der Zeitung. Manchmal bekomme ich über meinen Mark früher etwas mit. Vielleicht sollte ich es auch besser gar nicht sagen …«

Sie hält inne, genießt ihren Machtmoment und will ganz offensichtlich, dass ich sie um ihre Insiderinfos anbettele. Doch ich beiße die Zähne zusammen, gönne ihr die Genugtuung nicht. Aber ich muss es wissen. Ich muss es wissen.

»Sie können mich doch nicht mit dieser Andeutung hängen lassen«, sage ich und bemühe mich, möglichst locker und beiläufig zu klingen. »Natürlich dürfen Sie keine Geheimnisse ausplaudern, aber wenn Mark Ihnen nicht gesagt hat, dass es unter Verschluss gehalten werden muss …«

»Stimmt schon, normalerweise sagt er mir nur Dinge, die sowieso bald veröffentlicht werden …«, sagt sie gedehnt. Sie beißt auf einem Fingernagel herum, spuckt ein Stück aus und scheint dann den Entschluss zu fassen, mich nicht länger zappeln zu lassen. » Orale Überdosis, heißt es. Und es wurden Spuren von Heroin in einer Weinflasche gefunden, die man neben der Leiche entdeckt hat.«

»*Oral?*« Ich runzle die Stirn. »Aber … das ergibt doch keinen Sinn.«

»Eben«, sagt Mary Wren. Durch das offene Fahrerfenster höre ich in der Ferne den herannahenden Zug. »Ein Ex-Junkie wie er? Wenn der sich hätte umbringen wollen, hätte er sich das Zeug doch gespritzt, klare Sache. Aber wie ich schon sagte, ich hab keinen Moment daran geglaubt, dass Ambrose seine Kinder einfach sich selbst überlassen würde – dass er sich umgebracht haben soll, finde ich genauso weit hergeholt wie dass er sich einfach aus dem Staub gemacht haben soll. Von Klatsch und Tratsch halte ich nichts« – sie bringt die Lüge über die Lippen, ohne auch nur ansatzweise rot zu werden –, »also habe ich meine Meinung für mich behalten. Aber für mich war es schon immer klar.«

»War was klar … was meinen Sie?«, frage ich, und meine Stimme klingt auf einmal heiser, erstickt.

Mary lächelt mich an, es ist ein breites Lächeln, das ihre gelben Zähne zeigt, die wie schiefe alte Grabsteine aus ihrem Mund ragen. Dann beugt sie sich zu mir herüber, sodass ich ihren heißen, stinkenden Zigarettenatem riechen kann, und flüstert mir zu:

»Ich habe nie an etwas anderes geglaubt als an Mord.«

Sie lehnt sich zurück und sieht genüsslich zu, wie ich ins Schwimmen gerate, fieberhaft nach Worten suche, mit denen man auf so etwas reagieren kann, als mir plötzlich ein Gedanke durch den Kopf schießt: Hat Mary es die ganze Zeit gewusst?

»Ich – ich –«

Sie setzt ihr langsames, hämisches Lächeln auf und blickt wieder auf die Schienen vor uns. Der Zug kommt näher, tutet, und die Lichter am Bahnübergang blinken jetzt mit rasender Frequenz.

Mein Gesicht fühlt sich steif an von dem Versuch, keine Regung zu zeigen, doch ich weiß, dass ich etwas sagen muss.

»Ich finde, das … das ist schon ziemlich schwer zu glauben, oder? Warum sollte irgendjemand Ambrose ermorden wollen?«

Sie hebt behäbig ihre schweren Schultern. »Was weiß ich denn. Das kann ich mir jedenfalls leichter vorstellen, als dass er sich umbringt und die Kinder sich selbst überlässt. Wie schon gesagt, für die wäre er durchs Feuer gegangen, besonders für Kate. Nicht, dass sie das verdient hätte, das kleine Miststück.«

Ich starre sie mit offenem Mund an. »Was haben Sie gerade gesagt?«

»Ich sagte, er wäre für sie durchs Feuer gegangen«, sagt sie sichtlich amüsiert. »Was meinen Sie denn, was ich gesagt habe?«

Ich fühle Wut in mir aufsteigen, auch auf mich selbst, denn

plötzlich erscheint mir mein eigener Verdacht gegen Kate wie übelste Verleumdung. Bin ich wirklich dabei, mich wegen irgendwelcher Gerüchte und Anspielungen gegen eine meiner ältesten Freundinnen zu wenden?

»Sie hatten doch schon immer etwas gegen Kate«, sage ich trocken und verschränke die Arme vor der Brust. »Sie würden sich freuen, wenn die Polizei sie vorladen würde.«

»Ganz ehrlich? Würde ich, ja.«

»Aber warum?« Die Frage kommt als Klagelaut heraus, meine Stimme klingt wie die eines Kindes. »Warum hassen Sie sie so?«

»Ich hasse sie nicht, nein. Aber sie war ein ziemlich ordinäres Ding, das kleine Flittchen. So wie ihr anderen auch.«

*Flittchen?* Kurz frage ich mich, ob ich richtig gehört habe. Doch das habe ich, ich sehe es ihrer Miene an. Als ich endlich meine Stimme wiederfinde, bebt sie vor Ärger.

»Wie haben Sie sie gerade genannt?«

»Sie haben mich sehr wohl verstanden.«

»Sie glauben doch die widerlichen Gerüchte über Ambrose nicht, oder? Wie können Sie so etwas glauben? Sie waren doch mit ihm befreundet!«

»Über Ambrose?« Sie hebt eine Augenbraue und verzieht den Mund. »Der doch nicht. Der wollte es doch beenden. Deshalb hat er ja versucht, die beiden zu trennen.«

Mir wird plötzlich eiskalt. Es stimmt also. Thea hatte recht. Ambrose wollte Kate tatsächlich fortschicken.

»Was – was meinen Sie damit? Was beenden?«

»Soll das heißen, Sie wussten es gar nicht?« Sie stößt ein kurzes, freudloses Lachen aus, das an das Bellen eines Hundes erinnert. »Ha. Ihre feine Freundin ist mit ihrem eigenen Bruder ins Bett gegangen. Das wusste Ambrose, deshalb hat er versucht, etwas dagegen zu tun. An dem Abend, als er es ihr sagte, ging ich zur Mühle, um Ambrose einen Besuch abzustatten, aber bevor ich überhaupt klopfen konnte, habe ich sie von draußen schon gehört. Angebrüllt hat sie ihn. Sachen durch die Gegend geschmissen. Ihm Schimpfwörter an den Kopf geworfen, die ein Mädchen gar nicht kennen sollte … *Dreckskerl* hier, *herzloses Arschloch* da. *Bitte tu's nicht*, hat sie gerufen, *denk daran, was das für mich bedeutet*. Und als das nicht funktioniert hat, hat sie ihm rotzfrech gedroht, dass er es bereuen würde. So schnell ich konnte, habe ich mich aus dem Staub gemacht, so wie da die Fetzen flogen. Aber gehört hatte ich genug. Und am nächsten Abend verschwand er dann. Und nun sagen Sie mir, was ich davon halten soll, Miss Unschuldslamm. Was soll ich davon halten, wenn mein guter Freund über Nacht verschwindet, seine Tochter ihn wochenlang nicht als vermisst meldet, und dann, Jahre später, seine Knochen irgendwo am Ufer auftauchen? Nur zu.«

Doch ich kann nichts erwidern. Ich kann nicht sprechen, bin wie vor den Kopf gestoßen. Dann plötzlich merke ich, wie das Blut in meine Hände zurückströmt, klicke hektisch den Anschnallgurt auf, stoße die Tür auf und schnappe mir Freya vom Rücksitz. Der Lärm des vorbeirauschenden Zuges ist wie ein greller Schrei.

Als ich mit zitternden Händen die Autotür zuschmettern will, lehnt Mary sich zur Beifahrerseite, und selbst gegen das Dröhnen des Zuges ist ihre tiefe, rasselnde Stimme klar zu verstehen: »Das Mädel hat Blut an den Händen, und zwar nicht nur das Blut von dem Schaf.«

»Woher –«, fange ich an, aber mein Hals zieht sich zusammen und ich bringe die Worte nicht raus. Doch Mary achtet sowieso nicht mehr auf mich. Kaum hören die Lichter auf zu blinken und die Schranken gehen hoch, schaltet sie den Motor an und fährt davon.

*So kann es nicht weitergehen … es ist nicht richtig.*

Ich stehe immer noch da und versuche die Informationen zu verarbeiten, als die Lichter schon wieder zu blinken beginnen – gleich kommt der Zug in die Gegenrichtung.

Ich könnte es noch über die Gleise schaffen, bevor die Schranke runtergeht. Ich könnte hinter Mary herlaufen, sie konfrontieren, eine Erklärung für ihre Andeutungen einfordern.

Aber ich glaube, ich brauche sie nicht.

*Es ist nicht richtig.*

Oder ich könnte den nächsten Zug nehmen. Dann wären Freya und ich in zwei Stunden sicher zurück in London und könnten das alles hier vergessen.

*Sie hat Blut an den Händen.*

Stattdessen wende ich den Kinderwagen und laufe in die andere Richtung zurück. Zurück zur Gezeitenmühle.

Als ich ankomme, scheint Kate zwar nicht da zu sein, doch diesmal sehe ich genau nach. Auch wenn Shadows Leine nicht an ihrem Haken neben der Tür hängt, will ich nichts dem Zufall überlassen. Ich kontrolliere jedes einzelne Zimmer, bis zum Dachboden. Kates Zimmer. Ambroses Zimmer.

Die Tür ist unverschlossen, und als ich sie aufdrücke, stockt mir im ersten Moment der Atem, denn alles ist haargenau so, wie es zu Ambroses Zeiten war, kaum ein Pinsel hat seinen Platz gewechselt. Ich kann Ambrose geradezu spüren. Ich kann ihn riechen – diese Mischung aus Terpentin, Tabak, Ölfarben. Sogar der Überwurf auf dem abgewetzten Diwan ist derselbe wie früher, mit seinem blau-weißen Blumenmuster, das an bemaltes Porzellan erinnerte. Nur dass er jetzt noch ein wenig ausgefranster, ein wenig verblichener aussieht.

Gerade, als ich mich wieder zum Gehen wende, fällt es mir ins Auge. Da, über dem Schreibtisch, das handgeschriebene Schild. *Es gibt keine Ex-Süchtigen, nur Süchtige, die länger keinen Schuss hatten.*

Oh, Ambrose.

Meine Kehle schnürt sich zu, und auf einmal packt mich eine rasende Entschlossenheit, die meine egoistischen Ängste ausradiert. Ich werde die Wahrheit herausbringen. Nicht nur zu meinem eigenen Schutz, sondern um einen Mann zu rächen, der mir viel bedeutet hat – einen Mann, der mir Schutz und Trost und Mitgefühl in einer Zeit spendete, in der ich es am dringendsten brauchte.

Zwar kann ich nicht sagen, dass Ambrose der Vater war, den ich nie hatte, weil ich – im Gegensatz zu Luc – ja einen hatte, doch der hatte mit dem Schmerz und der Trauer um meine Mutter genug zu kämpfen, da blieb weder Zeit noch Raum für mich. Ambrose aber verkörperte den Vater, den ich in jenem Jahr brauchte – er war da für mich, war liebevoll, und er hatte grenzenloses Verständnis.

Dafür werde ich ihn immer lieben. Und der Gedanke an seinen Tod und meine Rolle dabei macht mich heute auf eine Weise wütend, wie ich es noch nie gewesen bin. So wütend, dass ich die Stimmen in meinem Kopf ignoriere, die mich auffordern umzudrehen, nach London zurückzukehren. So wütend, dass ich Freya zurück an diesen Ort schleppe, an dem ihr vielleicht Gefahr droht.

Ich bin so wütend, dass selbst das keine Rolle mehr spielt.

Ich bin so wütend wie Luc.

Nachdem ich jeden einzelnen Raum kontrolliert habe, eile ich über die klapprige Treppe zurück nach unten und zur Anrichte. Hoffentlich, hoffentlich ist Kate noch nicht selbst auf die Idee gekommen und hat ein anderes Versteck gefunden.

Nein, hat sie nicht.

Dort, in der Schublade, aus der sie ihn gestern herausgezogen hat, liegt noch der Stapel Papiere mit der roten Schnur darum.

Mit zitternden Händen blättere ich ihn durch, bis ich den braunen Umschlag finde, auf dem nur *Kate* steht.

Ich ziehe ihn hervor. Und lese zum ersten Mal seit siebzehn Jahren Ambrose Atagons Abschiedsbrief.

*Kate, mein Schatz,* steht dort in Ambroses typischer ausladender Handschrift.

*Es tut mir so sehr, so unendlich leid, dich auf diese Weise zu verlassen – ich wollte dich aufwachsen sehen, miterleben, wie du dich zu der starken, liebevollen, verantwortungsvollen und selbstlosen Person entwickelst, die ich in dir sehe. Ich wollte dein Kind auf meinem Schoß halten, wie ich einst dich gehalten habe – und es tut mir unendlich leid, dass ich all diese Dinge nun nicht mehr tun kann. Es war töricht von mir, nicht zu erkennen, welche Folgen mein Handeln nach sich ziehen würde. Ich tue das Einzige, was ich kann, um die Dinge ins Reine zu bringen. Ich tue dies, damit nicht noch mehr Leid entsteht.*
*Bitte gib niemand anderem die Schuld als mir, mein Schatz. Ich habe meine Entscheidung getroffen und meinen Frieden mit ihr gemacht. Kate, mein Schatz, bitte verstehe, dass ich es aus Liebe tue – ein Vater muss seine Kinder beschützen, und so tue ich das Letzte, was ich tun kann, um meine zu beschützen. Ich will nicht, dass irgendjemand in einem Gefängnis der Schuld leben muss, also bitte ich dich: Mach weiter – lebe, liebe, sei glücklich, blicke nicht zurück. Und vor allem: Lass all das nicht umsonst gewesen sein.*
*Ich liebe dich.*
*Dad*

Nach dem Lesen habe ich einen Kloß im Hals, der so wehtut, dass ich die aufsteigenden Tränen nur mit Mühe hinunterschlucken kann.

Denn auf einmal, siebzehn Jahre zu spät, beginne ich zu verstehen.

Zu verstehen, was Ambrose Kate sagen wollte und welches Opfer er brachte. *Gib dir keine Schuld. Ich tue das Einzige, was ich kann, um dich zu schützen. Ich tue es aus Liebe. Lass es nicht umsonst gewesen sein.*

O Gott. O Ambrose. Es ergibt keinen Sinn. Was hast du nur getan?

Mit zitternden Fingern ziehe ich mein Handy hervor und schreibe Fatima und Thea eine Nachricht.

*Ich brauche euch. Bitte kommt. Hampton's Lee, 18 Uhr?*

Und dann stecke ich den Brief ein. Freya und ich müssen so schnell wie möglich von diesem Ort verschwinden. Also mache ich mich auf den Weg – und blicke nicht zurück.

Es ist jetzt 18.38 Uhr und der kleine Kiosk auf dem Bahnsteig in Hampton's Lee hat gerade zugemacht, die Vorhänge sind vorgezogen, das Schild auf »geschlossen« gewendet. Dank der extra Fleecedecke, die ich für den Notfall mitgenommen habe, ist Freya im Kinderwagen warm eingepackt, aber sie langweilt sich und mault, während ich friere und vergeblich versuche, meinen Kreislauf in Schwung zu halten. Ich laufe am Bahnsteig auf und ab und reibe mir immer wieder die mit Gänsehaut überzogenen Arme.

Werden sie kommen? Bis vier Uhr hatten sie nicht zurückgeschrieben, und danach war mein Akku leer – beim Warten im Strandcafé in Westridge habe ich zu oft auf mein Handy geguckt und immer wieder meine Nachrichten kontrolliert.

Als ich ihnen schrieb, hatte ich überhaupt keinen Zweifel daran, dass sie kommen würden. Mittlerweile bin ich mir nicht mehr so sicher, trotzdem wage ich es nicht zu gehen. Ohne Handy kann ich ihnen keinen alternativen Treffpunkt vorschlagen. Was, wenn sie doch kommen und ich nicht mehr hier bin?

Inzwischen am ganzen Körper zitternd, habe ich das Ende des Bahnsteigs erreicht und kehre wieder um, wobei ich allmählich Mühe habe, Freyas immer lauteres Quengeln zu ignorieren. 18.44 zeigt die Uhr über dem Ticketschalter an. Wann soll ich aufgeben?

Der Bahnsteig ist menschenleer, als ein Geräusch aus

der Ferne mich plötzlich aufhorchen lässt. Ein Zug. Aus Norden.

»Auf Gleis zwei fährt jetzt ein der verspätete Zug aus London Victoria, planmäßige Ankunft 18 Uhr 12«, sagt die automatische Ansage. »Wagen eins bis sieben für die Weiterfahrt nach West Bay Sands, über Westridge, Salten, Riding und West Bay Sands. Fahrgäste nach Westridge, Salten, Riding und West Bay Sands steigen bitte in die Wagen eins bis sieben ein.«

Mein Entschluss steht fest. Wenn sie nicht in diesem Zug sind, steige ich ein, fahre nach Salten und rufe sie von dort aus an. Meine Finger umschließen fest den Umschlag in meiner Jackentasche.

O Kate. Wie konntest du uns nur so belügen?

Der Zug kommt näher ... und näher ... und endlich ist das Zischen der Druckluftbremse zu hören, und der Zug kommt quietschend zum Stehen. Türen öffnen sich, Menschen steigen aus, und ich halte fieberhaft Ausschau nach dem ungleichen Gespann. Wo sind sie nur?

Ein Piepen ertönt, und die Türen gehen wieder zu. Mein Herz klopft. Wenn ich nach Salten zurückwill, muss ich jetzt rein. Der nächste Zug kommt erst in einer Stunde. Wo bleiben sie nur?

Ich zögere kurz, mache dann einen Schritt nach vorn und drücke den Knopf zum Öffnen der Tür genau in dem Moment, als der Schaffner seine Pfeife schrillen lässt.

Es tut sich nichts. Ich drücke fester, schlage mit der Faust dagegen. Nichts. Die Tür bleibt zu.

»Zurückbleiben, bitte«, ruft der Schaffner, und der Zugmotor wird lauter.

*Scheiße.* Zwei lange Stunden habe ich auf diesem Bahnsteig gefroren, sie sind nicht gekommen, und jetzt stecke ich noch eine weitere Stunde hier fest.

Der Lärm wird immer ohrenbetäubender, als der Zug langsam aus dem Bahnhof rollt, sodass mein *Verdammtes Arschloch!* beim Schaffner ungehört verhallt.

Tränen strömen mir übers Gesicht, die sich kalt anfühlen im Windstoß des vorbeifahrenden Zugs, als ich von hinten eine Stimme höre.

»Selber Arschloch, du Schlampe.«

Ich fahre herum. *Thea!* Ich lache und schluchze vor Erleichterung.

Im ersten Moment kann ich nicht sprechen, falle ihr um den Hals. Sie riecht nach Rauch … und nach Gin, wie ich mit ungutem Gefühl feststelle. In ihrer Jackentasche fühle ich die Wölbung einer Dose, und ich weiß, ohne hinzusehen, dass es sich um einen vorgemischten Gin Tonic von Marks & Spencer handelt.

»Wo ist Fatima?«, frage ich.

»Hast du ihre Nachricht nicht bekommen?«

Ich schüttle den Kopf. »Mein Handy ist leer.«

»Sie musste bis halb sechs in der Praxis bleiben, sie nimmt einen Zug später. Ich hab ihr geschrieben, dass wir uns irgendwo reinsetzen und ihr dann schreiben, wo wir sind.«

»Okay«, sage ich. Ich kann es kaum erwarten, aus der Kälte zu kommen. »Guter Plan. Oh, Thee, ich bin so froh, dass du hier bist. Was machen wir jetzt?«

»Lass uns ins Pub gehen.«

Ich blicke Thea an. Sie bemüht sich etwas zu angestrengt um eine klare Artikulation.

»Können wir nicht woanders hingehen?«, frage ich. »Ich – es ist Fatima gegenüber nicht fair.«

Ich habe ein etwas schlechtes Gewissen, weil ich Fatima vorschiebe, obwohl es ja stimmt – ich glaube nicht, dass sie Lust hätte, in einem Pub zu sitzen.

»Oh, Mann.« Thea verdreht die Augen. »Also gut, dann gehen wir jetzt Fish & Chips essen. Falls der Imbiss noch da ist. Fat Fryer hieß der, oder?«

Er ist noch da. Und es hat sich rein gar nichts verändert, vom lindgrünen Verkaufstresen bis zur Edelstahlvitrine mit den Würstchen und knusprig panierten Fischfilets – alles wie eh und je. *Komm auf 'nen Pukka Pie vorbei!*, steht auf dem verblichenen Wendeschild an der Tür, genau wie vor siebzehn Jahren. Gibt es Pukka Pies überhaupt noch?

Beim Reingehen strömt mir warme, essiggeschwängerte Luft entgegen, und sowie ich sie einatme, spüre ich die Kälte langsam aus meinen Knochen weichen. Freya ist auf dem Weg hierher eingeschlafen, und ich stelle den Kinderwagen neben einem der Kunststofftische ab, um mit Thea zusammen die Karte zu studieren.

»Einmal Pommes bitte«, sagt Thea zu dem schwitzenden, rotgesichtigen Mann hinter dem Tresen.

»Soll ich's anrichten oder einpacken?«

»Für hier, bitte.«

»Salz und Essig?«

Sie nickt, und schon kippt der Mann eine Ladung Salz über die Portion, das sich großzügig auf der Theke verteilt und wie feiner Schnee die Münzen bedeckt, die Thea dort abgelegt hat.

»Du kannst doch nicht nur Pommes essen, Thee«, sage ich, wohl wissend, dass ich mütterlich klinge, doch ich kann es mir nicht verkneifen. »Das ist doch kein richtiges Abendessen.«

»Enthält aber zwei der wichtigsten Nahrungsmittelgruppen«, antwortet Thea trotzig, während sie mit ihrem Essen zu unserem Tisch geht und eine ungeöffnete Dose Gin Tonic aus der Jacke zieht.

»Kein Alkohol«, ruft der Mann und zeigt verärgert auf das Schild an der Wand, auf dem steht: *Verzehr von mitgebrachten Speisen und Getränken verboten.* Seufzend steckt Thea die Dose wieder ein.

»Na gut. Ich nehme ein Wasser. Kannst du es gerade bezahlen? Ich geb dir das Geld.«

»Ein Wasser ist noch drin, glaube ich«, sage ich. »Ich nehme … den Schellfisch im Backteig, bitte. Und eine kleine Portion Pommes. Und Erbsenpüree als Beilage. Dann noch ein stilles Wasser für meine Freundin. Oh, und eine Cola.«

»Bäh«, sagt Thea, als ich ihr gegenübersitze und ihr Blick auf die Erbsen fällt. »Eklig. Sieht aus wie Schnodder.«

Die Pommes frites sind perfekt geraten: heiß, salzglitzernd, leicht schlaff vom Essig. Ich tunke eine Fritte in das Erbsenpüree und beiße hinein: Ein köstlich-cremiger Brei pappt an meinem Gaumen.

»Mein Gott, sind die gut. Versteh mich nicht falsch – die Edel-Pommes von Blumenthal sind großartig, aber die von so einer richtigen Frittenbude am Meer …«

Thea nickt zwar, aber sie isst nicht richtig. Sie stochert lustlos in ihrer Portion, schiebt einzelne Pommes frites herum und drückt sie ins Saugpapier, das schon ganz durchsichtig geworden ist.

»Thea, du versuchst gerade nicht im Ernst, das Fett aus den Pommes zu drücken, oder? Dir ist schon klar, dass das Pommes *frites* sind, oder? Die sind frittiert. Das ist der Sinn der Sache.«

»Nee«, sagt Thea, ohne mich anzusehen. »Bin nur nicht so hungrig.«

Ich halte den Mund und bin in Gedanken zurück in der Schule, wo ich hilflos zusehen muss, wie die Schulkrankenschwester Thea zur wöchentlichen Gewichtskontrolle zu sich zitiert und Thea hinterher wutschnaubend berichtet, die Schule wolle ihren Vater informieren, sollte sie noch mehr Gewicht verlieren.

Ich wünschte, Fatima wäre schon hier. Sie würde das Richtige sagen.

»Thee«, sage ich. »Thee … du musst essen.«

»Ich habe keinen Hunger«, wiederholt sie, worauf sie gereizt das Papier mit den Pommes von sich schiebt. Ihr Unterkiefer zittert gefährlich, als sie mir ins Gesicht blickt. »Und ich habe keinen Job mehr, okay?«

*Was?* Ich weiß nicht, ob ich es laut sage oder nur denke, doch Thea fährt fort, als hätte sie mich gehört.

»Ich bin gefeuert worden.«

»Etwa wegen … warum denn?«

Sie zuckt die Schultern und und verzieht das Gesicht. »Weil ich nicht bei der Sache war, nehme ich an. Scheißtypen.«

Ich ringe nach Worten, nach einer passenden Antwort, als Freya plötzlich aufwacht und zu glucksen beginnt. Mit ausgestreckten Armen verlangt sie, hochgenommen zu werden, woraufhin ich sie aus dem Gurt des Buggys hebe und auf meinen Schoß setze. Sie schenkt uns ein goldiges Lächeln, während ihre Augen abwechselnd zu mir und zu Thea wandern. Ich kann sehen, wie es in ihrem kleinen Gehirn arbeitet: Mutter … nicht Mutter … Mutter … nicht Mutter.

Sie hat die Augen weit aufgerissen, fasziniert von der Umgebung … dem Glanz des verchromten Tresens, Theas großen, glitzernden Kreolen, den grellen Lampen. Thea streckt vorsichtig eine Hand aus, um ihre Wange zu streicheln, als plötzlich die Glocke über der Tür schellt und Fatima hereinkommt. Sie lächelt, trotzdem wirkt sie müde und besorgt.

»Fatima!« Ich stehe auf, unendlich erleichtert, und begrüße sie mit einer überschwänglichen Umarmung, die sie erwidert, bevor sie sich zu Thea vorbeugt, um auch sie zu umarmen.

»Nimm dir«, sagt Thea, und schiebt ihr die Pommes Frites zu, doch Fatima schüttelt mit leisem Bedauern den Kopf

»Ramadan, sorry. Hat letzte Woche angefangen.«

»Du willst jetzt hier sitzen und uns beim Essen zusehen?«, fragt Thea ungläubig. Fatimas Nicken quittiert sie mit Augenrollen. Ich verkneife mir die Bemerkung, dass sie sich vielleicht an die eigene Nase fassen sollte.

»So ist das Leben«, sagt Fatima. »Übrigens muss ich zum Gebet und zum Iftar wieder zurück sein …« Sie blickt auf die

Uhr. »Was mir nicht viel Zeit lässt bis zum nächsten Zug, können wir also auf den Punkt kommen?«

»Ja, Isa, spuck's aus«, sagt Thea. Sie nimmt einen Schluck Wasser, wobei sie mich über die Flasche hinweg beäugt. »Ich hoffe mal, dass es einen megaguten Grund gibt, warum du uns hierherbestellt hast.«

Ich schlucke. »Ob ›megagut‹ das richtige Wort ist, weiß ich nicht. Aber es ist wichtig.«

*Ich brauche euch.* Diese drei kleinen Wörter, die wir nur in den schlimmsten Notlagen verwendet haben. *Sie braucht nur zu pfeifen, und wie die Hündchen kommt ihr alle angelaufen.*

»Das hier.«

Ich verlagere Freya auf meinen anderen Arm, um den Umschlag aus der Jackentasche zu ziehen, und lege ihn auf den Tisch.

Fatima nimmt ihn und blickt mich verdutzt an.

»Der ist an Kate adressiert. Moment –« Sie schiebt einen Finger unter die aufgerissene Lasche, wirft einen Blick hinein, und als sie wieder aufsieht, ist sie blass geworden. »Das ist doch nicht …?«

»Das ist was nicht?« Thea reißt ihr den Umschlag aus der Hand, und als sie die Schrift auf dem Brief erkennt, verändert sich ihre Miene. Die beiden könnten unterschiedlicher nicht sein – die zarte Fatima, die viel lächelt und mit ihren dunklen, wachsamen Augen an ein Vögelchen erinnert, daneben die dünne, schmollende Thea, mit ihren hohen Absätzen und Kippen. Doch in diesem Augenblick ist auf ihren Mienen exakt dieselbe Mischung aus Schock, Entsetzen und düsterer Vorahnung zu sehen.

Die frappierende Ähnlichkeit zwischen den beiden wäre eigentlich zum Lachen – nur dass an dieser Situation rein gar nichts zum Lachen ist.

»Lest mal«, fordere ich sie auf, und während sie das dünne,

fragile Stück Papier aus dem Umschlag ziehen und den Brief überfliegen, erzähle ich ihnen mit sehr leiser Stimme, was ich von Mary Wren erfahren habe. Über den Streit. Ich erzähle ihnen sogar – und merke, wie ich dabei rot werde – von der Sache mit Luc und von dem Moment, als wir Kate im Dunkeln auf der Treppe stehen sahen, ihr maskenhaftes, hartes Gesicht, als sie uns stumm beobachtete.

Ich erzähle ihnen, was Ambrose so krank und falsch fand: Dass Kate und Luc miteinander schliefen.

Und schließlich erzähle ich ihnen von der Weinflasche, die Kate mit in sein Grab geworfen hatte. Von den Heroinspuren, die darin gefunden wurden.

»Eine orale Überdosis?« Fatima flüstert, obwohl uns wegen der laut zischenden Fritteuse sowieso niemand hören kann. »Aber das ergibt überhaupt keinen Sinn. Es ist eine saudumme Methode, sich umzubringen, total riskant – die Dosis ist viel schwerer zu kalkulieren, und es würde sehr lange dauern. Außerdem wäre die Wirkung mit Naloxon leicht rückgängig zu machen. Wieso sollte er es nicht einfach spritzen? Nach so langer Entwöhnung wäre er innerhalb von Minuten daran gestorben, ohne Chance der Wiederbelebung.«

»Lies den Brief«, sage ich. »Lies ihn aus der Perspektive eines Mannes, der gerade von seinem Kind vergiftet wurde. Seht ihr jetzt, was ich meine?«

Ich klammere mich an der winzigen Hoffnung fest, sie könnten mich für verrückt erklären, mir sagen, dass ich paranoid geworden bin. Dass Kate Ambrose niemals etwas angetan hätte. Dass die drohende Trennung von einem Jungen, den man liebt, ein abwegiges Mordmotiv ist.

Doch das tun sie nicht. Sie starren mich nur an, ihre Gesichter blass und angsterfüllt. Und dann ergreift Fatima das Wort.

»Ja«, sagt sie mit stockender Stimme. »Ja, ich verstehe. Mein Gott. Was haben wir getan?«

Bestellt ihr noch was oder nicht?«

Wir schrecken hoch und blicken verwirrt zu dem Mann mit der fettverschmierten Schürze, der an unserem Tisch steht, die Hände in die Hüften gestemmt.

»Wie bitte?«, fragt Thea mit ihrem geschliffensten Akzent.

»Ich sagte« – er spricht überdeutlich, als wären wir schwerhörig –, »möchten die Damen noch etwas bestellen? Seit über einer Stunde sitzt ihr nämlich hier und blockiert den Tisch, und die hier« – er schnippt seinen Daumen in Richtung Fatima – »hat noch nicht mal 'ne Tasse Tee bestellt.«

»Über eine Stunde?«, fragt Fatima erschrocken. Sie blickt auf die Uhr und lässt die Schultern hängern. »O nein, ich fasse es nicht. Es ist Viertel vor neun. Ich hab den Zug verpasst. Sorry.« Sie schiebt sich an dem beschürzten Mann vorbei. »Sorry, ich muss Ali anrufen.«

Draußen läuft sie aufgeregt vor dem Imbiss auf und ab, und immer, wenn Kunden kommen und gehen, dringen einzelne Satzfetzen nach drinnen. *Es tut mir so leid,* höre ich sie sagen. *Notfall …* und *ich dachte wirklich, es dauert nicht …*

Währenddessen räumen Thea und ich unsere Sachen zusammen, und Thea nimmt Fatimas Handtasche. Nachdem ich Freya in den Buggy geschnallt habe, sammele ich die Reste der Pommes auf, die sie als Spielzeug benutzt, zu Matsch zerkaut und dann auf den Boden geworfen hat.

Fatima ist immer noch am Telefon.

»Ich weiß. Es tut mir so leid, Schatz. Sag Ammi, dass es mir leidtut, und gib den Kindern einen Kuss von mir. Lieb dich.«

Als sie auflegt, macht sie ein trauriges Gesicht. »Ich bin so ein Idiot.«

»Du kannst jetzt eh nicht mehr weg«, sagt Thea, und Fatima seufzt.

»Anscheinend nicht. Also ziehen wir es jetzt durch?«

»Was?«, frage ich, doch ich ahne, was sie meint, noch bevor sie antwortet.

»Wir müssen Kate damit konfrontieren, oder nicht? Ich meine, falls wir falschliegen –«

»Ich hoffe sehr, dass wir falschliegen«, fällt Thea ihr bitter ins Wort.

»*Falls* wir falschliegen«, wiederholt Fatima, »müssen wir ihr die Möglichkeit geben, sich zu erklären. Den Brief kann man auf eine Million Arten deuten.«

Ich gebe ihr recht, auch wenn ich insgeheim nicht glaube, dass es tatsächlich viele Deutungsmöglichkeiten gibt. Nach allem, was Mary gesagt hat, kann ich den Brief nur so verstehen, dass hier ein Vater versucht hat, sein Kind vor dem Gefängnis zu bewahren, in dem Wissen, dass sein eigenes Leben zu Ende geht und er nur noch eines tun kann, um sie zu schützen: Die Schuld an seinem Tod auf sich zu nehmen.

Inzwischen habe ich den Brief mehrfach gelesen, öfter als Fatima und öfter als ich zählen kann, und durch die zunehmend unlesbaren Buchstaben die Ausbreitung der Droge in seinem Körper mitverfolgt. Im Zug von Salten habe ich ihn gelesen, und während des langen Wartens in Hampton's Lee. Und ich habe ihn gelesen, während meine eigene Tochter an meiner Brust schlummerte, sachte Atemstöße aus ihrem Babymund wie feines Spinngewebe meine Haut benetzten, und ich kann den Brief nur auf eine Art deuten.

Hier ist ein Vater, der seine Tochter retten will und hofft, dass sein Opfer nicht vergebens war.

Es ist fast zehn, als wir mit großer Verspätung endlich in Salten ankommen. Für Fatima, die eigentlich längst bei ihrer Familie sein wollte, fand das abendliche Fastenbrechen auf einem Bahnsteig statt.

Auch in Salten müssen wir warten, weil Rick noch einen anderen Fahrgast hat, doch schließlich sitzen wir in seinem Taxi, Freya auf dem Kindersitz mit der Hand im Mund, Thea auf der anderen Seite, die nervös an ihren schon blutigen Nägeln herumkaut, Fatima vorne, die ziellos in die Nacht starrt.

Ich weiß, dass sie über die gleichen Fragen grübeln, die mich schon den ganzen Tag quälen. Wenn es wahr ist, was haben wir bloß getan? Was bedeutet das alles für uns?

Unsere Jobs zu verlieren … das wäre schon schlimm genug. Aber Beihilfe zum Mord? Wir müssten mit Haftstrafen rechnen. Fatima und ich, wir könnten das Sorgerecht für unsere Kinder verlieren. Falls das hier stimmt – würde uns irgendjemand, der noch alle Sinne beisammen hat, abkaufen, dass wir nicht wussten, was wir taten?

Ich versuche mir auszumalen, wie Owen mit bitterer Miene den Besuchsraum eines Gefängnisses betritt, ein Kleinkind an der Hand, das seine Mutter kaum noch erkennt.

Doch meine Vorstellungskraft reicht dazu nicht aus – mein gesamtes Wissen über den Gefängnisalltag stammt aus *Orange Is The New Black*. Ich kann nicht akzeptieren, dass es so kommen wird. Es wird nicht passieren. Nicht mir. Nicht uns.

Rick fährt uns so weit, bis es nicht mehr weitergeht, bis die Räder auf dem matschigen Pfad durchdrehen. Er lässt uns raus und setzt vorsichtig zurück bis zur Straße, während wir unseren Weg zur Mühle zu Fuß fortsetzen.

Mein Herz pocht immer schneller. Es scheint noch immer keinen Strom zu geben. In Kates Fenster brennt zwar Licht, doch es ist nicht der stete Schein einer Glühbirne, sondern die weiche, unbestimmte Flamme einer Öllampe, die bei jeder leisen Bewegung der Vorhänge im Wind ein bisschen zuckt.

Beim Näherkommen halte ich den Atem an, fürchte fast, obwohl die Flut noch ein paar Stunden hin ist, den Steg wieder unter Wasser zu sehen, doch zum Glück ist er noch frei, auch wenn das Wasser bereits bedrohlich angestiegen ist. Als wir die klapprigen Bretter überqueren, ahne ich, dass in Fatima und Thea dasselbe vorgeht: Wenn das Wasser weiter steigt, sitzen wir über Nacht hier fest.

Endlich aber stehen wir auf dem matschigen Sandstreifen vor der Tür zur Mühle.

»Sind alle bereit?«, fragt Thea mit gedämpfter Stimme. Ich zucke mit den Schultern.

»Nicht wirklich.«

Fatima hebt kämpferisch die Faust. »Na los«, sagt sie, und zum allerersten Mal, seit wir uns kennen, klopfen wir an die Tür der Mühle und warten darauf, dass Kate uns öffnet.

»Ihr? Was macht ihr alle hier?«

Kate ist zwar überrascht, doch sie lässt uns rein, und wir betreten nacheinander das dunkle Wohnzimmer.

Die einzigen Lichtquellen sind das von den Wellen reflektierte Mondlicht und die Öllampe in Kates Hand, und als ich an ihr vorbeigehe, habe ich wieder das Bild vor Augen, wie ihr weißes Gesicht im Dunkeln erschien, als sie mich und Luc auf dem Sofa beobachtete. Die Erinnerung jagt mir einen Schauer über den Rücken.

»Ich hab immer noch keinen Strom«, sagt sie mit seltsam entrückter Stimme. »Ich hole ein paar Kerzen.«

Sie beginnt, die Schubladen zu durchsuchen, und ich merke auf einmal, dass meine Hand auf dem Buggy zittert. *Passiert das gerade wirklich? Sind wir wirklich kurz davor, unsere Freundin des Mordes an ihrem Vater zu beschuldigen?*

»Willst du Freya oben schlafen legen?«, fragt Kate, und ich will erst ablehnen, nicke dann aber. Ich gehe zwar nicht davon aus, dass wir über Nacht bleiben – nicht, nachdem wir gesagt haben, wofür wir hier sind –, doch es wird garantiert eine Szene geben, und es ist besser, wenn Freya nichts mitbekommt.

Ich löse den Klippverschluss der Babyschale, bevor ich leise zu Fatima sage: »Ich bin sofort wieder da. Wartet auf mich.«

Zum Glück schläft Freya friedlich weiter, während ich sie die Treppe hoch in Lucs Zimmer trage, und wacht auch nicht auf, als ich die Babyschale vorsichtig auf dem Boden abstelle und die Tür bis auf einen kleinen Spalt zuziehe.

Mein Herz pocht wie wild, als ich zurück nach unten gehe.

Überall im Raum sind Teelichter auf Untertassen verteilt, und als ich zum Sofa komme, wo Fatima und Thea sichtlich angespannt warten, ergreift Kate das Wort.

»Was hat all das zu bedeuten?«, fragt sie leise.

Ich öffne den Mund – aber ich weiß nicht, was ich sagen soll. Mein Mund ist staubtrocken, die Zunge pappt an meinem Gaumen, meine Wangen glühen vor Scham, obwohl ich eigentlich nicht genau weiß, wofür ich mich schäme. Meine eigene Feigheit vielleicht?

»Scheiße, ich brauch einen Drink«, murmelt Thea. Aus der Whiskyflasche, die auf der Anrichte steht, füllt sie sich etwas in ein Glas. Im Licht der Flamme glänzt die Flüssigkeit wie schwarzes Öl. Thea kippt sie herunter und wischt sich den Mund ab. »Isa? Kate?«

»Ja, bitte«, sage ich mit leicht bebender Stimme. Vielleicht wird es meinen Nerven guttun, mir helfen, diese schreckliche, notwendige Sache durchzuziehen.

Thea reicht mir das Glas, ich trinke es aus und spüre sofort die Wirkung. Mir geht auf, dass ich nicht weiß, was schlimmer wäre: aufgrund eines irrsinnigen, unbestimmten Verdachts zwei Jahrzehnte Freundschaft hinzuschmeißen – oder die Vorstellung, mit diesem Verdacht richtigzuliegen.

Schließlich ist es Fatima, die aufsteht. Sie nimmt Kates Hand, bevor sie anfängt zu sprechen, und ich bin wieder mal verblüfft über die eiserne Entschlossenheit hinter ihrer sanften Fassade.

»Kate«, sagt sie sehr leise. »Wir sind gekommen, um dich etwas zu fragen. Vielleicht kannst du dir schon denken, worum es geht?«

»Keine Ahnung.« Kate blickt sie argwöhnisch an und zieht ihre Hand weg. »Wollt ihr es mir vielleicht sagen?« Sie zieht einen Stuhl heran, und dann sitzt sie uns gegenüber, wie eine Angeklagte vor ihren Richtern.

Ich muss etwas sagen. Schließlich war ich es, die ihren Verdacht mit den anderen geteilt hat – das Mindeste, was ich tun kann, ist, Kate selbst damit zu konfrontieren. »Kate, auf dem Weg zum Bahnhof heute Morgen habe ich Mary Wren getroffen. Sie hat mir etwas erzählt – etwas, was die Polizei herausgefunden hat. Etwas, was ich noch nicht wusste.« Eine Enge in meinem Hals macht mir das Sprechen schwer. »Sie hat … sie meinte …« Ich schlucke, und dann zwinge ich mich, mit den Worten herauszuplatzen, so schnell ich kann, als müsste ich ein Pflaster von einer Wunde reißen. »Anscheinend wurde in der Weinflasche, aus der Ambrose getrunken hatte, Heroin entdeckt. Er muss eine orale Überdosis zu sich genommen haben. Es wird also nicht in Richtung Selbstmord ermittelt, sondern –«

Doch ich bringe es nicht über die Lippen.

Thea ist schließlich diejenige, die es ausspricht. Sie blickt Kate fest an. Dank der tiefen Schatten, die die Lampe auf ihr Gesicht wirft, erinnert ihr Kopf so sehr an einen Totenschädel, dass ich Gänsehaut bekomme.

»Kate«, sagt sie, »hast du deinen Vater getötet?«

»Wie kommt ihr denn darauf?«, fragt Kate, immer noch in diesem seltsam ruhigen Tonfall. Ihr Gesicht im kreisrunden Schein der Lampe wirkt auf fast surreale Weise ungerührt, in krassem Gegensatz zu Theas und Fatimas schmerzverzerrtem Ausdruck. »Er hat sich überdosiert.«

»Oral überdosiert?«, platzt es aus mir heraus. »Kate, das ist doch lächerlich. Es ist eine dumme Methode, sich umzubringen. Warum sollte er es so tun, wenn er sein Injektionsbesteck hier rumliegen hatte? Und –«, und hier fühle ich einen Stich, eine leise Scham für mein Handeln, doch ich zwinge mich weiterzusprechen: »Und dann das hier.«

Und ich ziehe den Brief hervor und halte ihn hoch.

»Wir haben ihn gelesen, Kate. Das haben wir schon vor siebzehn Jahren getan, aber erst heute habe ich ihn verstanden. Es ist kein normaler Abschiedsbrief, oder, Kate? Es ist der Brief eines Mannes, der von seinem eigenen Kind vergiftet wurde und dieses Kind vor dem Gefängnis bewahren will. Es ist ein Brief, der dir sagt, was du tun sollst – weiterleben, nicht zurückblicken, damit sein Tod nicht umsonst sein würde. Wie konntest du das nur tun, Kate? Stimmt es, dass du mit Luc zusammen warst? Hast du es deshalb getan, weil Ambrose euch trennen wollte?«

Kate seufzt. Sie schließt die Augen, legt sich ihre langen schmalen Hände vors Gesicht und drückt sie gegen die Stirn. Dann blickt sie auf, blickt uns alle der Reihe nach an, und auf einmal sieht sie sehr traurig aus.

»Ja«, sagt sie schließlich. »Ja, es ist wahr. Es stimmt.«

»*Was?*«, ruft Thea aufgebracht. Sie springt auf, wobei ihr Glas umstürzt und klirrend auf dem Boden zerspringt, Whisky fließt über die Dielen. »*Was?* Du erzählst uns hier allen Ernstes, dass du uns in die Vertuschung eines Mordes hineingezogen hast? Ich glaube dir kein Wort!«

»Was glaubst du nicht?«, fragt Kate. Sie blickt Thea aus ihren blauen Augen fest an.

»Ich glaube gar nichts! Du bist mit Luc ins Bett gegangen, und weil Ambrose dich wegschicken wollte, hast du ihn *umgebracht?*«

»Es stimmt«, sagt Kate. Sie wendet den Blick ab, sieht aus dem Fenster, und von der Seite sehe ich ihre Halsmuskeln zucken, als sie gegen das Schluchzen ankämpft. »Luc und ich … Ich weiß, dass mein Vater uns als Bruder und Schwester betrachtete, aber ich konnte mich ja kaum daran erinnern. Als er aus Frankreich zurückkam, war es … wie Liebe auf den ersten Blick. Und es fühlte sich so *richtig* an, das konnte Dad einfach nicht einsehen. Luc liebte mich, er brauchte mich. Und Dad …« Sie schluckt und spricht mit geschlossenen Augen weiter: »Man hätte meinen können, wir wären wirklich Bruder und Schwester, so wie der ausgetickt ist. Wie der mich angeguckt hat, als er mir sagte …« Sie schlägt die Augen auf und blickt über den Reach hinaus in Richtung Landspitze, wo hinter dem Absperrband ein weißes Zelt steht. »Ich hatte mich noch nie in meinem Leben schmutzig gefühlt, aber er gab mir das Gefühl.«

»Was hast du bloß getan, Kate?« Fatimas Stimme bebt, sie scheint es noch nicht glauben zu können. »Ich muss es von dir hören, ganz von vorn.«

Jetzt blickt Kate auf. Fast trotzig reckt sie ihr Kinn hoch, als hätte sie endlich beschlossen, sich dem Unvermeidlichen zu stellen.

»An dem Freitag hatte ich ein paar Stunden geschwänzt, um nach Hause zu gehen. Dad war nicht da, und Luc war noch in der Schule, als ich Dads gesamten Vorrat in die Rotweinflasche kippte, die immer im Spülschrank stand. Es war noch etwa die Menge für ein Glas drin, und ich wusste, dass Luc es nicht trinken würde – er wollte an dem Abend in Hampton's Lee ausgehen. Und das war ja immer das Erste, was mein Vater an einem Freitag nach der Arbeit tat – kaum zu Hause, stürzte er ein Glas in einem Zug runter, wisst ihr noch?« Sie lacht bitter auf. »Und dann bin ich zurück in die Schule und hab abgewartet.«

»Du hast uns da mit reingezogen.« Theas Stimme klingt heiser. »Du hast uns dazu gebracht, einen Mord zu vertuschen, und es tut dir nicht mal leid?«

»Natürlich tut es mir leid!«, schreit Kate, und zum ersten Mal sehen wir ihre ruhige Fassade bröckeln und erhaschen einen Blick auf das Mädchen dahinter, das genauso gepeinigt ist wie wir. »Glaubt ihr wirklich, es tut mir nicht leid? Glaubt ihr, ich habe mich nicht siebzehn Jahre lang damit gequält, was ich getan habe, euch angetan habe?«

»Wie konntest du das nur tun, Kate?« Mein Hals tut weh, und ich habe das Gefühl, jeden Moment in Schluchzen auszubrechen. »Wie konntest du nur? Ich meine nicht das mit uns – ich meine ihn, Ambrose? Wie konntest du das tun? Doch nicht nur, weil er dich wegschicken wollte, oder? Das kann ich nicht glauben!«

»Dann glaub es halt nicht«, sagt Kate. Ihre Stimme bebt.

»Wir haben ein verdammtes Recht darauf!«, fährt Fatima sie an. »Wir haben ein Recht auf die Wahrheit, Kate!«

»Mehr kann ich euch nicht sagen«, ruft Kate verzweifelt. Ihr Brustkorb hebt und senkt sich in schnellem Rhythmus, Shadow tapst zu ihr hinüber und drückt ihr, ohne ihren Kummer zu verstehen, seinen Kopf gegen das Bein. »Ich kann nicht –« Sie stockt, schluchzt. »Ich kann – ich k– «

Und dann springt sie auf, stürmt raus, Shadow dicht auf ihren Fersen, und knallt die Tür hinter sich zu.

Thea macht Anstalten, ihr hinterherzulaufen, doch Fatima hält sie fest.

»Lass sie«, sagt sie. »Sie bricht jeden Moment zusammen. Wenn du ihr jetzt hinterherläufst, könnte sie eine Dummheit begehen.«

»Was denn bitte?«, faucht Thea. »Mich vielleicht auch in den Reach schmeißen? *Scheiße.* Wie konnten wir so dämlich sein? Kein Wunder, dass Luc sie hasst – er wusste es die ganze Zeit. Er wusste es, und er hat nichts gesagt!«

»Er hat sie geliebt«, sage ich. Ich habe wieder sein Gesicht vor Augen, als wir Kate oben auf der Treppe stehen sahen – dieser Mix aus Triumph und Schmerz in seinem Blick. Die beiden sehen mich jetzt an, als hätten sie ganz vergessen, dass ich da sitze, in die Ecke des Sofas gekauert. »Und ich glaube, das tut er trotz allem immer noch. Aber damit – mit diesem Wissen zu leben, all die Jahre lang –«

Ich verstumme. Ich lege das Gesicht in die Hände.

»Sie hat ihn getötet«, sage ich dann, als müsste ich es mir selbst begreiflich machen. »Sie hat ihren eigenen Vater getötet. Und sie hat nicht einmal versucht, es zu leugnen.«

Viel später, wir sitzen immer noch auf dem Sofa, kommt Kate zurück. Sie hat nasse Füße. Das Wasser ist gestiegen, die kleine Brücke überschwemmt, der Wind hat zugenommen, und an ihren nassen Haaren sehe ich, dass es zu regnen begonnen hat. Ein Sturm zieht auf.

Als sie die Tür hinter sich zuzieht und einen Sandsack davor platziert, wirkt sie jedoch wieder auf diese bedrückende Art gefasst.

»Ihr solltet wohl besser bleiben«, sagt sie, als wäre gar nichts geschehen. »Die Brücke steht unter Wasser, und ein Sturm ist im Anzug.«

»Ich traue mir durchaus zu, durch einen halben Meter Wasser zu waten«, sagt Thea gereizt, doch Fatima legt ihr eine Hand auf den Arm.

»Wir bleiben«, sagt sie. »Aber Kate, wir müssen –«

Ich weiß nicht, was sie sagen will. Wir müssen darüber sprechen? Was immer es war, Kate fällt ihr ins Wort.

»Keine Sorge.« Sie klingt müde. »Ich habe mich schon entschieden. Ich werde Mark Wren morgen früh anrufen und ihm alles erzählen.«

»Alles?«, frage ich alarmiert. Kate verzieht den Mund zu einem matten, schiefen Lächeln.

»Nicht alles. Ich werde ihm sagen, dass ich allein gehandelt habe. Ich werde euch nicht mit reinziehen.«

»Der wird dir niemals glauben«, wirft Fatima mit stockender Stimme ein. »Wie hättest du Ambrose den ganzen Weg schleifen können?«

»Er wird mir glauben«, sagt Kate bestimmt, und ich muss an die Zeichnungen denken, daran, wie Kate die Schule dazu brachte, ihr zu glauben, obwohl alles dagegen sprach. »So weit ist es nicht. Mit einer Abdeckplane könnte man leicht einen – eine –« Doch hier bricht ihre Stimme ab, sie kann es nicht laut sagen. *Eine Leiche fortschaffen.*

Ich muss ein Schluchzen unterdrücken. »Kate, du musst das nicht tun!«

»Doch, das muss ich.« Und sie geht quer durch den Raum auf mich zu, legt eine Hand auf meine Wange und blickt mir fest in die Augen. Für den Bruchteil einer Sekunde umspielt ein feines, trauriges Lächeln ihre Lippen. »Ich will, dass ihr Folgendes wisst: Ich liebe euch, euch alle. Und es tut mir so unglaublich leid, mehr als ich mit Worten je ausdrücken könnte, dass ich euch in diese Situation gebracht habe. Aber es wird Zeit, dass es aufhört, uns allen zuliebe. Es wird Zeit, dass ich die Sache ins Reine bringe.«

»Kate –«

Thea sieht aufgewühlt aus, sie ist aschfahl geworden. Fatima steht neben ihr und reibt sich mit den Händen übers Gesicht, auch für sie scheint es unfassbar zu sein, dass unsere Freundschaft – wir vier – auf diese Weise zerbrechen soll.

»Das war's also?«, fragt sie ratlos. Und Kate nickt.

»Ja. Das war's. Das ist das Ende. Ihr müsst keine Angst mehr haben«, sagt sie noch einmal, während sie von Fatima zu mir und zum Schluss zu Thea blickt. »Das müsst ihr wissen. Es tut mir so unendlich leid.«

Ich denke an Ambroses Brief. *Es tut mir so sehr, so unendlich leid, dich auf diese Weise zu verlassen …*

Und als Kate mit der Lampe in der Hand, dicht gefolgt von Shadows weißer Gestalt, ins Dunkel hinein nach oben verschwindet, strömen Tränen über mein Gesicht, passend zum Regen, der ans Fenster prasselt. Denn ich weiß, dass sie recht hat. Das war's. Das ist das Ende. Und den Gedanken kann ich nicht ertragen.

Als ich mich auf den Weg nach oben in Lucs altes Zimmer begebe, rechne ich nicht damit, schlafen zu können. Ich rechne mit einer weiteren hellwachen, von Fragen gequälten Nacht, während Freya neben mir schlummert. Aber ich bin so müde – mehr als das: Ich bin mit den Kräften am Ende. Vollständig angezogen schlüpfe ich unter die Bettdecke und sinke, kaum dass mein Kopf das Kissen berührt, in einen unruhigen, von wirren Träumen geplagten Schlaf.

Etwas später – ich weiß nicht genau, wie viel Zeit vergangen ist – schrecke ich auf, geweckt von einem Stimmengeräusch im Zimmer über mir. Es klingt wie ein Streit, und etwas an diesen Stimmen jagt mir einen Schauer über den Rücken.

Ich bleibe noch einen Moment liegen, während ich mich mühsam aus den verstörenden Träumen von Kate, Ambrose und Luc ziehe und versuche, mich zu orientieren, meine Augen an die Dunkelheit zu gewöhnen. Ein wenig Licht dringt von oben durch die Lücken zwischen den Dielen, es flackert leicht, während jemand auf und ab geht. Die Stimmen werden lauter und leiser, dann wieder lauter, dann ein dumpfer Schlag, der das Wasser in meinem Glas schwappen lässt, als hätte jemand in unbeherrschter Wut gegen die Wand gehauen.

Erst nachdem ich ohne Erfolg versucht habe, die Nachttischlampe anzuknipsen, fällt mir der Stromausfall wieder ein. Verdammt. Die zweite Lampe hat Fatima beim Zubettgehen mitgenommen, aber ich hätte sowieso keine Streichhölzer hier. Keine Möglichkeit, eine Kerze anzuzünden.

Ich liege regungslos da, versuche die Stimmen zu identifizieren. Ist es nur Kate, die vor sich hin flucht, oder sind Fatima oder Thea hochgegangen, um sie noch einmal zur Rede zu stellen?

»Ich verstehe nichts mehr, ist es nicht das, was du die ganze Zeit wolltest?« höre ich. Es ist Kates Stimme, heiser, tränenerstickt.

Ich setze mich auf, lausche angestrengt. Ist sie am Telefon?

»Du wolltest doch, dass ich bestraft werde, oder?« Ihre Stimme bricht ab.

Und dann kommt die Antwort. Aber nicht in Worten, nicht sofort.

Ein Schluchzen, ein leises Aufstöhnen, dringt durch das Dunkel und lässt mir das Herz bis zum Hals schlagen.

»Ich wollte das alles nicht.«

Luc klingt unendlich verzweifelt.

Ich denke nicht nach. Ich schlüpfe aus dem Bett, ziehe meine Jacke über und gehe zu Fatimas Zimmer, rüttle an der Türklinke. Sie hat abgeschlossen, und ich flüstere durchs Schlüsselloch: »Fati, wach auf, wach auf.«

Einen Moment später ist sie an der Tür und sieht mich aus weit aufgerissenen, im Dunkeln glänzenden Augen an. Sie horcht auf, als ich mit dem Kopf auf die knarrenden Dielen über uns deute. Mit angehaltenem Atem lauschen wir dem Streit.

»Was wolltest du dann?«, schluchzt Kate mit tränenerstickter Stimme, ich habe Mühe, sie zu verstehen. »Was wolltest du dann, wenn nicht das?«

Fatima drückt meinen Arm und atmet geräuschvoll ein.

»Luc ist da oben?«, flüstert sie, und ich nicke, aber versuche gleichzeitig, zwischen den Schluchzern Lucs Worte auszumachen.

»Ich habe dich nie gehasst …«, höre ich. »Wie kannst du das behaupten? Ich liebe dich … ich habe dich immer geliebt.«

»Was geht hier ab?«, flüstert Fatima verzweifelt.

Ich schüttle den Kopf und versuche, in Gedanken die Ereignisse der letzten Nacht noch einmal durchzugehen. Mein Gott, Kate. Bitte sag nicht, du hast …

Luc sagt irgendwas, Kates Stimme wird lauter, wütender, es folgt ein Knall, ein Schrei von Kate – ob vor Schmerz oder Schreck, kann ich nicht sagen –, dann wieder Lucs Stimme, zu erstickt, um die Worte auszumachen. Er klingt, als wäre er kurz davor durchzudrehen.

»Wir müssen ihr helfen«, flüstere ich Fatima zu. Sie nickt.

»Lass uns Thea holen, dann gehen wir zusammen rauf. Dann sind wir zahlenmäßig überlegen. Er klingt betrunken.«

Fatima könnte recht haben. Er steht völlig neben sich.

»Für mich gab es immer nur dich«, höre ich noch, als wir die Treppe hinuntereilen. »Ich wünschte bei Gott, es wäre anders, doch es ist wahr. Ich hätte alles dafür getan, um mit dir zusammen zu sein.«

»Ich wäre dir doch nachgekommen«, schluchzt Kate. »Ich hätte gewartet, ihn dazu gebracht, seine Meinung zu ändern. Warum konntest du ihm nicht vertrauen? Warum konntest du *mir* nicht vertrauen?«

»Ich konnte ihn nicht –« Luc stockt. Wir stürzen über den Korridor zu Theas Zimmer und hören das, was er als Nächstes sagt, nur ganz leise: »Ich konnte es nicht zulassen. Ich konnte nicht zulassen, dass er mich zurückschickt.«

Thea fährt erschrocken hoch, als wir reinplatzen, und sieht uns entgeistert an.

»Was ist los?«, japst sie.

»Luc«, bringe ich hervor. »Er ist hier. Wir glauben – Gott, ich weiß es nicht. Vielleicht haben wir uns komplett geirrt, Thea.«

»Was?« Sie springt aus dem Bett und zieht sich ihr T-Shirt über den Kopf. »Scheiße. Was ist mit Kate?«

»Ich weiß es nicht. Er ist oben bei ihr, und sie streiten.«

Thea stürmt aus dem Zimmer und rennt auf die Treppe zu.

Doch kaum hat sie die unterste Stufe erreicht, ist ein weiterer Knall zu hören – viel lauter als der erste. Es klingt, als würde jemand ein Möbelstück über den Boden schleifen, und für einen Augenblick sind wir alle wie erstarrt. Dann ist ein Schrei zu hören, eine Tür geht auf, jemand rennt los.

Und dann rieche ich etwas. Etwas, bei dem sich mein Herz zusammenkrampft. Es ist der Geruch von Paraffin. Gefolgt von einem seltsamen, fremden Geräusch. Ein Geräusch, das ich erst nicht zuordnen kann, das mich dann aber mit unsagbarem Schrecken erfüllt.

Erst als ich Kate die Treppe runterrennen und das Entsetzen auf ihrem Gesicht sehe, wird mir klar, was ich da höre. Das Knistern von Flammen.

Kate?«, ruft Fatima. »Was ist hier los?«

»Raus! Haut ab!« Kate drängt sich an uns vorbei und stößt die Vordertür auf. Und dann, als wir uns nicht rühren, ruft sie wieder. »Hört ihr nicht? Ihr müsst hier raus, jetzt! Eine Lampe ist zerbrochen – das Paraffin ist überall!«

O Gott. Freya!

Als ich Anstalten mache, auf die Treppe zuzurasen, packt Kate mich am Handgelenk und will mich zurückzerren.

»Hast du mich nicht gehört? Raus jetzt, Isa! Du kannst nicht mehr da hoch, es tropft schon durch die Dielen.«

»Lass mich!«, herrsche ich sie an und reiße mich los. Shadow hat angeschlagen, von irgendwo ist ein aufgeregtes Alarmgebell zu hören. »Freya ist noch oben.«

Kate wird bleich im Gesicht und lässt mich gehen.

Schon auf halber Strecke schlägt mir Rauch entgegen, und ich muss husten. Brennendes Paraffin tropft von oben durch die Dielen, und ich halte mir schützend die Arme über den Kopf, doch ich spüre das Brennen kaum, das Stechen in meinen Augen und meinem Hals lenkt mich davon ab. Die Rauchschwaden sind schon jetzt dicht und beißend, jeder Atemzug schmerzt. Doch daran kann ich jetzt nicht denken – meine einzige Sorge gilt Freya.

Ich habe den Treppenabsatz fast erreicht, als eine Gestalt vor mir erscheint und mir den Weg versperrt.

Luc. Seine Hände sind verbrannt und blutig, und sein T-Shirt hängt in dünnen Fetzen von seinem Oberkörper, wo er versucht hat, es sich vom Leib zu reißen, um die Flammen auf seiner Haut zu ersticken.

Seine Züge verändern sich, als er mich sieht, er scheint erschrocken.

»Was machst du hier?«, sagt er und fängt an zu husten.

Von oben ist das Bersten von Glas zu hören, und im nächsten Moment dringt mir der beißende Gestank von Terpentin in die Nase. Mir dreht sich der Magen um bei dem Gedanken an all die Flaschen im Dachzimmer, die Fässchen mit Leinöl, das Testbenzin. Sie alle tröpfeln durch die Dielen in die unteren Schlafzimmer.

»Geh mir aus dem Weg«, keuche ich. »Ich muss zu Freya.«

Er sieht mich irritiert an. »Sie ist im Haus?«

»Sie liegt in *deinem Zimmer.* Lass mich durch!«

Hinter ihm, zwischen mir und Freya, steht eine Wand aus Flammen, und ich versuche schluchzend, mich an ihm vorbeizudrängen, doch er ist zu stark. »Luc, bitte, was machst du da?«

»Geh«, brüllt er. »Geh raus. Stell dich unters Fenster.«

Damit macht er kehrt, wirft sich sein blutiges T-Shirt über den Kopf und rennt zurück durch den Flur in sein Zimmer.

Ich kraxele weiter die Treppe hoch, will ihm hinterher, als plötzlich eine Diele des Dachbodenzimmers herunterkracht und den Durchgang zum Flur blockiert. Verzweifelt suche ich etwas, irgendwas, was ich mir um die Hände wickeln kann, um das brennende Holz aus dem Weg zu schieben, als ich ein Geräusch höre. Freyas Schreie.

»Isa, das Fenster verdammt noch mal!«, höre ich dann über das Tosen der Flammen hinweg, und ich begreife. Er kann Freya niemals durchs lodernde Feuer tragen. Er will sie in den Reach fallen lassen.

Ich stürze los. Hoffentlich habe ich recht. Hoffentlich bin ich schnell genug.

Draußen haben sich Thea, Fatima und Shadow ans Ufer verzogen, doch anstatt ihnen über die kleine Brücke zu folgen, mache ich einen Satz ins Wasser. Ich japse nach Luft, als ich die beißende Kälte an meinen Beinen spüre, während die Hitze von der Mühle weiter auf meinem Gesicht brennt.

»Luc!«, kreische ich und wate gegen die Strömung, gegen das Gewicht meiner Kleider, durch das Wasser, bis ich unter seinem Fenster hüfttief drinstehe. »Luc, ich bin hier!«

Dann sehe ich sein Gesicht, erhellt von den Flammen hinter der Scheibe. Er versucht, das kleine Fenster zu öffnen, doch es klemmt, der Regen der letzten Tage hat das Holz verzogen. Mir pocht das Herz bis zum Hals, als er sich mit der Schulter gegen den Rahmen stemmt.

»Schlag's ein!«, ruft Kate, die sich gerade durchs Wasser zu mir vorkämpft, doch genau in dem Moment fliegt das Fenster auf, und Luc verschwindet im verrauchten Dunkel des Zimmers.

Kurz habe ich Angst, dass er es sich anders überlegt, doch dann höre ich auf einmal gellendes Schreien – es ist Freya, die auf seinem Arm wie wild kreischt, strampelt, hustet und schluchzt.

»Jetzt!«, brülle ich ihm zu. »Lass sie jetzt fallen, Luc, schnell!« Er passt mit seinen Schultern kaum durch den schmalen Fensterrahmen, doch indem er erst einen Arm, dann seinen Kopf, und dann den zweiten Arm hindurchstreckt, gelingt es ihm schließlich. Er lehnt sich raus und hält Freya, die weiter wild um sich schlägt, auf Armeslänge vor sich, sodass sie fast über meinem Kopf baumelt.

»Jetzt!«, kreische ich.

Und Luc lässt los.

Einen Augenblick lang ist Freya komplett still – stumm vor Schreck im freien Fall.

Stoff flattert, ein geschocktes Babygesicht blitzt auf, dann ein ohrenbetäubendes Platschen, als sie mit einer Wucht auf mir landet, die uns beide umhaut.

Unter Wasser taste ich nach ihr, umklammern meine Finger ihr Gesicht, ihr Haar, ihre Arme ... ich fühle die Strömung an mir zerren, während meine Füße auf dem rutschigen Grund nach Halt suchen.

Doch da kommt Kate mir zu Hilfe, zieht mich mit Freya im Arm hoch, wir prusten und japsen, und Freyas dünner Wutschrei gellt durch die Nacht, ein erstickter Schrei der Entrüstung über die Kälte und das Brennen in ihren Augen und ihrer Lunge – doch wie schön sind ihre Wut und ihr Schmerz: Sie lebt, lebt, lebt – und das ist alles, was zählt.

Irgendwie taumele ich ans Ufer, versinke immer wieder im schlammigen Grund, und dann zieht Thea mich raus, gegen das Gewicht meiner triefenden Kleider, und Fatima nimmt Freya, und ich weiß nicht, ob es ein Schluchzen oder ein Lachen ist, das jetzt aus meiner Kehle dringt.

»Freya«, höre ich mich sagen. »Geht es ihr gut? Fatima, geht es ihr gut?«

Fatima tut ihr Bestes, Freya zu untersuchen, die mit Sirenengeheul dagegen protestiert.

»Alles in Ordnung«, höre ich. »Glaube ich. Thea, hier, nimm mein Handy und ruf einen Krankenwagen, schnell.«

Nachdem sie mir mein kurz vor der Hysterie stehendes Baby übergeben hat, dreht sie sich um, um Kate ans Ufer zu helfen.

Doch Kate ist nicht da. Sie steht immer noch vor Lucs Fenster im Wasser und reckt die Arme nach oben.

»Spring!«

Luc blickt sie an, blickt aufs Wasser. Es sieht aus, als wäre er kurz davor, zu springen. Aber dann schüttelt er den Kopf, sein Gesicht wirkt friedlich, resigniert.

»Es tut mir leid«, sagt er. »Alles, was passiert ist.«

Und dann macht er einen Schritt zurück, weg vom Fenster, hinein ins völlig verrauchte Zimmer.

»Luc!«, kreischt Kate. Sie springt durchs Wasser, kontrolliert jedes Fenster, sucht verzweifelt zwischen den Flammen, ob sie ihn entdecken kann, während er im Spießrutenlauf durch den brennenden Korridor rennt. Doch er ist nirgendwo zu sehen.

Ich sehe ihn vor mir – zusammengekauert auf dem Bett, die Augen geschlossen. Endlich zu Hause …

»Luc!«, schreit Kate.

Und dann, bevor ich schalten kann, bevor irgendjemand von uns sie aufhalten kann, springt sie platschend durchs Wasser bis zum Eingang der Mühle und zieht sich an Land.

»Ja, die alte Gezeitenmühle«, höre ich Thea sagen. »Bitte kommen Sie schnell. Feuerwehr und Rettungswagen.«

»Kate?«, kreischt Fatima. »Kate, was hast –«

Doch da ist Kate schon an der Tür. Sie wickelt sich ihre nassen Ärmel um die Hände, um sie gegen die Hitze des Türknaufs zu schützen, verschwindet ins Innere und zieht die Tür zu.

Als Fatima nach vorne prescht, glaube ich im ersten Moment, sie will ihr hinterher. Ich will noch versuchen, sie zu stoppen, doch vor dem Steg macht sie Halt, und so stehen wir drei in einer Reihe vor der Mühle, fassungslos und kaum fähig zu atmen in den riesigen Rauchschwaden, die über den Reach hinausziehen. Shadow steht winselnd hinter Thea.

An einem der großen Fenster sehe ich einen Schatten entlanghuschen – Kate auf der Treppe, gebückt zum Schutz vor den Flammen – und dann nichts mehr, bis Thea plötzlich auf das Fenster von Lucs altem Zimmer zeigt.

»Da!«, ruft sie mit erstickter, panischer Stimme. Tatsächlich: Dort, im Licht einer plötzlich auflodernden Flamme, sind zwei Gestalten zu sehen, die sich dunkel gegen das rotgoldene Inferno abheben.

»Kate!«, schreie ich nach oben, meine Stimme heiser vom Rauch. Doch ich weiß, dass es nichts bringt. Sie kann mich nicht hören. »Kate, bitte!«

Und dann plötzlich kracht es, als würde eine Lawine über uns hereinbrechen, und wir halten uns die Ohren zu und gleich darauf die Augen, zum Schutz gegen die Scherben und brennenden Holzstücke, die uns aus allen Fenstern entgegenschießen.

Irgendein tragender Balken im Dach hat nachgegeben und das ganze Haus fällt in sich zusammen, wie ein Lagerfeuer, das unter seinem eigenen Gewicht einbricht, dabei regnet es Glas- und Holzsplitter über das ganze Ufer, wo wir uns zum Schutz vor der Explosion hingekauert haben. Glühende Aschestücke fallen auf meinen Rücken, und ich beuge mich weiter vor, um Freya so gut wie möglich abzuschirmen.

Als der Krach allmählich nachlässt und wir uns wieder aufrichten, ist die Mühle nur noch ein Gerippe, aus dem einzelne brennende Balken wie Knochen in den Himmel ragen. Das Dach, die oberen Stockwerke, die Treppe sind weg. Doch die Flammen lodern weiter, schlagen aus den zerbrochenen Fensterrahmen, verschlingen alles.

Die Mühle ist zerstört, unwiederbringlich zerstört.

Und Kate ist tot.

Erschrocken fahre ich hoch und weiß im ersten Moment nicht, wo ich bin – der Raum ist schwach beleuchtet, ich höre Geräte piepen und Menschen, die sich leise unterhalten, in meiner Nase mischt sich der Geruch von Desinfektionsmittel mit Seife und Rauch.

Jetzt erinnere ich mich.

Ich bin im Krankenhaus, auf der Kinderstation. Freya schläft im Kinderbett vor mir, ihre kleine Hand hält meinen Finger fest umschlossen.

Ich reibe mir mit der Hand übers Gesicht, das sich von den Tränen und vom Rauch wund anfühlt, und versuche die Ereignisse der letzten zwölf Stunden zu verstehen. Ich habe Bilder im Kopf – Thea, die auf den schmalen Wassergraben zustürzt, um in die Mühle zurückzulaufen, Fatima, die sie zurückhält. Der Auflauf von Polizisten und Feuerwehrleuten, die kamen, um den Brand zu bekämpfen, und ihre Gesichter, als sie hörten, dass noch Menschen drinnen waren.

Das Bild von Freyas asche- und rußbeschmiertem Gesicht, von ihren weit aufgerissenen Augen, in denen sich die zuckenden Flammen spiegelten, als sie wie gebannt dem lodernden Spektakel zusah.

Und vor allem der letzte flüchtige Blick auf Kate und Luc, ihre Silhouetten vor den Flammen.

Sie ist ihm hinterhergelaufen.

»Warum?«, fragte Thea ungläubig wieder und wieder, während wir gemeinsam auf den Rettungswagen warteten. Dabei hielt sie den zitternden, verstörten Shadow fest umschlungen. »*Warum?*«

Ich schüttelte nur den Kopf. Aber die Wahrheit ist, ich glaube, ich weiß es. Und verstehe endlich Ambroses Brief, verstehe ihn wirklich.

Es ist zwar seltsam, aber mir ist erst in den letzten Tagen und Stunden klar geworden, dass ich Ambrose nie wirklich gekannt habe. Ich war zu lange gefangen in meinem fünfzehnjährigen Ich, betrachtete ihn mit dem unkritischen Blick eines Kindes. Doch jetzt bin ich selbst erwachsen, fast in dem Alter, in dem Ambrose war, als wir ihn kennenlernten, und zum ersten Mal bin ich gezwungen, ihn wie einen Erwachsenen – auf Augenhöhe – zu sehen, und er erscheint mir auf einmal ganz anders: fehlbar, voller menschlicher Schwächen und ständig im Kampf mit seinen eigenen Dämonen, von denen ich nicht einmal ahnte, dass es sie gab. Und das, obwohl die Zeichen buchstäblich klar und deutlich an der Wand seines Zimmers zu erkennen waren.

Seine Süchte, das Trinken, die Träume und Ängste – mir wird erst jetzt schmerzlich bewusst, dass ich mir nie Gedanken darüber gemacht habe. Niemand von uns hat das getan, außer vielleicht Kate. Wir waren zu sehr in unsere eigene Geschichte verstrickt, um seine zu sehen. Ich dachte nie an die Opfer, die er für Kate und Luc gebracht hatte, die Karriere als Künstler, die er aufgegeben hatte – für den Job als Kunstlehrer in Salten, für Kate. Ich dachte nie daran, wie viel Kraft es ihn gekostet haben muss, die Sucht zu bezwingen und clean zu bleiben – es hat mich, schlicht und einfach, nie interessiert. Manchmal denke ich: War Luc vielleicht wirklich sein leiblicher Sohn? Hat er deshalb so heftig auf Lucs Beziehung mit Kate reagiert?

Selbst als er uns seine Sorgen unter die Nase rieb – wie in dem aufgewühlten Gespräch, von dem Thea uns im Café erzählte –, selbst dann sahen wir sie nur durch die Linse unserer eigenen Probleme. Wir wollten zusammenbleiben, wollten die Mühle nur als unseren privaten Zufluchtsort und Spielplatz behalten – sodass wir seine Worte nur so weit verstanden, als sie unser eigenes Glück bedrohten.

Ja, ich habe Ambrose nie wirklich gekannt. Einen Sommer lang kreuzten sich unsere Leben, und ich liebte ihn für das, was er mir gab – Zuneigung, Freiheit, momentane Zuflucht vor den Gedanken an mein eigenes Elternhaus, das sich zu einem Albtraum entwickelt hatte. Nicht für das, was er war. Das ist mir jetzt bewusst. Und doch glaube ich jetzt, in diesem Moment, dass ich ihn endlich verstehe. Und verstehe, was er getan hat.

Ich hatte recht, in gewisser Weise. Es war tatsächlich der Brief eines Mannes, der von seinem eigenen Kind vergiftet worden war und das Einzige tat, was er tun konnte, um seinem Kind die Konsequenzen zu ersparen. Doch dieses Kind war nicht Kate. Es war Luc.

Wir haben die ganze Zeit in die falsche Richtung gedacht, das begreife ich endlich. Nicht nur, was den Brief angeht, sondern bei allem. Nicht Kate wollte Ambrose wegschicken, sondern Luc. *Warum konntest du ihm nicht vertrauen?*, hatte Kate gerufen. Doch Lucs Vertrauen war zu oft gebrochen worden. Er glaubte wohl, dass nun wahr werden sollte, wovor er sich immer gefürchtet hatte – dass Ambrose es bereute, den Jungen in seiner Großzügigkeit aufgenommen, ihm seine Liebe und seine Fürsorge gegeben zu haben. Wie oft hat Luc seine Liebe auf die Probe gestellt – ihn immer wieder von sich gestoßen, im verzweifelten Versuch, die Gewissheit zu erlangen, dass dieser Mensch ihn nicht verraten würde, nicht aufhören würde, ihn zu lieben.

Mary war nicht die Einzige, die den Streit zwischen Kate mit Ambrose an jenem Abend mit angehört hatte. Auch Luc muss ihn gehört und verstanden haben, was Thea und ich nicht begriffen – dass *er* derjenige war, der fortgeschickt werden sollte, nicht Kate. Ich weiß nicht, wohin – wahrscheinlich ins Internat, nach dem zu urteilen, was er zu Thea gesagt hatte. Doch Luc, der in seinem Leben schon zu oft verraten worden war, muss daraus den Schluss gezogen haben, dass nun eintreten würde, was er immer befürchtet hatte. Er glaubte, dass Ambrose ihn zu seiner Mutter zurückschicken würde.

Und so beging er eine grenzenlose Dummheit – die Kurzschlusshandlung eines schmerzhaft verliebten Fünfzehnjährigen, der furchtbare Angst hat, zurück in die Hölle geschickt zu werden, der er entkommen war.

Ob er Ambrose töten wollte? Darauf weiß ich keine Antwort. Während ich hier sitze, den Blick keinen Moment lang von Freyas schlafendem, engelsgleichem Gesicht abwende, grüble ich darüber nach. Beide Szenarien erscheinen mir möglich. Vielleicht wollte er ihn wirklich töten – in einem Moment besinnungsloser Wut, die er später, zu spät, bitterlich bereute. Vielleicht wollte er ihn auch nur bestrafen, ihn demütigen. Oder er dachte gar nicht nach – ließ nur der Rage und Verzweiflung, die in ihm brannten, freien Lauf.

Gerne möchte ich glauben, dass all das ein Versehen war. Dass er ihn nicht umbringen wollte, sondern nur bloßstellen; vielleicht wollte, dass Ambrose einen Notruf absetzte und man ihn in einer Lache aus heroinverseuchtem Erbrochenen auffinden würde, dass er seinen Job verlieren würde, damit auch er so leiden müsste wie Luc. Luc war selbst das Kind einer Abhängigen, war unter Heroinsüchtigen groß geworden, und bestimmt wusste er um die Unberechenbarkeit einer oralen Einnahme, um die lange Zeit bis zum Eintritt des Todes und um die Möglichkeit, die Wirkung aufzuheben.

Doch sicher bin ich mir nicht.

Eigentlich ist das auch nicht mehr wichtig. Wichtig ist nur … was er getan hat.

Er hat genau das getan, was Kate uns in ihrer seltsam kühlen Beschreibung der Details, für die sie selbst die Verantwortung übernahm, erzählt hat. Er schwänzte mittags ein paar Stunden, ging zur Mühle zurück in dem sicheren Wissen, dass Kate und Ambrose zu der Zeit in Salten House sein würden. Dann kippte er Ambroses Heroinvorrat in eine Weinflasche mit Schraubverschluss und ließ sie auf dem Tisch stehen, damit Ambrose sie gleich bei seiner Heimkehr finden würde, und dann sammelte er die verfänglichsten Zeichnungen, die er finden konnte, und spielte sie der Schule zu.

Oh, Ambrose. Ich versuche mir auszumalen, was in ihm vorging, als ihm klar wurde, was Luc getan hatte. War es der eigenartige Geschmack des Weins, der ihn misstrauisch werden ließ? Oder die seltsame Schläfrigkeit, die ihn auf einmal befiel? Bestimmt hat es gedauert, bis Ambrose begriff, was vor sich ging … bis er zwei und zwei zusammenzählte, während das Heroin aus seinem Magen immer weiter in die Blutbahn sickerte.

Als ich hier sitze und Freyas Hand halte, spult sich die Szene vor meinem inneren Auge ab wie ein Film in Sepia. Ambrose, der die Flasche untersucht, dann aufsteht. Auf unsicheren Beinen zur Anrichte wankt, wo die Blechkiste versteckt war. Sie öffnet … und in diesem Moment versteht, was Luc getan hat … und die Menge der Dosis, die er geschluckt hatte.

Woran dachte er, was fühlte er, als er mit zitternden Händen seinen Brief zu Papier brachte, in dem er Kate anflehte, ihren Bruder vor den Konsequenzen seines Handelns zu bewahren?

Ich weiß es nicht. Ich kann mir seinen Schmerz kaum vorstellen, als er die Tragweite von Lucs impulsivem Racheakt begriff. Doch wie ich so auf Freya hinabschaue und den festen Griff ihrer kleinen Finger um meinen spüre, bin ich mir einer Sache sehr sicher. Zum allerersten Mal begreife ich Ambrose. Und endlich ergibt das alles einen Sinn.

Sein erster Gedanke galt nicht seiner eigenen Rettung, sondern der seines Kindes. Dem Schutz des Jungen, den er aufgezogen und geliebt hatte, den er immer beschützen wollte, aber nicht konnte.

Er hatte einst zugelassen, dass Luc in die Hölle zurückkehren musste, der süße kleine Junge, den er als Baby aus dem Reach gerettet hatte, dem er die Windeln gewechselt hatte und dessen Mutter er geliebt hatte, bevor sie zerbrach.

Er hatte Luc schon einmal fallen gelassen, und nun verstand er, dass er aus Lucs Sicht dabei war, ihn ein zweites Mal zu verraten. *Es war töricht von mir, nicht zu erkennen, welche Folgen mein Handeln haben würde. … Ich tue dies, damit nicht noch mehr Leid entsteht …*

Er schrieb den Brief, um dafür zu sorgen, dass nur ein Leben – sein eigenes – aufgrund der Ereignisse zerstört werden würde. Und er schrieb ihn an Kate und nicht Luc, in dem Wissen, dass sie, die ihren Vater besser als irgendein anderer Mensch auf der Welt kannte, verstehen würde, was er ihr sagen wollte – dass er sie darum bat, ihren Bruder zu schützen.

*Bitte gib niemand anderem die Schuld als mir, mein Schatz. Ich habe meine Entscheidung getroffen und meinen Frieden mit ihr gemacht … Und vor allem: Lass all das nicht umsonst gewesen sein.*

Und Kate … Kate führte den Willen ihres Vaters aus, so gut sie konnte. Sie schützte Luc, sie log für ihn, Jahr um Jahr um Jahr. Doch einer Bitte ihres Vaters konnte sie nicht nachkommen: Sie gab Luc die Schuld. Sie verabscheute ihn für das, was er getan hatte. Und sie hat ihm nie verziehen.

Sie hätte warten können, bis sie beide sechzehn geworden wären, bevor sie der Polizei meldete, dass Ambrose verschwunden war. Sie hätte sich eine Geschichte für die Schule und das Dorf ausdenken können, sie konnte doch so gut lügen. Aber das tat sie nicht. Und so wurde Luc fortgerissen und zurück in das Leben geschickt, aus dem er geflohen war.

Und Luc, der aus Liebe zu seiner Schwester den einzigen

Menschen getötet hatte, der ihm je ein Zuhause gab, musste nun erkennen, wie diese Schwester sich kalt von ihm abwandte. Als er nach Frankreich zurückgeschickt wurde, wusste er, dass er das Kate zu verdanken hatte – dass Kate ihn für den Mord bestrafte, von dem nur sie wusste, dass er ihn begangen hatte.

Ich muss an letzte Nacht denken, wie er schluchzend rief: *Ich hätte alles dafür getan, um mit dir zusammen zu sein … für mich gab es immer nur dich …*

Und es bricht mir das Herz.

## Regel Nr. 5

*Erkenne, wann es an der Zeit ist, mit dem Lügen aufzuhören*

Als man uns am nächsten Morgen um neun Uhr überraschend aus dem Krankenhaus entlässt, weil das Bett benötigt wird, ist es nicht Owen, der Freya und mich abholt – er weiß noch immer nicht Bescheid.

Da mein Handy mitsamt meinen anderen Sachen im Feuer zerstört wurde, lässt man mich von der Schwesternstation anrufen, doch als ich seine Nummer wählen will, versagt mir der Mut; ich fühle mich noch nicht in der Lage, mit ihm zu sprechen. Zwar versuche ich mir einzureden, dass mein Zögern vor allem praktische Gründe hat – er würde Stunden brauchen, um durch den Londoner Berufsverkehr und die verstopften Autobahnen bis hierherzukommen. Doch das allein ist es nicht. Die Wahrheit ist, dass letzte Nacht, als Freyas junges Leben in Gefahr war, etwas mit mir geschehen ist. Was das genau bedeutet, darüber muss ich noch nachdenken.

Stattdessen rufe ich also Fatima an und stehe kurz darauf mit Freya, die ich in eine geliehene Decke gewickelt habe, draußen vor dem Eingang der Kinderstation. Ein Taxi fährt vor, und hinter den Fenstern erkenne ich Fatimas und Theas blasse Gesichter.

Als ich einsteige und Freya in dem Kindersitz festschnalle, den Fatima vorausschauenderweise organisiert hat, entdecke ich Shadow auf dem Boden zu Theas Füßen. Sie hält ihn am Halsband fest.

Fatima dreht sich vom Beifahrersitz zu mir um. »Man hat

uns heute Morgen schon ganz früh entlassen«, sagt sie. Unter ihren Augen liegen tiefe Schatten. »Ich habe uns Zimmer in einem Bed & Breakfast an der Küstenstraße gebucht. Ich glaube, Mark Wren will, dass wir noch etwas bleiben, zumindest, bis sie mit uns gesprochen haben.«

Ich nicke. Und meine Finger umschließen den Brief, der immer noch in meiner Jackentasche steckt. Ambroses Brief.

»Ich kann es immer noch nicht glauben.« Theas Gesicht ist weiß, ihre Finger streichen nervös durch Shadows Fell. »Dass er … glaubt ihr, dass er es war? Das mit dem Schaf?«

Ich weiß, was sie meint. War Luc auch dafür verantwortlich? Die beiden anderen haben die letzte Nacht bestimmt genau wie ich verbracht. Haben gegrübelt, gerätselt, versucht, die Wahrheit von den Lügen zu trennen.

Ich werfe Fatima einen unschlüssigen Blick zu und antworte schließlich: »Ich weiß es nicht. Ich glaube nicht.«

Doch hier verstumme ich. Ich will nicht sagen, was ich wirklich denke. Nicht vor dem Taxifahrer. Es ist nicht Rick – und ich kenne ihn nicht, aber er muss von hier sein. Die Wahrheit ist: Von all den Dingen, die Luc getan und unterlassen haben soll, in diesem Fall glaube ich, dass wir ihn zu Unrecht verdächtigt haben.

Ich dachte, dass er die Botschaft geschrieben hat, weil er Kate unterstellte, für Ambroses Verschwinden verantwortlich zu sein. Ich dachte, er wollte uns Angst einjagen, um ein Geständnis zu erzwingen. Ich dachte, er wollte die Wahrheit ans Licht bringen.

Später aber, als Kate mir von der Erpressung und den Geldforderungen erzählte, begann ich zu zweifeln. Es sah Luc irgendwie nicht ähnlich, sie so kaltschnäuzig und zynisch in die Mittellosigkeit zu treiben. Dass Luc es auf Geld abgesehen hatte, konnte ich mir kaum vorstellen. Doch dass es ihm um ausgleichende Gerechtigkeit ging, dass sie bezahlen sollte für das Leid, das sie verursacht hatte … ja, das traute ich ihm zu.

Jetzt aber, nach letzter Nacht, glaube ich das alles nicht mehr. Es ergibt keinen Sinn. Von uns allen war Luc, abgesehen von Kate, der Einzige, der die Wahrheit kannte, und er log noch viel mehr als wir anderen. Er ist genauso Teil des Spiels gewesen wie wir und hätte mehr zu verlieren gehabt, wenn die Wahrheit ans Licht gekommen wäre.

Außerdem hatte ich während der langen Nacht im Krankenhaus Zeit, darüber nachzudenken und mich an die Liste der Vorstrafen zu erinnern, die Owen mir geschickt hat – und ein Datum darauf ist mir besonders im Gedächtnis geblieben.

Nein, ich glaube, diese Botschaft hat jemand anderes geschrieben.

Ich muss an die Szene im Postamt denken, an ihre kräftigen Finger, mit Blut unter den Nägeln.

Und, anders als bei Luc, bin ich mir bei ihr ganz sicher, dass sie dazu fähig ist.

Im Zimmer unseres B&B angekommen, kuschle ich mich mit Freya ins Bett, wo wir beide augenblicklich in einen bleiernen Schlaf fallen, wie zwei Körper, die im tiefen Meer versinken. Als ich Stunden später wieder auftauche, fühle ich mich einen Moment lang wie weggetreten.

Das B&B liegt an der Küstenstraße, nur ein paar Kilometer von der Schule entfernt, und als ich mich aufsetze, um meine knittrigen, salzverkrusteten Klamotten zu ordnen und Freya die verschwitzten Haarsträhnen aus dem Gesicht zu wischen, ist der Blick aus dem Fenster haargenau der Gleiche wie früher der aus Turm 2B.

Und obwohl meine Tochter hier neben mir schläft, bin ich für einen kurzen Augenblick wieder fünfzehn und zurück an jenem Ort – da ist der Klang der Möwen, das eigenartige, klare Licht auf der Fensterbank, meine beste Freundin im Bett nebenan.

Ich schließe die Augen, lausche dem Klang der Vergangenheit, versetze mich zurück in die Haut des Mädchens, das ich einst war, des Mädchens, das seine Freundinnen um sich und seine Fehltritte noch vor sich hatte.

Ich bin glücklich.

Und dann, als Freya aufwacht und anfängt zu quengeln, ist die Illusion vorbei – ich bin wieder zweiunddreißig, Juristin und Mutter. Und eine Gewissheit, der ich mich die ganze Nacht lang nicht stellen wollte, legt sich wie Blei um meine Schultern.

Kate und Luc sind tot.

Ich nehme Freya und gehe mit ihr nach unten, wo Fatima und Thea auf der Glasveranda mit Blick aufs Meer sitzen.

Obwohl Juli ist, ist es draußen bedeckt und kühl, und die Wolken sehen nach Regen aus. Sie sind von genau demselben Tiefgrau wie der Fellstreifen auf dem Rücken von Shadow, der vor Thea auf dem Boden kauert und seine schwarze Schnauze in ihre Hand gelegt hat. Als ich reinkomme, leuchten seine Augen kurz auf und er hebt den Kopf, doch gleich darauf lässt er ihn wieder sinken. Ich weiß, auf wen er wartet. Wie soll man einem Hund die Endgültigkeit und Ungerechtigkeit von Kates Tod begreiflich machen? Ich begreife sie ja selbst kaum.

»Die Polizei hat angerufen«, sagt Fatima. Sie zieht die Beine auf den Stuhl und schlingt ihre Arme darum. »Wir sollen heute Nachmittag um vier vorbeikommen. Wir müssen uns darauf einigen, was wir sagen wollen.«

»Ich weiß.« Ich seufze und reibe mir die Augen, bevor ich Freya auf dem Boden absetze, wo sie mit den alten Zeitschriften spielen kann, die als Lesestoff für die Gäste dagelassen wurden. Mit einem entzückten Quieken reißt sie sofort eine Titelseite ein, und ich weiß, ich sollte sie davon abhalten, aber ich bin einfach zu müde. Es ist mir egal.

Wir sitzen eine ganze Weile lang schweigend da und sehen ihr zu, und ich muss nicht fragen, um zu wissen, dass es den anderen in der letzten Nacht ergangen ist wie mir: nicht zu verstehen, einfach nicht glauben zu können, was passiert ist. Ich fühle mich, als hätte ich gestern noch vier Gliedmaßen gehabt und wäre heute Morgen mit nur drei aufgewacht.

»Sie hat die Regeln gebrochen«, sagt Thea leise, sie klingt fassungslos. »Sie hat uns angelogen. *Uns* angelogen. Hätte sie es uns doch nur erzählt. Wieso hat sie uns nicht vertraut?«

»Es war nicht ihr eigenes Geheimnis«, sage ich. Dabei denke ich nicht nur an Kate, sondern auch an Owen. Daran, wie ich ihn all die Jahre belogen, unsere ungeschriebenen Abmachungen verraten habe. Denn die eine richtige Lösung gibt es nicht, oder? Es ist ein Handel – ein Verrat steht gegen den anderen. Kate hatte die Wahl, Lucs Geheimnis preiszugeben, oder ihre Freundinnen zu belügen. Und sie entschied sich, zu lügen. Sie entschied sich, die Regeln zu brechen. Sie entschied sich dafür, Luc zu schützen. Doch sie entschied sich auch dafür, uns zu schützen.

»Ich kapier's einfach nicht«, platzt es aus Fatima heraus. Ihre Fäuste auf der Armlehne des Sessels sind geballt. »Ich kapiere nicht, warum Ambrose das zugelassen hat! Eine orale Überdosis braucht Zeit, und selbst wenn er nicht sofort begriffen hat, was vor sich geht, er wusste es ja auf jeden Fall so früh, dass er noch Zeit hatte, den Brief zu schreiben. Er hätte doch den Notarzt rufen können! Warum zur Hölle hat er seine letzten Minuten damit verbracht, Kate aufzufordern, Luc zu beschützen, anstatt sich selbst zu retten?«

»Vielleicht hatte er keine Wahl«, sagt Thea. Sie rutscht nervös auf ihrem Sessel herum und zupft die Ärmel ihres Wollpullis über ihre geschundenen Finger. »In der Mühle gab es doch nie Festnetz. Ich weiß nicht einmal, ob Ambrose ein Handy hatte. Kate hatte eins, klar, aber ihn habe ich nie mit einem gesehen.«

»Oder vielleicht ...« Ich stocke. Ich blicke zu Freya hinunter, die auf dem Teppich spielt.

»Was?«, fragt Thea fordernd.

»Vielleicht war die eigene Rettung nicht das Wichtigste für ihn.« Darauf lässt sich nichts erwidern. Fatima beißt sich auf die Lippe, während Thea den Blick abwendet und aus dem Fenster hinaus auf das unruhige Meer schaut. Ob sie an ihren eigenen Vater denkt und sich fragt, ob er auch so entschieden hätte? Ich habe da meine Zweifel.

Ich muss daran denken, was Mary Wren gesagt hat, als wir am Bahnübergang standen. *Für die Kinder wär der durchs Feuer gegangen …*

Und dann fällt mir etwas anderes ein, was sie gesagt hat, und mir wird flau im Magen.

»Ich muss euch etwas sagen«, sage ich. Thea blickt mich fragend an.

»Du hast im Taxi nach dem Schaf gefragt, und da wollte ich es nicht sagen, aber –« Ich halte inne, versuche meine Gedanken zu ordnen, eine Erklärung für die Gewissheit zu finden, die sich seit jener Autofahrt wie ein Schatten über meine Gedanken gelegt hat. »Wir haben gedacht, es war Luc, weil es zu dem passte, was wir wussten, aber ich glaube, wir lagen falsch. Für ihn stand genauso viel auf dem Spiel, wenn die Wahrheit rausgekommen wäre. Sogar mehr. Und davon abgesehen bin ich mir ziemlich sicher, dass er in dieser Nacht in Rye in Haft saß.« Sie fragen mich nicht nach einer Erklärung, und ich biete sie ihnen nicht an. »Und noch etwas – etwas, was Kate mir erzählt hat, als ich ohne euch hergekommen bin.«

»Spuck's aus«, drängt Thea.

»Sie wurde erpresst«, sage ich in nüchternem Ton. »Und zwar über mehrere Jahre. Und darum ging es auch bei dem Schaf und bei dem Brief mit den Zeichnungen – das war eine Botschaft an uns, dass man uns jetzt ebenfalls bluten lassen würde.«

»*Nein!*«, ruft Fatima entgeistert. Ihr Gesicht unter dem dunklen Kopftuch wirkt ganz bleich. »Nein! Wie konnte sie uns das verheimlichen?«

»Sie wollte wohl nicht, dass wir uns Sorgen machen«, wende ich hilflos ein. Es kommt mir alles so sinnlos vor. Ich wünschte so sehr, sie hätte etwas gesagt. »Aber es hätte einfach nicht zu Luc gepasst – außerdem hatte es schon vor Jahren begonnen, da war Luc noch in Frankreich.«

»Also wer dann?«, fragt Thea.

»Mary Wren.«

Es folgt eine lange Stille. Eine Minute lang sitzen beide unbewegt da, bevor Fatima schließlich langsam nickt.

»Sie hat Kate immer gehasst.«

»Aber woher kommt das?«, fragt Thea. Ihre Finger streichen rastlos über Shadows Fell und Ohren, graue Härchen verfangen sich in ihrer rauen, kaputt gebissenen Haut.

»Ich war auf dem Weg zum Bahnhof«, sage ich. Ich presse mir die Finger an die Stirn, versuche, mich an den genauen Wortlaut zu erinnern. Ich habe Kopfschmerzen, und Freyas fröhliches Quietschen, während sie weiter die Zeitschrift zerfetzt, macht es nicht besser. »Mary hat mich mitgenommen und etwas gesagt ... in dem Moment habe ich nicht darüber nachgedacht, ich war zu schockiert über das, was sie über Kate und Luc erzählt hat ... doch sie sagte etwas über Kate und das Schaf, von wegen: *Das Mädel hat Blut an den Händen, und zwar nicht nur das Blut von dem Schaf*. Aber woher wusste sie davon?«

»Von Mark?«, überlegt Fatima laut, doch Thea schüttelt den Kopf.

»Kate hat die Polizei doch gar nicht gerufen, erinnerst du dich? Wobei der Bauer es natürlich schon gemeldet haben könnte.«

»Könnte er«, sage ich. »Aber ich bin mir ziemlich sicher, dass Kate ihn bezahlt hat, damit er schweigt. Er hat immerhin zweihundert Pfund bekommen. Aber es geht nicht nur darum, was Mary gesagt hat, sondern auch um die Art, *wie* sie es gesagt hat. Es war –« Hier stocke ich, ringe nach Worten. »Es war irgendwie … *persönlich.* Hämisch fast. Schadenfroh darüber, dass es Kate jetzt an den Kragen geht. Der Text auf diesem Zettel war so gehässig, wisst ihr, was ich meine? Daraus sprach purer Hass. Sie hat diese Nachricht geschrieben, da bin ich sicher. Und ich glaube, sie hat auch die Bilder geschickt. Sie ist die Einzige, die irgendwie an all unsere Adressen kommen konnte.«

»Also, was sollen wir tun?«, fragt Fatima.

Thea hebt die Schultern.

»Tun? Was können wir schon tun? Nichts, wir sagen nichts. Mark können wir es schlecht sagen, oder?«

»Also lassen wir es auf sich beruhen? Sie bedroht uns und soll damit so einfach davonkommen?«

»Wir lügen weiter«, sagt Thea bitter. »Nur diesmal machen wir es richtig. Wir überlegen uns eine Geschichte, an die wir uns halten und die wir jedem erzählen. Der Polizei, unseren Familien – allen. Wir müssen sie unbedingt glauben machen, dass Ambrose sich umgebracht hat, das wollte er schließlich selbst so. Kate wollte es so. Ich wünschte nur, wir hätten *irgendwas* in der Hand, um unsere Geschichte zu stützen.«

»Naja …« Ich ziehe den Brief aus meiner Tasche – den Umschlag mit Kates Namen drauf, das alte, zerknitterte Papier, das jetzt auch noch vom Salzwasser hart und wellig geworden ist.

Doch der Brief ist noch lesbar – gerade so. Die Tinte des Kulis ist verwaschen, aber nicht ausgewaschen, und Ambroses Worte an seine Tochter sind noch zu entziffern. *Mach weiter,* steht da: *Lebe, liebe, sei glücklich. Und vor allem: Lass all das nicht umsonst gewesen sein.*

Nur, dass es sich diesmal so anfühlt, als spreche er zu uns.

Der Taxifahrer setzt uns an der Promenade in Salten ab, und während Fatima für uns bezahlt, vertrete ich mir die Beine und blicke hinaus – nicht in Richtung der Polizeiwache, dem Betonbau neben der Ufermauer, sondern nach draußen –, auf den Hafen und das Meer.

Es ist dasselbe Meer, das mich jeden Morgen am Fenster unseres Zimmers im Internat begrüßt hat, das Meer meiner Jugend, unveränderlich, unerbittlich, und irgendwie ist das ein tröstlicher Gedanke. Ich denke an all das, wovon es Zeugnis ablegen könnte, all das, was es in seine unendliche Weite aufgenommen hat. Daran, wie es sich jetzt die Asche der Gezeitenmühle einverleibt und mit ihr die von Kate und Luc. Alles, was wir getan haben – all unsere Schuld, all unsere Lügen –, alles wird langsam, aber sicher fortgespült.

Thea stellt sich neben mich und wirft einen Blick auf die Uhr.

»Fast vier«, sagt sie. »Bist du bereit?«

Ich nicke, aber ich rühre mich nicht vom Fleck.

»Ich hab nachgedacht«, sage ich, als Fatima aus dem Taxi steigt.

»Worüber?«, fragt sie.

»Über …« Das Wort ist plötzlich da, ungebeten, und ich bin selbst überrascht, es zu hören: »Über Schuld.«

»Schuld?«, fragt Fatima mit gerunzelter Stirn.

»Letzte Nacht ist mir klar geworden, dass ich siebzehn Jahre lang geglaubt habe, dass das, was mit Ambrose geschehen ist, unsere Schuld war, auf gewisse Weise. Dass er unseretwegen starb – wegen der Bilder, und weil wir immer wieder zurückkamen.«

»Wir hatten ihn nicht darum gebeten, uns zu zeichnen«, sagt Fatima mit tonloser Stimme. »Wir hatten um nichts von alldem gebeten.«

Doch Thea nickt.

»Ich weiß genau, was du meinst«, sagt sie. »Egal, wie irrational es war, mir ging es genauso.«

»Aber dann habe ich begriffen …« Ich verstumme, suche nach den passenden Worten, um meine unausgegorene Erkenntnis auf den Punkt zu bringen. »Letzte Nacht habe ich begriffen … sein Tod hatte damit nichts zu tun. Es ging nie um die Zeichnungen. Es ging nie um uns. Es war nie unsere Schuld.«

Thea nickt langsam. Und dann hakt sich Fatima bei uns beiden unter.

»Wir müssen uns für nichts schämen«, sagt sie. »Das mussten wir nie.«

Als wir uns auf den Weg zur Wache machen wollen, kommt uns aus einer der schmalen Gassen zwischen den Steinhäuschen eine Gestalt entgegen. Eine wuchtige Gestalt, in mehrere Schichten Kleidung gehüllt, mit stahlgrauem Zopf, der im Wind hin und her wippt.

Mary Wren sieht uns von weitem, bleibt kurz stehen und lächelt, doch es ist kein freundliches Lächeln, sondern das Lächeln von jemandem, der Macht hat und sie nutzen will. Und dann kommt sie auf uns zu.

Doch auch wir setzen uns in Bewegung, wir drei, Arm in Arm. Mary wechselt den Kurs, will uns den Weg abschneiden, und ich spüre Fatimas Griff auf meinem Arm fester werden, während sich das Klappern von Theas Absätzen auf dem Kopfsteinpflaster beschleunigt.

Als wir näher kommen, grinst Mary Wren noch breiter und fletscht ihre großen gelben Zähne, wie ein Raubtier kurz vor dem Angriff. Mein Herz pocht schneller.

Doch ich erwidere fest ihren Blick, denn zum ersten Mal, seit ich nach Salten zurückgekehrt bin, spüre ich keine Schuld. Ich spüre keine Angst. Und ich kenne die Wahrheit.

Und Mary Wren strauchelt. Sie gerät aus dem Tritt, und wir fegen zu dritt an ihr vorbei. Ich spüre Fatimas Arm, fest unter meinen gehakt, und ich sehe, dass Thea lächelt. In diesem Moment bricht die Sonne durch und taucht die graue See in helles Licht.

Mary Wren ruft uns etwas Unverständliches hinterher.

Doch wir laufen weiter.

Und blicken nicht zurück.

Es gibt eine Geschichte, die ich Freya erzählen will, wenn sie älter ist. Es ist die Geschichte eines Feuers, das ein Unfall war, verursacht von einer umgestürzten Öllampe.

Es ist die Geschichte eines Mannes, der sein Leben riskierte, um sie, Freya, zu retten, und die meiner besten Freundin, die diesen Mann geliebt hatte und in die Flammen zurücklief, um ihn zu retten, obwohl sie wusste, dass es hoffnungslos war.

Es ist eine Geschichte über Mut, Selbstlosigkeit und Opfer – über den Suizid eines Vaters und die Trauer seiner Kinder.

Und es ist eine Geschichte über Hoffnung – darüber, dass wir weitermachen müssen, auch wenn das Unerträgliche geschehen ist; dass wir das Beste aus unserem Leben machen müssen, um der Menschen willen, die ihres gegeben haben.

Es ist die Geschichte, die Thea, Fatima und ich Sergeant Wren auf der Wache erzählt haben und die er uns geglaubt hat, weil es die Wahrheit ist.

Zugleich ist es aber auch eine Lüge.

Seit fast zwanzig Jahren lügen wir jetzt, wir drei. Doch endlich wissen wir wofür. Endlich kennen wir die Wahrheit.

Zwei Wochen später sitzen Freya und ich schon wieder in einem Zug, diesmal nach Aviemore, so weit weg von Salten, wie es nur geht, ohne die Nordsee überqueren zu müssen.

Während der Zug nach Norden braust und Freya in meinen Armen schlummert, denke ich an all die Lügen, die ich erzählt habe. Ich denke daran, wie sie mein Leben vergiftet und meine

Beziehung zu einem guten und liebevollen Partner zerstört haben. Ich denke an den Preis, den Kate für die Lügen zahlen musste, und daran, wie sie Freya in Lebensgefahr brachten. Bei dem Gedanken halte ich sie unwillkürlich ein wenig fester, sodass sie sich im Schlaf windet.

Vielleicht ist es an der Zeit, mit dem Lügen aufzuhören. Vielleicht sollten wir endlich die Wahrheit sagen, wir alle.

Doch dann blicke ich in Freyas Gesicht. Und ich weiß eines – sie soll niemals, niemals das durchmachen, was ich durchgemacht habe. Niemals soll sie eine Lügengeschichte spinnen und diese dann ständig auf Lücken und Unstimmigkeiten prüfen müssen, sich in Erinnerung rufen, was sie beim letzten Mal erzählt hat, und sich fragen müssen, was ihre Freunde ausgeplaudert haben.

Niemals soll sie über die eigene Schulter blicken müssen, um andere zu schützen.

Ich denke an das Opfer, das Ambrose für Kate und für Luc gebracht hat – und ich weiß die Antwort: Ich werde Freya nie die Wahrheit sagen. Denn damit würde ich ihr meine Last aufbürden.

Ich schaffe das. *Wir* schaffen das, Fatima, Thea und ich. Wir können unsere Geheimnisse bewahren. Ich weiß, dass sie es tun werden. Sie werden sich an die Geschichte halten, die wir flüsternd in einem Zimmer des B&B ausgeheckt haben – eine Geschichte mit vagen Zeitangaben, aber festen Alibis. Es ist das Letzte, was wir für Kate tun können.

In der Nähe von York piept mein Handy, und Freya wird kurz wach, döst aber gleich darauf wieder ein.

*Wie läuft es – habt ihr den Zug bekommen?*, schreibt Owen.

Ich habe während der ganzen Fahrt an ihn gedacht. An sein Gesicht heute Morgen, als Freya und ich uns auf den Weg gemacht haben und ich ihm zuwinkte.

Und weiter zurück, daran, wie seine Hände zitterten, als er

auf dem Parkplatz der Pension in Salten ausstieg, wie er Freya in den Arm nahm, als hätte er sie wochenlang nicht gesehen, als hätte er Ozeane überqueren müssen, um sie zu retten. Wie er seine Lippen auf ihre Stirn drückte und dann zu mir aufsah, mit Tränen in den Augen.

Und ich dachte an damals, daran, wie er von innen zu leuchten schien, als er sie zum allerersten Mal in den Armen hielt. Wie er ihr Gesicht betrachtete und dann wieder zu mir blickte, mit diesem entzückten Staunen in den Augen, und schon da wusste ich, was ich auch heute weiß – dass er für sie durchs Feuer gehen würde.

Ich atme tief ein, halte eine Weile die Luft an und betrachte dabei Freyas schlafendes Gesicht. Und dann schreibe ich zurück.

*Alles in Ordnung. Mein Vater holt uns ab. Ich liebe dich.*

Das ist eine Lüge, jetzt weiß ich es. Doch für sie, für Freya, kann ich weiterlügen. Und vielleicht wird diese Lüge eines Tages zur Wahrheit.

# *Danksagung*

Mein erster Dank gilt meinen wunderbaren Lektorinnen Liz, Jade und den beiden Alisons (in England und den USA) für ihr professionelles Lektorat, ihre genialen Anregungen und dafür, dass sie immer die richtigen Fragen stellen. Dank ihrer geballten Kompetenz ist jedes meiner Bücher mindestens um die Hälfte besser geworden, als ich es alleine vermocht hätte.

Bethan, September und Chloe sind das beste Team, das sich ein Autor zur Unterstützung nur wünschen kann, und ich kann ihnen nicht genug für all das danken, was sie für dieses Buch und seine Vorgänger geleistet haben.

Und an alle anderen Vintage-Mitarbeiter – Faye, Rachel, Richard, Chris, Rachael, Anna, Helen, Tom, Jane, Penny, Monique, Sam, Christina, Beth und Alex und all die anderen hinter den Kulissen – die Zusammenarbeit mit euch war großartig, lustig und superschön, und es macht mich immer noch glücklich und stolz, eine Vintage-Autorin zu sein.

Meiner Agentin Eve White und ihrem Team möchte ich dafür danken, dass sie mir immer den Rücken stärken. Mein tiefer Dank gilt auch der großen Schriftstellergemeinde – sowohl on- als auch offline: für die tolle Unterstützung, fürs Mutmachen und Lachen, für Rat und technische Hilfe. Die Liste der Menschen, die ich in diesem Zusammenhang aufzählen müsste, würde ein eigenes Buch füllen, also seid euch bitte gewiss, wie sehr ich euch liebe und schätze! Ein besonderes Dankeschön verdient jedoch meine liebe Freundin Ayisha

Malik, die die Arbeit an ihrem eigenen Buch ruhen ließ, um mir für *Wie tief ist deine Schuld* mit Rat und Tat zur Seite zu stehen. Es versteht sich von selbst, dass alle eventuellen Patzer auf mein eigenes Konto gehen, doch ohne ihre Hilfe wären es zweifellos weit mehr geworden …

Außerdem möchte ich mich bei Marc Hopgood für sein großzügiges Gebot bei der Wohltätigkeitsauktion der Kinderkrebsstiftung CLIC Sargent bedanken und dafür, dass er sich als Namenspate für einen Gast beim Essen in Salten House zur Verfügung gestellt hat. Ich hoffe, dass Ihnen die Figur gefällt, Marc!

Und schließlich an meine lieben Freunde und meine Familie: Ich liebe euch, und ohne euch könnte ich es – schlicht und einfach – nicht schaffen. Ich danke euch.